VICTOR HUGO

Les Contemplations

Préface
de Léon-Paul Fargue.

Édition établie,
présentée et annotée
par Pierre Albouy.

GALLIMARD

UN POÈTE D'AVENIR

Je ne suis pas de ceux qui se laissent troubler par quelques romantiques étrangers selon lesquels nous n'aurions pas, chez nous, le sens du mystère et ne vaudrions que par ce qui appartient à la clarté, à cette fameuse clarté française, pas plus que je ne me laisse croire, avec M. de Malézieu, que nous n'avons pas non plus chez nous la tête épique. Voire. Les quatre millions de vers du Moyen Age prouveraient rudement le contraire. Dans le domaine épique pur, nous ne pouvons peut-être rien montrer de comparable à l'Énéide ou à l'Odyssée, c'est entendu. Mais dans le peloton des têtes mystérieuses, pour ne citer qu'un seul exemple, et de quel tonnage! nous pouvons sans crainte aligner le père Hugo. Il n'y a peut-être pas d'œil plus grand ouvert, malgré son compère-loriot d'égocentrique et peut-être grâce à lui, sur le monde secret et les horizons du fantastique.

Autrefois, notre imagination était plus fraîche et plus enfantine. Elle jetait les êtres dans le merveilleux presque à leur naissance. Le prince et l'artisan, le monarque et le vagabond avaient dans l'épopée la même foi simple et dramatique, et l'on sait que si nous n'avons pas donné aux peuples d'immenses poèmes épiques, c'est que la langue ne s'y prêtait pas encore, quoi qu'on puisse dire. Les sujets circulaient entre les imaginations, aucune cire ne les recevait. Les Français trempaient dans les contes, chers à Platon, mais ils n'avaient pas d'instruments à leur disposition pour les graver sur la pierre éternelle.

Il manque peut-être au Romantisme les brumes, les obscu-

rités gratinées et les complaisances sinueuses du Moyen Age.
Et encore celles-ci se greffaient-elles sur un merveilleux somme
toute assez pauvre et généralement subjectif. La peur, les démons
hérissés d'alfanges, les anges ignivomes, les apparitions et
les distances morales y jouaient évidemment un grand rôle.
Mais le répertoire en était restreint. L'épique et le merveilleux
tenaient, tout compte fait, en un certain nombre de cris et de
légendes que les cerveaux, bons conducteurs d'appréhensions,
maintenaient dans une atmosphère lourde et lugubre. Mais
chez le père Hugo, quels chants, quelles trompettes, quels tam-
bours, quels écroulements de murailles !

A l'égard de la postérité, dont l'attitude et les conceptions
en matière de grands hommes ne varient pas, ne varieront
jamais, dont le choix semble à peu près fait d'avance, les torts
de Victor Hugo sont nombreux. Il aurait pu naître anarchiste,
révolutionnaire, et mourir en saint des saints. Il a préféré
vivre au rebours des confrères immortels au point de mettre
son immortalité en danger. Quant à l'homme de lettres, au
poète, au dramaturge, ce qu'on lui reproche, je crois, c'est
d'avoir été original dans le banal.

Hugo n'a pas été un génie ordinaire, un génie normal,
un génie conforme et rassurant, comme peuvent l'être Pascal
ou Tolstoï, et il faudra des années encore, et des révolutions dans
la métaphore, dans le martyrologe, dans le snobisme, dans la
mythologie politique, avant que la postérité ne consente à lui
pardonner et à le classer dans son Olympe. D'ici là, on sera
toujours obligé de prendre les gens par l'oreille, de mettre la
main au collet des pets-de-loup, et de leur dire, de la voix douce
du sergent de ville qui indique la bonne rue : « Mais si, Hugo,
c'est très bien, Hugo, c'est excellent. Vous ne l'avez jamais lu. »

Le malheur est qu'ils penseront longtemps comme Goethe,
pour qui le plus grave affront que l'on puisse faire à la postérité
est de mourir en vieux radical à cheveux blancs... Des parties
d'université, des portions d'académies croiront toujours que le
dangereux pair de France est fort capable de s'agiter dans sa
tombe et d'en sortir tout armé de rhétorique, comme un Neptune
hargneux.

Or, ce Rabelais mêlé de Ronsard, cet ogre qui adorait les
enfants, ce Rubens qui faisait tout lui-même, ce Dickens

*épileptique et enragé, ce Dickens d'orage, ce chêne trop célèbre,
trop touffu, qui ne laissait pas de place autour de lui, et dont
l'ombre fastueuse gêne encore aujourd'hui quelques pissenlits,
cet entrepreneur plus gaillard que Dieu devrait être moralement,
humainement, littérairement, reconnu d'utilité publique...*

*Mais l'ascension de cette montagne est difficile, et l'on
préfère rester dans les vallées bureaucratiques plutôt que de
s'entendre dire sur les sommets:* La baisse de l'honneur
dans la hausse des rentes, *ou quelque autre vers du géant trop
peu connu. Car on ne connaît pas Victor Hugo. C'est le gros
bouquin dont on parcourt quelques pages, sans aller plus loin,
sans avoir le courage d'une ligne de plus. Le cerveau des hommes
n'est qu'un fromage de tête bourré de titres, de clichés, de tables
et de principes. Le cerveau humain hait naturellement les
créateurs. Il essaie de les évincer, comme les chairs pénétrées
d'un corps étranger repoussent à petits coups l'intrus vers la
surface. Or, le meilleur, le plus retentissant de Victor Hugo,
comme le plus suave, est à l'intérieur de cette espèce de muraille
de Chine qu'il a construite et dans laquelle il faut parfois se
faufiler.*

J'ai cité un jour ces deux vers à un lettré :

    ... J'aurais tué Pégase et je l'aurais fait cuire
    Afin de vous offrir une aile de cheval...

*Il douta s'ils n'étaient pas de Mallarmé. Rien, aucun
exemple, aucun lapsus ne saurait mieux montrer que Victor
Hugo est à l'origine d'une grande partie de la littérature
contemporaine. C'est lui qui avait les clefs.*

L'auteur du Satyre *a comme autorisé le Parnasse, le Sym-
bolisme, la poésie industrielle, la publicité, la Tour Eiffel,
Dada, le Surréalisme et les dérivés d'Apollinaire. Il a créé
des routes, il a colonisé les forêts vierges du Verbe, rendu habi-
tables l'Arabie Pétrée de la rime, les déserts du rythme et de
l'inspiration. Il a tracé des sentiers dans la nuit, exécuté
d'une patte de peintre-navigateur un ciel d'images et de boussoles
particulières, que tout le monde, de l'amiral académique jusqu'au mousse littéraire, peut consulter pour se guider dans
l'aventure poétique,*

*Il est à l'origine du commerce des présages et du roman
rocambolesque. Il a indiqué même aux feuilletonistes la route
qu'ils devaient prendre. Il est le précurseur du reportage de
qualité, de la pièce audacieuse, du roman populaire, et de cette
virtuosité en matière d'art qui permet aujourd'hui à une poignée
de bricoleurs en chambre de se faire admirer par un public
pour qui la littérature universelle date de Félix Faure.*

*Hugo, c'est la grosse cloche de la cathédrale romantique,
le bourdon, la Savoyarde. Il a créé, il a enfoncé quelques murs
et crevé quelques plafonds. Sa poigne à la manière noire aura
mis en selle bien des jockeys de l'art épouvantable ou mystérieux,
dont les chefs-d'œuvre cuisent encore. Autour de lui, et après
lui, poètes de toutes pointures et de toutes sonorités n'ont vécu
que des éclats du son de ce trombone. Hugo, c'est le tableau
électrique de la poésie moderne avec toutes ses manettes. Lautréa-
mont est à la fois dans* Les Travailleurs de la mer *et dans*
L'Homme qui rit, *livres inouïs qui font de leur auteur le*
Jules Verne *des poètes du XXe siècle. Il est le père de Banville
et l'oncle à héritage d'Edmond Rostand. Mais toutes les formes
de ce que nous appelons l'avant-garde, et non pas seulement
en France, sont contenues dans ses orgues. Aujourd'hui encore
ses vers, ses cris, ses emportements et ses sourires travaillent
dans le silence des bibliothèques et dans la pierre des tombeaux,
comme des vins et les métaux. Il nourrit de vitamines tous ceux
que la blancheur du papier n'inspire pas.*

*Où en serions-nous, à quel abbé Delille, à quel Pompignan,
à quel Népomucène Lemercier, à quel Ponsard, sans ce Falstaff,
sans ce Juvénal, sans ce grand industriel, sans ce maréchal de
France de la fécondité, qui nous a donné le droit d'écrire beaucoup de ce que nous écrivons, de risquer mentalement ce que
nous risquons?*

« Crainquebille *est à la suite des* Misérables », *écrivait
naguère M. Calzada. Depuis Hugo, les bureaux de la poésie
ne refusent plus aucun brevet d'invention. Chez le moindre
fabricant de voyelles ou de consonnes, le seul nom du poète
devrait amonceler des frissons de reconnaissance. La démocratie l'a servi peut-être mal, et pas très bien remercié, ce qui
permet à la non-démocratie de se demander parfois si Victor
Hugo écrivait en français, s'il a réellement existé, s'il n'a pas*

*touché de l'argent étranger. Il est douloureux de voir mon maître
Huysmans, qui lui doit pourtant pas mal de choses, écrire
qu'il ne trouvait Hugo « guère meilleur comme poète de l'amour
que comme poète social ». C'est le saignement de nez à côté
du Missouri !*

*Lanson, qui lui trouvait de la niaiserie, me fait songer à
je ne sais quelle voyageuse dont on m'a raconté, quand j'étais au
lycée, qu'elle avait perdu une pièce de monnaie, ou une épingle
à cheveux, en visitant le Parthénon, et qu'elle avait cherché
cet objet tout le temps que dura la promenade.*

*Or, ce qu'il y a justement d'admirable chez Hugo, c'est qu'il
savait accueillir la banalité, c'est qu'il a comme enjambé le
pédantisme, la niaiserie, le solennel, laissant ces médailles
à ses commentateurs. Il y a des poèmes qui devaient être faits,
des images qui manquaient, des noms propres qui ne rimaient
pas. Notre littérature épique avait des mers de glace à faire
fondre, des précipices à combler. Des puissants n'avaient pas
été fustigés comme ils le méritaient, des victoires semblaient
mal gagnées, certaines batailles avaient été trop perdues. Enfin,
il fallait ramoner la vieille cheminée classique qui ne tirait plus.*

*Victor Hugo s'est chargé de ce travail. Il a rallumé le feu.
Il a été le saint Nicolas, la mère Gigogne que réclamait le
XIXᵉ siècle. Et quel technicien ! A-t-on bien examiné les images
du grand homme ? Non, on se contente d'opérer en son honneur
un lâcher de mots œdémateux et massifs : olympien, colossal,
sublime, aveuglant, énorme, divin, apocalyptique et catapul-
tueux. Rien n'est plus vague. Et rien n'est plus faux. C'est
l'abondance de l'œuvre qui nous fait croire à la surabondance
de ces qualités de titan ou de typhon.*

*Ce qu'il y a de plus frappant pour moi, chez Hugo, c'est ce
quelque chose de constamment présent qui respire et vit dans ses
images. Le secret est quasi en plein jour, et nous ne le voyions
pas ! Hugo poète arrive toujours à mettre les choses à leur
place, à tirer ses métaphores, ses fusées, de la chose même
qu'il considère ou contemple, de façon à obtenir un certain
synchronisme qui éblouit. Il fixait à la fois la chose, l'heure,
la couleur, le climat, la température, le souvenir et l'odeur.
Tel est le secret de ce Pactole. On comprend mieux ainsi qu'il
ait pu dire, en 1885, à l'empereur du Brésil qui avait manifesté*

l'intention de le voir : « *Les poètes sont aussi des conducteurs de peuples.* »

Hugo, c'est vraiment l'honneur de la profession. On me l'a montré, un jour, alors que j'étais à peine gamin, sortant avec Vacquerie de sa maison de l'avenue d'Eylau, qui était au coin de la rue de la Pompe où nous habitions. C'était un très vieux monsieur à la barbe de soie blanche, dont la silhouette et la démarche de bon ours électrisaient la rue. J'ai eu ce jour-là la révélation de ce qu'il était, de ce qu'il devait être, de ce qu'il sera toujours : un Père Noël.

Un Père Noël qui a déposé des jouets jamais vus encore, des jouets merveilleux, des jouets insensés, dans les souliers de la littérature.

Léon-Paul Fargue.

INTRODUCTION

« *Les Contemplations* seront ma grande pyramide », annonçait Hugo à son éditeur. De fait, cette œuvre est, par excel-
lence, la somme poétique de Hugo. Du même coup, elle se
présente comme la somme du romantisme, l'achèvement
et le couronnement d'un demi-siècle de poésie. Et l'on serait
tenté, paraphrasant une formule célèbre, de dire qu'en 1856,
avec *Les Contemplations*, c'est un monde poétique qui meurt
et qu'en 1857, avec *Les Fleurs du mal*, c'est un monde poétique qui naît. Or, il est bien vrai que *Les Contemplations*
sont un coucher de soleil — du soleil flamboyant du lyrisme
romantique inauguré par Lamartine; mais il est encore plus
vrai qu'avec elles se lève aussi l'étoile de l'aventure poétique
du XXᵉ siècle. Nous nous efforcerons de le montrer;
auparavant, il faudra retracer, dans ses cheminements multiples, la lente genèse du recueil; cette fois encore, *Les
Contemplations* apparaîtront comme le terme et le couronnement d'une carrière; en fait, ce couronnement, cet achèvement ont exigé la rupture. L'histoire du livre, que nous allons
retracer à très grands traits, ne prendra son sens qu'avec
l'analyse qui suggérera que la poésie des *Contemplations*,
tout en continuant, d'un côté, le lyrisme des recueils anté-
rieurs, rompt avec lui, d'un autre côté, amorçant, au-delà
d'une poésie des harmonies, la poésie de la mort, de l'intime
et essentielle fracture.

*

Le poème le plus ancien des *Contemplations* — la pièce X du livre II — remonte au mois d'août 1834; viennent ensuite la pièce XX du même livre, qui est du 31 décembre 1838, et les poèmes des années 1839-1843. Ainsi, *Les Contemplations* s'enracinent dans *Les Rayons et les Ombres*. Or, alors que, depuis les *Odes* de 1822, les recueils poétiques se succèdent à intervalles assez courts et assez réguliers, après la publication des *Rayons et les Ombres* en 1840, il faut traverser un désert poétique avant d'arriver aux *Châtiments*, en 1853; encore ceux-ci relèvent-ils de la poésie de combat et le public a pu croire que Hugo avait suspendu sa production lyrique, de 1840 à 1856. Apparence, bien sûr, mais vérité aussi. *Les Contemplations*, seconde naissance poétique de Hugo, ont exigé le passage par la mort. Au lendemain des *Rayons et les Ombres*, il avait songé, pourtant, à un nouveau livre, dont témoigne ce fragment, relié à tort dans le manuscrit des *Voix intérieures* :

LES CONTEMPLATIONS D'OLYMPIO

Préface

... il vient une certaine heure dans la vie où, l'horizon s'agrandissant sans cesse, un homme se sent trop petit pour continuer de parler en son nom. Il crée alors, poëte, philosophe ou penseur, une figure dans laquelle il se personnifie et s'incarne. C'est encore l'homme, mais ce n'est plus le moi.

Ces *Contemplations* devaient donc prendre la suite des livres d'Olympio : *Voix intérieures, Rayons et Ombres*, en continuant à élargir le lyrisme personnel; au terme, le romantisme un peu bâtard des années 1830 s'achèverait en un classicisme. Or, la préface des *Contemplations* pourra bien répéter : « Insensé qui crois que je ne suis pas toi », le lyrisme des *Contemplations* de 1856 ne sera pas seulement un élargissement du lyrisme de 1830 à 1840. C'est que le surgissement du nouvel Orphée commence par la descente aux enfers qui s'opère en 1843.

Les Contemplations se divisent en deux parties : *Autre-fois*, *Aujourd'hui*. « Un abîme les sépare, le tombeau ». Ce tombeau — qui n'est pas au terme, mais au centre —, c'est celui de Léopoldine, la fille aînée et chérie avec prédilection, noyée, le 4 septembre 1843, dans la Seine, à Ville-quier, avec son mari, Charles Vacquerie, épousé quelque six mois avant. Cette mort, Hugo l'a éprouvée dans la culpabilité et le remords — parce qu'il voyageait alors avec sa maîtresse, Juliette Drouet, a-t-on dit. Mais les relations de Hugo et de Juliette, quasi conjugales et avouées, n'entraînaient plus ni passion ni complexes... Le sentiment de la culpabilité est, chez Hugo, plus ancien et plus profond; c'est dans l'amour même du père pour la fille qu'il se situe, comme en témoigneraient le Triboulet du *Roi s'amuse* et Jean Valjean, « père » de Cosette. Il y a de l'inavouable au fond des poèmes sur la mort des êtres jeunes en proie à cette « soif de mourir le matin » qui oblige le vivant à avoir honte.

Aussi bien est-ce qu'à la culpabilité profonde et très obscure qu'on devine à la racine même de l'amour paternel se mêle le remords de vivre. Et de vivre trop. Car Hugo, d'abord, n'écrit rien sur la mort de sa fille; c'est le silence. Puis, vient le cycle des poèmes à Léonie Biard, qui occupe l'année 1844. Aucun n'est passé dans *Les Contemplations*; ils n'ont trouvé place, ces illégitimes, que dans les recueils posthumes de *Toute la lyre* et de *La Dernière Gerbe*. Ils rayonnent de bonheur; c'est l'amour triomphal, sans angoisse ni sombre jalousie, d'un homme de quarante ans, sage et ardent. Sage, mais non pas selon la « morale » : on sait que, le 5 juillet 1845, Hugo, pair de France depuis le 13 avril, se laissait surprendre en flagrant délit d'adultère avec Léonie d'Aunet, épouse Biard. Ainsi, se nouaient de liens enchevêtrés le bonheur, le remords, la gloire et la mort. La vie dans la mort, c'est, oserait-on dire, le *sujet* même des *Contemplations*.

Alors, Hugo écrit et commence, en novembre 1845, son livre des *Misères*, qui deviendra *Les Misérables*. Le roman avance peu, en 1846, année de la résurrection poétique. De cette année datent la plupart des poèmes des *Pauca meœ*, en particulier *A Villequier* : la source a été ouverte par une autre jeune morte, Claire Pradier, la fille de Juliette

Drouet. Mais ces poèmes douloureux n'épuisent pas la production de cette année; Hugo relit la Bible, en paraphrase des passages, préparant, par endroits, sa future épopée de *Dieu;* ce sont, aussi, en novembre, les premières *Petites Épopées* et l'annonce lointaine de *La Légende des siècles.* Devant la tombe ouverte de Claire s'amorce ainsi le tournant vers la poésie de l'exil. Mais aucune œuvre encore, en dehors des *Misères*, ne prend forme.

Jusqu'en février 1848, Hugo travaille à son roman et il faudrait démêler tous les liens qui unissent l'œuvre en prose et l'œuvre en vers, les « mémoires » lyriques de Hugo et l'histoire de Jean Tréjean - Jean Valjean... Nous ne pouvons que sauter par-dessus la révolution de février 1848, l'engagement politique et l'évolution, quelque temps hésitante, qui fera du pair de France orléaniste l'ennemi de Napoléon III et le proscrit républicain du Deux Décembre. Puis, à Jersey, ce sont *Les Châtiments*, d'abord subordonnés au projet des *Contemplations :* le 7 septembre 1852, Hugo propose à Hetzel des *Contemplations* en deux volumes : « Premier volume : *Autrefois*, poésie pure. Deuxième volume : *Aujourd'hui*, flagellation de tous ces drôles et du drôle en chef. » La flagellation de Napoléon le Petit et de ses hommes devait exiger le livre tout entier des *Châtiments*, achevé en 1853. Le 11 septembre de cette année, commencent les séances de spiritisme. Les temps de l'apocalypse et de la seconde partie des *Contemplations* étaient venus.

Les révélations de la table tournante, qui allaient s'étendre jusqu'en juillet 1855, n'ont rien appris à Hugo qu'il n'ait déjà su; les esprits se bornent à répéter les dogmes de la « religion » que Hugo élabore depuis assez longtemps, qu'il est en train de mettre au point et d'expliciter et qui offre beaucoup de ressemblances avec les « religions » qui, pendant tout ce demi-siècle, ne cessent de s'échafauder dans la zone où occultisme et socialisme utopique entrent en contact. Quant aux esprits, consultés sur des points difficiles, ils ne révèlent rien et c'est, avec la crainte de la folie, la raison pour laquelle Hugo interrompra l'expérience. Non qu'il ait douté! Il a simplement conclu qu'il n'était pas possible ou permis au vivant de pénétrer tous les secrets de l'au-delà. Les tables l'ont confirmé dans sa certitude de la présence, de la proximité des morts, dont il note alors, dans ses carnets, mainte manifestation : rêves, frappements nocturnes, lueurs dans la nuit; il entretient même avec un fantôme, la Dame blanche, des rapports où domine la terreur, mais où ne manque pas, à l'occasion, une certaine coquetterie : tant la vie et la mort se compénètrent alors. Écrit les 9 et 10 novembre 1853, le poème XX du livre III s'intitule *Insomnie :* c'est sous le signe de l'insomnie qu'il faudrait placer la seconde période des *Contemplations*, hantée par les apparitions et les ombres. Hugo vit parmi les morts.

La doctrine exposée, avec précision, par *la Bouche d'ombre*, conclut à la rédemption totale : le mal finira par disparaître. C'est ce que signifie l'épopée inachevée de *La Fin de Satan* dont Hugo s'occupe pendant l'année 1854. La rédemption de Satan, sauvé par sa fille lumineuse, l'ange Liberté, sera racontée dans les parties de l'épopée écrites en 1859-1860; pour l'instant, Hugo en est à la chute de Lucifer et au mal dans l'histoire. Aussi bien, si la doctrine conclut à l'optimisme, celui-ci n'est acquis qu'après un long passage par le pessimisme; l'imagination du poète est de nature inquiète, elle est sombre, hantée, prompte à la panique. *Horror* et *Dolor*, les 30 et 31 mars, dessinent cet univers lugubre qu'en avril, le poème *Pleurs dans la nuit* dépeint avec ampleur, épouvante et cruauté. Enfin, du 1er au 13 octobre, *Ce que dit la Bouche d'ombre*, « poëme de la fatalité universelle et de l'espérance universelle », conclut le livre VI, *Au bord de l'abîme*. Mais, dans le même temps, les poèmes de la fantaisie ne cessent pas de faire équilibre, en sorte que le recueil des *Contemplations* est comme tissé par tous ces mouvements divers de la vie, traversé par les pulsions contradictoires de l'être vivant. Toute la vie dans toute la mort, répétons-le; livre qui mime la vie, et poésie qui mime la mort... L'année 1855 verra l'achèvement de *Magnitudo parvi* et la rédaction du grand poème des *Mages*, pièces qui terminent l'œuvre en y inscrivant la figure de l'écrivain : le pâtre voyant, le mage à qui le ciel, la mer, les temps et la mort donnent la plume qui assurera, par l'écriture, le salut à travers la mort et dans l' « évanouissement des cieux »...

Puis, après qu'il a achevé de « dorer quelques étoiles au ciel un peu sombre des *Contemplations* », comme il l'écrit le 22 avril, Hugo achève son œuvre, le 2 novembre, par la dédicace à la morte, *à celle qui est restée en France*, poème dans lequel la poésie dévoile son dynamisme intime comme puissance d'effacement, l'écriture s'accordant à la mort.

*

Dans *Les Contemplations*, on a, d'abord et longtemps, préféré les poèmes sur les jeunes mortes, Léopoldine, Claire Pradier; on admirait surtout les *Pauca meæ*, le père pleurant sa fille. Les apocalypses du livre VI restèrent peu appréciées jusqu'au Surréalisme; alors, par l'effet combiné des déclarations d'André Breton (« Hugo est surréaliste quand il n'est pas bête »...) et de l'enthousiasme d'un critique comme Denis Saurat pour les intuitions d'un Hugo « initié », dignes de la plus haute tradition cabbaliste et occultiste, l'attention s'est tournée vers la Bouche d'ombre. On a goûté la bizarrerie, la qualité onirique de ces visions du monde des morts; l'*imaginaire* hugolien inspirait plusieurs études et l'accord se faisait : Rimbaud l'avait bien dit, Claudel, malgré qu'il en eût, avait bien dû le reconnaître : Hugo était un vrai Voyant. Ce n'est pas à cette modernité *surréaliste* des *Contemplations* — à rapprocher ici des épopées métaphysiques, *La Fin de Satan* et *Dieu* —, que nous nous attacherons dans cette préface. *Les Contemplations* peuvent être lues comme de la poésie sur la poésie, comme le récit même de l'écriture poétique dans son aventure, son surgissement, son effacement. Le premier alinéa de la *Préface* inscrit en exergue cette recommandation primordiale de l'auteur : « Ce livre doit être lu comme on lirait le livre d'un mort. » C'est que Hugo, en quelque sorte, est mort avec sa fille, en septembre 1843; c'est aussi que l'exil ressemble à la mort et le proscrit de Jersey, qui s'entretient avec les morts et vit parmi eux, appartient en partie au monde du sépulcre; c'est enfin que, « mémoires d'une âme », *Les Contemplations* sont la somme d'une vie et qu'une telle somme ne peut être faite que par un mort. Mais c'est également, pensons-nous, que l'*écrivain* comme tel ressemble à un mort et que l'écriture ne le pose comme sujet qu'en l'effaçant. Hugo n'a pas ignoré cette loi. « Hugo, c'est le tableau électrique de la poésie moderne avec toutes ses manettes », affirmait, en 1935, Léon-Paul Fargue. Il nous semble que la *modernité* de Hugo, encore si souvent contestée, dépasse le Surréalisme même, auquel Fargue faisait allusion : de prime abord, la conception que Hugo se fait du poète comme *mage* semble le fixer aux côtés de Rimbaud et de son ambition du poète « savant suprême »; à y regarder de plus près, Hugo enseigne — et Rimbaud aussi le savait bien — que la personnalité du poète n'est pas celle de l'homme vivant : *ego scriptor*, c'est tout le monde, bien sûr, mais ce n'est aussi personne; c'est l'effacement qu'opère la profération du poème. *Ego scriptor*, c'est le mort vivant.

Les *Contemplations* accordent le lyrisme, comme confidence personnelle d'un homme dont la vie se trouve, du fait de quelques événements — mort de la fille, exil — et du fait de la loi de nature, prise dans la mort, et la méditation du poète sur sa condition, son abolition-assomption dans l'écriture. Aussi bien le *moi* hugolien est-il loin d'avoir toujours été cet *ego* retentissant, triomphal — *Ego Hugo* — dont s'émerveille ou se gausse une tradition tenace. Très tôt, Hugo parle des « fêlures » de son âme. Avant l'exil, des tristes *Feuilles d'automne* aux *Rayons et Ombres* qui établissent la sérénité sans voiler la contradiction qu'énonce l'antithèse du titre, le lyrisme résout le problème du *moi*, dans ses rapports avec la nature, l'histoire et sa propre voix, par l'*harmonie*. La poétique des *Contemplations* est une poétique de la rupture, de la mort. L'*ego* hugolien se récupère après la double catastrophe de Villequier et du Deux Décembre, mais il s'établit désormais sur la mort qui, répétons-le, se situe au centre même du livre des *Contemplations*. (C'est pourquoi le plan en cinq livres était impossible : la vie et le livre sont coupés en deux.)

Ce livre, la *Préface* nous avertit de le lire « comme le livre d'un mort » et que « la vie, en filtrant goutte à goutte à travers les événements et les souffrances, l'a déposé... » Affirmations complémentaires. L'*âme* dont *Les Contemplations* sont les « mémoires » se compose de tout ce qui n'est pas le *moi* : les événements et la nature, l'histoire et le *cosmos;* le *moi* est vécu extérieurement, dans l'historique et dans le cosmique, et le *non-moi* est vécu intérieurement. Cette intériorisation fonde l'humanité, comme limite du *moi*. La synthèse se fait par la voix du poète : l'âme « se raconte », se dit en disant l'autre (d'où l'« insensé qui crois que je ne suis pas toi ») et s'affirme ainsi en s'effaçant dans le mouvement même du lyrisme hugolien. Ici, sa propre *voix* dépasse et abolit le poète comme individu vivant. Ce dynamisme, c'est la transcendance — intérieure et extérieure; Hugo la nomme Dieu. L'être est fondé par cette fuite infinie, que mime la poésie. Poésie de la totalité par le dépassement et la rupture.

Indiquons seulement quelques repères ou quelques pivots.

De la fin d'octobre à la fin de novembre 1854, Hugo écrit une série de poèmes qui rappellent les luttes romantiques de 1830, qui définissent la politique impliquée et promue par cette révolution littéraire, et qui constituent une ample méditation sur la poésie, sa nature et ses pouvoirs. Cet ensemble, très cohérent, se compose des pièces suivantes énumérées dans l'ordre chronologique de leur rédaction : I, 7, *Réponse à un acte d'accusation;* I, 9, « *Le poëme éploré se lamente...* »; III, 28, *Le Poëte;* I, 8, *Suite;* V, 25, « *O strophe du poëte...* »; pièce XLI du *Livre lyrique* des *Quatre Vents de l'esprit, Duo;* V, 3, *Écrit en 1846;* « *Pour nous, nouveaux venus...* », pièce recueillie dans le recueil posthume de *Toute la lyre* (IV, 18); I, 26, *Quelques mots à un autre;* pièce XIII du *Livre satirique* des *Quatre Vents de l'esprit, Littérature.* Hugo y dresse le bilan de son activité d'écrivain et d'homme politique, en faisant apparaître l'unité de ce double combat; sans le dire, il vise ses compagnons républicains de l'exil, enclins à voir, dans l'ancien pair de France et dans l'« artiste » d'avant l'exil, un rallié tardif à la cause démocratique; il s'applique à leur démontrer que la révolution poétique et linguistique (le « bonnet rouge » mis au « vieux dictionnaire ») impliquait déjà la révolution politique : on ne touche point aux *mots* sans ébranler les *choses* — et les peuples. En même temps, il dessine l'image du poëte. D'une part, celui-ci est un *homme cosmique, moi* et monde, *moi* ouvert, envahi par l'univers, habité et constitué par le *non-moi.* D'autre part, le poète est conduit, mené par le poème; il est moins le maître des mots que le lieu des mots : dans ce *moi*, à la fois plein et vide, circule le langage, monte la marée des mots tout-puissants. Le poète écrit moins qu'il n'est écrit.

Cette sorte de passivité du poète est affirmée à nouveau dans le grand poème central, *Magnitudo parvi*. La vision du pâtre voyant est un effacement :

> ... *contempler les choses,*
> *C'est finir par ne plus les voir.*
> [...]
> *Voir, c'est rejeter...*

La voyance est ce mouvement de dépassement qui rejette au néant toute chose vue. Dans ce mouvement la personnalité même du pâtre s'abolit; il n'est plus que l'« œil solitaire ». La poésie, en se faisant, a fait ce désert. Restent seulement, au terme, l'œil du voyant et le « seul rayon ». Ce « rayon », pour Hugo, c'est Dieu. La contemplation (ou poésie) se définit en se détruisant; elle aboutit à n'être qu'elle-même : l'œil, la lumière — le regard en soi. Regard qui ne voit rien que lui-même. Poésie dont le triomphe est cette abolition, ou cette assomption en elle-même.

La poésie, chez Hugo, est une sorte de traversée de l'être. Et elle n'a pas de terme; elle ne s'arrête ni ne conclut (et, par là, elle détruit, pour finir, toute idéologie); elle disparaît. Ce mouvement — forcené — est parfois triomphal, comme dans le poème *Ibo*. Mais ce triomphe s'accompagne de l'humilité et de la terreur de connaître que disent d'autres poèmes du livre VI. En outre, son terme est bien la disparition du poète voyant, comme on le constate dans cette épopée des voyants qu'est le poème des *Mages*. Leur puissance est sans limites : leur verbe crée l'humanité, leur œuvre est prométhéenne. Ils sont capables de forcer Dieu. Mais voici que la VII⁰ partie affirme que la Nuit, la Mort et Dieu sont

> *Dans trois langues le même mot.*

Derechef, l'être semble se confondre avec le non-être — qu'il absorbe, certes, au niveau de l'idéologie progressiste, mais qui, dans le mouvement poétique, le contamine. Au terme, nous retrouvons les deux éléments qui constituent la voyance : l'œil et le rayon. Alors, dans cet absolu vide du pur regard, les Mages goûtent

> *L'évanouissement des cieux.*

Absolu qui confond l'être et le non-être, dans cette suprême abolition de toute limite. Effacement final, qui exige que le mouvement de la connaissance et de la poésie se définisse comme mort.

Voyons, enfin, le poème terminal, hors livres, *A celle qui est restée en France*. L'œuvre ne s'achève que par la donation à Léopoldine, à la morte. D'où ce livre « sort-il », demande le poète. De la vie et de l'exil. Il pourrait alors revenir à la forêt, au « doux pré fleuri », à la mer, à l'étoile et aux grands vents, au paysage dont il est sorti; il pourrait rester dans l'île sans se refuser à l'immensité océanique. Mais ni la vie ni cette immensité ne suffiraient. Ce livre n'aurait pas été fait sans la mort : c'est de la tombe qu'il vient; c'est à la tombe qu'il revient. La source vive et l'intimité même de l'âme du poète sont hors présence, au loin, au-delà de la mer et de la vie. Or, le livre qui s'achève par cette dédicace à la tombe, à peine saisi par la morte, voici qu'il se fait « fantôme ». Il s'efface, tout en devenant immense. Lue par la morte, la page écrite s'évanouit et s'épanouit en « étoiles dans l'ombre ». L'œuvre s'inscrit en elle-même en s'effaçant ou en se dispersant. Elle a été écrite, elle a été lue; elle revient à la mort qui en est le principe. Le même mouvement a assuré la transcendance et l'effacement. Ce mouvement, c'est cette rupture qui, au prix de la mort, permet l'écriture et qui inscrit l'être dans son effacement.

*

Hugo écrivait à son correcteur : « Les pièces de ce diable de recueil sont comme les pierres d'une voûte. Impossible de les déplacer. » Plus que pour n'importe quel autre livre de poèmes, il faut se garder de lire aucun de ceux-ci sans le rapporter aux autres. A ses voisins proches et éloignés. Toutes sortes de signes, par exemple les dates factices placées par Hugo au bas de chaque pièce, suggèrent toutes sortes de rapprochements. Tout, ici, est reprise, écho, prolongement. Mais cette composition si solide — une « voûte », une « pyramide » — est, en même temps, structure dynamique. Les poèmes ne font pas que se compléter et se conforter; ils s'opposent aussi et, en un certain sens, parfois, se détruisent l'un l'autre. Une loi constante d'abolition et de mort est à l'œuvre dans ce recueil. Essaierait-on, par exemple, de définir le poète, qui y a multiplié les images de lui-même, par sa puissance énorme, que d'autres pièces le montrent dessaisi de lui-même, traversé par tout ce qui n'est pas lui, aboli dans sa propre poésie. Certes, l'écorce des *Contemplations* a quelque peu vieilli. Il vaut la peine de la percer. Mais il faut prendre garde de ne pas se laisser attraper au piège de la clarté et de la simplicité. Contrairement à ce qui se dit trop souvent, Hugo n'est ni naïf ni simple. Cette poésie est rusée. Surtout, elle est tout entière mouvement. Poésie de la transcendance et de la mort, il faut la saisir, la surprendre dans la fulgurance de son effacement. La poésie, ici, est partout et s'empare de toutes choses, même des plus quotidiennes; elle se fait prose, quasiment, et peut tout dire : toute la vie est là. Mais la mort, aussi, qui creuse ce livre si plein; il nous est interdit de nous arrêter longtemps à un seul aspect, à un poème; il faut suivre le mouvement de l'ensemble, vers la tombe immense et dans l'ascension éperdue de la voyance. Dans ce livre, la poésie, qui est partout, en même temps est toujours déjà ailleurs.

Pierre Albouy.

Les Contemplations

PRÉFACE

Si un auteur pouvait avoir quelque droit d'influer sur la disposition d'esprit des lecteurs qui ouvrent son livre, l'auteur des *Contemplations* se bornerait à dire ceci : Ce livre doit être lu comme on lirait le livre d'un mort.

Vingt-cinq années sont dans ces deux volumes. *Grande mortalis œvi spatium*[1]. L'auteur a laissé, pour ainsi dire, ce livre se faire en lui. La vie, en filtrant goutte à goutte à travers les événements et les souffrances, l'a déposé dans son cœur. Ceux qui s'y pencheront retrouveront leur propre image dans cette eau profonde et triste, qui s'est lentement amassée là, au fond d'une âme.

Qu'est-ce que les *Contemplations?* C'est ce qu'on pourrait appeler, si le mot n'avait quelque prétention, *les Mémoires d'une âme.*

Ce sont, en effet, toutes les impressions, tous les souvenirs, toutes les réalités, tous les fantômes vagues, riants ou funèbres, que peut contenir une conscience, revenus et rappelés, rayon à rayon, soupir à soupir, et mêlés dans la même nuée sombre. C'est l'existence humaine sortant de l'énigme du berceau et aboutissant à l'énigme du cercueil; c'est un esprit qui marche de lueur en lueur en laissant derrière lui la jeunesse, l'amour, l'illusion, le combat, le désespoir, et qui s'arrête éperdu « au bord de l'infini ». Cela commence par un sourire, continue par un sanglot, et finit par un bruit du clairon de l'abîme.

Une destinée est écrite là jour à jour.

Est-ce donc la vie d'un homme? Oui, et la vie des autres hommes aussi. Nul de nous n'a l'honneur d'avoir une vie qui soit à lui. Ma vie est la vôtre, votre vie est la mienne, vous vivez ce que je vis; la destinée est une. Prenez donc ce miroir, et regardez-vous-y. On se plaint quelquefois des écrivains qui disent moi[1]. Parlez-nous de nous, leur crie-t-on. Hélas! quand je vous parle de moi, je vous parle de vous. Comment ne le sentez-vous pas? Ah! insensé, qui crois que je ne suis pas toi[2]!

Ce livre contient, nous le répétons, autant l'individualité du lecteur que celle de l'auteur. *Homo sum.* Traverser le tumulte, la rumeur, le rêve, la lutte, le plaisir, le travail, la douleur, le silence; se reposer dans le sacrifice, et, là, contempler Dieu; commencer à Foule et finir à Solitude, n'est-ce pas, les proportions individuelles réservées, l'histoire de tous?

On ne s'étonnera donc pas de voir, nuance à nuance, ces deux volumes s'assombrir pour arriver, cependant, à l'azur d'une vie meilleure. La joie, cette fleur rapide de la jeunesse, s'effeuille page à page dans le tome premier, qui est l'espérance, et disparaît dans le tome second, qui est le deuil. Quel deuil? Le vrai, l'unique : la mort; la perte des êtres chers.

Nous venons de le dire, c'est une âme qui se raconte dans ces deux volumes : *Autrefois, Aujourd'hui.* Un abîme les sépare, le tombeau.

V. H.

Guernesey, mars 1856

AUTREFOIS

(1830-1843)

Un jour je vis, debout au bord des flots mouvants,
        Passer, gonflant ses voiles,
Un rapide navire enveloppé de vents,
        De vagues et d'étoiles;

Et j'entendis, penché sur l'abîme des cieux,
        Que l'autre abîme touche,
Me parler à l'oreille une voix dont mes yeux
        Ne voyaient pas la bouche :

« Poëte, tu fais bien! Poëte au triste front,
        Tu rêves près des ondes,
Et tu tires des mers bien des choses qui sont
        Sous les vagues profondes!

La mer, c'est le Seigneur, que, misère ou bonheur,
        Tout destin montre et nomme;
Le vent, c'est le Seigneur; l'astre, c'est le Seigneur;
        Le navire, c'est l'homme. »

                                        Juin 1839.

Livre premier

AURORE

I

A MA FILLE

O mon enfant, tu vois, je me soumets.
Fais comme moi : vis du monde éloignée;
Heureuse? non; triomphante? jamais.
    — Résignée! —

Sois bonne et douce, et lève un front pieux.
Comme le jour dans les cieux met sa flamme,
Toi, mon enfant, dans l'azur de tes yeux
    Mets ton âme!

Nul n'est heureux et nul n'est triomphant.
L'heure est pour tous une chose incomplète;
L'heure est une ombre, et notre vie, enfant,
    En est faite.

Oui, de leur sort tous les hommes sont las.
Pour être heureux, à tous — destin morose! —
Tout a manqué. Tout, c'est-à-dire, hélas!
    Peu de chose.

Ce peu de chose est ce que, pour sa part,
Dans l'univers chacun cherche et désire :
Un mot, un nom, un peu d'or, un regard,
    Un sourire!

La gaîté manque au grand roi sans amours;
La goutte d'eau manque au désert immense.
L'homme est un puits où le vide toujours
    Recommence.

Vois ces penseurs que nous divinisons,
Vois ces héros dont les fronts nous dominent,
Noms dont toujours nos sombres horizons
    S'illuminent!

Après avoir, comme fait un flambeau,
Ébloui tout de leurs rayons sans nombre,
Ils sont allés chercher dans le tombeau
    Un peu d'ombre.

Le ciel, qui sait nos maux et nos douleurs,
Prend en pitié nos jours vains et sonores.
Chaque matin, il baigne de ses pleurs
    Nos aurores.

Dieu nous éclaire, à chacun de nos pas,
Sur ce qu'il est et sur ce que nous sommes;
Une loi sort des choses d'ici-bas,
    Et des hommes!

Cette loi sainte, il faut s'y conformer,
Et la voici, toute âme y peut atteindre :
Ne rien haïr, mon enfant; tout aimer,
    Ou tout plaindre!

Paris, octobre 1842.

II

Le poëte s'en va dans les champs; il admire,
Il adore; il écoute en lui-même une lyre;
Et le voyant venir, les fleurs, toutes les fleurs,
Celles qui des rubis font pâlir les couleurs,
Celles qui des paons même éclipseraient les queues,
Les petites fleurs d'or, les petites fleurs bleues,
Prennent, pour l'accueillir agitant leurs bouquets,
De petits airs penchés ou de grands airs coquets,
Et, familièrement, car cela sied aux belles :
« Tiens! c'est notre amoureux qui passe! » disent-elles.
Et, pleins de jour et d'ombre et de confuses voix,
Les grands arbres profonds qui vivent dans les bois,
Tous ces vieillards, les ifs, les tilleuls, les érables,
Les saules tout ridés, les chênes vénérables,
L'orme au branchage noir, de mousse appesanti,
Comme les ulémas quand paraît le muphti,
Lui font de grands saluts et courbent jusqu'à terre
Leurs têtes de feuillée et leurs barbes de lierre,
Contemplent de son front la sereine lueur,
Et murmurent tout bas : C'est lui! c'est le rêveur[1]!

Les Roches, juin 1831[2].

III

MES DEUX FILLES

Dans le frais clair-obscur du soir charmant qui tombe,
L'une pareille au cygne et l'autre à la colombe,
Belles, et toutes deux joyeuses, ô douceur!
Voyez, la grande sœur et la petite sœur
Sont assises au seuil du jardin, et sur elles
Un bouquet d'œillets blancs aux longues tiges frêles,
Dans une urne de marbre agité par le vent,
Se penche, et les regarde, immobile et vivant,
Et frissonne dans l'ombre, et semble, au bord du vase,
Un vol de papillons arrêté dans l'extase.

> La Terrasse, près d'Enghien, juin 1842 [1].

IV

Le firmament est plein de la vaste clarté [2];
Tout est joie, innocence, espoir, bonheur, bonté.
Le beau lac brille au fond du vallon qui le mure;
Le champ sera fécond, la vigne sera mûre;
Tout regorge de sève et de vie et de bruit,
De rameaux verts, d'azur frissonnant, d'eau qui luit,
Et de petits oiseaux qui se cherchent querelle.
Qu'a donc le papillon? qu'a donc la sauterelle?
La sauterelle a l'herbe, et le papillon l'air;
Et tous deux ont avril, qui rit dans le ciel clair.

Un refrain joyeux sort de la nature entière;
Chanson qui doucement monte et devient prière.
Le poussin court, l'enfant joue et danse, l'agneau
Saute, et, laissant tomber goutte à goutte son eau,
Le vieux antre, attendri, pleure comme un visage;
Le vent lit à quelqu'un d'invisible un passage
Du poëme inouï de la création;
L'oiseau parle au parfum; la fleur parle au rayon;
Les pins sur les étangs dressent leur verte ombelle;
Les nids ont chaud. L'azur trouve la terre belle;
Onde et sphère; à la fois tous les climats flottants;
Ici l'automne, ici l'été, là le printemps.
O coteaux! ô sillons! souffles, soupirs, haleines!
L'hosanna des forêts, des fleuves et des plaines,
S'élève gravement vers Dieu, père du jour;
Et toutes les blancheurs sont des strophes d'amour;
Le cygne dit : Lumière! et le lys dit : Clémence!
Le ciel s'ouvre à ce chant comme une oreille immense.
Le soir vient; et le globe à son tour s'éblouit,
Devient un œil énorme et regarde la nuit;
Il savoure, éperdu, l'immensité sacrée,
La contemplation du splendide empyrée,
Les nuages de crêpe et d'argent, le zénith,
Qui, formidable, brille et flamboie et bénit,
Les constellations, ces hydres étoilées,
Les effluves du sombre et du profond, mêlées
A vos effusions, astres de diamant,
Et toute l'ombre avec tout le rayonnement!
L'infini tout entier d'extase se soulève.
Et, pendant ce temps-là, Satan, l'envieux, rêve.

La Terrasse, avril 1840.

V

A ANDRÉ CHÉNIER[1]

Oui, mon vers croit pouvoir, sans se mésallier,
Prendre à la prose un peu de son air familier.
André, c'est vrai, je ris quelquefois sur la lyre.
Voici pourquoi. Tout jeune encor, tâchant de lire
Dans le livre effrayant des forêts et des eaux,
J'habitais un parc sombre où jasaient des oiseaux,
Où des pleurs souriaient dans l'œil bleu des pervenches;
Un jour que je songeais seul au milieu des branches,
Un bouvreuil qui faisait le feuilleton du bois
M'a dit : « Il faut marcher à terre quelquefois.
» La nature est un peu moqueuse autour des hommes;
» O poëte, tes chants, ou ce qu'ainsi tu nommes,
» Lui ressembleraient mieux si tu les dégonflais.
» Les bois ont des soupirs, mais ils ont des sifflets.
» L'azur luit, quand parfois la gaîté le déchire;
» L'Olympe reste grand en éclatant de rire;
» Ne crois pas que l'esprit du poëte descend
» Lorsque entre deux grands vers un mot passe en dansant.
» Ce n'est pas un pleureur que le vent en démence;
» Le flot profond n'est pas un chanteur de romance;
» Et la nature, au fond des siècles et des nuits,
» Accouplant Rabelais à Dante plein d'ennuis,
» Et l'Ugolin sinistre au Grandgousier difforme,
» Près de l'immense deuil montre le rire énorme[2]. »

Les Roches, juillet 1830.

VI

LA VIE AUX CHAMPS

Le soir, à la campagne, on sort, on se promène,
Le pauvre dans son champ, le riche en son domaine;
Moi, je vais devant moi; le poëte en tout lieu
Se sent chez lui, sentant qu'il est partout chez Dieu.
Je vais volontiers seul. Je médite ou j'écoute.
Pourtant, si quelqu'un veut m'accompagner en route,
J'accepte. Chacun a quelque chose en l'esprit,
Et tout homme est un livre où Dieu lui-même écrit.
Chaque fois qu'en mes mains un de ces livres tombe,
Volume où vit une âme et que scelle la tombe,
J'y lis.

       Chaque soir donc, je m'en vais, j'ai congé,
Je sors. J'entre en passant chez des amis que j'ai.
On prend le frais, au fond du jardin, en famille.
Le serein mouille un peu les bancs sous la charmille;
N'importe! je m'assieds, et je ne sais pourquoi
Tous les petits enfants viennent autour de moi.
Dès que je suis assis, les voilà tous qui viennent.
C'est qu'ils savent que j'ai leurs goûts; ils se souviennent
Que j'aime comme eux l'air, les fleurs, les papillons,
Et les bêtes qu'on voit courir dans les sillons.
Ils savent que je suis un homme qui les aime,
Un être auprès duquel on peut jouer, et même
Crier, faire du bruit, parler à haute voix;
Que je riais comme eux et plus qu'eux autrefois,
Et qu'aujourd'hui, sitôt qu'à leurs ébats j'assiste,
Je leur souris encor, bien que je sois plus triste;
Ils disent, doux amis, que je ne sais jamais

Me fâcher; qu'on s'amuse avec moi; que je fais
Des choses en carton, des dessins à la plume;
Que je raconte, à l'heure où la lampe s'allume,
Oh! des contes charmants qui vous font peur la nuit,
Et qu'enfin je suis doux, pas fier et fort instruit.
Aussi, dès qu'on m'a vu : « Le voilà! » tous accourent.
Ils quittent jeux, cerceaux et balles; ils m'entourent
Avec leurs beaux grands yeux d'enfants, sans peur, sans fiel,
Qui semblent toujours bleus, tant on y voit le ciel!

Les petits — quand on est petit, on est très brave —
Grimpent sur mes genoux; les grands ont un air grave;
Ils m'apportent des nids de merles qu'ils ont pris,
Des albums, des crayons qui viennent de Paris;
On me consulte, on a cent choses à me dire,
On parle, on cause, on rit surtout; — j'aime le rire,
Non le rire ironique aux sarcasmes moqueurs,
Mais le doux rire honnête ouvrant bouches et cœurs,
Qui montre en même temps des âmes et des perles. —

J'admire les crayons, l'album, les nids de merles;
Et quelquefois on dit, quand j'ai bien admiré :
« Il est du même avis que monsieur le curé. »
Puis, lorsqu'ils ont jasé tous ensemble à leur aise,
Ils font soudain, les grands s'appuyant à ma chaise,
Et les petits toujours groupés sur mes genoux,
Un silence, et cela veut dire : « Parle-nous. »

Je leur parle de tout. Mes discours en eux sèment
Ou l'idée ou le fait. Comme ils m'aiment, ils aiment
Tout ce que je leur dis. Je leur montre du doigt
Le ciel, Dieu qui s'y cache, et l'astre qu'on y voit.
Tout, jusqu'à leur regard, m'écoute. Je dis comme
Il faut penser, rêver, chercher. Dieu bénit l'homme,
Non pour avoir trouvé, mais pour avoir cherché.
Je dis : Donnez l'aumône au pauvre humble et penché;
Recevez doucement la leçon ou le blâme.
Donner et recevoir, c'est faire vivre l'âme!
Je leur conte la vie, et que, dans nos douleurs,

Il faut que la bonté soit au fond de nos pleurs,
Et que, dans nos bonheurs, et que, dans nos délires,
Il faut que la bonté soit au fond de nos rires;
Qu'être bon, c'est bien vivre; et que l'adversité
Peut tout chasser d'une âme, excepté la bonté;
Et qu'ainsi les méchants, dans leur haine profonde,
Ont tort d'accuser Dieu. Grand Dieu! nul homme au monde
N'a droit, en choisissant sa route, en y marchant,
De dire que c'est toi qui l'as rendu méchant;
Car le méchant, Seigneur, ne t'est pas nécessaire.

Je leur raconte aussi l'histoire; la misère
Du peuple juif, maudit qu'il faut enfin bénir;
La Grèce, rayonnant jusque dans l'avenir;
Rome; l'antique Égypte et ses plaines sans ombre,
Et tout ce qu'on y voit de sinistre et de sombre.
Lieux effrayants! tout meurt; le bruit humain finit.
Tous ces démons taillés dans des blocs de granit,
Olympe monstrueux des époques obscures,
Les Sphinx, les Anubis, les Ammons, les Mercures,
Sont assis au désert depuis quatre mille ans.
Autour d'eux le vent souffle, et les sables brûlants
Montent comme une mer d'où sort leur tête énorme;
La pierre mutilée a gardé quelque forme
De statue ou de spectre, et rappelle d'abord
Les plis que fait un drap sur la face d'un mort;
On y distingue encor le front, le nez, la bouche,
Les yeux, je ne sais quoi d'horrible et de farouche
Qui regarde et qui vit, masque vague et hideux.
Le voyageur de nuit, qui passe à côté d'eux,
S'épouvante, et croit voir, aux lueurs des étoiles,
Des géants enchaînés et muets sous des voiles.

La Terrasse, août 1840.

VII

RÉPONSE A UN ACTE D'ACCUSATION [1]

Donc, c'est moi qui suis l'ogre et le bouc émissaire.
Dans ce chaos du siècle où votre cœur se serre,
J'ai foulé le bon goût et l'ancien vers françois
Sous mes pieds, et, hideux, j'ai dit à l'ombre : « Sois! »
Et l'ombre fut. — Voilà votre réquisitoire.
Langue, tragédie, art, dogmes, conservatoire,
Toute cette clarté s'est éteinte, et je suis
Le responsable, et j'ai vidé l'urne des nuits.
De la chute de tout je suis la pioche inepte;
C'est votre point de vue. Eh bien, soit, je l'accepte;
C'est moi que votre prose en colère a choisi;
Vous me criez : Racca; moi, je vous dis : Merci!
Cette marche du temps, qui ne sort d'une église
Que pour entrer dans l'autre, et qui se civilise,
Ces grandes questions d'art et de liberté,
Voyons-les, j'y consens, par le moindre côté
Et par le petit bout de la lorgnette. En somme,
J'en conviens, oui, je suis cet abominable homme [2];
Et, quoique, en vérité, je pense avoir commis
D'autres crimes encor que vous avez omis,
Avoir un peu touché les questions obscures,
Avoir sondé les maux, avoir cherché les cures,
De la vieille ânerie insulté les vieux bâts,
Secoué le passé du haut jusques en bas,
Et saccagé le fond tout autant que la forme,
Je me borne à ceci : je suis ce monstre énorme,
Je suis le démagogue horrible et débordé,
Et le dévastateur du vieil A B C D;
Causons.

Quand je sortis du collège, du thème,
Des vers latins, farouche, espèce d'enfant blême
Et grave, au front penchant, aux membres appauvris ;
Quand, tâchant de comprendre et de juger, j'ouvris
Les yeux sur la nature et sur l'art, l'idiome,
Peuple et noblesse, était l'image du royaume[1] ;
La poésie était la monarchie ; un mot
Était un duc et pair, ou n'était qu'un grimaud ;
Les syllabes pas plus que Paris et que Londre
Ne se mêlaient ; ainsi marchent sans se confondre
Piétons et cavaliers traversant le pont Neuf ;
La langue était l'état avant quatre-vingt-neuf ;
Les mots, bien ou mal nés, vivaient parqués en castes ;
Les uns, nobles, hantant les Phèdres, les Jocastes,
Les Méropes, ayant le décorum pour loi,
Et montant à Versaille aux carrosses du roi ;
Les autres, tas de gueux, drôles patibulaires,
Habitant les patois ; quelques-uns aux galères
Dans l'argot ; dévoués à tous les genres bas ;
Déchirés en haillons dans les halles ; sans bas,
Sans perruque ; créés pour la prose et la farce ;
Populace du style au fond de l'ombre éparse ;
Vilains, rustres, croquants, que Vaugelas leur chef
Dans le bagne Lexique avait marqués d'une F ;
N'exprimant que la vie abjecte et familière,
Vils, dégradés, flétris, bourgeois, bons pour Molière.
Racine regardait ces marauds de travers ;
Si Corneille en trouvait un blotti dans son vers,
Il le gardait, trop grand pour dire : Qu'il s'en aille ;
Et Voltaire criait : Corneille s'encanaille[2] !
Le bonhomme Corneille, humble, se tenait coi.
Alors, brigand, je vins ; je m'écriai : Pourquoi
Ceux-ci toujours devant, ceux-là toujours derrière ?
Et sur l'Académie, aïeule et douairière,
Cachant sous ses jupons les tropes effarés,
Et sur les bataillons d'alexandrins carrés,
Je fis souffler un vent révolutionnaire.
Je mis un bonnet rouge au vieux dictionnaire.

Plus de mot sénateur! Plus de mot roturier!
Je fis une tempête au fond de l'encrier,
Et je mêlai, parmi les ombres débordées,
Au peuple noir des mots l'essaim blanc des idées;
Et je dis : Pas de mot où l'idée au vol pur
Ne puisse se poser, tout humide d'azur!
Discours affreux! — Syllepse, hypallage, litote,
Frémirent; je montai sur la borne Aristote,
Et déclarai les mots égaux, libres, majeurs.
Tous les envahisseurs et tous les ravageurs,
Tous ces tigres, les huns, les scythes et les daces,
N'étaient que des toutous auprès de mes audaces;
Je bondis hors du cercle et brisai le compas.
Je nommai le cochon par son nom; pourquoi pas?
Guichardin[1] a nommé le Borgia! Tacite
Le Vitellius! Fauve, implacable, explicite,
J'ôtai du cou du chien stupéfait son collier
D'épithètes; dans l'herbe, à l'ombre du hallier,
Je fis fraterniser la vache et la génisse,
L'une étant Margoton et l'autre Bérénice.
Alors, l'ode, embrassant Rabelais, s'enivra;
Sur le sommet du Pinde on dansait Ça ira;
Les neuf muses, seins nus, chantaient la Carmagnole;
L'emphase frissonna dans sa fraise espagnole;
Jean, l'ânier, épousa la bergère Myrtil.
On entendit un roi dire : « Quelle heure est-il[2]? »
Je massacrai l'albâtre, et la neige, et l'ivoire;
Je retirai le jais de la prunelle noire,
Et j'osai dire au bras : Sois blanc, tout simplement.
Je violai du vers le cadavre fumant;
J'y fis entrer le chiffre; ô terreur! Mithridate
Du siège de Cyzique eût pu citer la date[3].
Jours d'effroi! les Laïs devinrent des catins.
Force mots, par Restaut[4] peignés tous les matins,
Et de Louis-Quatorze ayant gardé l'allure,
Portaient encor perruque; à cette chevelure
La Révolution, du haut de son beffroi,
Cria : « Transforme-toi! c'est l'heure. Remplis-toi
» De l'âme de ces mots que tu tiens prisonnière! »

Et la perruque alors rugit, et fut crinière.
Liberté! c'est ainsi qu'en nos rébellions,
Avec des épagnéuls nous fîmes des lions,
Et que, sous l'ouragan maudit que nous soufflâmes,
Toutes sortes de mots se couvrirent de flammes.
J'affichai sur Lhomond[1] des proclamations.
On y lisait : « — Il faut que nous en finissions!
» Au panier les Bouhours, les Batteux, les Brossettes[2]!
» A la pensée humaine ils ont mis les poucettes.
» Aux armes, prose et vers! formez vos bataillons!
» Voyez où l'on en est : la strophe a des bâillons,
» L'ode a les fers aux pieds, le drame est en cellule.
» Sur le Racine mort le Campistron[3] pullule! »
Boileau grinça des dents; je lui dis : Ci-devant,
Silence! et je criai dans la foudre et le vent :
Guerre à la rhétorique et paix à la syntaxe[4]!
Et tout quatre-vingt-treize éclata. Sur leur axe,
On vit trembler l'athos, l'ithos et le pathos[5].
Les matassins, lâchant Pourceaugnac et Cathos,
Poursuivant Dumarsais dans leur hideux bastringue,
Des ondes du Permesse emplirent leur seringue[6].
La syllabe, enjambant la loi qui la tria,
Le substantif manant, le verbe paria,
Accoururent. On but l'horreur jusqu'à la lie.
On les vit déterrer le songe d'Athalie;
Ils jetèrent au vent les cendres du récit
De Théramène; et l'astre Institut s'obscurcit.
Oui, de l'ancien régime ils ont fait tables rases,
Et j'ai battu des mains, buveur du sang des phrases,
Quand j'ai vu, par la strophe écumante et disant
Les choses dans un style énorme et rugissant,
L'Art poétique pris au collet dans la rue,
Et quand j'ai vu, parmi la foule qui se rue,
Pendre, par tous les mots que le bon goût proscrit,
La lettre aristocrate à la lanterne esprit.
Oui, je suis ce Danton! je suis ce Robespierre!
J'ai, contre le mot noble à la longue rapière,
Insurgé le vocable ignoble, son valet,
Et j'ai, sur Dangeau mort, égorgé Richelet[7].

Oui, c'est vrai, ce sont là quelques-uns de mes crimes.
J'ai pris et démoli la bastille des rimes.
J'ai fait plus : j'ai brisé tous les carcans de fer
Qui liaient le mot peuple, et tiré de l'enfer
Tous les vieux mots damnés, légions sépulcrales;
J'ai de la périphrase écrasé les spirales,
Et mêlé, confondu, nivelé sous le ciel
L'alphabet, sombre tour qui naquit de Babel;
Et je n'ignorais pas que la main courroucée
Qui délivre le mot, délivre la pensée.

L'unité, des efforts de l'homme est l'attribut.
Tout est la même flèche et frappe au même but.

Donc, j'en conviens, voilà, déduits en style honnête,
Plusieurs de mes forfaits, et j'apporte ma tête.
Vous devez être vieux, par conséquent, papa,
Pour la dixième fois j'en fais meâ culpâ.
Oui, si Beauzée[1] est dieu, c'est vrai, je suis athée.
La langue était en ordre, auguste, époussetée,
Fleurs-de-lis d'or, Tristan[2] et Boileau, plafond bleu,
Les quarante fauteuils et le trône au milieu;
Je l'ai troublée, et j'ai, dans ce salon illustre,
Même un peu cassé tout; le mot propre, ce rustre,
N'était que caporal : je l'ai fait colonel;
J'ai fait un jacobin du pronom personnel,
Du participe, esclave à la tête blanchie,
Une hyène, et du verbe une hydre d'anarchie.
Vous tenez le *reum confitentem*[3]. Tonnez!
J'ai dit à la narine : Eh mais! tu n'es qu'un nez!
J'ai dit au long fruit d'or : Mais tu n'es qu'une poire!
J'ai dit à Vaugelas : Tu n'es qu'une mâchoire!
J'ai dit aux mots : Soyez république! soyez
La fourmilière immense, et travaillez! croyez,
Aimez, vivez! — J'ai mis tout en branle, et, morose,
J'ai jeté le vers noble aux chiens noirs de la prose.

Et, ce que je faisais, d'autres l'ont fait aussi;
Mieux que moi. Calliope, Euterpe au ton transi,

Polymnie[1], ont perdu leur gravité postiche.
Nous faisons basculer la balance hémistiche.
C'est vrai, maudissez-nous. Le vers, qui sur son front
Jadis portait toujours douze plumes en rond,
Et sans cesse sautait sur la double raquette
Qu'on nomme prosodie et qu'on nomme étiquette,
Rompt désormais la règle et trompe le ciseau,
Et s'échappe, volant qui se change en oiseau,
De la cage césure, et fuit vers la ravine,
Et vole dans les cieux, alouette divine.

Tous les mots à présent planent dans la clarté.
Les écrivains ont mis la langue en liberté.
Et, grâce à ces bandits, grâce à ces terroristes,
Le vrai, chassant l'essaim des pédagogues tristes,
L'imagination, tapageuse aux cent voix,
Qui casse des carreaux dans l'esprit des bourgeois,
La poésie au front triple, qui rit, soupire
Et chante, raille et croit; que Plaute et que Shakespeare
Semaient, l'un sur la plebs, et l'autre sur le mob[2];
Qui verse aux nations la sagesse de Job
Et la raison d'Horace à travers sa démence[3];
Qu'enivre de l'azur la frénésie immense,
Et qui, folle sacrée aux regards éclatants,
Monte à l'éternité par les degrés du temps,
La muse reparaît, nous reprend, nous ramène,
Se remet à pleurer sur la misère humaine,
Frappe et console, va du zénith au nadir,
Et fait sur tous les fronts reluire et resplendir
Son vol, tourbillon, lyre, ouragan d'étincelles,
Et ses millions d'yeux sur ses millions d'ailes.

Le mouvement complète ainsi son action.
Grâce à toi, progrès saint, la Révolution
Vibre aujourd'hui dans l'air, dans la voix, dans le livre.
Dans le mot palpitant le lecteur la sent vivre.
Elle crie, elle chante, elle enseigne, elle rit.
Sa langue est déliée ainsi que son esprit.
Elle est dans le roman, parlant tout bas aux femmes.

Elle ouvre maintenant deux yeux où sont deux flammes,
L'un sur le citoyen, l'autre sur le penseur.
Elle prend par la main la Liberté, sa sœur,
Et la fait dans tout homme entrer par tous les pores.
Les préjugés, formés, comme les madrépores,
Du sombre entassement des abus sous les temps,
Se dissolvent au choc de tous les mots flottants
Pleins de sa volonté, de son but, de son âme.
Elle est la prose, elle est le vers, elle est le drame;
Elle est l'expression, elle est le sentiment,
Lanterne dans la rue, étoile au firmament.
Elle entre aux profondeurs du langage insondable;
Elle souffle dans l'art, porte-voix formidable;
Et, c'est Dieu qui le veut, après avoir rempli
De ses fiertés le peuple, effacé le vieux pli
Des fronts, et relevé la foule dégradée,
Et s'être faite droit, elle se fait idée!

Paris, janvier 1834.

VIII

SUITE

Car le mot, qu'on le sache, est un être vivant[1].
La main du songeur vibre et tremble en l'écrivant;
La plume, qui d'une aile allongeait l'envergure,
Frémit sur le papier quand sort cette figure,
Le mot, le terme, type on ne sait d'où venu,
Face de l'invisible, aspect de l'inconnu;
Créé, par qui? forgé, par qui? jailli de l'ombre;
Montant et descendant dans notre tête sombre,

Trouvant toujours le sens comme l'eau le niveau;
Formule des lueurs flottantes du cerveau.

Oui, vous tous, comprenez que les mots sont des choses.
Ils roulent pêle-mêle au gouffre obscur des proses,
Ou font gronder le vers, orageuse forêt.
Du sphinx Esprit Humain le mot sait le secret.
Le mot veut, ne veut pas, accourt, fée ou bacchante,
S'offre, se donne ou fuit; devant Néron qui chante
Ou Charles-Neuf qui rime, il recule hagard;
Tel mot est un sourire, et tel autre un regard;
De quelque mot profond tout homme est le disciple;
Toute force ici-bas a le mot pour multiple;
Moulé sur le cerveau, vif ou lent, grave ou bref,
Le creux du crâne humain lui donne son relief;
La vieille empreinte y reste auprès de la nouvelle;
Ce qu'un mot ne sait pas, un autre le révèle;
Les mots heurtent le front comme l'eau le récif;
Ils fourmillent, ouvrant dans notre esprit pensif
Des griffes ou des mains, et quelques-uns des ailes;
Comme en un âtre noir errent des étincelles.
Rêveurs, tristes, joyeux, amers, sinistres, doux,
Sombre peuple, les mots vont et viennent en nous;
Les mots sont les passants mystérieux de l'âme.

Chacun d'eux porte une ombre ou secoue une flamme;
Chacun d'eux du cerveau garde une région;
Pourquoi? c'est que le mot s'appelle Légion[1];
C'est que chacun, selon l'éclair qui le traverse,
Dans le labeur commun fait une œuvre diverse;
C'est que, de ce troupeau de signes et de sons
Qu'écrivant ou parlant, devant nous nous chassons,
Naissent les cris, les chants, les soupirs, les harangues;
C'est que, présent partout, nain caché sous les langues,
Le mot tient sous ses pieds le globe et l'asservit;
Et, de même que l'homme est l'animal où vit
L'âme, clarté d'en haut par le corps possédée,
C'est que Dieu fait du mot la bête de l'idée.

Le mot fait vibrer tout au fond de nos esprits.
Il remue, en disant : Béatrix, Lycoris,
Dante au Campo-Santo, Virgile au Pausilippe [1].
De l'océan pensée il est le noir polype.
Quand un livre jaillit d'Eschyle ou de Manou [2],
Quand saint Jean à Patmos écrit sur son genou,
On voit, parmi leurs vers pleins d'hydres et de stryges,
Des mots monstres ramper dans ces œuvres prodiges.

O main de l'impalpable! ô pouvoir surprenant!
Mets un mot sur un homme, et l'homme frissonnant
Sèche et meurt, pénétré par la force profonde;
Attache un mot vengeur au flanc de tout un monde,
Et le monde, entraînant pavois, glaive, échafaud,
Ses lois, ses mœurs, ses dieux, s'écoule sous le mot.
Cette toute-puissance immense sort des bouches.
La terre est sous les mots comme un champ sous les mouches.
Le mot dévore, et rien ne résiste à sa dent.
A son haleine, l'âme et la lumière aidant,
L'obscure énormité lentement s'exfolie.
Il met sa force sombre en ceux que rien ne plie;
Caton a dans les reins cette syllabe : NON.
Tous les grands obstinés, Brutus, Colomb, Zénon,
Ont ce mot flamboyant qui luit sous leur paupière :
ESPÉRANCE! — Il entr'ouvre une bouche de pierre
Dans l'enclos formidable où les morts ont leur lit,
Et voilà que don Juan pétrifié pâlit!
Il fait le marbre spectre, il fait l'homme statue.
Il frappe, il blesse, il marque, il ressuscite, il tue.
Nemrod dit : « Guerre! » Alors, du Gange à l'Ilissus,
Le fer luit, le sang coule. « Aimez-vous! » dit Jésus,
Et ce mot à jamais brille et se réverbère
Dans le vaste univers, sur tous, sur toi, Tibère,
Dans les cieux, sur les fleurs, sur l'homme rajeuni,
Comme le flamboiement d'amour de l'infini!

Quand, aux jours où la terre entr'ouvrait sa corolle,
Le premier homme dit la première parole,

Le mot né de sa lèvre, et que tout entendit,
Rencontra dans les cieux la lumière, et lui dit :
« Ma sœur!

   » Envole-toi! plane! sois éternelle!
» Allume l'astre! emplis à jamais la prunelle!
» Échauffe éthers, azurs, sphères, globes ardents;
» Éclaire le dehors, j'éclaire le dedans.
» Tu vas être une vie, et je vais être l'autre.
» Sois la langue de feu, ma sœur, je suis l'apôtre.
» Surgis, effare l'ombre, éblouis l'horizon,
» Sois l'aube; je te vaux, car je suis la raison.
» A toi les yeux, à moi les fronts. O ma sœur blonde,
» Sous le réseau Clarté tu vas saisir le monde;
» Avec tes rayons d'or tu vas lier entre eux
» Les terres, les soleils, les fleurs, les flots vitreux,
» Les champs, les cieux; et moi, je vais lier les bouches;
» Et sur l'homme, emporté par mille essors farouches,
» Tisser, avec des fils d'harmonie et de jour,
» Pour prendre tous les cœurs, l'immense toile Amour.
» J'existais avant l'âme. Adam n'est pas mon père.
» J'étais même avant toi : tu n'aurais pu, lumière,
» Sortir sans moi du gouffre où tout rampe enchaîné;
» Mon nom est FIAT LUX, et je suis ton aîné [1]! »

Oui, tout-puissant! tel est le mot. Fou qui s'en joue!
Quand l'erreur fait un nœud dans l'homme, il le dénoue.
Il est foudre dans l'ombre et ver dans le fruit mûr.
Il sort d'une trompette, il tremble sur un mur,
Et Balthazar chancelle, et Jéricho s'écroule.
Il s'incorpore au peuple, étant lui-même foule.
Il est vie, esprit, germe, ouragan, vertu, feu;
Car le mot, c'est le Verbe, et le Verbe, c'est Dieu.

Jersey, juin 1855.

IX

Le poëme éploré se lamente; le drame
Souffre, et par vingt acteurs répand à flots son âme;
Et la foule accoudée un moment s'attendrit,
Puis reprend : « Bah! l'auteur est un homme d'esprit,
» Qui, sur de faux héros lançant de faux tonnerres,
» Rit de nous voir pleurer leurs maux imaginaires.
» Ma femme, calme-toi; sèche tes yeux, ma sœur. »
La foule a tort : l'esprit, c'est le cœur; le penseur
Souffre de sa pensée et se brûle à sa flamme.
Le poëte a saigné le sang qui sort du drame;
Tous ces êtres qu'il fait l'étreignent de leurs nœuds;
Il tremble en eux, il vit en eux, il meurt en eux;
Dans sa création le poëte tressaille;
Il est elle, elle est lui; quand dans l'ombre il travaille,
Il pleure, et, s'arrachant les entrailles, les met
Dans son drame, et, sculpteur, seul sur son noir sommet,
Pétrit sa propre chair dans l'argile sacrée;
Il y renaît sans cesse, et ce songeur qui crée
Othello d'une larme, Alceste d'un sanglot,
Avec eux pêle-mêle en ses œuvres éclôt.
Dans sa genèse immense et vraie, une et diverse,
Lui, le souffrant du mal éternel, il se verse,
Sans épuiser son flanc d'où sort une clarté.
Ce qui fait qu'il est dieu, c'est plus d'humanité.
Il est génie, étant, plus que les autres, homme.
Corneille est à Rouen, mais son âme est à Rome;
Son front des vieux Catons porte le mâle ennui.
Comme Shakspeare est pâle! avant Hamlet, c'est lui
Que le fantôme attend sur l'âpre plate-forme,
Pendant qu'à l'horizon surgit la lune énorme.
Du mal dont rêve Argan, Poquelin est mourant;

Il rit : oui, peuple, il râle! Avec Ulysse errant,
Homère éperdu fuit dans la brume marine.
Saint Jean frissonne; au fond de sa sombre poitrine
L'Apocalypse horrible agite son tocsin.
Eschyle! Oreste marche et rugit dans ton sein,
Et c'est, ô noir poëte à la lèvre irritée,
Sur ton crâne géant qu'est cloué Prométhée.

Paris, janvier 1834.

X

A MADAME D. G. DE G.[1]

Jadis je vous disais : — Vivez, régnez, madame!
Le salon vous attend! le succès vous réclame!
Le bal éblouissant pâlit quand vous partez!
Soyez illustre et belle! aimez! riez! chantez!
Vous avez la splendeur des astres et des roses!
Votre regard charmant, où je lis tant de choses,
Commente vos discours légers et gracieux.
Ce que dit votre bouche étincelle en vos yeux.
Il semble, quand parfois un chagrin vous alarme,
Qu'ils versent une perle et non pas une larme.
Même quand vous rêvez, vous souriez encor.
Vivez, fêtée et fière, ô belle aux cheveux d'or!
Maintenant vous voilà pâle, grave, muette,
Morte, et transfigurée, et je vous dis : — Poëte!
Viens me chercher! Archange! être mystérieux!
Fais pour moi transparents et la terre et les cieux!
Révèle-moi, d'un mot de ta bouche profonde,
La grande énigme humaine et le secret du monde!
Confirme en mon esprit Descarte ou Spinosa!

Car tu sais le vrai nom de celui qui perça,
Pour que nous puissions voir sa lumière sans voiles,
Ces trous du noir plafond qu'on nomme les étoiles!
Car je te sens flotter sous mes rameaux penchants;
Car ta lyre invisible a de sublimes chants!
Car mon sombre océan, où l'esquif s'aventure,
T'épouvante et te plaît; car la sainte nature,
La nature éternelle, et les champs, et les bois,
Parlent à ta grande âme avec leur grande voix!

Paris, 1840. — Jersey, 1855.

XI

LISE[1]

J'avais douze ans; elle en avait bien seize.
Elle était grande, et, moi, j'étais petit.
Pour lui parler le soir plus à mon aise,
Moi, j'attendais que sa mère sortît;
Puis je venais m'asseoir près de sa chaise
Pour lui parler le soir plus à mon aise.

Que de printemps passés avec leurs fleurs!
Que de feux morts, et que de tombes closes!
Se souvient-on qu'il fut jadis des cœurs?
Se souvient-on qu'il fut jadis des roses?
Elle m'aimait. Je l'aimais. Nous étions
Deux purs enfants, deux parfums, deux rayons.

Dieu l'avait faite ange, fée et princesse.
Comme elle était bien plus grande que moi,
Je lui faisais des questions sans cesse
Pour le plaisir de lui dire : Pourquoi?

Et par moments elle évitait, craintive,
Mon œil rêveur qui la rendait pensive.

Puis j'étalais mon savoir enfantin,
Mes jeux, la balle et la toupie agile;
J'étais tout fier d'apprendre le latin;
Je lui montrais mon Phèdre et mon Virgile;
Je bravais tout; rien ne me faisait mal;
Je lui disais : Mon père est général.

Quoiqu'on soit femme, il faut parfois qu'on lise
Dans le latin, qu'on épelle en rêvant;
Pour lui traduire un verset, à l'église,
Je me penchais sur son livre souvent.
Un ange ouvrait sur nous son aile blanche,
Quand nous étions à vêpres le dimanche.

Elle disait de moi : C'est un enfant!
Je l'appelais mademoiselle Lise.
Pour lui traduire un psaume, bien souvent,
Je me penchais sur son livre à l'église;
Si bien qu'un jour, vous le vîtes, mon Dieu!
Sa joue en fleur toucha ma lèvre en feu.

Jeunes amours, si vite épanouies,
Vous êtes l'aube et le matin du cœur.
Charmez l'enfant, extases inouïes!
Et, quand le soir vient avec la douleur,
Charmez encor nos âmes éblouies,
Jeunes amours, si vite épanouies!

                                        Mai 1843.

XII

VERE NOVO[1]

Comme le matin rit sur les roses en pleurs!
Oh! les charmants petits amoureux qu'ont les fleurs!
Ce n'est dans les jasmins, ce n'est dans les pervenches
Qu'un éblouissement de folles ailes blanches
Qui vont, viennent, s'en vont, reviennent, se fermant,
Se rouvrant, dans un vaste et doux frémissement.
O printemps! quand on songe à toutes les missives
Qui des amants rêveurs vont aux belles pensives,
A ces cœurs confiés au papier, à ce tas
De lettres que le feutre écrit au taffetas,
Aux messages d'amour, d'ivresse et de délire
Qu'on reçoit en avril et qu'en mai l'on déchire,
On croit voir s'envoler, au gré du vent joyeux,
Dans les prés, dans les bois, sur les eaux, dans les cieux,
Et rôder en tous lieux, cherchant partout une âme,
Et courir à la fleur en sortant de la femme,
Les petits morceaux blancs, chassés en tourbillons,
De tous les billets doux, devenus papillons.

Mai 1831.

XIII

A PROPOS D'HORACE

Marchands de grec! marchands de latin! cuistres! dogues!
Philistins! magisters! je vous hais, pédagogues!
Car, dans votre aplomb grave, infaillible, hébété,
Vous niez l'idéal, la grâce et la beauté!
Car vos textes, vos lois, vos règles sont fossiles!
Car, avec l'air profond, vous êtes imbéciles!
Car vous enseignez tout, et vous ignorez tout!
Car vous êtes mauvais et méchants! — Mon sang bout
Rien qu'à songer au temps où, rêveuse bourrique,
Grand diable de seize ans, j'étais en rhétorique!
Que d'ennuis! de fureurs! de bêtises! — gredins! —
Que de froids châtiments et que de chocs soudains!
« Dimanche en retenue et cinq cents vers d'Horace! »
Je regardais le monstre aux ongles noirs de crasse,
Et je balbutiais : « Monsieur... — Pas de raisons!
Vingt fois l'ode à Plancus et l'épître aux Pisons! »
Or j'avais justement, ce jour-là, — douce idée
Qui me faisait rêver d'Armide et d'Haydée[1], —
Un rendez-vous avec la fille du portier.
Grand Dieu! perdre un tel jour! le perdre tout entier!
Je devais, en parlant d'amour, extase pure!
En l'enivrant avec le ciel et la nature,
La mener, si le temps n'était pas trop mauvais,
Manger de la galette aux buttes Saint-Gervais[2]!
Rêve heureux! je voyais, dans ma colère bleue,
Tout cet éden, congé, les lilas, la banlieue,
Et j'entendais, parmi le thym et le muguet,
Les vagues violons de la mère Saguet[3]!
O douleur! Furieux, je montais à ma chambre,

Fournaise au mois de juin et glacière en décembre,
Et, là, je m'écriais :

— Horace! ô bon garçon!
Qui vivais dans le calme et selon la raison,
Et qui t'allais poser, dans ta sagesse franche,
Sur tout, comme l'oiseau se pose sur la branche,
Sans peser, sans rester, ne demandant aux dieux
Que le temps de chanter ton chant libre et joyeux!
Tu marchais, écoutant le soir, sous les charmilles,
Les rires étouffés des folles jeunes filles,
Les doux chuchotements dans l'angle obscur du bois [1];
Tu courtisais ta belle esclave quelquefois,
Myrtale aux blonds cheveux, qui s'irrite et se cabre
Comme la mer creusant les golfes de Calabre [2];
Ou bien tu t'accoudais à table, buvant sec
Ton vin que tu mettais toi-même en un pot grec.
Pégase te soufflait des vers de sa narine;
Tu songeais; tu faisais des odes à Barine,
A Mécène, à Virgile, à ton champ de Tibur,
A Chloé qui passait le long de ton vieux mur,
Portant sur son beau front l'amphore délicate.
La nuit, lorsque Phœbé devient la sombre Hécate [3],
Les halliers s'emplissaient pour toi de visions;
Tu voyais des lueurs, des formes, des rayons,
Cerbère se frotter, la queue entre les jambes,
A Bacchus, dieu des vins et père des ïambes;
Silène digérer dans sa grotte, pensif [4];
Et se glisser dans l'ombre, et s'enivrer, lascif,
Aux blanches nudités des nymphes peu vêtues,
Le faune aux pieds de chèvre, aux oreilles pointues!
Horace, quand grisé d'un petit vin sabin,
Tu surprenais Glycère ou Lycoris au bain,
Qui t'eût dit, ô Flaccus [5]! quand tu peignais à Rome
Les jeunes chevaliers courant dans l'hippodrome,
Comme Molière a peint en France les marquis,
Que tu faisais ces vers charmants, profonds, exquis,
Pour servir, dans le siècle odieux où nous sommes,
D'instruments de torture à d'horribles bonshommes,

Mal peignés, mal vêtus, qui mâchent, lourds pédants,
Comme un singe une fleur, ton nom entre leurs dents!
Grimauds hideux qui n'ont, tant leur tête est vidée,
Jamais eu de maîtresse et jamais eu d'idée!

Puis j'ajoutais, farouche :
                  — O cancres! qui mettez
Une soutane aux dieux de l'éther irrités,
Un béguin à Diane, et qui de vos tricornes
Coiffez sinistrement les olympiens mornes,
Eunuques, tourmenteurs, crétins, soyez maudits!
Car vous êtes les vieux, les noirs, les engourdis;
Car vous êtes l'hiver; car vous êtes, ô cruches!
L'ours qui va dans les bois cherchant un arbre à ruches,
L'ombre, le plomb, la mort, la tombe, le néant!
Nul ne vit près de vous dressé sur son séant;
Et vous pétrifiez d'une haleine sordide
Le jeune homme naïf, étincelant, splendide;
Et vous vous approchez de l'aurore, endormeurs!
A Pindare serein plein d'épiques rumeurs,
A Sophocle, à Térence, à Plaute, à l'ambroisie,
O traîtres, vous mêlez l'antique hypocrisie,
Vos ténèbres, vos mœurs, vos jougs, vos exeats[1],
Et l'assoupissement des noirs couvents béats,
Vos coups d'ongle rayant tous les sublimes livres,
Vos préjugés qui font vos yeux de brouillard ivres,
L'horreur de l'avenir, la haine du progrès;
Et vous faites, sans peur, sans pitié, sans regrets,
A la jeunesse, aux cœurs vierges, à l'espérance,
Boire dans votre nuit ce vieil opium rance!
O fermoirs de la bible humaine! sacristains
De l'art, de la science, et des maîtres lointains,
Et de la vérité que l'homme aux cieux épelle,
Vous changez ce grand temple en petite chapelle!
Guichetiers de l'esprit, faquins dont le goût sûr
Mène en laisse le beau, porte-clefs de l'azur,
Vous prenez Théocrite, Eschyle aux sacrés voiles,
Tibulle plein d'amour, Virgile plein d'étoiles,
Vous faites de l'enfer avec ces paradis!

Et, ma rage croissant, je reprenais :

                                  — Maudits,
Ces monastères sourds! bouges! prisons haïes!
Oh! comme on fit jadis au pédant de Veïes[1],
Culotte bas, vieux tigre! Écoliers! écoliers!
Accourez par essaims, par bandes, par milliers,
Du gamin de Paris au grœculus de Rome[2],
Et coupez du bois vert, et fouaillez-moi cet homme!
Jeunes bouches, mordez le metteur de bâillons!
Le mannequin sur qui l'on drape des haillons
A tout autant d'esprit que ce cuistre en son antre,
Et tout autant de cœur; et l'un a dans le ventre
Du latin et du grec comme l'autre a du foin.
Ah! je prends Phyllodoce et Xanthis[3] à témoin
Que je suis amoureux de leurs claires tuniques;
Mais je hais l'affreux tas des vils pédants iniques!
Confier un enfant, je vous demande un peu,
A tous ces êtres noirs! autant mettre, morbleu,
La mouche en pension chez une tarentule!
Ces moines, expliquer Platon, lire Catulle,
Tacite racontant le grand Agricola,
Lucrèce! eux, déchiffrer Homère, ces gens-là!
Ces diacres, ces bedeaux dont le groin renifle!
Crânes d'où sort la nuit, pattes d'où sort la gifle,
Vieux dadais à l'air rogue, au sourcil triomphant,
Qui ne savent pas même épeler un enfant!
Ils ignorent comment l'âme naît et veut croître.
Cela vous a Laharpe et Nonotte[4] pour cloître!
Ils en sont à l'A, B, C, D du cœur humain;
Ils sont l'horrible Hier qui veut tuer Demain;
Ils offrent à l'aiglon leurs règles d'écrevisses.
Et puis ces noirs tessons ont une odeur de vices.
O vieux pots égueulés des soifs qu'on ne dit pas!
Le pluriel met une S à leurs meâs culpâs,
Les boucs mystérieux, en les voyant, s'indignent,
Et, quand on dit : « Amour! » terre et cieux! ils se signent.
Leur vieux viscère mort insulte au cœur naissant.

Ils le prennent de haut avec l'adolescent,
Et ne tolèrent pas le jour entrant dans l'âme
Sous la forme pensée ou sous la forme femme.
Quand la muse apparaît, ces hurleurs de holà
Disent : « Qu'est-ce que c'est que cette folle-là? »
Et, devant ses beautés, de ses rayons accrues,
Ils reprennent : « Couleurs dures, nuances crues;
» Vapeurs, illusions, rêves; et quel travers
» Avez-vous de fourrer l'arc-en-ciel dans vos vers? »
Ils raillent les enfants, ils raillent les poëtes;
Ils font aux rossignols leurs gros yeux de chouettes;
L'enfant est l'ignorant, ils sont l'ignorantin;
Ils raturent l'esprit, la splendeur, le matin;
Ils sarclent l'idéal ainsi qu'un barbarisme,
Et ces culs de bouteille ont le dédain du prisme!

Ainsi l'on m'entendait dans ma geôle crier.

Le monologue avait le temps de varier.
Et je m'exaspérais, faisant la faute énorme,
Ayant raison au fond, d'avoir tort dans la forme.
Après l'abbé Tuet, je maudissais Bezout[1];
Car, outre les pensums où l'esprit se dissout,
J'étais alors en proie à la mathématique.
Temps sombre! enfant ému du frisson poétique,
Pauvre oiseau qui heurtais du crâne mes barreaux,
On me livrait tout vif aux chiffres, noirs bourreaux;
On me faisait de force ingurgiter l'algèbre;
On me liait au fond d'un Boisbertrand funèbre;
On me tordait, depuis les ailes jusqu'au bec,
Sur l'affreux chevalet des X et des Y;
Hélas, on me fourrait sous les os maxillaires
Le théorème orné de tous ses corollaires;
Et je me débattais, lugubre patient
Du diviseur prêtant main-forte au quotient.
De là mes cris.

      Un jour, quand l'homme sera sage,

Lorsqu'on n'instruira plus les oiseaux par la cage,
Quand les sociétés difformes sentiront
Dans l'enfant mieux compris se redresser leur front,
Que, des libres essors ayant sondé les règles,
On connaîtra la loi de croissance des aigles,
Et que le plein midi rayonnera pour tous,
Savoir étant sublime, apprendre sera doux.
Alors, tout en laissant au sommet des études
Les grands livres latins et grecs, ces solitudes
Où l'éclair gronde, où luit la mer, où l'astre rit,
Et qu'emplissent les vents immenses de l'esprit,
C'est en les pénétrant d'explication tendre,
En les faisant aimer, qu'on les fera comprendre.
Homère emportera dans son vaste reflux
L'écolier ébloui; l'enfant ne sera plus
Une bête de somme attelée à Virgile;
Et l'on ne verra plus ce vif esprit agile
Devenir, sous le fouet d'un cuistre ou d'un abbé,
Le lourd cheval poussif du pensum embourbé.
Chaque village aura, dans un temple rustique,
Dans la lumière, au lieu du magister antique,
Trop noir pour que jamais le jour y pénétrât,
L'instituteur lucide et grave, magistrat
Du progrès, médecin de l'ignorance, et prêtre
De l'idée; et dans l'ombre on verra disparaître
L'éternel écolier et l'éternel pédant.
L'aube vient en chantant, et non pas en grondant.
Nos fils riront de nous dans cette blanche sphère;
Ils se demanderont ce que nous pouvions faire
Enseigner au moineau par le hibou hagard.
Alors, le jeune esprit et le jeune regard
Se lèveront avec une clarté sereine
Vers la science auguste, aimable et souveraine;
Alors, plus de grimoire obscur, fade, étouffant;
Le maître, doux apôtre incliné sur l'enfant,
Fera, lui versant Dieu, l'azur et l'harmonie,
Boire la petite âme à la coupe infinie.
Alors, tout sera vrai, lois, dogmes, droits, devoirs.
Tu laisseras passer dans tes jambages noirs

Une pure lueur, de jour en jour moins sombre,
O nature, alphabet des grandes lettres d'ombre!

Paris, mai 1831.

XIV

A GRANVILLE, EN 1836[1]

Voici juin. Le moineau raille
Dans les champs les amoureux;
Le rossignol de muraille
Chante dans son nid pierreux.

Les herbes et les branchages,
Pleins de soupirs et d'abois,
Font de charmants rabâchages
Dans la profondeur des bois.

La grive et la tourterelle
Prolongent, dans les nids sourds,
La ravissante querelle
Des baisers et des amours.

Sous les treilles de la plaine,
Dans l'antre où verdit l'osier,
Virgile enivre Silène[2],
Et Rabelais Grandgousier.

O Virgile, verse à boire!
Verse à boire, ô Rabelais!
La forêt est une gloire;
La caverne est un palais!

Il n'est pas de lac ni d'île
Qui ne nous prenne au gluau,
Qui n'improvise une idylle,
Ou qui ne chante un duo.

Car l'amour chasse aux bocages,
Et l'amour pêche aux ruisseaux,
Car les belles sont les cages
Dont nos cœurs sont les oiseaux.

De la source, sa cuvette,
La fleur, faisant son miroir,
Dit : « Bonjour », à la fauvette,
Et dit au hibou : « Bonsoir ».

Le toit espère la gerbe,
Pain d'abord et chaume après;
La croupe du bœuf dans l'herbe
Semble un mont dans les forêts.

L'étang rit à la macreuse,
Le pré rit au loriot,
Pendant que l'ornière creuse
Gronde le lourd chariot.

L'or fleurit en giroflée;
L'ancien zéphyr fabuleux
Souffle avec sa joue enflée
Au fond des nuages bleus.

Jersey, sur l'onde docile,
Se drape d'un beau ciel pur,
Et prend des airs de Sicile
Dans un grand haillon d'azur.

Partout l'églogue est écrite;
Même en la froide Albion,
L'air est plein de Théocrite,
Le vent sait par cœur Bion;

Et redit, mélancolique,
La chanson que fredonna
Moschus, grillon bucolique
De la cheminée Etna[1].

L'hiver tousse, vieux phthisique,
Et s'en va; la brume fond;
Les vagues font la musique
Des vers que les arbres font.

Toute la nature sombre
Verse un mystérieux jour;
L'âme qui rêve a plus d'ombre
Et la fleur a plus d'amour.

L'herbe éclate en pâquerettes;
Les parfums, qu'on croit muets,
Content les peines secrètes
Des liserons aux bleuets.

Les petites ailes blanches
Sur les eaux et les sillons
S'abattent en avalanches;
Il neige des papillons.

Et sur la mer, qui reflète
L'aube au sourire d'émail,
La bruyère violette
Met au vieux mont un camail;

Afin qu'il puisse, à l'abîme
Qu'il contient et qu'il bénit,
Dire sa messe sublime
Sous sa mitre de granit.

Granville, juin 1836

XV

LA COCCINELLE

Elle me dit : « Quelque chose
» Me tourmente. » Et j'aperçus
Son cou de neige, et, dessus,
Un petit insecte rose.

J'aurais dû — mais, sage ou fou,
A seize ans on est farouche, —
Voir le baiser sur sa bouche
Plus que l'insecte à son cou.

On eût dit un coquillage;
Dos rose et taché de noir.
Les fauvettes pour nous voir
Se penchaient dans le feuillage.

Sa bouche fraîche était là :
Je me courbai sur la belle,
Et je pris la coccinelle;
Mais le baiser s'envola.

« Fils, apprends comme on me nomme »,
Dit l'insecte du ciel bleu,
« Les bêtes sont au bon Dieu;
» Mais la bêtise est à l'homme. »

Paris, mai 1830.

XVI

VERS 1820

Denise, ton mari, notre vieux pédagogue,
Se promène; il s'en va troubler la fraîche églogue
Du bel adolescent Avril dans la forêt;
Tout tremble et tout devient pédant, dès qu'il paraît :
L'âne bougonne un thème au bœuf son camarade;
Le vent fait sa tartine, et l'arbre sa tirade,
L'églantier verdissant, doux garçon qui grandit,
Déclame le récit de Théramène, et dit :
Son front large est armé de cornes menaçantes.

Denise, cependant tu rêves et tu chantes,
A l'âge où l'innocence ouvre sa vague fleur,
Et, d'un œil ignorant, sans joie et sans douleur,
Sans crainte et sans désir, tu vois, à l'heure où rentre
L'étudiant en classe et le docteur dans l'antre,
Venir à toi, montant ensemble l'escalier,
L'ennui, maître d'école, et l'amour, écolier.

XVII

A M. FROMENT MEURICE [1]

Nous sommes frères : la fleur
Par deux arts peut être faite.
Le poëte est ciseleur,
Le ciseleur est poëte.

Poëtes ou ciseleurs,
Par nous l'esprit se révèle.
Nous rendons les bons meilleurs,
Tu rends la beauté plus belle.

Sur son bras ou sur son cou,
Tu fais de tes rêveries,
Statuaire du bijou,
Des palais de pierreries!

Ne dis pas : « Mon art n'est rien... »
Sors de la route tracée,
Ouvrier magicien,
Et mêle à l'or la pensée!

Tous les penseurs, sans chercher
Qui finit ou qui commence,
Sculptent le même rocher :
Ce rocher, c'est l'art immense.

Michel-Ange, grand vieillard,
En larges blocs qu'il nous jette,
Le fait jaillir au hasard;
Benvenuto nous l'émiette.

Et, devant l'art infini,
Dont jamais la loi ne change,
La miette de Cellini
Vaut le bloc de Michel-Ange.

Tout est grand; sombre ou vermeil,
Tout feu qui brille est une âme.
L'étoile vaut le soleil;
L'étincelle vaut la flamme.

                                   Paris, 22 octobre 1841.

XVIII

LES OISEAUX

Je rêvais dans un grand cimetière désert;
De mon âme et des morts j'écoutais le concert,
Parmi les fleurs de l'herbe et les croix de la tombe.
Dieu veut que ce qui naît sorte de ce qui tombe.
Et l'ombre m'emplissait.

                    Autour de moi, nombreux,
Gais, sans avoir souci de mon front ténébreux,
Dans ce champ, lit fatal de la sieste dernière,
Des moineaux francs faisaient l'école buissonnière.
C'était l'éternité que taquine l'instant.
Ils allaient et venaient, chantant, volant, sautant,
Égratignant la mort de leurs griffes pointues,
Lissant leur bec au nez lugubre des statues,
Becquetant les tombeaux, ces grains mystérieux.
Je pris ces tapageurs ailés au sérieux;
Je criai : — Paix aux morts! vous êtes des harpies.

— Nous sommes des moineaux, me dirent ces impies.
— Silence! allez-vous-en! repris-je, peu clément.
Ils s'enfuirent; j'étais le plus fort. Seulement,
Un d'eux resta derrière, et, pour toute musique,
Dressa la queue, et dit : — Quel est ce vieux classique?

Comme ils s'en allaient tous, furieux, maugréant,
Criant, et regardant de travers le géant,
Un houx noir qui songeait près d'une tombe, un sage,
M'arrêta brusquement par la manche au passage,
Et me dit : — Ces oiseaux sont dans leur fonction.
Laisse-les. Nous avons besoin de ce rayon.
Dieu les envoie. Ils font vivre le cimetière.
Homme, ils sont la gaîté de la nature entière.
Ils prennent son murmure au ruisseau, sa clarté
A l'astre, son sourire au matin enchanté;
Partout où rit un sage, ils lui prennent sa joie,
Et nous l'apportent; l'ombre en les voyant flamboie;
Ils emplissent leurs becs des cris des écoliers;
A travers l'homme et l'herbe, et l'onde, et les halliers,
Ils vont pillant la joie en l'univers immense.
Ils ont cette raison qui te semble démence.
Ils ont pitié de nous qui loin d'eux languissons;
Et, lorsqu'ils sont bien pleins de jeux et de chansons,
D'églogues, de baisers, de tous les commérages
Que les nids en avril font sous les verts ombrages,
Ils accourent, joyeux, charmants, légers, bruyants,
Nous jeter tout cela dans nos trous effrayants,
Et viennent, des palais, des bois, de la chaumière,
Vider dans notre nuit toute cette lumière[1]!
Quand mai nous les ramène, ô songeur, nous disons :
« Les voilà! » tout s'émeut, pierres, tertres, gazons;
Le moindre arbrisseau parle, et l'herbe est en extase;
Le saule pleureur chante en achevant sa phrase;
Ils confessent les ifs devenus babillards;
Ils jasent de la vie avec les corbillards;
Des linceuls trop pompeux ils décrochent l'agrafe;
Ils se moquent du marbre; ils savent l'orthographe;
Et, moi qui suis ici le vieux chardon boudeur,

Devant qui le mensonge étale sa laideur
Et ne se gêne pas, me traitant comme un hôte,
Je trouve juste, ami, qu'en lisant à voix haute
L'épitaphe où le mort est toujours bon et beau,
Ils fassent éclater de rire le tombeau.

Paris, mai 1835.

XIX

VIEILLE CHANSON DU JEUNE TEMPS [1]

Je ne songeais pas à Rose;
Rose au bois vint avec moi;
Nous parlions de quelque chose,
Mais je ne sais plus de quoi.

J'étais froid comme les marbres;
Je marchais à pas distraits;
Je parlais des fleurs, des arbres;
Son œil semblait dire : « Après? »

La rosée offrait ses perles,
Le taillis ses parasols;
J'allais; j'écoutais les merles,
Et Rose les rossignols.

Moi, seize ans, et l'air morose.
Elle vingt; ses yeux brillaient.
Les rossignols chantaient Rose
Et les merles me sifflaient.

Rose, droite sur ses hanches,
Leva son beau bras tremblant

Pour prendre une mûre aux branches;
Je ne vis pas son bras blanc.

Une eau courait, fraîche et creuse,
Sur les mousses de velours;
Et la nature amoureuse
Dormait dans les grands bois sourds.

Rose défit sa chaussure,
Et mit, d'un air ingénu,
Son petit pied dans l'eau pure;
Je ne vis pas son pied nu.

Je ne savais que lui dire;
Je la suivais dans le bois,
La voyant parfois sourire
Et soupirer quelquefois.

Je ne vis qu'elle était belle
Qu'en sortant des grands bois sourds.
« Soit; n'y pensons plus! » dit-elle.
Depuis, j'y pense toujours.

Paris, juin 1831.

XX

A UN POËTE AVEUGLE [1]

Merci, poëte! — au seuil de mes lares pieux,
Comme un hôte divin, tu viens et te dévoiles;
Et l'auréole d'or de tes vers radieux
Brille autour de mon nom comme un cercle d'étoiles.

Chante! Milton chantait; chante! Homère a chanté.
Le poëte des sens perce la triste brume;
L'aveugle voit dans l'ombre un monde de clarté.
Quand l'œil du corps s'éteint, l'œil de l'esprit s'allume.

Paris, mai 1842.

XXI

Elle était déchaussée, elle était décoiffée,
Assise, les pieds nus, parmi les joncs penchants;
Moi qui passais par là, je crus voir une fée,
Et je lui dis : Veux-tu t'en venir dans les champs?

Elle me regarda de ce regard suprême
Qui reste à la beauté quand nous en triomphons,
Et je lui dis : Veux-tu, c'est le mois où l'on aime,
Veux-tu nous en aller sous les arbres profonds?

Elle essuya ses pieds à l'herbe de la rive;
Elle me regarda pour la seconde fois,
Et la belle folâtre alors devint pensive.
Oh! comme les oiseaux chantaient au fond des bois!

Comme l'eau caressait doucement le rivage!
Je vis venir à moi, dans les grands roseaux verts,
La belle fille heureuse, effarée et sauvage,
Ses cheveux dans ses yeux, et riant au travers.

Mont-l'Am., juin 183.[1].

XXII

LA FÊTE CHEZ THÉRÈSE [1]

La chose fut exquise et fort bien ordonnée.
C'était au mois d'avril, et dans une journée
Si douce, qu'on eût dit qu'amour l'eût faite exprès.
Thérèse la duchesse à qui je donnerais,
Si j'étais roi, Paris, si j'étais Dieu, le monde,
Quand elle ne serait que Thérèse la blonde,
Cette belle Thérèse, aux yeux de diamant,
Nous avait conviés dans son jardin charmant.

On était peu nombreux. Le choix faisait la fête.
Nous étions tous ensemble et chacun tête à tête.
Des couples pas à pas erraient de tous côtés.
C'étaient les fiers seigneurs et les rares beautés,
Les Amyntas rêvant auprès des Léonores,
Les marquises riant avec les monsignores;
Et l'on voyait rôder dans les grands escaliers
Un nain qui dérobait leur bourse aux cavaliers.

A midi, le spectacle avec la mélodie.
Pourquoi jouer Plautus la nuit? La comédie
Est une belle fille et rit mieux au grand jour.
Or, on avait bâti, comme un temple d'amour,
Près d'un bassin dans l'ombre habité par un cygne,
Un théâtre en treillage où grimpait une vigne,
Un cintre à claire-voie en anse de panier,
Cage verte où sifflait un bouvreuil prisonnier,
Couvrait toute la scène, et, sur leurs gorges blanches,
Les actrices sentaient errer l'ombre des branches.
On entendait au loin de magiques accords;

Et, tout en haut, sortant de la frise à mi-corps,
Pour attirer la foule aux lazzis qu'il répète,
Le blanc Pulcinella sonnait de la trompette.
Deux faunes soutenaient le manteau d'Arlequin[1];
Trivelin leur riait au nez comme un faquin.
Parmi les ornements sculptés dans le treillage,
Colombine dormait dans un gros coquillage,
Et, quand elle montrait son sein et ses bras nus,
On eût cru voir la conque, et l'on eût dit Vénus.
Le seigneur Pantalon, dans une niche, à droite,
Vendait des limons doux sur une table étroite,
Et criait par instants : « Seigneurs, l'homme est divin.
Dieu n'avait fait que l'eau, mais l'homme a fait le vin! »
Scaramouche en un coin harcelait de sa batte
Le tragique Alcantor, suivi du triste Arbate[2];
Crispin, vêtu de noir, jouait de l'éventail;
Perché, jambe pendante, au sommet du portail,
Carlino se penchait, écoutant les aubades,
Et son pied ébauchait de rêveuses gambades.

Le soleil tenait lieu de lustre; la saison
Avait brodé de fleurs un immense gazon,
Vert tapis déroulé sous maint groupe folâtre.
Rangés des deux côtés de l'agreste théâtre,
Les vrais arbres du parc, les sorbiers, les lilas,
Les ébéniers qu'avril charge de falbalas,
De leur sève embaumée exhalant les délices,
Semblaient se divertir à faire les coulisses,
Et, pour nous voir, ouvrant leurs fleurs comme des yeux,
Joignaient aux violons leur murmure joyeux;
Si bien qu'à ce concert gracieux et classique,
La nature mêlait un peu de sa musique.

Tout nous charmait, les bois, le jour serein, l'air pur,
Les femmes tout amour et le ciel tout azur.

Pour la pièce, elle était fort bonne, quoique ancienne.
C'était, nonchalamment assis sur l'avant-scène,

Pierrot, qui haranguait dans un grave entretien,
Un singe timbalier à cheval sur un chien.

Rien de plus. C'était simple et beau. — Par intervalles,
Le singe faisait rage et cognait ses timbales;
Puis Pierrot répliquait. — Écoutait qui voulait.
L'un faisait apporter des glaces au valet;
L'autre, galant drapé d'une cape fantasque,
Parlait bas à sa dame en lui nouant son masque;
Trois marquis attablés chantaient une chanson.
Thérèse était assise à l'ombre d'un buisson;
Les roses pâlissaient à côté de sa joue,
Et, la voyant si belle, un paon faisait la roue.

Moi, j'écoutais, pensif, un profane couplet
Que fredonnait dans l'ombre un abbé violet.

La nuit vint; tout se tut; les flambeaux s'éteignirent;
Dans les bois assombris les sources se plaignirent;
Le rossignol, caché dans son nid ténébreux,
Chanta comme un poëte et comme un amoureux.
Chacun se dispersa sous les profonds feuillages;
Les folles en riant entraînèrent les sages;
L'amante s'en alla dans l'ombre avec l'amant;
Et, troublés comme on l'est en songe, vaguement,
Ils sentaient par degrés se mêler à leur âme,
A leurs discours secrets, à leurs regards de flamme,
A leur cœur, à leurs sens, à leur molle raison,
Le clair de lune bleu qui baignait l'horizon[1].

                                              Avril 18..

XXIII

L'ENFANCE

L'enfant chantait; la mère au lit, exténuée,
Agonisait, beau front dans l'ombre se penchant;
La mort au-dessus d'elle errait dans la nuée;
Et j'écoutais ce râle, et j'entendais ce chant.

L'enfant avait cinq ans, et près de la fenêtre
Ses rires et ses jeux faisaient un charmant bruit;
Et la mère, à côté de ce pauvre doux être
Qui chantait tout le jour, toussait toute la nuit.

La mère alla dormir sous les dalles du cloître;
Et le petit enfant se remit à chanter... —
La douleur est un fruit; Dieu ne le fait pas croître
Sur la branche trop faible encor pour le porter.

Paris, janvier 1835.

XXIV

Heureux l'homme, occupé de l'éternel destin,
Qui, tel qu'un voyageur qui part de grand matin,
Se réveille, l'esprit rempli de rêverie,
Et dès l'aube du jour se met à lire et prie!
A mesure qu'il lit, le jour vient lentement
Et se fait dans son âme ainsi qu'au firmament.

Il voit distinctement, à cette clarté blême,
Des choses dans sa chambre et d'autres en lui-même;
Tout dort dans la maison; il est seul, il le croit,
Et cependant, fermant leur bouche de leur doigt,
Derrière lui, tandis que l'extase l'enivre,
Les anges souriants se penchent sur son livre.

Paris, septembre 1842.

XXV

UNITÉ[1]

Par-dessus l'horizon aux collines brunies,
Le soleil, cette fleur des splendeurs infinies,
Se penchait sur la terre à l'heure du couchant;
Une humble marguerite, éclose au bord d'un champ,
Sur un mur gris, croulant parmi l'avoine folle,
Blanche, épanouissait sa candide auréole;
Et la petite fleur, par-dessus le vieux mur,
Regardait fixement, dans l'éternel azur,
Le grand astre épanchant sa lumière immortelle.
— Et moi, j'ai des rayons aussi! — lui disait-elle.

Granville, juillet 1836

XXVI

QUELQUES MOTS A UN AUTRE [1]

On y revient; il faut y revenir moi-même.
Ce qu'on attaque en moi, c'est mon temps, et je l'aime.
Certe, on me laisserait en paix, passant obscur,
Si je ne contenais, atome de l'azur,
Un peu du grand rayon dont notre époque est faite.

Hier le citoyen, aujourd'hui le poëte.
Le « romantique » après le « libéral ». — Allons,
Soit; dans mes deux sentiers mordez mes deux talons.
Je suis le ténébreux par qui tout dégénère.
Sur mon autre côté lancez l'autre tonnerre.

Vous aussi, vous m'avez vu tout jeune, et voici
Que vous me dénoncez, bonhomme, vous aussi,
Me déchirant le plus allégrement du monde,
Par attendrissement pour mon enfance blonde.
Vous me criez : « Comment, Monsieur! qu'est-ce que c'est?
» La stance va nu-pieds! le drame est sans corset!
» La muse jette au vent sa robe d'innocence!
» Et l'art crève la règle, et dit : " C'est la croissance! " »
Géronte littéraire aux aboiements plaintifs,
Vous vous ébahissez, en vers rétrospectifs,
Que ma voix trouble l'ordre, et que ce romantique
Vive, et que ce petit, à qui l'Art Poétique
Avec tant de bonté donna le pain et l'eau,
Devienne si pesant aux genoux de Boileau!
Vous regardez mes vers, pourvus d'ongles et d'ailes,
Refusant de marcher derrière les modèles,
Comme après les doyens marchent les petits clercs;
Vous en voyez sortir de sinistres éclairs;

Horreur! et vous voilà poussant des cris d'hyène
A travers les barreaux de la Quotidienne[1].

Vous épuisez sur moi tout votre calepin,
Et le père Bouhours et le père Rapin[2];
Et, m'écrasant avec tous les noms qu'on vénère,
Vous lâchez le grand mot : Révolutionnaire.

Et, sur ce, les pédants en chœur disent : Amen!
On m'empoigne; on me fait passer mon examen;
La Sorbonne bredouille et l'école griffonne;
De vingt plumes jaillit la colère bouffonne :
« Que veulent ces affreux novateurs? ça, des vers!
» Devant leurs livres noirs, la nuit, dans l'ombre ouverts,
» Les lectrices ont peur au fond de leurs alcôves.
» Le Pinde entend rugir leurs rimes bêtes fauves
» Et frémit. Par leur faute, aujourd'hui tout est mort;
» L'alexandrin saisit la césure, et la mord;
» Comme le sanglier dans l'herbe et dans la sauge,
» Au beau milieu du vers l'enjambement patauge;
» Que va-t-on devenir? Richelet[3] s'obscurcit.
» Il faut à toute chose un magister dixit.
» Revenons à la règle et sortons de l'opprobre;
» L'hippocrène[4] est de l'eau; donc, le beau, c'est le sobre.
» Les vrais sages, ayant la raison pour lien,
» Ont toujours consulté, sur l'art, Quintilien;
» Sur l'algèbre, Leibniz, sur la guerre, Végèce[5]. »

Quand l'impuissance écrit, elle signe : Sagesse.

Je ne vois pas pourquoi je ne vous dirais point
Ce qu'à d'autres j'ai dit, sans leur montrer le poing.
Eh bien, démasquons-nous! c'est vrai, notre âme est noire;
Sortons du domino nommé forme oratoire.
On nous a vus, poussant vers un autre horizon
La langue, avec la rime entraînant la raison,
Lancer au pas de charge, en batailles rangées,
Sur Laharpe éperdu, toutes ces insurgées.
Nous avons au vieux style attaché ce brûlot :

Liberté! Nous avons, dans le même complot,
Mis l'esprit, pauvre diable, et le mot, pauvre hère;
Nous avons déchiré le capuchon, la haire,
Le froc, dont on couvrait l'Idée aux yeux divins.
Tous ont fait rage en foule. Orateurs, écrivains,
Poëtes, nous avons, du doigt avançant l'heure,
Dit à la rhétorique : — Allons, fille majeure,
Lève les yeux! — et j'ai, chantant, luttant, bravant,
Tordu plus d'une grille au parloir du couvent;
J'ai, torche en main, ouvert les deux battants du drame;
Pirates, nous avons, à la voile, à la rame,
De la triple unité pris l'aride archipel;
Sur l'Hélicon tremblant j'ai battu le rappel.
Tout est perdu! le vers vague sans muselière!
A Racine effaré nous préférons Molière;
O pédants! à Ducis nous préférons Rotrou[1].
Lucrèce Borgia sort brusquement d'un trou,
Et mêle des poisons hideux à vos guimauves;
Le drame échevelé fait peur à vos fronts chauves;
C'est horrible! oui, brigand, jacobin, malandrin,
J'ai disloqué ce grand niais d'alexandrin.
Les mots de qualité, les syllabes marquises,
Vivaient ensemble au fond de leurs grottes exquises,
Faisant la bouche en cœur et ne parlant qu'entre eux,
J'ai dit aux mots d'en bas : Manchots, boiteux, goîtreux,
Redressez-vous, planez, et mêlez-vous, sans règles,
Dans la caverne immense et farouche des aigles!
J'ai déjà confessé ce tas de crimes-là;
Oui, je suis Papavoine, Érostrate[2], Attila :
Après?

Emportez-vous, et criez à la garde,
Brave homme! tempêtez, tonnez! je vous regarde.
Nos progrès prétendus vous semblent outrageants;
Vous détestez ce siècle où, quand il parle aux gens,
Le vers des trois saluts d'usage se dispense;
Temps sombre où, sans pudeur, on écrit comme on pense,
Où l'on est philosophe et poëte crûment,
Où de ton vin sincère, adorable, écumant,

O sévère idéal, tous les songeurs sont ivres.
Vous couvrez d'abat-jour, quand vous ouvrez nos livres,
Vos yeux par la clarté du mot propre brûlés;
Vous exécrez nos vers francs et vrais; vous hurlez
De fureur en voyant nos strophes toutes nues.
Mais où donc est le temps des nymphes ingénues,
Qui couraient dans les bois, et dont la nudité
Dansait dans la lueur des vagues soirs d'été?
Sur l'aube nue et blanche entr'ouvrant sa fenêtre,
Faut-il plisser la brume honnête et prude, et mettre
Une feuille de vigne à l'astre dans l'azur?
Le flot, conque d'amour, est-il d'un goût peu sûr?
O Virgile! Pindare! Orphée! est-ce qu'on gaze,
Comme une obscénité, les ailes de Pégase,
Qui semble, les ouvrant au haut du mont béni,
L'immense papillon du baiser infini?
Est-ce que le soleil splendide est un cynique?
La fleur a-t-elle tort d'écarter sa tunique?
Calliope, planant derrière un pan des cieux,
Fait donc mal de montrer à Dante soucieux
Ses seins éblouissants à travers les étoiles?
Vous êtes un ancien d'hier. Libre et sans voiles,
Le grand Olympe nu vous ferait dire : Fi!
Vous mettez une jupe au Cupidon bouffi;
Au clinquant, aux neuf sœurs en atours, au Parnasse
De Titon du Tillet[1], votre goût est tenace;
Les Ménades pour vous danseraient le cancan[2];
Apollon vous ferait l'effet d'un Mohican;
Vous prendriez Vénus pour une sauvagesse.

L'âge — c'est là souvent toute notre sagesse —
A beau vous bougonner tout bas : « Vous avez tort;
» Vous vous ferez tousser si vous criez si fort;
» Pour quelques nouveautés sauvages et fortuites,
» Monsieur, ne troublez pas la paix de vos pituites.
» Ces gens-ci vont leur train; qu'est-ce que ça vous fait?
» Ils ne trouvent que cendre au feu qui vous chauffait.
» Pourquoi déclarez-vous la guerre à leur tapage?
» Ce siècle est libéral comme vous fûtes page.

» Fermez bien vos volets, tirez bien vos rideaux,
» Soufflez votre chandelle, et tournez-lui le dos!
» Qu'est l'âme du vrai sage? Une sourde-muette.
» Que vous importe, à vous, que tel ou tel poëte,
» Comme l'oiseau des cieux, veuille avoir sa chanson;
» Et que tel garnement du Pinde, nourrisson
» Des Muses, au milieu d'un bruit de corybante,
» Marmot sombre, ait mordu leur gorge un peu tombante? »

Vous n'en tenez nul compte, et vous n'écoutez rien.
Voltaire, en vain, grand homme et peu voltairien,
Vous murmure à l'oreille : « Ami, tu nous assommes! »
— Vous écumez! — partant de ceci : que nous, hommes
De ce temps d'anarchie et d'enfer, nous donnons
L'assaut au grand Louis juché sur vingt grands noms;
Vous dites qu'après tout nous perdons notre peine,
Que haute est l'escalade et courte notre haleine;
Que c'est dit, que jamais nous ne réussirons;
Que Batteux nous regarde avec ses gros yeux ronds,
Que Tancrède [1] est de bronze et qu'Hamlet est de sable;
Vous déclarez Boileau perruque indéfrisable;
Et, coiffé de lauriers, d'un coup d'œil de travers
Vous indiquez le tas d'ordures de nos vers,
Fumier où la laideur de ce siècle se guinde,
Au pauvre vieux bon goût, ce balayeur du Pinde;
Et même, allant plus loin, vaillant, vous nous criez :
« Je vais vous balayer moi-même! »
                                                     Balayez.

                                        Paris, novembre 1834.

XXVII

Oui, je suis le rêveur; je suis le camarade
Des petites fleurs d'or du mur qui se dégrade,
Et l'interlocuteur des arbres et du vent.
Tout cela me connaît, voyez-vous. J'ai souvent,
En mai, quand de parfums les branches sont gonflées,
Des conversations avec les giroflées;
Je reçois des conseils du lierre et du bleuet.
L'être mystérieux, que vous croyez muet,
Sur moi se penche, et vient avec ma plume écrire.
J'entends ce qu'entendit Rabelais; je vois rire
Et pleurer; et j'entends ce qu'Orphée entendit.
Ne vous étonnez pas de tout ce que me dit
La nature aux soupirs ineffables. Je cause
Avec toutes les voix de la métempsycose.
Avant de commencer le grand concert sacré,
Le moineau, le buisson, l'eau vive dans le pré,
La forêt, basse énorme, et l'aile et la corolle,
Tous ces doux instruments m'adressent la parole;
Je suis l'habitué de l'orchestre divin;
Si je n'étais songeur, j'aurais été sylvain.
J'ai fini, grâce au calme en qui je me recueille,
A force de parler doucement à la feuille,
A la goutte de pluie, à la plume, au rayon,
Par descendre à ce point dans la création,
Cet abîme où frissonne un tremblement farouche,
Que je ne fais plus même envoler une mouche!
Le brin d'herbe, vibrant d'un éternel émoi,
S'apprivoise et devient familier avec moi,
Et, sans s'apercevoir que je suis là, les roses
Font avec les bourdons toutes sortes de choses;
Quelquefois, à travers les doux rameaux bénis,
J'avance largement ma face sur les nids,

Et le petit oiseau, mère inquiète et sainte,
N'a pas plus peur de moi que nous n'aurions de crainte,
Nous, si l'œil du bon Dieu regardait dans nos trous;
Le lis prude me voit approcher sans courroux
Quand il s'ouvre aux baisers du jour; la violette
La plus pudique fait devant moi sa toilette;
Je suis pour ces beautés l'ami discret et sûr;
Et le frais papillon, libertin de l'azur,
Qui chiffonne gaîment une fleur demi-nue,
Si je viens à passer dans l'ombre, continue,
Et, si la fleur se veut cacher dans le gazon,
Il lui dit : « Es-tu bête! Il est de la maison. »

Les Roches, août 1835

XXVIII

Il faut que le poëte, épris d'ombre et d'azur,
Esprit doux et splendide, au rayonnement pur,
Qui marche devant tous, éclairant ceux qui doutent,
Chanteur mystérieux qu'en tressaillant écoutent
Les femmes, les songeurs, les sages, les amants,
Devienne formidable à de certains moments.
Parfois, lorsqu'on se met à rêver sur son livre,
Où tout berce, éblouit, calme, caresse, enivre,
Où l'âme à chaque pas trouve à faire son miel,
Où les coins les plus noirs ont des lueurs du ciel;
Au milieu de cette humble et haute poésie,
Dans cette paix sacrée où croît la fleur choisie,
Où l'on entend couler les sources et les pleurs,
Où les strophes, oiseaux peints de mille couleurs,
Volent chantant l'amour, l'espérance et la joie,
Il faut que, par instants, on frissonne, et qu'on voie
Tout à coup, sombre, grave et terrible au passant,

Un vers fauve sortir de l'ombre en rugissant!
Il faut que le poëte, aux semences fécondes,
Soit comme ces forêts vertes, fraîches, profondes,
Pleines de chants, amour du vent et du rayon,
Charmantes, où soudain l'on rencontre un lion.

Paris, mai 1842.

XXIX

HALTE EN MARCHANT

Une brume couvrait l'horizon; maintenant
Voici le clair midi qui surgit rayonnant;
Le brouillard se dissout en perles sur les branches,
Et brille, diamant, au collier des pervenches.
Le vent souffle à travers les arbres, sur les toits
Du hameau noir cachant ses chaumes dans les bois;
Et l'on voit tressaillir, épars dans les ramées,
Le vague arrachement des tremblantes fumées;
Un ruisseau court dans l'herbe, entre deux hauts talus,
Sous l'agitation des saules chevelus;
Un orme, un hêtre, anciens du vallon, arbres frères
Qui se donnent la main des deux rives contraires,
Semblent, sous le ciel bleu, dire : A la bonne foi!
L'oiseau chante son chant plein d'amour et d'effroi
Et du frémissement des feuilles et des ailes;
L'étang luit sous le vol des vertes demoiselles.
Un bouge est là, montrant, dans la sauge et le thym,
Un vieux saint souriant parmi des brocs d'étain,
Avec tant de rayons et de fleurs sur la berge,
Que c'est peut-être un temple ou peut-être une auberge.
Que notre bouche ait soif, ou que ce soit le cœur,

Gloire au Dieu bon qui tend la coupe au voyageur!
Nous entrons. « Qu'avez-vous? — Des œufs frais, de l'eau
  fraîche. »
On croit voir l'humble toit effondré d'une crèche.
A la source du pré, qu'abrite un vert rideau,
Une enfant blonde alla remplir sa jarre d'eau,
Joyeuse et soulevant son jupon de futaine.
Pendant qu'elle plongeait sa cruche à la fontaine,
L'eau semblait admirer, gazouillant doucement,
Cette belle petite aux yeux de firmament.
Et moi, près du grand lit drapé de vieilles serges,
Pensif, je regardais un Christ battu de verges.
Eh! qu'importe l'outrage aux martyrs éclatants,
Affront de tous les lieux, crachat de tous les temps,
Vaine clameur d'aveugle, éternelle huée
Où la foule toujours s'est follement ruée!

Plus tard, le vagabond flagellé devient Dieu;
Ce front noir et saignant semble fait de ciel bleu,
Et, dans l'ombre, éclairant palais, temple, masure,
Le crucifix blanchit et Jésus-Christ s'azure.
La foule un jour suivra vos pas; allez, saignez,
Souffrez, penseurs, des pleurs de vos bourreaux baignés!
Le deuil sacre les saints, les sages, les génies;
La tremblante auréole éclôt aux gémonies,
Et, sur ce vil marais, flotte, lueur du ciel,
Du cloaque de sang feu follet éternel.
Toujours au même but le même sort ramène :
Il est, au plus profond de notre histoire humaine,
Une sorte de gouffre, où viennent, tour à tour,
Tomber tous ceux qui sont de la vie et du jour,
Les bons, les purs, les grands, les divins, les célèbres,
Flambeaux échevelés au souffle des ténèbres;
Là se sont engloutis les Dantes disparus,
Socrate, Scipion, Milton[1], Thomas Morus,
Eschyle, ayant aux mains des palmes frissonnantes.
Nuit d'où l'on voit sortir leurs mémoires planantes!
Car ils ne sont complets qu'après qu'ils sont déchus.
De l'exil d'Aristide au bûcher de Jean Huss[2],

Le genre humain pensif — c'est ainsi que nous sommes —
Rêve ébloui devant l'abîme des grands hommes.
Ils sont, telle est la loi des hauts destins penchant,
Tes semblables, soleil! leur gloire est leur couchant;
Et, fier Niagara dont le flot gronde et lutte,
Tes pareils : ce qu'ils ont de plus beau, c'est leur chute.

Un de ceux qui liaient Jésus-Christ au poteau,
Et qui, sur son dos nu, jetaient un vil manteau,
Arracha de ce front tranquille une poignée
De cheveux qu'inondait la sueur résignée,
Et dit : « Je vais montrer à Caïphe cela! »
Et, crispant son poing noir, cet homme s'en alla;
La nuit était venue et la rue était sombre;
L'homme marchait; soudain, il s'arrêta dans l'ombre,
Stupéfait, pâle, et comme en proie aux visions,
Frémissant! — Il avait dans la main des rayons.

Forêt de Compiègne, juin 1837.

Livre deuxième

L'AME EN FLEUR

I

PREMIER MAI

Tout conjugue le verbe aimer. Voici les roses.
Je ne suis pas en train de parler d'autres choses.
Premier mai! l'amour gai, triste, brûlant, jaloux,
Fait soupirer les bois, les nids, les fleurs, les loups;
L'arbre où j'ai, l'autre automne, écrit une devise,
La redit pour son compte et croit qu'il l'improvise;
Les vieux antres pensifs, dont rit le geai moqueur,
Clignent leurs gros sourcils et font la bouche en cœur;
L'atmosphère, embaumée et tendre, semble pleine
Des déclarations qu'au Printemps fait la plaine,
Et que l'herbe amoureuse adresse au ciel charmant.
A chaque pas du jour dans le bleu firmament,
La campagne éperdue, et toujours plus éprise,
Prodigue les senteurs, et dans la tiède brise
Envoie au renouveau ses baisers odorants;
Tous ses bouquets, azurs, carmins, pourpres, safrans,
Dont l'haleine s'envole en murmurant : Je t'aime!
Sur le ravin, l'étang, le pré, le sillon même,
Font des taches partout de toutes les couleurs;
Et, donnant les parfums, elle a gardé les fleurs;

Comme si ses soupirs et ses tendres missives
Au mois de mai, qui rit dans les branches lascives,
Et tous les billets doux de son amour bavard,
Avaient laissé leur trace aux pages du buvard!
Les oiseaux dans les bois, molles voix étouffées,
Chantent des triolets et des rondeaux aux fées;
Tout semble confier à l'ombre un doux secret;
Tout aime, et tout l'avoue à voix basse; on dirait
Qu'au nord, au sud brûlant, au couchant, à l'aurore,
La haie en fleur, le lierre et la source sonore,
Les monts, les champs, les lacs et les chênes mouvants,
Répètent un quatrain fait par les quatre vents.

Saint-Germain, 1er mai 18..

II

Mes vers fuiraient, doux et frêles,
Vers votre jardin si beau,
Si mes vers avaient des ailes,
Des ailes comme l'oiseau.

Ils voleraient, étincelles,
Vers votre foyer qui rit,
Si mes vers avaient des ailes,
Des ailes comme l'esprit.

Près de vous, purs et fidèles,
Ils accourraient nuit et jour,
Si mes vers avaient des ailes,
Des ailes comme l'amour.

Paris, mars 18..

III

LE ROUET D'OMPHALE[1]

Il est dans l'atrium, le beau rouet[2] d'ivoire.
La roue agile est blanche, et la quenouille est noire;
La quenouille est d'ébène incrusté de lapis.
Il est dans l'atrium sur un riche tapis.

Un ouvrier d'Égine[3] a sculpté sur la plinthe
Europe, dont un dieu n'écoute pas la plainte.
Le taureau blanc l'emporte. Europe, sans espoir,
Crie, et, baissant les yeux, s'épouvante de voir
L'Océan monstrueux qui baise ses pieds roses.

Des aiguilles, du fil, des boîtes demi-closes,
Les laines de Milet, peintes de pourpre et d'or,
Emplissent un panier près du rouet qui dort.

Cependant, odieux, effroyables, énormes,
Dans le fond du palais, vingt fantômes difformes,
Vingt monstres tout sanglants, qu'on ne voit qu'à demi,
Errent en foule autour du rouet endormi :
Le lion néméen, l'hydre affreuse de Lerne,
Cacus, le noir brigand de la noire caverne,
Le triple Géryon, et les typhons des eaux[4]
Qui le soir à grand bruit soufflent dans les roseaux;
De la massue au front tous ont l'empreinte horrible,
Et tous, sans approcher, rôdant d'un air terrible,
Sur le rouet, où pend un fil souple et lié,
Fixent de loin dans l'ombre un œil humilié.

Juin 18..

IV

CHANSON

Si vous n'avez rien à me dire,
Pourquoi venir auprès de moi?
Pourquoi me faire ce sourire
Qui tournerait la tête au roi?
Si vous n'avez rien à me dire,
Pourquoi venir auprès de moi?

Si vous n'avez rien à m'apprendre,
Pourquoi me pressez-vous la main?
Sur le rêve angélique et tendre,
Auquel vous songez en chemin,
Si vous n'avez rien à m'apprendre,
Pourquoi me pressez-vous la main?

Si vous voulez que je m'en aille,
Pourquoi passez-vous par ici?
Lorsque je vous vois, je tressaille :
C'est ma joie et c'est mon souci.
Si vous voulez que je m'en aille,
Pourquoi passez-vous par ici?

Mai 18..

V

HIER AU SOIR

Hier, le vent du soir, dont le souffle caresse,
Nous apportait l'odeur des fleurs qui s'ouvrent tard;
La nuit tombait; l'oiseau dormait dans l'ombre épaisse.
Le printemps embaumait, moins que votre jeunesse;
Les astres rayonnaient, moins que votre regard.

Moi, je parlais tout bas. C'est l'heure solennelle
Où l'âme aime à chanter son hymne le plus doux.
Voyant la nuit si pure et vous voyant si belle,
J'ai dit aux astres d'or : Versez le ciel sur elle!
Et j'ai dit à vos yeux : Versez l'amour sur nous!

Mai 18..

VI

LETTRE

Tu vois cela d'ici. Des ocres et des craies;
Plaines où les sillons croisent leurs mille raies,
Chaumes à fleur de terre et que masque un buisson;
Quelques meules de foin debout sur le gazon;
De vieux toits enfumant le paysage bistre;
Un fleuve qui n'est pas le Gange ou le Caystre[1],
Pauvre cours d'eau normand troublé de sels marins;

A droite, vers le nord, de bizarres terrains
Pleins d'angles qu'on dirait façonnés à la pelle;
Voilà les premiers plans; une ancienne chapelle
Y mêle son aiguille, et range à ses côtés
Quelques ormes tortus, aux profils irrités,
Qui semblent, fatigués du zéphyr qui s'en joue,
Faire une remontrance au vent qui les secoue [1].
Une grosse charrette, au coin de ma maison,
Se rouille; et, devant moi, j'ai le vaste horizon
Dont la mer bleue emplit toutes les échancrures;
Des poules et des coqs, étalant leurs dorures,
Causent sous ma fenêtre, et les greniers des toits
Me jettent, par instants, des chansons en patois.
Dans mon allée habite un cordier patriarche,
Vieux qui fait bruyamment tourner sa roue, et marche
A reculons, son chanvre autour des reins tordu.
J'aime ces flots où court le grand vent éperdu;
Les champs à promener tout le jour me convient;
Les petits villageois, leur livre en main, m'envient,
Chez le maître d'école où je me suis logé,
Comme un grand écolier abusant d'un congé.
Le ciel rit, l'air est pur; tout le jour, chez mon hôte,
C'est un doux bruit d'enfants épelant à voix haute;
L'eau coule, un verdier passe; et, moi, je dis : Merci!
Merci, Dieu tout-puissant! — Ainsi je vis; ainsi,
Paisible, heure par heure, à petit bruit j'épanche
Mes jours, tout en songeant à vous, ma beauté blanche!
J'écoute les enfants jaser, et, par moment,
Je vois en pleine mer passer superbement,
Au-dessus des pignons du tranquille village,
Quelque navire ailé qui fait un long voyage,
Et fuit, sur l'Océan, par tous les vents traqué,
Qui, naguère, dormait au port, le long du quai,
Et que n'ont retenu, loin des vagues jalouses,
Ni les pleurs des parents, ni l'effroi des épouses,
Ni le sombre reflet des écueils dans les eaux,
Ni l'importunité des sinistres oiseaux [2].

Près le Tréport, juin 18.. [3].

VII

Nous allions au verger cueillir des bigarreaux.
Avec ses beaux bras blancs en marbre de Paros [1],
Elle montait dans l'arbre et courbait une branche;
Les feuilles frissonnaient au vent; sa gorge blanche,
O Virgile, ondoyait dans l'ombre et le soleil;
Ses petits doigts allaient chercher le fruit vermeil,
Semblable au feu qu'on voit dans le buisson qui flambe.
Je montais derrière elle; elle montrait sa jambe,
Et disait : « Taisez-vous! » à mes regards ardents;
Et chantait. Par moments, entre ses belles dents,
Pareille, aux chansons près, à Diane farouche,
Penchée, elle m'offrait la cerise à sa bouche;
Et ma bouche riait, et venait s'y poser,
Et laissait la cerise et prenait le baiser.

Triel, juillet 18.

VIII

Tu peux, comme il te plaît, me faire jeune ou vieux.
Comme le soleil fait serein ou pluvieux
L'azur dont il est l'âme et que sa clarté dore,
Tu peux m'emplir de brume ou m'inonder d'aurore.
Du haut de ta splendeur, si pure qu'en ses plis,
Tu sembles une femme enfermée en un lis,

Et qu'à d'autres moments, l'œil qu'éblouit ton âme
Croit voir, en te voyant, un lis dans une femme,
Si tu m'as souri, Dieu! tout mon être bondit!
Si, Madame, au milieu de tous, vous m'avez dit,
A haute voix : « Bonjour, Monsieur », et bas : « Je t'aime! »
Si tu m'as caressé de ton regard suprême,
Je vis! je suis léger, je suis fier, je suis grand;
Ta prunelle m'éclaire en me transfigurant;
J'ai le reflet charmant des yeux dont tu m'accueilles;
Comme on sent dans un bois des ailes sous les feuilles,
On sent de la gaîté sous chacun de mes mots;
Je cours, je vais, je ris; plus d'ennuis, plus de maux;
Et je chante, et voilà sur mon front la jeunesse!
Mais que ton cœur injuste, un jour, me méconnaisse;
Qu'il me faille porter en moi, jusqu'à demain,
L'énigme de ta main retirée à ma main :
— Qu'ai-je fait? qu'avait-elle? Elle avait quelque chose.
Pourquoi, dans la rumeur du salon où l'on cause,
Personne n'entendant, me disait-elle *vous?* —
Si je ne sais quel froid dans ton regard si doux
A passé comme passe au ciel une nuée,
Je sens mon âme en moi toute diminuée;
Je m'en vais courbé, las, sombre comme un aïeul;
Il semble que sur moi, secouant son linceul,
Se soit soudain penché le noir vieillard Décembre;
Comme un loup dans son trou, je rentre dans ma chambre;
Le chagrin — âge et deuil, hélas! ont le même air, —
Assombrit chaque trait de mon visage amer,
Et m'y creuse une ride avec sa main pesante.
Joyeux, j'ai vingt-cinq ans; triste, j'en ai soixante.

Paris, juin 18..

IX

EN ÉCOUTANT LES OISEAUX

Oh! quand donc aurez-vous fini, petits oiseaux,
De jaser au milieu des branches et des eaux,
Que nous nous expliquions et que je vous querelle
Rouge-gorge, verdier, fauvette, tourterelle,
Oiseaux, je vous entends, je vous connais. Sachez
Que je ne suis pas dupe, ô doux ténors cachés,
De votre mélodie et de votre langage.
Celle que j'aime est loin et pense à moi; je gage,
O rossignol, dont l'hymne, exquis et gracieux,
Donne un frémissement à l'astre dans les cieux,
Que ce que tu dis là, c'est le chant de son âme.
Vous guettez les soupirs de l'homme et de la femme,
Oiseaux; quand nous aimons et quand nous triomphons,
Quand notre être, tout bas, s'exhale en chants profonds,
Vous, attentifs, parmi les bois inaccessibles,
Vous saisissez au vol ces strophes invisibles,
Et vous les répétez tout haut, comme de vous;
Et vous mêlez, pour rendre encor l'hymne plus doux,
A la chanson des cœurs le battement des ailes;
Si bien qu'on vous admire, écouteurs infidèles,
Et que le noir sapin murmure aux vieux tilleuls :
« Sont-ils charmants d'avoir trouvé cela tout seuls! »
Et que l'eau, palpitant sous le chant qui l'effleure,
Baise avec un sanglot le beau saule qui pleure;
Et que le dur tronc d'arbre a des airs attendris;
Et que l'épervier rêve, oubliant la perdrix,
Et que les loups s'en vont songer auprès des louves!
« Divin! » dit le hibou; le moineau dit : « Tu trouves? »
Amour, lorsqu'en nos cœurs tu te réfugias,

L'oiseau vint y puiser; ce sont ces plagiats,
Ces chants qu'un rossignol, belles, prend sur vos bouches,
Qui font que les grands bois courbent leurs fronts farouches,
Et que les lourds rochers, stupides et ravis,
Se penchent, les laissant piller le chènevis,
Et ne distinguent plus, dans leurs rêves étranges,
La langue des oiseaux de la langue des anges.

Caudebec, septembre 183. [1].

X [2]

Mon bras pressait ta taille frêle
Et souple comme le roseau;
Ton sein palpitait comme l'aile
    D'un jeune oiseau.

Longtemps muets, nous contemplâmes
Le ciel où s'éteignait le jour.
Que se passait-il dans nos âmes?
    Amour! Amour!

Comme un ange qui se dévoile,
Tu me regardais, dans ma nuit,
Avec ton beau regard d'étoile,
    Qui m'éblouit.

Forêt de Fontainebleau, juillet 18..

XI

Les femmes sont sur la terre
Pour tout idéaliser;
L'univers est un mystère
Que commente leur baiser.

C'est l'amour qui, pour ceinture,
A l'onde et le firmament,
Et dont toute la nature,
N'est, au fond, que l'ornement.

Tout ce quî brille, offre à l'âme
Son parfum ou sa couleur;
Si Dieu n'avait fait la femme,
Il n'aurait pas fait la fleur.

A quoi bon vos étincelles,
Bleus saphirs, sans les yeux doux?
Les diamants, sans les belles,
Ne sont plus que des cailloux;

Et, dans les charmilles vertes,
Les roses dorment debout,
Et sont des bouches ouvertes
Pour ne rien dire du tout.

Tout objet qui charme ou rêve
Tient des femmes sa clarté;
La perle blanche, sans Ève,
Sans toi, ma fière beauté,

Ressemblant, tout enlaidie,
A mon amour qui te fuit,
N'est plus que la maladie
D'une bête dans la nuit.

Paris, avril 18..

XII

ÉGLOGUE

Nous errions, elle et moi, dans les monts de Sicile[1].
Elle est fière pour tous et pour moi seul docile.
Les cieux et nos pensers rayonnaient à la fois.
Oh! comme aux lieux déserts les cœurs sont peu farouches!
Que de fleurs aux buissons, que de baisers aux bouches,
        Quand on est dans l'ombre des bois!

Pareils à deux oiseaux qui vont de cime en cime,
Nous parvînmes enfin tout au bord d'un abîme.
Elle osa s'approcher de ce sombre entonnoir;
Et, quoique mainte épine offensât[2] ses mains blanches,
Nous tâchâmes, penchés et nous tenant aux branches,
        D'en voir le fond lugubre et noir.

En ce même moment, un titan centenaire,
Qui venait d'y rouler sous vingt coups de tonnerre,
Se tordait dans ce gouffre où le jour n'ose entrer;
Et d'horribles vautours au bec impitoyable,
Attirés par le bruit de sa chute effroyable,
        Commençaient à le dévorer.

Alors, elle me dit : « J'ai peur qu'on ne nous voie!
» Cherchons un antre afin d'y cacher notre joie!
» Vois ce pauvre géant! nous aurions notre tour!

» Car les dieux envieux qui l'ont fait disparaître,
» Et qui furent jaloux de sa grandeur, peut-être
  » Seraient jaloux de notre amour! »

Septembre 18..

XIII

Viens! — une flûte invisible
Soupire dans les vergers. —
La chanson la plus paisible
Est la chanson des bergers.

Le vent ride, sous l'yeuse,
Le sombre miroir des eaux. —
La chanson la plus joyeuse
Est la chanson des oiseaux.

Que nul soin ne te tourmente.
Aimons-nous! aimons toujours! —
La chanson la plus charmante
Est la chanson des amours.

Les Metz, août 18.. [1].

XIV

BILLET DU MATIN

Si les liens des cœurs ne sont pas des mensonges,
Oh! dites, vous devez avoir eu de doux songes,
Je n'ai fait que rêver de vous toute la nuit.

Et nous nous aimions tant! Vous me disiez : « Tout fuit,
» Tout s'éteint, tout s'en va; ta seule image reste. »
Nous devions être morts dans ce rêve céleste;
Il semblait que c'était déjà le paradis.
Oh! oui, nous étions morts, bien sûr; je vous le dis.
Nous avions tous les deux la forme de nos âmes.
Tout ce que l'un de l'autre, ici-bas nous aimâmes
Composait notre corps de flamme et de rayons,
Et, naturellement, nous nous reconnaissions.
Il nous apparaissait des visages d'aurore
Qui nous disaient : « C'est moi! » la lumière sonore
Chantait; et nous étions des frissons et des voix.
Vous me disiez : « Écoute! » et je répondais : « Vois! »
Je disais : « Viens-nous-en dans les profondeurs sombres;
» Vivons; c'est autrefois que nous étions des ombres. »
Et, mêlant nos appels et nos cris : « Viens! oh! viens! »
« Et moi, je me rappelle, et toi, tu te souviens. »
Éblouis, nous chantions : — C'est nous-mêmes qui sommes
Tout ce qui nous semblait, sur la terre des hommes,
Bon, juste, grand, sublime, ineffable et charmant;
Nous sommes le regard et le rayonnement;
Le sourire de l'aube et l'odeur de la rose,
C'est nous; l'astre est le nid où notre aile se pose;
Nous avons l'infini pour sphère et pour milieu,
L'éternité pour âge; et notre amour, c'est Dieu.

Paris, juin 18..

XV

PAROLES DANS L'OMBRE [1]

Elle disait : C'est vrai, j'ai tort de vouloir mieux;
Les heures sont ainsi très-doucement passées;

Vous êtes là; mes yeux ne quittent pas vos yeux,
Où je regarde aller et venir vos pensées.

Vous voir est un bonheur; je ne l'ai pas complet.
Sans doute, c'est encor bien charmant de la sorte!
Je veille, car je sais tout ce qui vous déplaît,
A ce que nul fâcheux ne vienne ouvrir la porte;

Je me fais bien petite, en mon coin, près de vous;
Vous êtes mon lion, je suis votre colombe;
J'entends de vos papiers le bruit paisible et doux;
Je ramasse parfois votre plume qui tombe;

Sans doute, je vous ai; sans doute, je vous voi.
La pensée est un vin dont les rêveurs sont ivres,
Je le sais; mais, pourtant, je veux qu'on songe à moi.
Quand vous êtes ainsi tout un soir dans vos livres,

Sans relever la tête et sans me dire un mot,
Une ombre reste au fond de mon cœur qui vous aime;
Et, pour que je vous voie entièrement, il faut
Me regarder un peu, de temps en temps, vous-même.

Paris, octobre 18..

XVI

L'hirondelle au printemps cherche les vieilles tours,
Débris où n'est plus l'homme, où la vie est toujours;
La fauvette en avril cherche, ô ma bien-aimée,
La forêt sombre et fraîche et l'épaisse ramée,
La mousse, et, dans les nœuds des branches, les doux toits
Qu'en se superposant font les feuilles des bois.
Ainsi fait l'oiseau. Nous, nous cherchons, dans la ville,

Le coin désert, l'abri solitaire et tranquille,
Le seuil qui n'a pas d'yeux obliques et méchants,
La rue où les volets sont fermés; dans les champs,
Nous cherchons le sentier du pâtre et du poëte;
Dans les bois, la clairière inconnue et muette
Où le silence éteint les bruits lointains et sourds.
L'oiseau cache son nid, nous cachons nos amours.

                              Fontainebleau, juin 18..

XVII

SOUS LES ARBRES

Ils marchaient à côté l'un de l'autre; des danses
Troublaient le bois joyeux; ils marchaient, s'arrêtaient,
Parlaient, s'interrompaient, et, pendant les silences,
Leurs bouches se taisant, leurs âmes chuchotaient.

Ils songeaient; ces deux cœurs, que le mystère écoute,
Sur la création au sourire innocent
Penchés, et s'y versant dans l'ombre goutte à goutte,
Disaient à chaque fleur quelque chose en passant.

Elle sait tous les noms des fleurs qu'en sa corbeille
Mai nous rapporte avec la joie et les beaux jours;
Elle les lui nommait comme eût fait une abeille,
Puis elle reprenait : « Parlons de nos amours.

» Je suis en haut, je suis en bas », lui disait-elle,
« Et je veille sur vous, d'en bas comme d'en haut. »
Il demandait comment chaque plante s'appelle,
Se faisant expliquer le printemps mot à mot.

O champs! il savourait ces fleurs et cette femme.
O bois! ô prés! nature où tout s'absorbe en un,
Le parfum de la fleur est votre petite âme,
Et l'âme de la femme est votre grand parfum!

La nuit tombait; au tronc d'un chêne, noir pilastre,
Il s'adossait pensif; elle disait : « Voyez
» Ma prière toujours dans vos cieux comme un astre,
» Et mon amour toujours comme un chien à tes pieds. »

Juin 18..

XVIII

Je sais bien qu'il est d'usage
D'aller en tous lieux criant
Que l'homme est d'autant plus sage
Qu'il rêve plus de néant;

D'applaudir la grandeur noire,
Les héros, le fer qui luit,
Et la guerre, cette gloire
Qu'on fait avec de la nuit;

D'admirer les coups d'épée,
Et la fortune, ce char
Dont une roue est Pompée,
Dont l'autre roue est César;

Et Pharsale et Trasimène,
Et tout ce que les Nérons
Font voler de cendre humaine
Dans le souffle des clairons!

Je sais que c'est la coutume
D'adorer ces nains géants
Qui, parce qu'ils sont écume,
Se supposent océans;

Et de croire à la poussière,
A la fanfare qui fuit,
Aux pyramides de pierre,
Aux avalanches de bruit.

Moi, je préfère, ô fontaines,
Moi, je préfère, ô ruisseaux,
Au Dieu des grands capitaines
Le Dieu des petits oiseaux!

O mon doux ange, en ces ombres
Où, nous aimant, nous brillons,
Au Dieu des ouragans sombres
Qui poussent les bataillons,

Au Dieu des vastes armées,
Des canons au lourd essieu,
Des flammes et des fumées,
Je préfère le bon Dieu!

Le bon Dieu, qui veut qu'on aime,
Qui met au cœur de l'amant
Le premier vers du poëme,
Le dernier au firmament!

Qui songe à l'aile qui pousse,
Aux œufs blancs, au nid troublé,
Si la caille a de la mousse,
Et si la grive a du blé;

Et qui fait, pour les Orphées,
Tenir, immense et subtil,
Tout le doux monde des fées
Dans le vert bourgeon d'avril!

Si bien, que cela s'envole
Et se disperse au printemps,
Et qu'une vague auréole
Sort de tous les nids chantants!

Vois-tu, quoique notre gloire
Brille en ce que nous créons,
Et dans notre grande histoire
Pleine de grands panthéons;

Quoique nous ayons des glaives,
Des temples, Chéops, Babel,
Des tours, des palais, des rêves,
Et des tombeaux jusqu'au ciel;

Il resterait peu de choses
A l'homme, qui vit un jour,
Si Dieu nous ôtait les roses,
Si Dieu nous ôtait l'amour!

Chelles, septembre 18.. [1].

XIX

N'ENVIONS RIEN

O femme, pensée aimante
Et cœur souffrant,
Vous trouvez la fleur charmante
Et l'oiseau grand;

Vous enviez la pelouse
Aux fleurs de miel;

Vous voulez que je jalouse
　　L'oiseau du ciel.

Vous dites, beauté superbe
　　Au front terni,
Regardant tour à tour l'herbe
　　Et l'infini :

« Leur existence est la bonne;
　　» Là, tout est beau;
» Là, sur la fleur qui rayonne,
　　» Plane l'oiseau!

» Près de vous, aile bénie,
　　» Lis enchanté,
» Qu'est-ce, hélas! que le génie
　　» Et la beauté?

» Fleur pure, alouette agile,
　　» A vous le prix!
» Toi, tu dépasses Virgile;
　　» Toi, Lycoris!

» Quel vol profond dans l'air sombre!
　　» Quels doux parfums! — »
Et des pleurs brillent sous l'ombre
　　De vos cils bruns.

Oui, contemplez l'hirondelle,
　　Les liserons;
Mais ne vous plaignez pas, belle,
　　Car nous mourrons!

Car nous irons dans la sphère
　　De l'éther pur;
La femme y sera lumière,
　　Et l'homme azur;

Et les roses sont moins belles
　　Que les houris;

Et les oiseaux ont moins d'ailes
  Que les esprits!

Août 18..

XX

IL FAIT FROID[1]

L'hiver blanchit le dur chemin.
Tes jours aux méchants sont en proie.
La bise mord ta douce main;
La haine souffle sur ta joie.

La neige emplit le noir sillon.
La lumière est diminuée... —
Ferme ta porte à l'aquilon!
Ferme ta vitre à la nuée!

Et puis laisse ton cœur ouvert!
Le cœur, c'est la sainte fenêtre.
Le soleil de brume est couvert;
Mais Dieu va rayonner peut-être!

Doute du bonheur, fruit mortel;
Doute de l'homme plein d'envie;
Doute du prêtre et de l'autel;
Mais crois à l'amour, ô ma vie!

Crois à l'amour, toujours entier,
Toujours brillant sous tous les voiles!
A l'amour, tison du foyer!
A l'amour, rayon des étoiles!

Aime, et ne désespère pas.
Dans ton âme, où parfois je passe,
Où mes vers chuchotent tout bas,
Laisse chaque chose à sa place.

La fidélité sans ennui,
La paix des vertus élevées,
Et l'indulgence pour autrui,
Éponge des fautes lavées.

Dans ta pensée où tout est beau,
Que rien ne tombe ou ne recule.
Fais de ton amour ton flambeau.
On s'éclaire de ce qui brûle.

A ces démons d'inimitié
Oppose ta douceur sereine,
Et reverse-leur en pitié
Tout ce qu'ils t'ont vomi de haine.

La haine, c'est l'hiver du cœur.
Plains-les! mais garde ton courage.
Garde ton sourire vainqueur;
Bel arc-en-ciel, sors de l'orage!

Garde ton amour éternel.
L'hiver, l'astre éteint-il sa flamme?
Dieu ne retire rien du ciel;
Ne retire rien de ton âme!

Décembre 18..

XXI

Il lui disait : « Vois-tu, si tous deux nous pouvions,
» L'âme pleine de foi, le cœur plein de rayons,
» Ivres de douce extase et de mélancolie,
» Rompre les mille nœuds dont la ville nous lie;
» Si nous pouvions quitter ce Paris triste et fou,
» Nous fuirions; nous irions quelque part, n'importe où,
» Chercher, loin des vains bruits, loin des haines jalouses,
» Un coin où nous aurions des arbres, des pelouses,
» Une maison petite avec des fleurs, un peu
» De solitude, un peu de silence, un ciel bleu,
» La chanson d'un oiseau qui sur le toit se pose,
» De l'ombre; — et quel besoin avons-nous d'autre chose? »

Juillet 18.

XXII

Aimons toujours! aimons encore!
Quand l'amour s'en va, l'espoir fuit.
L'amour, c'est le cri de l'aurore,
L'amour, c'est l'hymne de la nuit.

Ce que le flot dit aux rivages,
Ce que le vent dit aux vieux monts,
Ce que l'astre dit aux nuages,
C'est le mot ineffable : Aimons!

L'amour fait songer, vivre et croire.
Il a, pour réchauffer le cœur,
Un rayon de plus que la gloire,
Et ce rayon, c'est le bonheur!

Aime! qu'on les loue ou les blâme,
Toujours les grands cœurs aimeront :
Joins cette jeunesse de l'âme
A la jeunesse de ton front!

Aime, afin de charmer tes heures!
Afin qu'on voie en tes beaux yeux
Des voluptés intérieures
Le sourire mystérieux!

Aimons-nous toujours davantage!
Unissons-nous mieux chaque jour.
Les arbres croissent en feuillage;
Que notre âme croisse en amour!

Soyons le miroir et l'image!
Soyons la fleur et le parfum!
Les amants, qui, seuls sous l'ombrage,
Se sentent deux et ne sont qu'un!

Les poëtes cherchent les belles.
La femme, ange aux chastes faveurs,
Aime à rafraîchir sous ses ailes
Ces grands fronts brûlants et rêveurs. —

Venez à nous, beautés touchantes!
Viens à moi, toi, mon bien, ma loi!
Ange! viens à moi quand tu chantes,
Et, quand tu pleures, viens à moi!

Nous seuls comprenons vos extases.
Car notre esprit n'est point moqueur;
Car les poëtes sont les vases
Où les femmes versent leurs cœurs.

Moi qui ne cherche dans ce monde
Que la seule réalité,
Moi qui laisse fuir comme l'onde
Tout ce qui n'est que vanité,

Je préfère aux biens dont s'enivre
L'orgueil du soldat ou du roi,
L'ombre que tu fais sur mon livre
Quand ton front se penche sur moi.

Toute ambition allumée
Dans notre esprit, brasier subtil,
Tombe en cendre ou vole en fumée,
Et l'on se dit : « Qu'en reste-t-il? »

Tout plaisir, fleur à peine éclose
Dans notre avril sombre et terni,
S'effeuille et meurt, lis, myrte ou rose,
Et l'on se dit : « C'est donc fini! »

L'amour seul reste. O noble femme,
Si tu veux, dans ce vil séjour,
Garder ta foi, garder ton âme,
Garder ton Dieu, garde l'amour!

Conserve en ton cœur, sans rien craindre,
Dusses-tu pleurer et souffrir,
La flamme qui ne peut s'éteindre
Et la fleur qui ne peut mourir!

Mai 18..

XXIII

APRÈS L'HIVER[1]

Tout revit, ma bien aimée!
Le ciel gris perd sa pâleur;
Quand la terre est embaumée,
Le cœur de l'homme est meilleur.

En haut, d'où l'amour ruisselle,
En bas, où meurt la douleur,
La même immense étincelle
Allume l'astre et la fleur.

L'hiver fuit, saison d'alarmes,
Noir avril mystérieux
Où l'âpre sève des larmes
Coule, et du cœur monte aux yeux.

O douce désuétude
De souffrir et de pleurer!
Veux-tu, dans la solitude,
Nous mettre à nous adorer?

La branche au soleil se dore
Et penche, pour l'abriter,
Ses boutons qui vont éclore
Sur l'oiseau qui va chanter.

L'aurore où nous nous aimâmes
Semble renaître à nos yeux;
Et mai sourit dans nos âmes
Comme il sourit dans les cieux.

On entend rire, on voit luire
Tous les êtres tour à tour,
La nuit les astres bruire,
Et les abeilles le jour.

Et partout nos regards lisent,
Et, dans l'herbe et dans les nids,
De petites voix nous disent :
« Les aimants sont les bénis! »

L'air enivre; tu reposes
A mon cou tes bras vainqueurs. —
Sur les rosiers que de roses!
Que de soupirs dans nos cœurs!

Comme l'aube, tu me charmes;
Ta bouche et tes yeux chéris
Ont, quand tu pleures, ses larmes,
Et ses perles quand tu ris.

La nature, sœur jumelle
D'Ève et d'Adam et du jour,
Nous aime, nous berce et mêle
Son mystère à notre amour.

Il suffit que tu paraisses
Pour que le ciel, t'adorant,
Te contemple; et, nos caresses,
Toute l'ombre nous les rend!

Clartés et parfums nous-mêmes,
Nous baignons nos cœurs heureux
Dans les effluves suprêmes
Des éléments amoureux.

Et, sans qu'un souci t'oppresse,
Sans que ce soit mon tourment,
J'ai l'étoile pour maîtresse;
Le soleil est ton amant;

Et nous donnons notre fièvre
Aux fleurs où nous appuyons
Nos bouches, et notre lèvre
Sent le baiser des rayons.

Juin 18..

XXIV

Que le sort, quel qu'il soit, vous trouve toujours grande!
  Que demain soit doux comme hier!
Qu'en vous, ô ma beauté, jamais ne se répande
  Le découragement amer,
Ni le fiel, ni l'ennui des cœurs qui se dénouent,
Ni cette cendre, hélas! que sur un front pâli,
  Dans l'ombre, à petit bruit secouent
  Les froides ailes de l'oubli!

Laissez, laissez brûler pour vous, ô vous que j'aime,
  Mes chants dans mon âme allumés!
Vivez pour la nature, et le ciel, et moi-même!
  Après avoir souffert, aimez!
Laissez entrer en vous, après nos deuils funèbres,
L'aube, fille des nuits, l'amour, fils des douleurs,
  Tout ce qui luit dans les ténèbres,
  Tout ce qui sourit dans les pleurs!

Octobre 18.. [1].

XXV

Je respire où tu palpites,
Tu sais; à quoi bon, hélas!
Rester là si tu me quittes,
Et vivre si tu t'en vas?

A quoi bon vivre, étant l'ombre
De cet ange qui s'enfuit?
A quoi bon, sous le ciel sombre,
N'être plus que de la nuit?

Je suis la fleur des murailles
Dont avril est le seul bien.
Il suffit que tu t'en ailles
Pour qu'il ne reste plus rien.

Tu m'entoures d'auréoles;
Te voir est mon seul souci.
Il suffit que tu t'envoles
Pour que je m'envole aussi.

Si tu pars, mon front se penche;
Mon âme au ciel, son berceau,
Fuira, car dans ta main blanche
Tu tiens ce sauvage oiseau.

Que veux-tu que je devienne
Si je n'entends plus ton pas?
Est-ce ta vie ou la mienne
Qui s'en va? Je ne sais pas.

Quand mon courage succombe,
J'en reprends dans ton cœur pur;

Je suis comme la colombe
Qui vient boire au lac d'azur.

L'amour fait comprendre à l'âme
L'univers, sombre et béni;
Et cette petite flamme
Seule éclaire l'infini.

Sans toi, toute la nature
N'est plus qu'un cachot fermé,
Où je vais à l'aventure,
Pâle et n'étant plus aimé.

Sans toi, tout s'effeuille et tombe;
L'ombre emplit mon noir sourcil;
Une fête est une tombe,
La patrie est un exil.

Je t'implore et te réclame;
Ne fuis pas loin de mes maux,
O fauvette de mon âme
Qui chantes dans mes rameaux!

De quoi puis-je avoir envie,
De quoi puis-je avoir effroi,
Que ferai-je de la vie
Si tu n'es plus près de moi?

Tu portes dans la lumière,
Tu portes dans les buissons,
Sur une aile ma prière,
Et sur l'autre mes chansons.

Que dirai-je aux champs que voile
L'inconsolable douleur?
Que ferai-je de l'étoile?
Que ferai-je de la fleur?

Que dirai-je au bois morose
Qu'illuminait ta douceur?
Que répondrai-je à la rose
Disant : « Où donc est ma sœur? »

J'en mourrai; fuis, si tu l'oses.
A quoi bon, jours révolus!
Regarder toutes ces choses
Qu'elle ne regarde plus?

Que ferai-je de la lyre,
De la vertu, du destin?
Hélas! et, sans ton sourire,
Que ferai-je du matin?

Que ferai-je, seul, farouche,
Sans toi, du jour et des cieux,
De mes baisers sans ta bouche,
Et de mes pleurs sans tes yeux!

Août 18.

XXVI

CRÉPUSCULE

L'étang mystérieux, suaire aux blanches moires,
Frissonne; au fond du bois la clairière apparaît;
Les arbres sont profonds et les branches sont noires;
Avez-vous vu Vénus à travers la forêt?

Avez-vous vu Vénus au sommet des collines?
Vous qui passez dans l'ombre, êtes-vous des amants?

Les sentiers bruns sont pleins de blanches mousselines;
L'herbe s'éveille et parle aux sépulcres dormants.

Que dit-il, le brin d'herbe? et que répond la tombe?
Aimez, vous qui vivez! on a froid sous les ifs.
Lèvre, cherche la bouche! aimez-vous! la nuit tombe;
Soyez heureux pendant que nous sommes pensifs.

Dieu veut qu'on ait aimé. Vivez! faites envie,
O couples qui passez sous le vert coudrier.
Tout ce que dans la tombe, en sortant de la vie,
On emporta d'amour, on l'emploie à prier.

Les mortes d'aujourd'hui furent jadis les belles.
Le ver luisant dans l'ombre erre avec son flambeau.
Le vent fait tressaillir, au milieu des javelles,
Le brin d'herbe, et Dieu fait tressaillir le tombeau [1].

La forme d'un toit noir dessine une chaumière;
On entend dans les prés le pas lourd du faucheur;
L'étoile aux cieux, ainsi qu'une fleur de lumière,
Ouvre et fait rayonner sa splendide fraîcheur.

Aimez-vous! c'est le mois où les fraises sont mûres.
L'ange du soir rêveur, qui flotte dans les vents,
Mêle, en les emportant sur ses ailes obscures,
Les prières des morts aux baisers des vivants.

Chelles, août 18..

XXVII

LA NICHÉE SOUS LE PORTAIL

Oui, va prier à l'église,
Va; mais regarde en passant,
Sous la vieille voûte grise,
Ce petit nid innocent.

Aux grands temples où l'on prie
Le martinet, frais et pur,
Suspend la maçonnerie
Qui contient le plus d'azur.

La couvée est dans la mousse
Du portail qui s'attendrit;
Elle sent la chaleur douce
Des ailes de Jésus-Christ.

L'église, où l'ombre flamboie,
Vibre, émue à ce doux bruit;
Les oiseaux sont pleins de joie,
La pierre est pleine de nuit.

Les saints, graves personnages,
Sous les porches palpitants,
Aiment ces doux voisinages
Du baiser et du printemps.

Les vierges et les prophètes,
Se penchent dans l'âpre tour,
Sur ces ruches d'oiseaux faites
Pour le divin miel amour.

L'oiseau se perche sur l'ange;
L'apôtre rit sous l'arceau.
« Bonjour, saint! » dit la mésange.
Le saint dit : « Bonjour, oiseau! »

Les cathédrales sont belles
Et hautes sous le ciel bleu;
Mais le nid des hirondelles
Est l'édifice de Dieu,

Lagny, juin 18..

XXVIII

UN SOIR QUE JE REGARDAIS LE CIEL

Elle me dit, un soir, en souriant :
— Ami, pourquoi contemplez-vous sans cesse
Le jour qui fuit, ou l'ombre qui s'abaisse,
Ou l'astre d'or qui monte à l'orient?
Que font vos yeux là-haut? je les réclame.
Quittez le ciel; regardez dans mon âme!

Dans ce ciel vaste, ombre où vous vous plaisez,
Où vos regards démesurés vont lire,
Qu'apprendrez-vous qui vaille mon sourire?
Qu'apprendras-tu qui vaille nos baisers?
Oh! de mon cœur lève les chastes voiles.
Si tu savais comme il est plein d'étoiles!

Que de soleils! vois-tu, quand nous aimons,
Tout est en nous un radieux spectacle.
Le dévouement, rayonnant sur l'obstacle,

Vaut bien Vénus qui brille sur les monts.
Le vaste azur n'est rien, je te l'atteste;
Le ciel que j'ai dans l'âme est plus céleste!

C'est beau de voir un astre s'allumer.
Le monde est plein de merveilleuses choses.
Douce est l'aurore et douces sont les roses.
Rien n'est si doux que le charme d'aimer!
La clarté vraie et la meilleure flamme,
C'est le rayon qui va de l'âme à l'âme!

L'amour vaut mieux, au fond des antres frais,
Que ces soleils qu'on ignore et qu'on nomme.
Dieu mit, sachant ce qui convient à l'homme,
Le ciel bien loin et la femme tout près.
Il dit à ceux qui scrutent l'azur sombre :
« Vivez! aimez! le reste, c'est mon ombre! »

Aimons! c'est tout. Et Dieu le veut ainsi.
Laisse ton ciel que de froids rayons dorent!
Tu trouveras, dans deux yeux qui t'adorent,
Plus de beauté, plus de lumière aussi!
Aimer, c'est voir, sentir, rêver, comprendre.
L'esprit plus grand s'ajoute au cœur plus tendre.

Viens, bien-aimé! n'entends-tu pas toujours
Dans nos transports une harmonie étrange?
Autour de nous la nature se change
En une lyre et chante nos amours.
Viens! aimons-nous! errons sur la pelouse.
Ne songe plus au ciel! j'en suis jalouse! —

Ma bien-aimée ainsi tout bas parlait,
Avec son front posé sur sa main blanche,
Et l'œil rêveur d'un ange qui se penche,
Et sa voix grave, et cet air qui me plaît;
Belle et tranquille, et de me voir charmée,
Ainsi tout bas parlait ma bien-aimée.

Nos cœurs battaient; l'extase m'étouffait;
Les fleurs du soir entr'ouvraient leurs corolles...
Qu'avez-vous fait, arbres, de nos paroles?
De nos soupirs, rochers, qu'avez-vous fait?
C'est un destin bien triste que le nôtre,
Puisqu'un tel jour s'envole comme un autre!

O souvenirs! trésor dans l'ombre accru!
Sombre horizon des anciennes pensées!
Chère lueur des choses éclipsées!
Rayonnement du passé disparu!
Comme du seuil et du dehors d'un temple,
L'œil de l'esprit en rêvant vous contemple!

Quand les beaux jours font place aux jours amers,
De tout bonheur il faut quitter l'idée;
Quand l'espérance est tout à fait vidée,
Laissons tomber la coupe au fond des mers[1].
L'oubli! l'oubli! c'est l'onde où tout se noie;
C'est la mer sombre où l'on jette sa joie.

Montf., septembre 18.. — Brux., janvier 18..[2].

Livre troisième

LES LUTTES ET LES RÊVES

I

ÉCRIT SUR UN EXEMPLAIRE
DE LA *DIVINA COMMEDIA*

Un soir, dans le chemin je vis passer un homme
Vêtu d'un grand manteau comme un consul de Rome,
Et qui me semblait noir sur la clarté des cieux.
Ce passant s'arrêta, fixant sur moi ses yeux
Brillants, et si profonds qu'ils en étaient sauvages[1],
Et me dit : « J'ai d'abord été, dans les vieux âges,
» Une haute montagne emplissant l'horizon ;
» Puis, âme encore aveugle et brisant ma prison,
» Je montai d'un degré dans l'échelle des êtres,
» Je fus un chêne, et j'eus des autels et des prêtres,
» Et je jetai des bruits étranges dans les airs[2] ;
» Puis je fus un lion rêvant dans les déserts,
» Parlant à la nuit sombre avec sa voix grondante ;
» Maintenant, je suis homme, et je m'appelle Dante. »

Juillet 1843.

II

MELANCHOLIA[1]

Écoutez. Une femme au profil décharné,
Maigre, blême, portant un enfant étonné,
Est là qui se lamente au milieu de la rue.
La foule, pour l'entendre, autour d'elle se rue.
Elle accuse quelqu'un, une autre femme, ou bien
Son mari. Ses enfants ont faim. Elle n'a rien;
Pas d'argent; pas de pain; à peine un lit de paille.
L'homme est au cabaret pendant qu'elle travaille.
Elle pleure, et s'en va. Quand ce spectre a passé,
O penseurs, au milieu de ce groupe amassé,
Qui vient de voir le fond d'un cœur qui se déchire,
Qu'entendez-vous toujours? Un long éclat de rire.

Cette fille au doux front a cru peut-être, un jour,
Avoir droit au bonheur, à la joie, à l'amour.
Mais elle est seule, elle est sans parents, pauvre fille!
Seule! — n'importe! elle a du courage, une aiguille,
Elle travaille, et peut gagner dans son réduit,
En travaillant le jour, en travaillant la nuit,
Un peu de pain, un gîte, une jupe de toile.
Le soir, elle regarde en rêvant quelque étoile,
Et chante au bord du toit tant que dure l'été.
Mais l'hiver vient. Il fait bien froid, en vérité,
Dans ce logis mal clos tout en haut de la rampe;
Les jours sont courts, il faut allumer une lampe;
L'huile est chère, le bois est cher, le pain est cher.
O jeunesse! printemps! aube! en proie à l'hiver!
La faim passe bientôt sa griffe sous la porte,
Décroche un vieux manteau, saisit la montre, emporte

Les meubles, prend enfin quelque humble bague d'or;
Tout est vendu! L'enfant travaille et lutte encor;
Elle est honnête; mais elle a, quand elle veille,
La misère, démon, qui lui parle à l'oreille.
L'ouvrage manque, hélas! cela se voit souvent.
Que devenir? Un jour, ô jour sombre! elle vend
La pauvre croix d'honneur de son vieux père, et pleure;
Elle tousse, elle a froid. Il faut donc qu'elle meure!
A dix-sept ans! grand Dieu! mais que faire?... — Voilà
Ce qui fait qu'un matin la douce fille alla
Droit au gouffre, et qu'enfin, à présent, ce qui monte
A son front, ce n'est plus la pudeur, c'est la honte.
Hélas! et maintenant, deuil et pleurs éternels!
C'est fini. Les enfants, ces innocents cruels,
La suivent dans la rue avec des cris de joie.
Malheureuse! elle traîne une robe de soie,
Elle chante, elle rit... ah! pauvre âme aux abois!
Et le peuple sévère, avec sa grande voix,
Souffle qui courbe un homme et qui brise une femme,
Lui dit quand elle vient : « C'est toi? Va-t'en, infâme! »

Un homme s'est fait riche en vendant à faux poids;
La loi le fait juré. L'hiver, dans les temps froids,
Un pauvre a pris un pain pour nourrir sa famille.
Regardez cette salle où le peuple fourmille;
Ce riche y vient juger ce pauvre. Écoutez bien.
Ce juge, — ce marchand, — fâché de perdre une heure,
Jette un regard distrait sur cet homme qui pleure,
L'envoie au bagne, et part pour sa maison des champs.
Tous s'en vont en disant : « C'est bien! » bons et méchants;
Et rien ne reste là qu'un Christ pensif et pâle,
Levant les bras au ciel dans le fond de la salle.

Un homme de génie apparaît. Il est doux,
Il est fort, il est grand; il est utile à tous;
Comme l'aube au-dessus de l'océan qui roule,
Il dore d'un rayon tous les fronts de la foule;
Il luit; le jour qu'il jette est un jour éclatant;
Il apporte une idée au siècle qui l'attend;

Il fait son œuvre; il veut des choses nécessaires,
Agrandir les esprits, amoindrir les misères;
Heureux, dans ses travaux dont les cieux sont témoins,
Si l'on pense un peu plus, si l'on souffre un peu moins!
Il vient! — Certe, on le va couronner! — On le hue!
Scribes, savants, rhéteurs, les salons, la cohue,
Ceux qui n'ignorent rien, ceux qui doutent de tout,
Ceux qui flattent le roi, ceux qui flattent l'égout,
Tous hurlent à la fois et font un bruit sinistre.
Si c'est un orateur ou si c'est un ministre,
On le siffle. Si c'est un poëte, il entend
Ce chœur : « Absurde! faux! monstrueux! révoltant! »
Lui, cependant, tandis qu'on bave sur sa palme,
Debout, les bras croisés, le front levé, l'œil calme,
Il contemple, serein, l'idéal et le beau;
Il rêve; et par moments il secoue un flambeau
Qui, sous ses pieds, dans l'ombre, éblouissant la haine,
Eclaire tout à coup le fond de l'âme humaine;
Ou, ministre, il prodigue et ses nuits et ses jours;
Orateur, il entasse efforts, travaux, discours;
Il marche, il lutte! Hélas! l'injure ardente et triste,
A chaque pas qu'il fait, se transforme et persiste.
Nul abri. Ce serait un ennemi public,
Un monstre fabuleux, dragon ou basilic,
Qu'il serait moins traqué de toutes les manières,
Moins entouré de gens armés de grosses pierres,
Moins haï! — Pour eux tous, et pour ceux qui viendront,
Il va semant la gloire, il recueille l'affront.
Le progrès est son but, le bien est sa boussole;
Pilote, sur l'avant du navire il s'isole;
Tout marin, pour dompter les vents et les courants,
Met tour à tour le cap sur des points différents,
Et, pour mieux arriver, dévie en apparence;
Il fait de même; aussi blâme et cris; l'ignorance
Sait tout, dénonce tout; il allait vers le nord,
Il avait tort; il va vers le sud, il a tort;
Si le temps devient noir, que de rage et de joie!
Cependant, sous le faix sa tête à la fin ploie,
L'âge vient, il couvait un mal profond et lent,

Il meurt. L'envie alors, ce démon vigilant,
Accourt, le reconnaît, lui ferme la paupière,
Prend soin de le clouer de ses mains dans la bière,
Se penche, écoute, épie en cette sombre nuit
S'il est vraiment bien mort, s'il ne fait pas de bruit,
S'il ne peut plus savoir de quel nom on le nomme,
Et, s'essuyant les yeux, dit : « C'était un grand homme! »

Où vont tous ces enfants dont pas un seul ne rit?
Ces doux êtres pensifs que la fièvre maigrit?
Ces filles de huit[1] ans qu'on voit cheminer seules?
Ils s'en vont travailler quinze heures sous des meules;
Ils vont, de l'aube au soir, faire éternellement
Dans la même prison le même mouvement.
Accroupis sous les dents d'une machine sombre,
Monstre hideux qui mâche on ne sait quoi dans l'ombre,
Innocents dans un bagne, anges dans un enfer,
Ils travaillent. Tout est d'airain, tout est de fer.
Jamais on ne s'arrête et jamais on ne joue.
Aussi quelle pâleur! la cendre est sur leur joue.
Il fait à peine jour, ils sont déjà bien las.
Ils ne comprennent rien à leur destin, hélas!
Ils semblent dire à Dieu : « Petits comme nous sommes,
» Notre père, voyez ce que nous font les hommes! »
O servitude infâme imposée à l'enfant!
Rachitisme! travail dont le souffle étouffant
Défait ce qu'a fait Dieu; qui tue, œuvre insensée,
La beauté sur les fronts, dans les cœurs la pensée,
Et qui ferait — c'est là son fruit le plus certain! —
D'Apollon un bossu, de Voltaire un crétin!
Travail mauvais qui prend l'âge tendre en sa serre,
Qui produit la richesse en créant la misère,
Qui se sert d'un enfant ainsi que d'un outil!
Progrès dont on demande : « Où va-t-il? que veut-il? »
Qui brise la jeunesse en fleur! qui donne, en somme,
Une âme à la machine et la retire à l'homme!
Que ce travail, haï des mères[2], soit maudit!
Maudit comme le vice où l'on s'abâtardit,
Maudit comme l'opprobre et comme le blasphème!

O Dieu! qu'il soit maudit au nom du travail même,
Au nom du vrai travail, sain, fécond, généreux,
Qui fait le peuple libre et qui rend l'homme heureux [1]!

Le pesant chariot porte une énorme pierre;
Le limonier, suant du mors à la croupière,
Tire, et le roulier fouette, et le pavé glissant
Monte, et le cheval triste a le poitrail en sang.
Il tire, traîne, geint, tire encore et s'arrête;
Le fouet noir tourbillonne au-dessus de sa tête;
C'est lundi; l'homme hier buvait aux Porcherons [2]
Un vin plein de fureur, de cris et de jurons;
Oh! quelle est donc la loi formidable qui livre
L'être à l'être, et la bête effarée à l'homme ivre!
L'animal éperdu ne peut plus faire un pas;
Il sent l'ombre sur lui peser; il ne sait pas,
Sous le bloc qui l'écrase et le fouet qui l'assomme,
Ce que lui veut la pierre et ce que lui veut l'homme.
Et le roulier n'est plus qu'un orage de coups
Tombant sur ce forçat qui traîne les licous,
Qui souffre et ne connaît ni repos ni dimanche,
Si la corde se casse, il frappe avec le manche,
Et, si le fouet se casse, il frappe avec le pié;
Et le cheval, tremblant, hagard, estropié,
Baisse son cou lugubre et sa tête égarée;
On entend, sous les coups de la botte ferrée,
Sonner le ventre nu du pauvre être muet!
Il râle; tout à l'heure encore il remuait;
Mais il ne bouge plus et sa force est finie.
Et les coups furieux pleuvent; son agonie
Tente un dernier effort; son pied fait un écart,
Il tombe, et le voilà brisé sous le brancard;
Et, dans l'ombre, pendant que son bourreau redouble,
Il regarde Quelqu'un de sa prunelle trouble;
Et l'on voit lentement s'éteindre, humble et terni,
Son œil plein de stupeurs sombres de l'infini,
Où luit vaguement l'âme effrayante des choses [3].
Hélas!

Cet avocat plaide toutes les causes
Il rit des généreux qui désirent savoir
Si blanc n'a pas raison, avant de dire noir;
Calme, en sa conscience il met ce qu'il rencontre,
Ou le sac d'argent Pour, ou le sac d'argent Contre;
Le sac pèse pour lui ce que la cause vaut.
Embusqué, plume au poing, dans un journal dévot,
Comme un bandit tuerait, cet écrivain diffame.
La foule hait cet homme et proscrit cette femme;
Ils sont maudits. Quel est leur crime? Ils ont aimé.
L'opinion rampante accable l'opprimé,
Et, chatte aux pieds des forts, pour le faible est tigresse.
De l'inventeur mourant le parasite engraisse.
Le monde parle, assure, affirme, jure, ment,
Triche, et rit d'escroquer la dupe Dévouement.
Le puissant resplendit et du destin se joue;
Derrière lui, tandis qu'il marche et fait la roue,
Sa fiente épanouie engendre son flatteur.
Les nains sont dédaigneux de toute leur hauteur.
O hideux coins de rue où le chiffonnier morne
Va, tenant à la main sa lanterne de corne,
Vos tas d'ordures sont moins noirs que les vivants!
Qui, des vents ou des cœurs, est le plus sûr? Les vents.
Cet homme ne croit rien et fait semblant de croire;
Il a l'œil clair, le front gracieux, l'âme noire;
Il se courbe; il sera votre maître demain.

Tu casses des cailloux, vieillard, sur le chemin;
Ton feutre humble et troué s'ouvre à l'air qui le mouille;
Sous la pluie et le temps ton crâne nu se rouille;
Le chaud est ton tyran, le froid est ton bourreau;
Ton vieux corps grelottant tremble sous ton sarrau;
Ta cahute, au niveau du fossé de la route,
Offre son toit de mousse à la chèvre qui broute;
Tu gagnes dans ton jour juste assez de pain noir
Pour manger le matin et pour jeûner le soir;
Et, fantôme suspect devant qui l'on recule,
Regardé de travers quand vient le crépuscule,
Pauvre au point d'alarmer les allants et venants,

Frère sombre et pensif des arbres frissonnants,
Tu laisses choir tes ans ainsi qu'eux leur feuillage;
Autrefois, homme alors dans la force de l'âge,
Quand tu vis que l'Europe implacable venait,
Et menaçait Paris et notre aube qui naît,
Et, mer d'hommes, roulait vers la France effarée,
Et le Russe et le Hun sur la terre sacrée
Se ruer, et le nord revomir Attila,
Tu te levas, tu pris ta fourche; en ces temps-là,
Tu fus, devant les rois qui tenaient la campagne,
Un des grands paysans de la grande Champagne.
C'est bien. Mais, vois, là-bas, le long du vert sillon,
Une calèche arrive, et, comme un tourbillon,
Dans la poudre du soir qu'à ton front tu secoues,
Mêle l'éclair du fouet au tonnerre des roues.
Un homme y dort. Vieillard, chapeau bas! Ce passant
Fit sa fortune à l'heure où tu versais ton sang;
Il jouait à la baisse, et montait à mesure
Que notre chute était plus profonde et plus sûre;
Il fallait un vautour à nos morts; il le fut;
Il fit, travailleur âpre et toujours à l'affût,
Suer à nos malheurs des châteaux et des rentes;
Moscou remplit ses prés de meules odorantes;
Pour lui, Leipsick payait des chiens et des valets,
Et la Bérésina charriait un palais;
Pour lui, pour que cet homme ait des fleurs, des charmilles,
Des parcs dans Paris même ouvrant leurs larges grilles,
Des jardins où l'on voit le cygne errer sur l'eau,
Un million joyeux sortit de Waterloo;
Si bien que du désastre il a fait sa victoire,
Et que, pour la manger, et la tordre, et la boire,
Ce Shaylock, avec le sabre de Blucher,
A coupé sur la France une livre de chair.
Or, de vous deux, c'est toi qu'on hait, lui qu'on vénère;
Vieillard, tu n'es qu'un gueux, et ce millionnaire,
C'est l'honnête homme. Allons, debout, et chapeau bas!

Les carrefours sont pleins de chocs et de combats.
Les multitudes vont et viennent dans les rues.

Foules! sillons creusés par ces mornes charrues :
Nuit, douleur, deuil! champ triste où souvent a germé
Un épi qui fait peur à ceux qui l'ont semé!
Vie et mort! onde où l'hydre à l'infini s'enlace!
Peuple océan jetant l'écume populace!
Là sont tous les chaos et toutes les grandeurs;
Là, fauve, avec ses maux, ses horreurs, ses laideurs,
Ses larves, désespoirs, haines, désirs, souffrances,
Qu'on distingue à travers de vagues transparences,
Ses rudes appétits, redoutables aimants,
Ses prostitutions, ses avilissements,
Et la fatalité de ses mœurs imperdables,
La misère épaissit ses couches formidables.
Les malheureux sont là, dans le malheur reclus.
L'indigence, flux noir, l'ignorance, reflux,
Montent, marée affreuse, et, parmi les décombres,
Roulent l'obscur filet des pénalités sombres.
Le besoin fuit le mal qui le tente et le suit,
Et l'homme cherche l'homme à tâtons; il fait nuit;
Les petits enfants nus tendent leurs mains funèbres;
Le crime, antre béant, s'ouvre dans ces ténèbres;
Le vent secoue et pousse, en ses froids tourbillons,
Les âmes en lambeaux dans les corps en haillons;
Pas de cœur où ne croisse une aveugle chimère.
Qui grince des dents? L'homme. Et qui pleure? La mère.
Qui sanglote? La vierge aux yeux hagards et doux.
Qui dit : J'ai froid? L'aïeule. Et qui dit : J'ai faim? Tous.
Et le fond est horreur, et la surface est joie.
Au-dessus de la faim, le festin qui flamboie,
Et, sur le pâle amas des cris et des douleurs,
Les chansons et le rire et les chapeaux de fleurs!
Ceux-là sont les heureux. Ils n'ont qu'une pensée :
A quel néant jeter la journée insensée?
Chiens, voitures, chevaux! cendre au reflet vermeil!
Poussière dont les grains semblent d'or au soleil!
Leur vie est au plaisir sans fin, sans but, sans trêve,
Et se passe à tâcher d'oublier dans un rêve
L'enfer au-dessous d'eux et le ciel au-dessus.
Quand on voile Lazare[1], on efface Jésus.

Ils ne regardent pas dans les ombres moroses.
Ils n'admettent que l'air tout parfumé de roses,
La volupté, l'orgueil, l'ivresse, et le laquais,
Ce spectre galonné du pauvre, à leurs banquets.
Les fleurs couvrent les seins et débordent des vases.
Le bal, tout frissonnant de souffles et d'extases,
Rayonne, étourdissant ce qui s'évanouit;
Éden étrange fait de lumière et de nuit.
Les lustres au plafond laissent pendre leurs flammes,
Et semblent la racine ardente et pleine d'âmes
De quelque arbre céleste épanoui plus haut.
Noir paradis dansant sur l'immense cachot!
Ils savourent, ravis, l'éblouissement sombre
Des beautés, des splendeurs, des quadrilles sans nombre,
Des couples, des amours, des yeux bleus, des yeux noirs.
Les valses, visions, passent dans les miroirs.
Parfois, comme aux forêts la fuite des cavales,
Les galops effrénés courent; par intervalles,
Le bal reprend haleine; on s'interrompt, on fuit,
On erre, deux à deux, sous les arbres sans bruit;
Puis, folle, et rappelant les ombres éloignées,
La musique, jetant les notes à poignées,
Revient, et les regards s'allument, et l'archet,
Bondissant, ressaisit la foule qui marchait.
O délire! et d'encens et de bruit enivrées,
L'heure emporte en riant les rapides soirées,
Et les nuits et les jours, feuilles mortes des cieux.
D'autres, toute la nuit, roulent les dés joyeux,
Ou bien, âpre, et mêlant les cartes qu'ils caressent,
Où des spectres riants ou sanglants apparaissent,
Leur soif de l'or, penchée autour d'un tapis vert,
Jusqu'à ce qu'au volet le jour bâille entr'ouvert,
Poursuit le pharaon, le lansquenet ou l'hombre;
Et, pendant qu'on gémit et qu'on frémit dans l'ombre,
Pendant que les greniers grelottent sous les toits,
Que les fleuves, passants pleins de lugubres voix,
Heurtent aux grands quais blancs les glaçons qu'ils charrient,
Tous ces hommes contents de vivre, boivent, rient,
Chantent; et, par moments, on voit au-dessus d'eux,

Deux poteaux soutenant un triangle hideux,
Qui sortent lentement du noir pavé des villes... —

O forêts! bois profonds! solitudes! asiles!

Paris, juillet 1838.

III

SATURNE[1]

I

Il est des jours de brume et de lumière vague,
Où l'homme, que la vie à chaque instant confond,
Étudiant la plante, ou l'étoile, ou la vague,
S'accoude au bord croulant du problème sans fond;

Où le songeur, pareil aux antiques augures,
Cherchant Dieu, que jadis plus d'un voyant surprit,
Médite en regardant fixement les figures
      Qu'on a dans l'ombre de l'esprit;

Où, comme en s'éveillant on voit, en reflets sombres,
Des spectres du dehors errer sur le plafond,
Il sonde le destin, et contemple les ombres
Que nos rêves jetés parmi les choses font!

Des heures où, pourvu qu'on ait à sa fenêtre
Une montagne, un bois, l'océan qui dit tout,
Le jour prêt à mourir ou l'aube prête à naître,
      En soi-même on voit tout à coup

Sur l'amour, sur les biens qui tous nous abandonnent,
Sur l'homme, masque vide et fantôme rieur,
Éclore des clartés effrayantes, qui donnent
Des éblouissements à l'œil intérieur;

De sorte qu'une fois que ces visions glissent
Devant notre paupière en ce vallon d'exil,
Elles n'en sortent plus et pour jamais emplissent
    L'arcade sombre du sourcil!

II

Donc, puisque j'ai parlé de ces heures de doute
Où l'un trouve le calme et l'autre le remords,
Je ne cacherai pas au peuple qui m'écoute
Que je songe souvent à ce que font les morts;

Et que j'en suis venu — tant la nuit étoilée
A fatigué de fois mes regards et mes vœux,
Et tant une pensée inquiète est mêlée
    Aux racines de mes cheveux! —

A croire qu'à la mort, continuant sa route,
L'âme, se souvenant de son humanité,
Envolée à jamais sous la céleste voûte,
A franchir l'infini passait l'éternité[1]!

Et que les morts voyaient l'extase et la prière,
Nos deux rayons, pour eux grandir bien plus encor,
Et qu'ils étaient pareils à la mouche ouvrière,
    Au vol rayonnant, aux pieds d'or,

Qui, visitant les fleurs pleines de chastes gouttes,
Semble une âme visible en ce monde réel,
Et, leur disant tout bas quelque mystère à toutes,
Leur laisse le parfum en leur prenant le miel!

Et qu'ainsi, faits vivants par le sépulcre même,
Nous irions tous un jour, dans l'espace vermeil,
Lire l'œuvre infinie et l'éternel poëme,
    Vers à vers, soleil à soleil!

Admirer tout système en ses formes fécondes,
Toute création dans sa variété,
Et, comparant à Dieu chaque face des mondes,
Avec l'âme de tout confronter leur beauté!

Et que chacun ferait ce voyage des âmes,
Pourvu qu'il ait souffert, pourvu qu'il ait pleuré.
Tous! hormis les méchants, dont les esprits infâmes
    Sont comme un livre déchiré.

Ceux-là, Saturne, un globe horrible et solitaire,
Les prendra, pour le temps où Dieu voudra punir,
Châtiés à la fois par le ciel et la terre,
Par l'aspiration et par le souvenir!

III

Saturne! sphère énorme! astre aux aspects funèbres!
Bagne du ciel! prison dont le soupirail luit!
Monde en proie à la brume, aux souffles, aux ténèbres!
    Enfer fait d'hiver et de nuit!

Son atmosphère flotte en zones tortueuses.
Deux anneaux flamboyants, tournant avec fureur,
Font, dans son ciel d'airain, deux arches monstrueuses
D'où tombe une éternelle et profonde terreur.

Ainsi qu'une araignée au centre de sa toile,
Il tient sept lunes d'or qu'il lie à ses essieux,
Pour lui, notre soleil, qui n'est plus qu'une étoile,
    Se perd, sinistre, au fond des cieux!

Les autres univers, l'entrevoyant dans l'ombre,
Se sont épouvantés de ce globe hideux.
Tremblants, ils l'ont peuplé de chimères sans nombre,
En le voyant errer formidable autour d'eux!

IV

Oh! ce serait vraiment un mystère sublime
Que ce ciel si profond, si lumineux, si beau,
Qui flamboie à nos yeux ouvert comme un abîme,
    Fût l'intérieur du tombeau!

Que tout se révélât à nos paupières closes!
Que, morts, ces grands destins nous fussent réservés!...
Qu'en est-il de ce rêve et de bien d'autres choses?
Il est certain, Seigneur, que seul vous le savez.

V

Il est certain aussi que, jadis, sur la terre,
Le patriarche, ému d'un redoutable effroi,
Et les saints qui peuplaient la Thébaïde austère
    Ont fait des songes comme moi;

Que, dans sa solitude auguste, le prophète
Voyait, pour son regard plein d'étranges rayons,
Par la même fêlure aux réalités faite,
S'ouvrir le monde obscur des pâles visions;

Et qu'à l'heure où le jour devant la nuit recule,
Ces sages que jamais l'homme, hélas, ne comprit,
Mêlaient, silencieux, au morne crépuscule
    Le trouble de leur sombre esprit;

Tandis que l'eau sortait des sources cristallines,
Et que les grands lions, de moments en moments,
Vaguement apparus au sommet des collines,
Poussaient dans le désert de longs rugissements !

Avril 1839.

IV

ÉCRIT AU BAS D'UN CRUCIFIX

Vous qui pleurez, venez à ce Dieu, car il pleure.
Vous qui souffrez, venez à lui, car il guérit.
Vous qui tremblez, venez à lui, car il sourit.
Vous qui passez, venez à lui, car il demeure.

Mars 1842.

V

QUIA PULVIS ES [1]

Ceux-ci partent, ceux-là demeurent.
Sous le sombre aquilon, dont les mille voix pleurent,
Poussière et genre humain, tout s'envole à la fois.
Hélas ! le même vent souffle, en l'ombre où nous sommes,
Sur toutes les têtes des hommes,
Sur toutes les feuilles des bois.

Ceux qui restent à ceux qui passent
Disent : — Infortunés! déjà vos fronts s'effacent.
Quoi! vous n'entendrez plus la parole et le bruit!
Quoi! vous ne verrez plus ni le ciel ni les arbres!
    Vous allez dormir sous les marbres!
    Vous allez tomber dans la nuit! —

    Ceux qui passent à ceux qui restent
Disent : — Vous n'avez rien à vous! vos pleurs l'attestent!
Pour vous, gloire et bonheur sont des mots décevants.
Dieu donne aux morts les biens réels, les vrais royaumes.
    Vivants! vous êtes des fantômes;
    C'est nous qui sommes les vivants! —

Février 1843.

VI

LA SOURCE

Un lion habitait près d'une source; un aigle
    Y venait boire aussi.
Or, deux héros, un jour, deux rois — souvent Dieu règle
    La destinée ainsi —

Vinrent à cette source, où des palmiers attirent
    Le passant hasardeux,
Et, s'étant reconnus, ces hommes se battirent
    Et tombèrent tous deux.

L'aigle, comme ils mouraient, vint planer sur leurs têtes,
    Et leur dit, rayonnant :
— Vous trouviez l'univers trop petit, et vous n'êtes
    Qu'une ombre maintenant!

O princes! et vos os, hier pleins de jeunesse,
    Ne seront plus demain
Que des cailloux mêlés, sans qu'on les reconnaisse,
    Aux pierres du chemin!

Insensés! à quoi bon cette guerre âpre et rude,
    Ce duel, ce talion?... —
Je vis en paix, moi, l'aigle, en cette solitude,
    Avec lui, le lion.

Nous venons tous deux boire à la même fontaine,
    Rois dans les mêmes lieux;
Je lui laisse le bois, la montagne et la plaine,
    Et je garde les cieux.

Octobre 1846 [1].

VII

LA STATUE

Quand l'empire romain tomba désespéré,
— Car, ô Rome, l'abîme où Carthage a sombré
    Attendait que tu la suivisses! —
Quand, n'ayant rien en lui de grand qu'il n'eût brisé,
Ce monde agonisa, triste, ayant épuisé
    Tous les Césars et tous les vices;

Quand il expira, vide et riche comme Tyr;
Tas d'esclaves ayant pour gloire de sentir
    Le pied du maître sur leurs nuques;
Ivre de vin, de sang et d'or; continuant
Caton par Tigellin [2], l'astre par le néant,
    Et les géants par les eunuques;

Ce fut un noir spectacle et dont on s'enfuyait.
Le pâle cénobite y songeait, inquiet,
    Dans les antres visionnaires;
Et, pendant trois cents ans, dans l'ombre on entendit
Sur ce monde damné, sur ce festin maudit,
    Un écroulement de tonnerres.

Et Luxure, Paresse, Envie, Orgie, Orgueil,
Avarice et Colère, au-dessus de ce deuil,
    Planèrent avec des huées;
Et, comme des éclairs sous le plafond des soirs,
Les glaives monstrueux des sept archanges noirs
    Flamboyèrent dans les nuées.

Juvénal, qui peignit ce gouffre universel,
Est statue aujourd'hui; la statue est de sel,
    Seule sous le nocturne dôme;
Pas un arbre à ses pieds; pas d'herbe et de rameaux;
Et dans son œil sinistre on lit ces sombres mots :
    Pour avoir regardé Sodôme.

                                        Février 1843.

VIII

Je lisais. Que lisais-je? Oh! le vieux livre austère,
Le poëme éternel! — La Bible? — Non, la terre.
Platon, tous les matins, quand revit le ciel bleu,
Lisait les vers d'Homère, et moi les fleurs de Dieu.
J'épèle les buissons, les brins d'herbe, les sources;
Et je n'ai pas besoin d'emporter dans mes courses
Mon livre sous mon bras, car je l'ai sous mes pieds.
Je m'en vais devant moi dans les lieux non frayés,
Et j'étudie à fond le texte, et je me penche,

Cherchant à déchiffrer la corolle et la branche.
Donc, courbé, — c'est ainsi qu'en marchant je traduis
La lumière en idée, en syllabes les bruits, —
J'étais en train de lire un champ, page fleurie.
Je fus interrompu dans cette rêverie;
Un doux martinet noir avec un ventre blanc
Me parlait; il disait : — O pauvre homme, tremblant
Entre le doute morne et la foi qui délivre,
Je t'approuve, il est bon de lire dans ce livre.
Lis toujours, lis sans cesse, ô penseur agité,
Et que les champs profonds t'emplissent de clarté!
Il est sain de toujours feuilleter la nature,
Car c'est la grande lettre et la grande écriture;
Car la terre, cantique où nous nous abîmons,
A pour versets les bois et pour strophes les monts!
Lis. Il n'est rien dans tout ce que peut sonder l'homme
Qui, bien questionné par l'âme, ne se nomme.
Médite. Tout est plein de jour, même la nuit;
Et tout ce qui travaille, éclaire, aime ou détruit,
A des rayons : la roue au dur moyeu, l'étoile,
La fleur, et l'araignée au centre de sa toile.
Rends-toi compte de Dieu. Comprendre, c'est aimer.
Les plaines où le ciel aide l'herbe à germer,
L'eau, les prés, sont autant de phrases où le sage
Voit serpenter des sens qu'il saisit au passage.
Marche au vrai. Le réel, c'est le juste, vois-tu;
Et voir la vérité, c'est trouver la vertu.
Bien lire l'univers, c'est bien lire la vie.
Le monde est l'œuvre où rien ne ment et ne dévie,
Et dont les mots sacrés répandent de l'encens.
L'homme injuste est celui qui fait des contre-sens.
Oui, la création tout entière, les choses,
Les êtres, les rapports, les éléments, les causes,
Rameaux dont le ciel clair perce le réseau noir,
L'arabesque des bois sur les cuivres du soir,
La bête, le rocher, l'épi d'or, l'aile peinte,
Tout cet ensemble obscur, végétation sainte,
Compose en se croisant ce chiffre énorme : Dieu[1]
L'éternel est écrit dans ce qui dure peu;

Toute l'immensité, sombre, bleue, étoilée [1],
Traverse l'humble fleur, du penseur contemplée;
On voit les champs, mais c'est de Dieu qu'on s'éblouit.
Le lis que tu comprends en toi s'épanouit.
Les roses que tu lis s'ajoutent à ton âme.
Les fleurs chastes, d'où sort une invisible flamme,
Sont les conseils que Dieu sème sur le chemin;
C'est l'âme qui les doit cueillir, et non la main.
Ainsi tu fais; aussi l'aube est sur ton front sombre;
Aussi tu deviens bon, juste et sage; et dans l'ombre
Tu reprends la candeur sublime du berceau. —
Je répondis : — Hélas! tu te trompes, oiseau.
Ma chair, faite de cendre, à chaque instant succombe;
Mon âme ne sera blanche que dans la tombe;
Car l'homme, quoi qu'il fasse, est aveugle ou méchant. —
Et je continuai la lecture du champ.

Juillet 1843.

IX

Jeune fille, la grâce emplit tes dix-sept ans [2]
Ton regard dit : Matin, et ton front dit : Printemps.
Il semble que ta main porte un lis invisible.
Don Juan te voit passer et murmure : « Impossible! »
Sois belle. Sois bénie, enfant, dans ta beauté.
La nature s'égaie à toute ta clarté;
Tu fais une lueur sous les arbres; la guêpe
Touche ta joue en fleur de son aile de crêpe;
La mouche à tes yeux vole ainsi qu'à des flambeaux.
Ton souffle est un encens qui monte au ciel. Lesbos
Et les marins d'Hydra, s'ils te voyaient sans voiles,
Te prendraient pour l'Aurore aux cheveux pleins d'étoiles.
Les êtres de l'azur froncent leur pur sourcil,

Quand l'homme, spectre obscur du mal et de l'exil,
Ose approcher ton âme, aux rayons fiancée.
Sois belle. Tu te sens par l'ombre caressée,
Un ange vient baiser ton pied quand il est nu,
Et c'est ce qui te fait ton sourire ingénu.

Février 1843.

X

AMOUR[1]

Amour! « Loi, » dit Jésus. « Mystère, » dit Platon.
Sait-on quel fil nous lie au firmament? Sait-on
Ce que les mains de Dieu dans l'immensité sèment?
Est-on maître d'aimer? pourquoi deux êtres s'aiment,
Demande à l'eau qui court, demande à l'air qui fuit,
Au moucheron qui vole à la flamme la nuit,
Au rayon d'or qui vient baiser la grappe mûre!
Demande à ce qui chante, appelle, attend, murmure!
Demande aux nids profonds qu'avril met en émoi!
Le cœur éperdu crie : Est-ce que je sais, moi?
Cette femme a passé : je suis fou. C'est l'histoire.
Ses cheveux étaient blonds, sa prunelle était noire;
En plein midi, joyeuse, une fleur au corset,
Illumination du jour, elle passait;
Elle allait, la charmante, et riait, la superbe;
Ses petits pieds semblaient chuchoter avec l'herbe;
Un oiseau bleu volait dans l'air et me parla;
Et comment voulez-vous que j'échappe à cela?
Est-ce que je sais, moi? c'était au temps des roses;
Les arbres se disaient tout bas de douces choses;
Les ruisseaux l'ont voulu, les fleurs l'ont comploté.
J'aime! — O Bodin, Vouglans, Delancre [2]! prévôté,

Bailliage, châtelet, grand'chambre, saint-office,
Demandez le secret de ce doux maléfice
Aux vents, au frais printemps chassant l'hiver hagard,
Au philtre qu'un regard boit dans l'autre regard,
Au sourire qui rêve, à la voix qui caresse,
A ce magicien, à cette charmeresse!
Demandez aux sentiers traîtres qui, dans les bois,
Vous font recommencer les mêmes pas cent fois,
A la branche de mai, cette Armide [1] qui guette,
Et fait tourner sur nous en cercle sa baguette!
Demandez à la vie, à la nature, aux cieux,
Au vague enchantement des champs mystérieux!
Exorcisez le pré tentateur, l'antre, l'orme!
Faites, Cujas au poing, un bon procès en forme
Aux sources dont le cœur écoute les sanglots,
Au soupir éternel des forêts et des flots.
Dressez procès-verbal contre les pâquerettes
Qui laissent les bourdons froisser leurs collerettes;
Instrumentez; tonnez. Prouvez que deux amants
Livraient leur âme aux fleurs, aux bois, aux lacs dormants,
Et qu'ils ont fait un pacte avec la lune sombre,
Avec l'illusion, l'espérance aux yeux d'ombre,
Et l'extase chantant des hymnes inconnus,
Et qu'ils allaient tous deux, dès que brillait Vénus,
Sur l'herbe que la brise agite par bouffées,
Danser au bleu [2] sabbat de ces nocturnes fées,
Éperdus, possédés d'un adorable ennui,
Elle n'étant plus elle et lui n'étant plus lui!
Quoi! nous sommes encore au temps où la Tournelle [3],
Déclarant la magie impie et criminelle,
Lui dressait un bûcher par arrêt de la cour,
Et le dernier sorcier qu'on brûle, c'est l'Amour!

                                        Juillet 1843.

XI

?

Une terre au flanc maigre, âpre, avare, inclément,
Où les vivants pensifs travaillent tristement,
Et qui donne à regret à cette race humaine
Un peu de pain pour tant de labeur et de peine;
Des hommes durs, éclos sur ces sillons ingrats;
Des cités d'où s'en vont, en se tordant les bras,
La charité, la paix, la foi, sœurs vénérables;
L'orgueil chez les puissants et chez les misérables;
La haine au cœur de tous; la mort, spectre sans yeux,
Frappant sur les meilleurs des coups mystérieux;
Sur tous les hauts sommets des brumes répandues;
Deux vierges, la justice et la pudeur, vendues;
Toutes les passions engendrant tous les maux;
Des forêts abritant des loups sous leurs rameaux;
Là le désert torride, ici les froids polaires;
Des océans émus de subites colères,
Pleins de mâts frissonnants qui sombrent dans la nuit;
Des continents couverts de fumée et de bruit,
Où, deux torches aux mains, rugit la guerre infâme,
Où toujours quelque part fume une ville en flamme,
Où se heurtent sanglants les peuples furieux; —

Et que tout cela fasse un astre dans les cieux!

Octobre 1840

XII

EXPLICATION

La terre est au soleil ce que l'homme est à l'ange.
L'un est fait de splendeur; l'autre est pétri de fange.
Toute étoile est soleil; tout astre est paradis.
Autour des globes purs sont les mondes maudits;
Et dans l'ombre, où l'esprit voit mieux que la lunette,
Le soleil paradis traîne l'enfer planète.
L'ange habitant de l'astre est faillible; et, séduit,
Il peut devenir l'homme habitant de la nuit.
Voilà ce que le vent m'a dit sur la montagne.

Tout globe obscur gémit; toute terre est un bagne
Où la vie en pleurant, jusqu'au jour du réveil,
Vient écrouer l'esprit qui tombe du soleil.
Plus le globe est lointain, plus le bagne est terrible.
La mort est là, vannant les âmes dans un crible,
Qui juge, et, de la vie invisible témoin,
Rapporte l'ange à l'astre ou le jette plus loin.

O globes sans rayons et presque sans aurores!
Énorme Jupiter fouetté de météores,
Mars qui semble de loin la bouche d'un volcan,
O nocturne Uranus, ô Saturne au carcan!
Châtiments inconnus! rédemptions! mystères!
Deuils! ô lunes encor plus mortes que les terres [1]!
Ils souffrent; ils sont noirs; et qui sait ce qu'ils font?
L'ombre entend par moments leur cri rauque et profond,
Comme on entend, le soir, la plainte des cigales.
Mondes spectres, tirant des chaînes inégales,
Ils vont, blêmes, pareils au rêve qui s'enfuit.

Rougis confusément d'un reflet dans la nuit,
Implorant un messie, espérant des apôtres,
Seuls, séparés, les uns en arrière des autres,
Tristes, échevelés par des souffles hagards,
Jetant à la clarté de farouches regards,
Ceux-ci, vagues, roulant dans les profondeurs mornes,
Ceux-là, presque engloutis dans l'infini sans bornes,
Ténébreux, frissonnants, froids, glacés, pluvieux,
Autour du paradis ils tournent envieux;
Et, du soleil, parmi les brumes et les ombres,
On voit passer au loin toutes ces faces sombres.

Novembre 1840.

XIII

LA CHOUETTE

Une chouette était sur la porte clouée;
Larve de l'ombre au toit des hommes échouée.
La nature, qui mêle une âme aux rameaux verts,
Qui remplit tout, et vit, à des degrés divers,
Dans la bête sauvage et la bête de somme,
Toujours en dialogue avec l'esprit de l'homme,
Lui donne à déchiffrer les animaux, qui sont
Ses signes, alphabet formidable et profond;
Et, sombre, ayant pour mots l'oiseau, le ver, l'insecte,
Parle deux langues : l'une, admirable et correcte,
L'autre, obscur bégaiement. L'éléphant aux pieds lourds,
Le lion, ce grand front de l'antre, l'aigle, l'ours,
Le taureau, le cheval, le tigre au bond superbe,
Sont le langage altier et splendide, le verbe;
Et la chauve-souris, le crapaud, le putois,

Le crabe, le hibou, le porc, sont le patois.
Or, j'étais là, pensif, bienveillant, presque tendre,
Épelant ce squelette, et tâchant de comprendre
Ce qu'entre les trois clous où son spectre pendait,
Aux vivants, aux souffrants, au bœuf triste, au baudet,
Disait, hélas, la pauvre et sinistre chouette,
Du côté noir de l'être informe silhouette.

Elle disait :
                    « Sur son front sombre
Comme la brume se répand!
Il remplit tout le fond de l'ombre.
Comme sa tête morte pend!
De ses yeux coulent ses pensées.
Ses pieds troués, ses mains percées
Bleuissent à l'air glacial.
Oh! comme il saigne dans le gouffre!
Lui qui faisait le bien, il souffre
Comme moi qui faisais le mal.

« Une lumière à son front tremble.
Et la nuit dit au vent : « Soufflons
» Sur cette flamme! » et, tous ensemble,
Les ténèbres, les aquilons,
La pluie et l'horreur, froides bouches,
Soufflent, hagards, hideux, farouches,
Et dans la tempête et le bruit
La clarté reparaît grandie... —
Tu peux éteindre un incendie,
Mais pas une auréole, ô nuit!

« Cette âme arriva sur la terre,
Qu'assombrit le soir incertain;
Elle entra dans l'obscur mystère
Que l'homme appelle son destin;
Au mensonge, aux forfaits sans nombre,
A tout l'horrible essaim de l'ombre,
Elle livrait de saints combats;
Elle volait, et ses prunelles

Semblaient deux lueurs éternelles
Qui passaient dans la nuit d'en bas.

« Elle allait parmi les ténèbres,
Poursuivant, chassant, dévorant
Les vices, ces taupes funèbres,
Le crime, ce phalène errant;
Arrachant de leurs trous la haine,
L'orgueil, la fraude qui se traîne,
L'âpre envie, aspic du chemin,
Les vers de terre et les vipères,
Que la nuit cache dans les pierres
Et le mal dans le cœur humain!

« Elle cherchait ces infidèles,
L'Achab, le Nemrod, le Mathan[1],
Que, dans son temple et sous ses ailes,
Réchauffe le faux dieu Satan,
Les vendeurs cachés sous les porches,
Le brûleur allumant ses torches
Au même feu que l'encensoir,
Et, quand elle l'avait trouvée,
Toute la sinistre couvée
Se hérissait sous l'autel noir.

« Elle allait, délivrant les hommes
De leurs ennemis ténébreux;
Les hommes, noirs comme nous sommes,
Prirent l'esprit luttant pour eux;
Puis ils clouèrent, les infâmes,
L'âme qui défendait leurs âmes,
L'être dont l'œil jetait du jour;
Et leur foule, dans sa démence,
Railla cette chouette immense
De la lumière et de l'amour!

« Race qui frappes et lapides,
Je te plains! hommes, je vous plains!
Hélas! Je plains vos poings stupides,

D'affreux clous et de marteaux pleins!
Vous persécutez pêle-mêle
Le mal, le bien, la griffe et l'aile,
Chasseurs sans but, bourreaux sans yeux!
Vous clouez de vos mains mal sûres
Les hiboux au seuil des masures,
Et Christ sur la porte des cieux! »

Mai 1843.

XIV

A LA MÈRE DE L'ENFANT MORT

Oh! vous aurez trop dit au pauvre petit ange
    Qu'il est d'autres anges là-haut,
Que rien ne souffre au ciel, que jamais rien n'y change,
    Qu'il est doux d'y rentrer bientôt;

Que le ciel est un dôme aux merveilleux pilastres,
    Une tente aux riches couleurs,
Un jardin bleu rempli de lis qui sont des astres,
    Et d'étoiles qui sont des fleurs;

Que c'est un lieu joyeux plus qu'on ne saurait dire,
    Où toujours, se laissant charmer,
On a les chérubins pour jouer et pour rire,
    Et le bon Dieu pour nous aimer;

Qu'il est doux d'être un cœur qui brûle comme un cierge,
    Et de vivre, en toute saison,
Près de l'enfant Jésus et de la sainte Vierge
    Dans une si belle maison!

Et puis vous n'aurez pas assez dit, pauvre mère,
    A ce fils si frêle et si doux,
Que vous étiez à lui dans cette vie amère,
    Mais aussi qu'il était à vous;

Que, tant qu'on est petit, la mère sur nous veille,
    Mais que plus tard on la défend;
Et qu'elle aura besoin, quand elle sera vieille,
    D'un homme qui soit son enfant;

Vous n'aurez point assez dit à cette jeune âme
    Que Dieu veut qu'on reste ici-bas,
La femme guidant l'homme et l'homme aidant la femme,
    Pour les douleurs et les combats;

Si bien qu'un jour, ô deuil! irréparable perte!
    Le doux être s'en est allé!... —
Hélas! vous avez donc laissé la cage ouverte,
    Que votre oiseau s'est envolé!

Avril 1843.

XV

ÉPITAPHE[1]

Il vivait, il jouait, riante créature.
Que te sert d'avoir pris cet enfant, ô nature?
N'as-tu pas les oiseaux peints de mille couleurs,
Les astres, les grands bois, le ciel bleu, l'onde amère?
Que te sert d'avoir pris cet enfant à sa mère
Et de l'avoir caché sous des touffes de fleurs?

Pour cet enfant de plus tu n'es pas plus peuplée,
Tu n'es pas plus joyeuse, ô nature étoilée!
Et le cœur de la mère en proie à tant de soins,
Ce cœur où toute joie engendre une torture,
Cet abîme aussi grand que toi-même, ô nature,
Est vide et désolé pour cet enfant de moins!

Mai 1843

XVI

LE MAÎTRE D'ÉTUDES

Ne le tourmentez pas, il souffre. Il est celui
Sur qui, jusqu'à ce jour, pas un rayon n'a lui;
Oh! ne confondez pas l'esclave avec le maître!
Et, quand vous le voyez dans vos rangs apparaître,
Humble et calme, et s'asseoir la tête dans ses mains,
Ayant peut-être en lui l'esprit des vieux Romains
Dont il vous dit les noms, dont il vous lit les livres,
Écoliers, frais enfants de joie et d'aurore ivres,
Ne le tourmentez pas! soyez doux, soyez bons.
Tous nous portons la vie et tous nous nous courbons;
Mais, lui, c'est le flambeau qui la nuit se consomme;
L'ombre le tient captif, et ce pâle jeune homme,
Enfermé plus que vous, plus que vous enchaîné,
Votre frère, écoliers, et votre frère aîné,
Destin tronqué, matin noyé dans les ténèbres,
Ayant l'ennui sans fin devant ses yeux funèbres,
Indigent, chancelant, et cependant vainqueur,
Sans oiseaux dans son ciel, sans amours dans son cœur,
A l'heure du plein jour, attend que l'aube naisse.
Enfance, ayez pitié de la sombre jeunesse!

Apprenez à connaître, enfants qu'attend l'effort,
Les inégalités des âmes et du sort;
Respectez-le deux fois, dans le deuil qui le mine,
Puisque de deux sommets, enfants, il vous domine,
Puisqu'il est le plus pauvre et qu'il est le plus grand.
Songez que, triste, en butte au souci dévorant,
A travers ses douleurs, ce fils de la chaumière
Vous verse la raison, le savoir, la lumière,
Et qu'il vous donne l'or, et qu'il n'a pas de pain.
Oh! dans la longue salle aux tables de sapin,
Enfants, faites silence à la lueur des lampes!
Voyez, la morne angoisse a fait blêmir ses tempes :
Songez qu'il saigne, hélas! sous ses pauvres habits.
L'herbe que mord la dent cruelle des brebis,
C'est lui; vous riez, vous, et vous lui rongez l'âme.
Songez qu'il agonise, amer, sans air, sans flamme;
Que sa colère dit : Plaignez-moi; que ses pleurs
Ne peuvent pas couler devant vos yeux railleurs!
Aux heures du travail votre ennui le dévore,
Aux heures du plaisir vous le rongez encore;
Sa pensée, arrachée et froissée, est à vous,
Et, pareille au papier qu'on distribue à tous,
Page blanche d'abord, devient lentement noire.
Vous feuilletez son cœur, vous videz sa mémoire;
Vos mains, jetant chacune un bruit, un trouble, un mot,
Et raturant l'idée en lui dès qu'elle éclôt,
Toutes en même temps dans son esprit écrivent.
Si des rêves, parfois, jusqu'à son front arrivent,
Vous répandez votre encre à flots sur cet azur;
Vos plumes, tas d'oiseaux hideux au vol obscur,
De leurs mille becs noirs lui fouillent la cervelle.
Le nuage d'ennui passe et se renouvelle.
Dormir, il ne le peut; penser, il ne le peut.
Chaque enfant est un fil dont son cœur sent le nœud.
Oui, s'il veut songer, fuir, oublier, franchir l'ombre,
Laisser voler son âme aux chimères sans nombre,
Ces écoliers joueurs, vifs, légers, doux, aimants,
Pèsent sur lui, de l'aube au soir, à tous moments,

Et le font retomber des voûtes immortelles;
Et tous ces papillons sont le plomb de ses ailes.
Saint et grave martyr changeant de chevalet,
Crucifié par vous, bourreaux charmants, il est
Votre souffre-douleurs et votre souffre-joies;
Ses nuits sont vos hochets et ses jours sont vos proies;
Il porte sur son front votre essaim orageux;
Il a toujours vos bruits, vos rires et vos jeux
Tourbillonnant sur lui comme une âpre tempête.
Hélas! il est le deuil dont vous êtes la fête;
Hélas! il est le cri dont vous êtes le chant.

Et, qui sait? sans rien dire, austère, et se cachant
De sa bonne action comme d'une mauvaise,
Ce pauvre être qui rêve accoudé sur sa chaise,
Mal nourri, mal vêtu, qu'un mendiant plaindrait,
Peut-être a des parents qu'il soutient en secret,
Et fait de ses labeurs, de sa faim, de ses veilles,
Des siècles dont sa voix vous traduit les merveilles,
Et de cette sueur qui coule sur sa chair,
Des rubans au printemps, un peu de feu l'hiver,
Pour quelque jeune sœur ou quelque vieille mère;
Changeant en goutte d'eau la sombre larme amère;
De sorte que, vivant à son ombre sans bruit,
Une colombe vient la boire dans la nuit!
Songez que pour cette œuvre, enfants, il se dévoue,
Brûle ses yeux, meurtrit son cœur, tourne la roue,
Traîne la chaîne! hélas, pour lui, pour son destin,
Pour ses espoirs perdus à l'horizon lointain,
Pour ses vœux, pour son âme aux fers, pour sa prunelle,
Votre cage d'un jour est prison éternelle!
Songez que c'est sur lui que marchent tous vos pas!
Songez qu'il ne rit pas, songez qu'il ne vit pas!
L'avenir, cet avril plein de fleurs, vous convie;
Vous vous envolerez demain en pleine vie;
Vous sortirez de l'ombre, il restera. Pour lui,
Demain sera muet et sourd comme aujourd'hui;
Demain, même en juillet, sera toujours décembre,
Toujours l'étroit préau, toujours la pauvre chambre,

Toujours le ciel glacé, gris, blafard, pluvieux;
Et, quand vous serez grands, enfants, il sera vieux.
Et, si quelque heureux vent ne souffle et ne l'emporte,
Toujours il sera là, seul sous la sombre porte,
Gardant les beaux enfants sous ce mur redouté,
Ayant tout de leur peine et rien de leur gaîté.
Oh! que votre pensée aime, console, encense
Ce sublime forçat du bagne d'innocence!
Pesez ce qu'il prodigue avec ce qu'il reçoit.
Oh! qu'il se transfigure à vos yeux, et qu'il soit
Celui qui vous grandit, celui qui vous élève,
Qui donne à vos raisons les deux tranchants du glaive,
Art et science, afin qu'en marchant au tombeau,
Vous viviez pour le vrai, vous luttiez pour le beau!
Oh! qu'il vous soit sacré dans cette tâche auguste
De conduire à l'utile, au sage, au grand, au juste,
Vos âmes en tumulte à qui le ciel sourit!
Quand les cœurs sont troupeau, le berger est esprit.

Et pendant qu'il est là, triste, et que dans la classe
Un chuchotement vague endort son âme lasse,
Oh! des poëtes purs entr'ouverts sur vos bancs,
Qu'il sorte, dans le bruit confus des soirs tombants,
Qu'il sorte de Platon, qu'il sorte d'Euripide,
Et de Virgile, cygne errant du vers limpide,
Et d'Eschyle, lion du drame monstrueux,
Et d'Horace et d'Homère à demi dans les cieux,
Qu'il sorte, pour sa tête aux saints travaux baissée,
Pour l'humble défricheur de la jeune pensée,
Qu'il sorte, pour ce front qui se penche et se fend
Sur ce sillon humain qu'on appelle l'enfant,
De tous ces livres pleins de hautes harmonies,
La bénédiction sereine des génies!

Juin 1843.

XVII

CHOSE VUE UN JOUR DE PRINTEMPS [1]

Entendant des sanglots, je poussai cette porte.

Les quatre enfants pleuraient et la mère était morte.
Tout dans ce lieu lugubre effrayait le regard.
Sur le grabat gisait le cadavre hagard;
C'était déjà la tombe et déjà le fantôme.
Pas de feu; le plafond laissait passer le chaume.
Les quatre enfants songeaient comme quatre vieillards.
On voyait, comme une aube à travers des brouillards,
Aux lèvres de la morte un sinistre sourire;
Et l'aîné, qui n'avait que six ans, semblait dire :
« Regardez donc cette ombre où le sort nous a mis! »
Un crime en cette chambre avait été commis.
Ce crime, le voici : — Sous le ciel qui rayonne,
Une femme est candide, intelligente, bonne;
Dieu, qui la suit d'en haut d'un regard attendri,
La fit pour être heureuse. Humble, elle a pour mari
Un ouvrier; tous deux, sans aigreur, sans envie,
Tirent d'un pas égal le licou de la vie.
Le choléra lui prend son mari; la voilà
Veuve avec la misère et quatre enfants qu'elle a.
Alors, elle se met au labeur comme un homme.
Elle est active, propre, attentive, économe;
Pas de draps à son lit, pas d'âtre à son foyer;
Elle ne se plaint pas, sert qui veut l'employer,
Ravaude de vieux bas, fait des nattes de paille,
Tricote, file, coud, passe les nuits, travaille
Pour nourrir ses enfants; elle est honnête enfin.
Un jour on va chez elle, elle est morte de faim.

Oui, les buissons étaient remplis de rouges-gorges ;
Les lourds marteaux sonnaient dans la lueur des forges ;
Les masques abondaient dans les bals, et partout
Les baisers soulevaient la dentelle du loup ;
Tout vivait ; les marchands comptaient de grosses sommes ;
On entendait rouler les chars, rire les hommes ;
Les wagons ébranlaient les plaines ; le steamer
Secouait son panache au-dessus de la mer ;
Et, dans cette rumeur de joie et de lumière,
Cette femme étant seule au fond de sa chaumière,
La faim, goule effarée aux hurlements plaintifs,
Maigre et féroce, était entrée à pas furtifs,
Sans bruit, et l'avait prise à la gorge, et tuée.

La faim, c'est le regard de la prostituée,
C'est le bâton ferré du bandit, c'est la main
Du pâle enfant volant un pain sur le chemin,
C'est la fièvre du pauvre oublié, c'est le râle
Du grabat naufragé dans l'ombre sépulcrale.
O Dieu ! la sève abonde, et, dans ses flancs troublés,
La terre est pleine d'herbe et de fruits et de blés ;
Dès que l'arbre a fini, le sillon recommence ;
Et, pendant que tout vit, ô Dieu, dans ta clémence,
Que la mouche connaît la feuille du sureau,
Pendant que l'étang donne à boire au passereau,
Pendant que le tombeau nourrit les vautours chauves,
Pendant que la nature, en ses profondeurs fauves,
Fait manger le chacal, l'once et le basilic,
L'homme expire ! — Oh ! la faim, c'est le crime public.
C'est l'immense assassin qui sort de nos ténèbres.

Dieu ! pourquoi l'orphelin, dans ses langes funèbres,
Dit-il : « J'ai faim ! » L'enfant, n'est-ce pas un oiseau ?
Pourquoi le nid a-t-il ce qui manque au berceau ?

Avril 1840.

XVIII

INTÉRIEUR

La querelle irritée, amère, à l'œil ardent,
Vipère dont la haine empoisonne la dent,
Siffle et trouble le toit d'une pauvre demeure.
Les mots heurtent les mots. L'enfant s'effraie et pleure.
La femme et le mari laissent l'enfant crier.

— D'où viens-tu? — Qu'as-tu fait? — Oh! mauvais ouvrier!
Il vit dans la débauche et mourra sur la paille.
— Femme vaine et sans cœur qui jamais ne travaille!
— Tu sors du cabaret? — Quelque amant est venu?
— L'enfant pleure, l'enfant a faim, l'enfant est nu.
Pas de pain. — Elle a peur de salir ses mains blanches!
— Où cours-tu tous les jours? — Et toi, tous les dimanches?
— Va boire! — Va danser! — Il n'a ni feu ni lieu!
— Ta fille seulement ne sait pas prier Dieu!
— Et ta mère, bandit, c'est toi qui l'as tuée!
— Paix! — Silence, assassin! — Tais-toi, prostituée! ⟶

Un beau soleil couchant, empourprant le taudis,
Embrasait la fenêtre et le plafond, tandis
Que ce couple hideux, que rend deux fois infâme
La misère du cœur et la laideur de l'âme,
Étalait son ulcère et ses difformités
Sans honte, et sans pudeur montrait ses nudités.
Et leur vitre, où pendait un vieux haillon de toile,
Était, grâce au soleil, une éclatante étoile
Qui, dans ce même instant, vive et pure lueur,
Éblouissait au loin quelque passant rêveur!

Septembre 1841.

XIX

BARAQUES DE LA FOIRE

Lion! j'étais pensif, ô bête prisonnière,
Devant la majesté de ta grave crinière;
Du plafond de ta cage elle faisait un dais.
Nous songions tous les deux, et tu me regardais.
Ton regard était beau, lion. Nous autres hommes,
Le peu que nous faisons et le rien que nous sommes
Emplit notre pensée, et dans nos regards vains
Brillent nos plans chétifs que nous croyons divins,
Nos vœux, nos passions que notre orgueil encense,
Et notre petitesse, ivre de sa puissance;
Et, bouffis d'ignorance ou gonflés de venin,
Notre prunelle éclate et dit : Je suis ce nain!
Nous avons dans nos yeux notre moi misérable.
Mais la bête qui vit sous le chêne et l'érable,
Qui paît le thym, ou fuit dans les halliers profonds,
Qui dans les champs, où nous, hommes, nous étouffons,
Respire, solitaire, avec l'astre et la rose,
L'être sauvage, obscur et tranquille qui cause
Avec la roche énorme et les petites fleurs,
Qui, parmi les vallons et les sources en pleurs,
Plonge son mufle roux aux herbes non foulées,
La brute qui rugit sous les nuits constellées,
Qui rêve et dont les pas fauves et familiers
De l'antre formidable ébranlent les piliers,
Et qui se sent à peine en ces profondeurs sombres,
A sous son fier sourcil les monts, les vastes ombres,
Les étoiles, les prés, le lac serein, les cieux,
Et le mystère obscur des bois silencieux,
Et porte en son œil calme, où l'infini commence,
Le regard éternel de la nature immense.

Juin 1842.

XX

INSOMNIE

Quand une lueur pâle à l'orient se lève,
Quand la porte du jour, vague et pareille au rêve,
Commence à s'entr'ouvrir et blanchit l'horizon,
Comme l'espoir blanchit le seuil d'une prison,
Se réveiller, c'est bien, et travailler, c'est juste.
Quand le matin à Dieu chante son hymne auguste,
Le travail, saint tribut dû par l'homme mortel,
Est la strophe sacrée au pied du sombre autel;
Le soc murmure un psaume; et c'est un chant sublime
Qui, dès l'aurore, au fond des forêts, sur l'abîme,
Au bruit de la cognée, au choc des avirons,
Sort des durs matelots et des noirs bûcherons.

Mais, au milieu des nuits, s'éveiller! quel mystère!
Songer, sinistre et seul, quand tout dort sur la terre!
Quand pas un œil vivant ne veille, pas un feu,
Quand les sept chevaux d'or du grand chariot bleu
Rentrent à l'écurie et descendent au pôle,
Se sentir dans son lit soudain toucher l'épaule
Par quelqu'un d'inconnu qui dit : Allons! c'est moi!
Travaillons! — La chair gronde et demande pourquoi.
— Je dors. Je suis très las de la course dernière;
Ma paupière est encor du sommeil prisonnière;
Maître mystérieux, grâce! que me veux-tu?
Certe, il faut que tu sois un démon bien têtu
De venir m'éveiller toujours quand tout repose!
Aie un peu de raison. Il est encor nuit close;
Regarde, j'ouvre l'œil puisque cela te plaît;
Pas la moindre lueur aux fentes du volet;

Va-t'en! je dors, j'ai chaud, je rêve à ma maîtresse.
Elle faisait flotter sur moi sa longue tresse,
D'où pleuvaient sur mon front des astres et des fleurs.
Va-t'en, tu reviendras demain, au jour, ailleurs.
Je te tourne le dos, je ne veux pas! décampe!
Ne pose pas ton doigt de braise sur ma tempe :
La biche illusion me mangeait dans le creux
De la main; tu l'as fait enfuir. J'étais heureux,
Je ronflais comme un bœuf; laisse-moi. C'est stupide.
Ciel! déjà ma pensée, inquiète et rapide,
Fil sans bout, se dévide et tourne à ton fuseau.
Tu m'apportes un vers, étrange et fauve oiseau
Que tu viens de saisir dans les pâles nuées.
Je n'en veux pas. Le vent, de ses tristes huées,
Emplit l'antre des cieux; les souffles, noirs dragons,
Passent en secouant ma porte sur ses gonds.
— Paix-là! va-t'en, bourreau! quant au vers, je le lâche. —
Je veux toute la nuit dormir comme un vieux lâche;
Voyons, ménage un peu ton pauvre compagnon.
Je suis las, je suis mort, laisse-moi dormir!

                                        — Non!
Est-ce que je dors, moi? dit l'idée implacable.
Penseur, subis ta loi; forçat, tire ton câble.
Quoi! cette bête a goût au vil foin du sommeil!
L'orient est pour moi toujours clair et vermeil.
Que m'importe le corps! qu'il marche, souffre et meure!
Horrible esclave, allons, travaille! c'est mon heure.

Et l'ange étreint Jacob, et l'âme tient le corps;
Nul moyen de lutter; et tout revient alors,
Le drame commencé dont l'ébauche frissonne,
Ruy-Blas, Marion, Job, Sylva, son cor qui sonne,
Ou le roman pleurant avec des yeux humains,
Ou l'ode qui s'enfonce en deux profonds chemins,
Dans l'azur près d'Horace et dans l'ombre avec Dante;
Il faut dans ces labeurs rentrer la tête ardente;
Dans ces grands horizons subitement rouverts,
Il faut de strophe en strophe, il faut de vers en vers,

S'en aller devant soi, pensif, ivre de l'ombre;
Il faut, rêveur nocturne en proie à l'esprit sombre,
Gravir le dur sentier de l'inspiration;
Poursuivre la lointaine et blanche vision,
Traverser, effaré, les clairières désertes,
Le champ plein de tombeaux, les eaux, les herbes vertes,
Et franchir la forêt, le torrent, le hallier,
Noir cheval galopant sous le noir cavalier.

1843, nuit.

XXI

ÉCRIT SUR LA PLINTHE
D'UN BAS-RELIEF ANTIQUE

A Mademoiselle Louise B. [1]

La musique est dans tout. Un hymne sort du monde.
Rumeur de la galère aux flancs lavés par l'onde,
Bruits des villes, pitié de la sœur pour la sœur,
Passion des amants jeunes et beaux, douceur
Des vieux époux usés ensemble par la vie,
Fanfare de la plaine émaillée et ravie,
Mots échangés le soir sur les seuils fraternels,
Sombre tressaillement des chênes éternels,
Vous êtes l'harmonie et la musique même!
Vous êtes les soupirs qui font le chant suprême!
Pour notre âme, les jours, la vie et les saisons,
Les songes de nos cœurs, les plis des horizons,
L'aube et ses pleurs, le soir et ses grands incendies,
Flottent dans un réseau de vagues mélodies;

Une voix dans les champs nous parle, une autre voix
Dit à l'homme autre chose et chante dans les bois.
Par moment, un troupeau bêle, une cloche tinte.
Quand par l'ombre, la nuit, la colline est atteinte,
De toutes parts on voit danser et resplendir,
Dans le ciel étoilé du zénith au nadir,
Dans la voix des oiseaux, dans le cri des cigales,
Le groupe éblouissant des notes inégales.
Toujours avec notre âme un doux bruit s'accoupla;
La nature nous dit : Chante! Et c'est pour cela
Qu'un statuaire ancien sculpta sur cette pierre
Un pâtre sur sa flûte abaissant sa paupière.

Juin 1833.

XXII

La clarté du dehors ne distrait pas mon âme.
La plaine chante et rit comme une jeune femme;
   Le nid palpite dans les houx;
Partout la gaîté luit dans les bouches ouvertes;
Mai, couché dans la mousse au fond des grottes vertes,
   Fait aux amoureux les yeux doux.

Dans les champs de luzerne et dans les champs de fèves,
Les vagues papillons errent, pareils aux rêves;
   Le blé vert sort des sillons bruns;
Et les abeilles d'or courent à la pervenche,
Au thym, au liseron, qui tend son urne blanche
   A ces buveuses de parfums.

La nue étale au ciel ses pourpres et ses cuivres;
Les arbres, tout gonflés de printemps, semblent ivres;

                Les branches, dans leurs doux ébats,
        Se jettent les oiseaux du bout de leurs raquettes;
        Le bourdon galonné fait aux roses coquettes
                Des propositions tout bas.

        Moi, je laisse voler les senteurs et les baumes,
        Je laisse chuchoter les fleurs, ces doux fantômes,
                Et l'aube dire : Vous vivrez!
        Je regarde en moi-même, et, seul, oubliant l'heure,
        L'œil plein des visions de l'ombre intérieure,
                Je songe aux morts, ces délivrés!

        Encore un peu de temps, encore, ô mer superbe,
        Quelques reflux; j'aurai ma tombe aussi dans l'herbe,
                Blanche au milieu du frais gazon,
        A l'ombre de quelque arbre où le lierre s'attache;
        On y lira : — Passant, cette pierre te cache
                La ruine d'une prison.

                                Ingouville, mai 1843[1].

                        XXIII

                    LE REVENANT[2]

        Mères en deuil, vos cris là-haut sont entendus.
        Dieu, qui tient dans sa main tous les oiseaux perdus,
        Parfois au même nid rend la même colombe.
        O mères, le berceau communique à la tombe.
        L'éternité contient plus d'un divin secret.

        La mère dont je vais vous parler demeurait
        A Blois; je l'ai connue en un temps plus prospère;

Et sa maison touchait à celle de mon père [1].
Elle avait tous les biens que Dieu donne ou permet.
On l'avait mariée à l'homme qu'elle aimait.
Elle eut un fils; ce fut une ineffable joie.

Ce premier-né couchait dans un berceau de soie;
Sa mère l'allaitait; il faisait un doux bruit
A côté du chevet nuptial; et, la nuit,
La mère ouvrait son âme aux chimères sans nombre,
Pauvre mère, et ses yeux resplendissaient dans l'ombre
Quand, sans souffle, sans voix, renonçant au sommeil,
Penchée, elle écoutait dormir l'enfant vermeil.
Dès l'aube, elle chantait, ravie et toute fière.

Elle se renversait sur sa chaise en arrière,
Son fichu laissant voir son sein gonflé de lait,
Et souriait au faible enfant, et l'appelait
Ange, trésor, amour; et mille folles choses.
Oh! comme elle baisait ces beaux petits pieds roses!
Comme elle leur parlait! L'enfant, charmant et nu,
Riait, et, par ses mains sous les bras soutenu,
Joyeux, de ses genoux montait jusqu'à sa bouche.

Tremblant comme le daim qu'une feuille effarouche,
Il grandit. Pour l'enfant, grandir, c'est chanceler.
Il se mit à marcher; il se mit à parler.
Il eut trois ans; doux âge, où déjà la parole,
Comme le jeune oiseau, bat de l'aile et s'envole.
Et la mère disait : « Mon fils! » et reprenait :
« Voyez comme il est grand! il apprend; il connaît
Ses lettres. C'est un diable! Il veut que je l'habille
En homme; il ne veut plus de ses robes de fille;
C'est déjà très méchant, ces petits hommes-là!
C'est égal, il lit bien; il ira loin; il a
De l'esprit; je lui fais épeler l'Évangile. » —
Et ses yeux adoraient cette tête fragile,
Et, femme heureuse, et, mère au regard triomphant,
Elle sentait son cœur battre dans son enfant.

Un jour, — nous avons tous de ces dates funèbres! —
Le croup, monstre hideux, épervier des ténèbres,
Sur la blanche maison brusquement s'abattit,
Horrible, et, se ruant sur le pauvre petit,
Le saisit à la gorge. O noire maladie!
De l'air par qui l'on vit sinistre perfidie!
Qui n'a vu se débattre, hélas, ces doux enfants
Qu'étreint le croup féroce en ses doigts étouffants!
Ils luttent; l'ombre emplit lentement leurs yeux d'ange,
Et de leur bouche froide il sort un râle étrange
Et si mystérieux, qu'il semble qu'on entend,
Dans leur poitrine, où meurt le souffle haletant,
L'affreux coq du tombeau chanter son aube obscure.
Tel qu'un fruit qui du givre a senti la piqûre.
L'enfant mourut. La mort entra comme un voleur
Et le prit. — Une mère, un père, la douleur,
Le noir cercueil, le front qui se heurte aux murailles,
Les lugubres sanglots qui sortent des entrailles,
Oh! la parole expire où commence le cri;
Silence aux mots humains!

                              La mère au cœur meurtri,
Pendant qu'à ses côtés pleurait le père sombre,
Resta trois mois sinistre, immobile dans l'ombre,
L'œil fixe, murmurant on ne sait quoi d'obscur,
Et regardant toujours le même angle du mur.
Elle ne mangeait pas; sa vie était sa fièvre;
Elle ne répondait à personne; sa lèvre
Tremblait; on l'entendait, avec un morne effroi,
Qui disait à voix basse à quelqu'un : — Rends-le-moi! —
Et le médecin dit au père : — Il faut distraire
Ce cœur triste, et donner à l'enfant mort un frère. —
Le temps passa; les jours, les semaines, les mois.

Elle se sentit mère une seconde fois.

Devant le berceau froid de son ange éphémère,
Se rappelant l'accent dont il disait : — Ma mère, —

Elle songeait, muette, assise sur son lit.
Le jour où, tout à coup, dans son flanc tressaillit
L'être inconnu promis à notre aube mortelle,
Elle pâlit. — Quel est cet étranger? dit-elle.
Puis elle cria, sombre et tombant à genoux :
— Non, non, je ne veux pas! non! tu serais jaloux!
O mon doux endormi, toi que la terre glace,
Tu dirais : « On m'oublie; un autre a pris ma place;
» Ma mère l'aime, et rit; elle le trouve beau,
» Elle l'embrasse, et, moi, je suis dans mon tombeau! »
Non, non! —
        Ainsi pleurait cette douleur profonde.

Le jour vint; elle mit un autre enfant au monde,
Et le père joyeux cria : — C'est un garçon.
Mais le père était seul joyeux dans la maison;
La mère restait morne, et la pâle accouchée,
Sur l'ancien souvenir tout entière penchée,
Rêvait; on lui porta l'enfant sur un coussin;
Elle se laissa faire et lui donna le sein;
Et tout à coup, pendant que, farouche, accablée,
Pensant au fils nouveau moins qu'à l'âme envolée,
Hélas! et songeant moins aux langes qu'au linceul,
Elle disait : — Cet ange en son sépulcre est seul!
— O doux miracle! ô mère au bonheur revenue! —
Elle entendit, avec une voix bien connue,
Le nouveau-né parler dans l'ombre entre ses bras,
Et tout bas murmurer : — C'est moi. Ne le dis pas.

                        Août 1843.

XXIV

AUX ARBRES

Arbres de la forêt, vous connaissez mon âme!
Au gré des envieux, la foule loue et blâme;
Vous me connaissez, vous! — vous m'avez vu souvent,
Seul dans vos profondeurs, regardant et rêvant.
Vous le savez, la pierre où court un scarabée,
Une humble goutte d'eau de fleur en fleur tombée,
Un nuage, un oiseau, m'occupent tout un jour.
La contemplation m'emplit le cœur d'amour.
Vous m'avez vu cent fois, dans la vallée obscure,
Avec ces mots que dit l'esprit à la nature,
Questionner tout bas vos rameaux palpitants,
Et du même regard poursuivre en même temps,
Pensif, le front baissé, l'œil dans l'herbe profonde,
L'étude d'un atome et l'étude du monde.
Attentif à vos bruits qui parlent tous un peu,
Arbres, vous m'avez vu fuir l'homme et chercher Dieu!
Feuilles qui tressaillez à la pointe des branches,
Nids dont le vent au loin sème les plumes blanches,
Clairières, vallons verts, déserts sombres et doux,
Vous savez que je suis calme et pur comme vous.
Comme au ciel vos parfums, mon culte à Dieu s'élance,
Et je suis plein d'oubli comme vous de silence!
La haine sur mon nom répand en vain son fiel;
Toujours, — je vous atteste, ô bois aimés du ciel! —
J'ai chassé loin de moi toute pensée amère,
Et mon cœur est encor tel que le fit ma mère!

Arbres de ces grands bois qui frissonnez toujours,
Je vous aime, et vous, lierre au seuil des antres sourds,

Ravins où l'en entend filtrer les sources vives,
Buissons que les oiseaux pillent, joyeux convives!
Quand je suis parmi vous, arbres de ces grands bois,
Dans tout ce qui m'entoure et me cache à la fois,
Dans votre solitude où je rentre en moi-même,
Je sens quelqu'un de grand qui m'écoute et qui m'aime!
Aussi, taillis sacrés où Dieu même apparaît,
Arbres religieux, chênes, mousses, forêt,
Forêt! c'est dans votre ombre et dans votre mystère,
C'est sous votre branchage auguste et solitaire,
Que je veux abriter mon sépulcre ignoré,
Et que je veux dormir quand je m'endormirai.

Juin 1843.

XXV

L'enfant, voyant l'aïeule à filer occupée,
Veut faire une quenouille à sa grande poupée.
L'aïeule s'assoupit un peu; c'est le moment.
L'enfant vient par derrière, et tire doucement
Un brin de la quenouille où le fuseau tournoie,
Puis s'enfuit triomphante, emportant avec joie
La belle laine d'or que le safran jaunit,
Autant qu'en pourrait prendre un oiseau pour son nid.

Cauterets, 25 août 1843.

XXVI

JOIES DU SOIR

Le soleil, dans les monts où sa clarté s'étale,
Ajuste à son arc d'or sa flèche horizontale;
Les hauts taillis sont pleins de biches et de faons;
Là rit dans les rochers, veinés comme des marbres,
Une chaumière heureuse; en haut, un bouquet d'arbres;
  Au-dessous, un bouquet d'enfants.

C'est l'instant de songer aux choses redoutables.
On entend les buveurs danser autour des tables;
Tandis que, gais, joyeux, heurtant les escabeaux,
Ils mêlent aux refrains leurs amours peu farouches,
Les lettres des chansons qui sortent de leurs bouches
Vont écrire autour d'eux leurs noms sur leurs tombeaux.

Mourir! demandons-nous, à toute heure, en nous-même :
— Comment passerons-nous le passage suprême? —
Finir avec grandeur est un illustre effort.
Le moment est lugubre et l'âme est accablée;
Quel pas que la sortie! — Oh! l'affreuse vallée
  Que l'embuscade de la mort!

Quel frisson dans les os de l'agonisant blême!
Autour de lui tout marche et vit, tout rit, tout aime;
La fleur luit, l'oiseau chante en son palais d'été,
Tandis que le mourant, en qui décroît la flamme,
Frémit sous ce grand ciel, précipice de l'âme,
Abîme effrayant d'ombre et de tranquillité!

Souvent, me rappelant le front étrange et pâle
De tous ceux que j'ai vus à cette heure fatale,

Êtres qui ne sont plus, frères, amis, parents,
Aux instants où l'esprit à rêver se hasarde,
Souvent je me suis dit : Qu'est-ce donc qu'il regarde,
      Cet œil effaré des mourants?

Que voit-il?... — O terreur! de ténébreuses routes,
Un chaos composé de spectres et de doutes,
La terre vision, le ver réalité,
Un jour oblique et noir qui, troublant l'âme errante,
Mêle au dernier rayon de la vie expirante
      Ta première lueur, sinistre éternité!

On croit sentir dans l'ombre une horrible piqûre.
Tout ce qu'on fit s'en va comme une fête obscure.
Et tout ce qui riait devient peine ou remord.
Quel moment, même, hélas! pour l'âme la plus haute,
Quand le vrai tout à coup paraît, quand la vie ôte
      Son masque, et dit : « Je suis la mort! »

Ah! si tu fais trembler même un cœur sans reproche,
Sépulcre! le méchant avec horreur t'approche.
Ton seuil profond lui semble une rougeur de feu;
Sur ton vide pour lui quand ta pierre se lève,
Il s'y penche; il y voit, ainsi que dans un rêve,
La face vague et sombre et l'œil fixe de Dieu.

Biarritz, juillet 1843 [1].

XXVII

J'aime l'araignée et j'aime l'ortie,
    Parce qu'on les hait;
Et que rien n'exauce et que tout châtie
    Leur morne souhait;

Parce qu'elles sont maudites, chétives,
         Noirs êtres rampants;
Parce qu'elles sont les tristes captives
         De leur guet-apens;

Parce qu'elles sont prises dans leur œuvre[1];
         O sort! fatals nœuds!
Parce que l'ortie est une couleuvre,
         L'araignée un gueux;

Parce qu'elles ont l'ombre des abîmes,
         Parce qu'on les fuit,
Parce qu'elles sont toutes deux victimes
         De la sombre nuit.

Passants, faites grâce à la plante obscure,
         Au pauvre animal.
Plaignez la laideur, plaignez la piqûre,
         Oh! plaignez le mal!

Il n'est rien qui n'ait sa mélancolie;
         Tout veut un baiser[2].
Dans leur fauve horreur, pour peu qu'on oublie
         De les écraser,

Pour peu qu'on leur jette un œil moins superbe,
         Tout bas, loin du jour,
La mauvaise bête et la mauvaise herbe
         Murmurent : Amour!

                                        Juillet 1842.

XXVIII

LE POËTE

Shakspeare songe; loin du Versaille éclatant,
Des buis taillés, des ifs peignés, où l'on entend
Gémir la tragédie éplorée et prolixe,
Il contemple la foule avec son regard fixe,
Et toute la forêt frissonne devant lui.
Pâle, il marche, au dedans de lui-même ébloui;
Il va, farouche, fauve, et, comme une crinière,
Secouant sur sa tête un haillon de lumière.
Son crâne transparent est plein d'âmes, de corps,
De rêves, dont on voit la lueur du dehors;
Le monde tout entier passe à travers son crible;
Il tient toute la vie en son poignet terrible;
Il fait sortir de l'homme un sanglot surhumain.
Dans ce génie étrange où l'on perd son chemin,
Comme dans une mer notre esprit parfois sombre;
Nous sentons, frémissants, dans son théâtre sombre,
Passer sur nous le vent de sa bouche soufflant,
Et ses doigts nous ouvrir et nous fouiller le flanc.
Jamais il ne recule; il est géant; il dompte
Richard trois, léopard, Caliban, mastodonte;
L'idéal est le vin que verse ce Bacchus.
Les sujets monstrueux qu'il a pris et vaincus
Râlent autour de lui, splendides ou difformes;
Il étreint Lear, Brutus, Hamlet, êtres énormes,
Capulet, Montaigu, César, et, tour à tour,
Les stryges dans le bois, le spectre sur la tour;
Et, même après Eschyle, effarant Melpomène,
Sinistre, ayant aux mains des lambeaux d'âme humaine,
De la chair d'Othello, des restes de Macbeth,

Dans son œuvre, du drame effrayant alphabet,
Il se repose; ainsi le noir lion des jongles
S'endort dans l'antre immense avec du sang aux ongles.

Paris, avril 1835.

XXIX

LA NATURE[1]

— La terre est de granit, les ruisseaux sont de marbre;
C'est l'hiver; nous avons bien froid. Veux-tu, bon arbre,
Être dans mon foyer la bûche de Noël?
— Bois, je viens de la terre, et, feu, je monte au ciel.
Frappe, bon bûcheron. Père, aïeul, homme, femme,
Chauffez au feu vos mains, chauffez à Dieu votre âme.
Aimez, vivez. — Veux-tu, bon arbre, être timon
De charrue? — Oui, je veux creuser le noir limon,
Et tirer l'épi d'or de la terre profonde.
Quand le soc a passé, la plaine devient blonde,
La paix aux doux yeux sort du sillon entr'ouvert,
Et l'aube en pleurs sourit. — Veux-tu, bel arbre vert,
Arbre du hallier sombre où le chevreuil s'échappe,
De la maison de l'homme être le pilier? — Frappe.
Je puis porter les toits, ayant porté les nids.
Ta demeure est sacrée, homme, et je la bénis;
Là, dans l'ombre et l'amour, pensif, tu te recueilles;
Et le bruit des enfants ressemble au bruit des feuilles.
— Veux-tu, dis-moi, bon arbre, être mât de vaisseau?
— Frappe, bon charpentier. Je veux bien être oiseau.
Le navire est pour moi, dans l'immense mystère,
Ce qu'est pour vous la tombe; il m'arrache à la terre,
Et, frissonnant, m'emporte à travers l'infini.

J'irai voir ces grands cieux d'où l'hiver est banni,
Et dont plus d'un essaim me parle à son passage.
Pas plus que le tombeau n'épouvante le sage,
Le profond Océan, d'obscurité vêtu,
Ne m'épouvante point : oui, frappe. — Arbre, veux-tu
Être gibet? — Silence, homme! va-t'en, cognée!
J'appartiens à la vie, à la vie indignée!
Va-t'en, bourreau! va-t'en, juge! fuyez, démons!
Je suis l'arbre des bois, je suis l'arbre des monts;
Je porte les fruits mûrs, j'abrite les pervenches;
Laissez-moi ma racine et laissez-moi mes branches!
Arrière! hommes, tuez! ouvriers du trépas,
Soyez sanglants, mauvais, durs; mais ne venez pas,
Ne venez pas, traînant des cordes et des chaînes,
Vous chercher un complice au milieu des grands chênes!
Ne faites pas servir à vos crimes, vivants,
L'arbre mystérieux à qui parlent les vents!
Vos lois portent la nuit sur leurs ailes funèbres.
Je suis fils du soleil, soyez fils des ténèbres.
Allez-vous-en! laissez l'arbre dans ses déserts.
A vos plaisirs, aux jeux, aux festins, aux concerts,
Accouplez l'échafaud et le supplice; faites.
Soit. Vivez et tuez. Tuez entre deux fêtes
Le malheureux, chargé de fautes et de maux;
Moi, je ne mêle pas de spectre à mes rameaux!

Janvier 1843.

XXX

MAGNITUDO PARVI[1]

I

Le jour mourait; j'étais près des mers, sur la grève.
Je tenais par la main ma fille, enfant qui rêve,
    Jeune esprit qui se tait!
La terre, s'inclinant comme un vaisseau qui sombre,
En tournant dans l'espace allait plongeant dans l'ombre;
    La pâle nuit montait.

La pâle nuit levait son front dans les nuées;
Les choses s'effaçaient, blêmes, diminuées,
    Sans forme et sans couleur;
Quand il monte de l'ombre, il tombe de la cendre;
On sentait à la fois la tristesse descendre
    Et monter la douleur.

Ceux dont les yeux pensifs contemplent la nature
Voyaient l'urne d'en haut, vague rondeur obscure,
    Se pencher dans les cieux,
Et verser sur les monts, sur les campagnes blondes,
Et sur les flots confus pleins de rumeurs profondes,
    Le soir silencieux!

Les nuages rampaient le long des promontoires;
Mon âme, où se mêlaient ces ombres et ces gloires,
    Sentait confusément
De tout cet océan, de toute cette terre,
Sortir sous l'œil de Dieu je ne sais quoi d'austère,
    D'auguste et de charmant!

J'avais à mes côtés ma fille bien-aimée.
La nuit se répandait ainsi qu'une fumée.
  Rêveur, ô Jéhovah,
Je regardais en moi, les paupières baissées,
Cette ombre qui se fait aussi dans nos pensées
  Quand ton soleil s'en va!

Soudain l'enfant bénie, ange au regard de femme,
Dont je tenais la main et qui tenait mon âme,
  Me parla, douce voix,
Et, me montrant l'eau sombre et la vie âpre et brune,
Et deux points lumineux qui tremblaient sur la dune :
  — Père, dit-elle, vois,

Vois donc, là-bas, où l'ombre aux flancs des coteaux rampe,
Ces feux jumeaux briller comme une double lampe
  Qui remuerait au vent!
Quels sont ces deux foyers qu'au loin la brume voile?
— L'un est un feu de pâtre et l'autre est une étoile;
  Deux mondes, mon enfant!

II

  Deux mondes! — l'un est dans l'espace,
  Dans les ténèbres de l'azur,
  Dans l'étendue où tout s'efface,
  Radieux gouffre! abîme obscur!
  Enfant, comme deux hirondelles,
  Oh! si tous deux, âmes fidèles,
  Nous pouvions fuir à tire-d'ailes,
  Et plonger dans cette épaisseur
  D'où la création découle,
  Où flotte, vit, meurt, brille et roule
  L'astre imperceptible à la foule,
  Incommensurable au penseur;

Si nous pouvions franchir ces solitudes mornes,
Si nous pouvions passer les bleus septentrions,
Si nous pouvions atteindre au fond des cieux sans bornes
Jusqu'à ce qu'à la fin, éperdus, nous voyions,
Comme un navire en mer croît, monte, et semble éclore,
Cette petite étoile, atome de phosphore,
Devenir par degrés un monstre de rayons;

    S'il nous était donné de faire
    Ce voyage démesuré,
    Et de voler, de sphère en sphère,
    A ce grand soleil ignoré;
    Si, par un archange qui l'aime,
    L'homme aveugle, frémissant, blême,
    Dans les profondeurs du problème,
    Vivant, pouvait être introduit;
    Si nous pouvions fuir notre centre,
    Et, forçant l'ombre où Dieu seul entre,
    Aller voir de près dans leur antre
    Ces énormités de la nuit;

Ce qui t'apparaîtrait te ferait trembler, ange!
Rien, pas de vision, pas de songe insensé,
Qui ne fût dépassé par ce spectacle étrange,
Monde informe, et d'un tel mystère composé
Que son rayon fondrait nos chairs, cire vivante,
Et qu'il ne resterait de nous dans l'épouvante
Qu'un regard ébloui sous un front hérissé!

             *

    O contemplation splendide!
    Oh! de pôles, d'axes, de feux,
    De la matière et du fluide,
    Balancement prodigieux!
    D'aimant qui lutte, d'air qui vibre,
    De force esclave et d'éther libre,
    Vaste et magnifique équilibre!
    Monde rêve! idéal réel!

Lueurs! tonnerres! jets de soufre!
Mystère qui chante et qui souffre!
Formule nouvelle du gouffre!
Mot nouveau du noir livre ciel!

Tu verrais! — un soleil; autour de lui des mondes,
Centres eux-mêmes, ayant des lunes autour d'eux;
Là, des fourmillements de sphères vagabondes;
Là, des globes jumeaux qui tournent deux à deux;
Au milieu, cette étoile, effrayante, agrandie;
D'un coin de l'infini formidable incendie,
Rayonnement sublime ou flamboiement hideux!

Regardons, puisque nous y sommes!
Figure-toi! figure-toi!
Plus rien des choses que tu nommes!
Un autre monde! une autre loi!
La terre a fui dans l'étendue;
Derrière nous elle est perdue!
Jour nouveau! nuit inattendue!
D'autres groupes d'astres au ciel!
Une nature qu'on ignore,
Qui, s'ils voyaient sa fauve aurore,
Ferait accourir Pythagore
Et reculer Ézéchiel!

Ce qu'on prend pour un mont est une hydre; ces arbres
Sont des bêtes, ces rocs hurlent avec fureur;
Le feu chante; le sang coule aux veines des marbres.
Ce monde est-il le vrai? Le nôtre est-il l'erreur?
O possibles qui sont pour nous les impossibles!
Réverbérations des chimères visibles!
Le baiser de la vie ici nous fait horreur.

Et si nous pouvions voir les hommes,
Les ébauches, les embryons,
Qui sont là ce qu'ailleurs nous sommes,
Comme, eux et nous, nous frémirions!
Rencontre inexprimable et sombre[1]!

Nous nous regarderions dans l'ombre
De monstre à monstre, fils du nombre
Et du temps qui s'évanouit;
Et, si nos langages funèbres
Pouvaient échanger leurs algèbres,
Nous dirions : « Qu'êtes-vous, ténèbres? »
Ils diraient : « D'où venez-vous, nuit? »

*

Sont-ils aussi des cœurs, des cerveaux, des entrailles?
Cherchent-ils comme nous le mot jamais trouvé?
Ont-ils des Spinosa qui frappent aux murailles,
Des Lucrèce niant tout ce qu'on a rêvé,
Qui, du noir infini feuilletant les registres,
Ont écrit : Rien, au bas de ses pages sinistres;
Et penchés sur l'abîme, ont dit : « L'œil est crevé[1]! »

Tous ces êtres, comme nous-même,
S'en vont en pâles tourbillons;
La création mêle et sème
Leur cendre à de nouveaux sillons;
Un vient, un autre le remplace,
Et passe sans laisser de trace;
Le souffle les crée et les chasse;
Le gouffre en proie aux quatre vents,
Comme la mer aux vastes lames,
Mêle éternellement ses flammes
A ce sombre écroulement d'âmes,
De fantômes et de vivants!

L'abîme semble fou sous l'ouragan de l'être.
Quelle tempête autour de l'astre radieux!
Tout ne doit que surgir, flotter et disparaître,
Jusqu'à ce que la nuit ferme à son tour ses yeux;
Car, un jour, il faudra que l'étoile aussi tombe;
L'étoile voit neiger les âmes dans la tombe,
L'âme verra neiger les astres dans les cieux!

*

Par instants, dans le vague espace,
Regarde, enfant! tu vas la voir!
Une brusque planète passe;
C'est d'abord au loin un point noir;
Plus prompte que la trombe folle,
Elle vient, court, approche, vole;
A peine a lui son auréole
Que déjà, remplissant le ciel,
Sa rondeur farouche commence
A cacher le gouffre en démence,
Et semble ton couvercle immense,
O puits du vertige éternel!

C'est elle! éclair! voilà sa livide surface
Avec tous les frissons de ses océans verts!
Elle apparaît, s'en va, décroît, pâlit, s'efface,
Et rentre, atome obscur, aux cieux d'ombre couverts;
Et tout s'évanouit, vaste aspect, bruit sublime... —
Quel est ce projectile inouï de l'abîme?
O boulets monstrueux qui sont des univers[1]!

Dans un éloignement nocturne,
Roule avec un râle effrayant
Quelque épouvantable Saturne
Tournant son anneau flamboyant;
La braise en pleut comme d'un crible;
Jean de Patmos, l'esprit terrible,
Vit en songe cet astre horrible
Et tomba presque évanoui;
Car, rêvant sa noire épopée,
Il crut, d'éclairs enveloppée,
Voir fuir une roue, échappée
Au sombre char d'Adonaï[2]!

Et, par instants encor, — tout va-t-il se dissoudre? —
Parmi ces mondes, fauve, accourant à grand bruit,
Une comète aux crins de flamme, aux yeux de foudre,

Surgit, et les regarde, et, blême, approche et luit;
Puis s'évade en hurlant, pâle et surnaturelle,
Traînant sa chevelure éparse derrière elle,
Comme une Canidie affreuse qui s'enfuit[1].

Quelques-uns de ces globes meurent;
Dans le semoun et le mistral
Leurs mers sanglotent, leurs flots pleurent;
Leur flanc crache un brasier central.
Sphères par la neige engourdies,
Ils ont d'étranges maladies,
Pestes, déluges, incendies,
Tremblements profonds et fréquents;
Leur propre abîme les consume;
Leur haleine flamboie et fume;
On entend de loin dans leur brume
La toux lugubre des volcans.

*

Ils sont! ils vont! ceux-ci brillants, ceux-là difformes,
Tous portant des vivants et des créations!
Ils jettent dans l'azur des cônes d'ombre énormes,
Ténèbres qui des cieux traversent les rayons,
Où le regard, ainsi que des flambeaux farouches
L'un après l'autre éteints par d'invisibles bouches,
Voit plonger tour à tour les constellations!

Quel Zorobabel formidable,
Quel Dédale vertigineux[2],
Cieux! a bâti dans l'insondable
Tout ce noir chaos lumineux?
Soleils, astres aux larges queues,
Gouffres! ô millions de lieues!
Sombres architectures bleues!
Quel bras a fait, créé, produit
Ces tours d'or que nuls yeux ne comptent,
Ces firmaments qui se confrontent,

            Ces Babels d'étoiles qui montent
            Dans ces Babylones de nuit?

Qui, dans l'ombre vivante et l'aube sépulcrale,
Qui, dans l'horreur fatale et dans l'amour profond,
A tordu ta splendide et sinistre spirale,
Ciel, où les univers se font et se défont?
Un double précipice à la fois les réclame.
« Immensité! » dit l'être. « Éternité! » dit l'âme.
A jamais! le sans fin roule dans le sans fond.

                      *

            L'inconnu, celui dont maint sage
            Dans la brume obscure a douté,
            L'immobile et muet visage,
            Le voilé de l'éternité,
            A, pour montrer son ombre au crime,
            Sa flamme au juste magnanime,
            Jeté pêle-mêle à l'abîme
            Tous ses masques, noirs ou vermeils;
            Dans les éthers inaccessibles,
            Ils flottent, cachés ou visibles;
            Et ce sont ces masques terribles
            Que nous appelons les soleils!

Et les peuples ont vu passer dans les ténèbres
Ces spectres de la nuit que nul ne pénétra;
Et flamines, santons, brahmanes, mages, guèbres[1],
Ont crié : Jupiter! Allah! Vishnou! Mithra!
Un jour, dans les lieux bas, sur les hauteurs suprêmes,
Tous ces masques hagards s'effaceront d'eux-mêmes;
Alors la face immense et calme apparaîtra!

                      III

            Enfant! l'autre de ces deux mondes,
            C'est le cœur d'un homme! — parfois,

Comme une perle au fond des ondes,
Dieu cache une âme au fond des bois.

Dieu cache un homme sous les chênes
Et le sacre en d'austères lieux
Avec le silence des plaines,
L'ombre des monts, l'azur des cieux!

O ma fille! avec son mystère
Le soir envahit pas à pas
L'esprit d'un prêtre involontaire,
Près de ce feu qui luit là-bas!

Cet homme, dans quelque ruine,
Avec la ronce et le lézard,
Vit sous la brume et la bruine,
Fruit tombé de l'arbre hasard!

Il est devenu presque fauve;
Son bâton est son seul appui.
En le voyant, l'homme se sauve;
La bête seule vient à lui.

Il est l'être crépusculaire.
On a peur de l'apercevoir;
Pâtre tant que le jour l'éclaire,
Fantôme dès que vient le soir.

La faneuse dans la clairière
Le voit quand il fait, par moment,
Comme une ombre hors de sa bière,
Un pas hors de l'isolement.

Son vêtement dans ces décombres,
C'est un sac de cendre et de deuil,
Linceul troué par les clous sombres
De la misère, ce cercueil.

Le pommier lui jette ses pommes;
Il vit dans l'ombre enseveli;
C'est un pauvre homme loin des hommes,
C'est un habitant de l'oubli;

C'est un indigent sous la bure,
Un vieux front de la pauvreté,
Un haillon dans une masure,
Un esprit dans l'immensité!

*

Dans la nature transparente,
C'est l'œil des regards ingénus,
Un penseur à l'âme ignorante,
Un grave marcheur aux pieds nus!

Oui, c'est un cœur, une prunelle,
C'est un souffrant, c'est un songeur,
Sur qui la lueur éternelle
Fait trembler sa vague rougeur.

Il est là, l'âme aux cieux ravie,
Et, près d'un branchage enflammé,
Pense, lui-même par la vie
Tison à demi consumé.

Il est calme en cette ombre épaisse;
Il aura bien toujours un peu
D'herbe pour que son bétail paisse,
De bois pour attiser son feu.

Nos luttes, nos chocs, nos désastres,
Il les ignore; il ne veut rien
Que, la nuit, le regard des astres,
Le jour, le regard de son chien.

Son troupeau gît sur l'herbe unie;
Il est là, lui, pasteur, ami,

Seul éveillé, comme un génie
A côté d'un peuple endormi.

Ses brebis, d'un rien remuées,
Ouvrant l'œil près du feu qui luit,
Aperçoivent sous les nuées
Sa forme droite dans la nuit;

Et, bouc qui bêle, agneau qui danse,
Dorment dans les bois hasardeux
Sous ce grand spectre Providence
Qu'ils sentent debout auprès d'eux.

*

Le pâtre songe, solitaire,
Pauvre et nu, mangeant son pain bis;
Il ne connaît rien de la terre
Que ce que broute la brebis.

Pourtant, il sait que l'homme souffre;
Mais il sonde l'éther profond.
Toute solitude est un gouffre,
Toute solitude est un mont.

Dès qu'il est debout sur ce faîte,
Le ciel reprend cet étranger;
La Judée avait le prophète,
La Chaldée avait le berger.

Ils tâtaient le ciel l'un et l'autre;
Et plus tard, sous le feu divin,
Du prophète naquit l'apôtre,
Du pâtre naquit le devin.

La foule raillait leur démence;
Et l'homme dut, aux jours passés,
A ces ignorants la science,
La sagesse à ces insensés.

La nuit voyait, témoin austère,
Se rencontrer sur les hauteurs,
Face à face dans le mystère,
Les prophètes et les pasteurs.

— Où marchez-vous, tremblants prophètes?
— Où courez-vous, pâtres troublés?
Ainsi parlaient ces sombres têtes,
Et l'ombre leur criait : Allez!

Aujourd'hui, l'on ne sait plus même
Qui monta le plus de degrés,
Des Zoroastres au front blême
Ou des Abrahams effarés.

Et quand nos yeux, qui les admirent,
Veulent mesurer leur chemin,
Et savoir quels sont ceux qui mirent
Le plus de jour dans l'œil humain,

Du noir passé perçant les voiles,
Notre esprit flotte sans repos
Entre tous ces compteurs d'étoiles
Et tous ces compteurs de troupeaux.

*

Dans nos temps, où l'aube enfin dore
Les bords du terrestre ravin,
Le rêve humain s'approche encore
Plus près de l'idéal divin.

L'homme, que la brume enveloppe,
Dans le ciel que Jésus ouvrit,
Comme à travers un télescope
Regarde à travers son esprit.

L'âme humaine, après le Calvaire,
A plus d'ampleur et de rayon;

Le grossissement de ce verre
Grandit encor la vision.

La solitude vénérable
Mène aujourd'hui l'homme sacré
Plus avant dans l'impénétrable,
Plus loin dans le démesuré.

Oui, si dans l'homme, que le nombre
Et le temps trompent tour à tour,
La foule dégorge de l'ombre,
La solitude fait le jour.

Le désert au ciel nous convie.
O seuil de l'azur! l'homme seul,
Vivant qui voit hors de la vie,
Lève d'avance son linceul.

Il parle aux voix que Dieu fit taire,
Mêlant sur son front pastoral
Aux lueurs troubles de la terre
Le serein rayon sépulcral.

Dans le désert, l'esprit qui pense
Subit par degrés sous les cieux
La dilatation immense
De l'infini mystérieux.

Il plonge au fond. Calme, il savoure
Le réel, le vrai, l'élément.
Toute la grandeur qui l'entoure
Le pénètre confusément.

Sans qu'il s'en doute, il va, se dompte,
Marche, et, grandissant en raison,
Croît comme l'herbe aux champs, et monte
Comme l'aurore à l'horizon.

Il voit, il adore, il s'effare;
Il entend le clairon du ciel,
Et l'universelle fanfare
Dans le silence universel.

Avec ses fleurs au pur calice,
Avec sa mer pleine de deuil,
Qui donne un baiser de complice
A l'âpre bouche de l'écueil,

Avec sa plaine, vaste bible,
Son mont noir, son brouillard fuyant,
Regards du visage invisible,
Syllabes du mot flamboyant;

Avec sa paix, avec son trouble,
Son bois voilé, son rocher nu,
Avec son écho qui redouble
Toutes les voix de l'inconnu,

La solitude éclaire, enflamme,
Attire l'homme aux grands aimants,
Et lentement compose une âme
De tous les éblouissements!

L'homme en son sein palpite et vibre,
Ouvrant son aile, ouvrant ses yeux,
Étrange oiseau d'autant plus libre
Que le mystère le tient mieux.

Il sent croître en lui, d'heure en heure,
L'humble foi, l'amour recueilli,
Et la mémoire antérieure
Qui le remplit d'un vaste oubli.

Il a des soifs inassouvies;
Dans son passé vertigineux,
Il sent revivre d'autres vies;
De son âme il compte les nœuds.

Il cherche au fond des sombres dômes
Sous quelles formes il a lui;
Il entend ses propres fantômes
Qui lui parlent derrière lui.

Il sent que l'humaine aventure
N'est rien qu'une apparition;
Il se dit : — Chaque créature
Est toute la création. —

Il se dit : — Mourir, c'est connaître;
Nous cherchons l'issue à tâtons.
J'étais, je suis, et je dois être.
L'ombre est une échelle. Montons. —

Il se dit : — Le vrai, c'est le centre.
Le reste est apparence ou bruit.
Cherchons le lion, et non l'antre;
Allons où l'œil fixe reluit[1]. —

Il sent plus que l'homme en lui naître;
Il sent, jusque dans ses sommeils,
Lueur à lueur, dans son être,
L'infiltration des soleils.

Ils cessent d'être son problème;
Un astre est un voile, il veut mieux;
Il reçoit de leur rayon même
Le regard qui va plus loin qu'eux.

*

Pendant que, nous, hommes des villes,
Nous croyons prendre un vaste essor
Lorsqu'entre en nos prunelles viles
Le spectre d'une étoile d'or;

Que, savants dont la vue est basse,
Nous nous ruons et nous brûlons

Dans le premier astre qui passe,
Comme aux lampes les papillons,

Et qu'oubliant le nécessaire,
Nous contentant de l'incomplet,
Croyant éclairés, ô misère!
Ceux qu'éclaire le feu follet,

Prenant pour l'être et pour l'essence
Les fantômes du ciel profond,
Voulant nous faire une science
Avec des formes qui s'en vont,

Ne comprenant, pour nous distraire
De la terre, où l'homme est damné,
Qu'un autre monde, sombre frère
De notre globe infortuné,

Comme l'oiseau né dans la cage,
Qui, s'il fuit, n'a qu'un vol étroit,
Ne sait pas trouver le bocage,
Et va d'un toit à l'autre toit [1];

Chercheurs que le néant captive,
Qui, dans l'ombre, avons en passant
La curiosité chétive
Du ciron pour le ver luisant,

Poussière admirant la poussière,
Nous poursuivons obstinément,
Grains de cendre, un grain de lumière
En fuite dans le firmament!

Pendant que notre âme humble et lasse
S'arrête au seuil du ciel béni,
Et va becqueter dans l'espace
Une miette de l'infini,

Lui, ce berger, ce passant frêle,
Ce pauvre gardeur de bétail
Que la cathédrale éternelle
Abrite sous son noir portail,

Cet homme qui ne sait pas lire,
Cet hôte des arbres mouvants,
Qui ne connaît pas d'autre lyre
Que les grands bois et les grands vents,

Lui, dont l'âme semble étouffée,
Il s'envole, et, touchant le but,
Boit avec la coupe d'Orphée
A la source où Moïse but!

Lui, ce pâtre, en sa Thébaïde,
Cet ignorant, cet indigent,
Sans docteur, sans maître, sans guide,
Fouillant, scrutant, interrogeant,

De sa roche où la paix séjourne,
Les cieux noirs, les bleus horizons,
Double ornière où sans cesse tourne
La roue énorme des saisons;

Seul, quand mai vide sa corbeille,
Quand octobre emplit son panier;
Seul, quand l'hiver à notre oreille
Vient siffler, gronder, et nier;

Quand sur notre terre, où se joue
Le blanc flocon flottant sans bruit,
La mort, spectre vierge, secoue
Ses ailes pâles dans la nuit;

Quand, nous glaçant jusqu'aux vertèbres,
Nous jetant la neige en rêvant,
Ce sombre cygne des ténèbres
Laisse tomber sa plume au vent;

Quand la mer tourmente la barque;
Quand la plaine est là, ressemblant
A la morte dont un drap marque
L'obscur profil sinistre et blanc;

Seul sur cet âpre monticule,
A l'heure où, sous le ciel dormant,
Les méduses du crépuscule
Montrent leur face vaguement;

Seul la nuit, quand dorment ses chèvres,
Quand la terre et l'immensité
Se referment comme deux lèvres
Après que le psaume est chanté;

Seul, quand renaît le jour sonore,
A l'heure où sur le mont lointain
Flamboie et frissonne l'aurore,
Crête rouge du coq matin[1];

Seul, toujours seul, l'été, l'automne;
Front sans remords et sans effroi
A qui le nuage qui tonne
Dit tout bas : Ce n'est pas pour toi!

Oubliant dans ces grandes choses
Les trous de ses pauvres habits,
Comparant la douceur des roses
A la douceur de la brebis,

Sondant l'être, la loi fatale,
L'amour, la mort, la fleur, le fruit;
Voyant l'auréole idéale
Sortir de toute cette nuit,

Il sent, faisant passer le monde
Par sa pensée à chaque instant,
Dans cette obscurité profonde
Son œil devenir éclatant;

Et, dépassant la créature,
Montant toujours, toujours accru,
Il regarde tant la nature,
Que la nature a disparu!

Car, des effets allant aux causes,
L'œil perce et franchit le miroir,
Enfant; et contempler les choses,
C'est finir par ne plus les voir.

La matière tombe détruite
Devant l'esprit aux yeux de lynx;
Voir, c'est rejeter; la poursuite
De l'énigme est l'oubli du sphinx[1].

Il ne voit plus le ver qui rampe,
La feuille morte émue au vent,
Le pré, la source où l'oiseau trempe
Son petit pied rose en buvant;

Ni l'araignée, hydre étoilée,
Au centre du mal se tenant[2],
Ni l'abeille, lumière ailée,
Ni la fleur, parfum rayonnant;

Ni l'arbre où sur l'écorce dure
L'amant grave un chiffre d'un jour
Que les ans font croître à mesure
Qu'ils font décroître son amour.

Il ne voit plus la vigne mûre,
La ville, large toit fumant[3],
Ni la campagne, ce murmure,
Ni la mer, ce rugissement;

Ni l'aube dorant les prairies,
Ni le couchant aux longs rayons,
Ni tous ces tas de pierreries
Qu'on nomme constellations,

Que l'éther de son ombre couvre,
Et qu'entrevoit notre œil terni
Quand la nuit curieuse entr'ouvre
Le sombre écrin de l'infini;

Il ne voit plus Saturne pâle,
Mars écarlate, Arcturus bleu,
Sirius, couronne d'opale,
Aldebaran, turban de feu;

Ni les mondes, esquifs sans voiles,
Ni, dans le grand ciel sans milieu,
Toute cette cendre d'étoiles;
Il voit l'astre unique; il voit Dieu!

*

Il le regarde, il le contemple;
Vision que rien n'interrompt!
Il devient tombe, il devient temple;
Le mystère flambe à son front.

Œil serein dans l'ombre ondoyante,
Il a conquis, il a compris,
Il aime; il est l'âme voyante
Parmi nos ténébreux esprits.

Il marche, heureux et plein d'aurore,
De plain-pied avec l'élément;
Il croit, il accepte. Il ignore
Le doute, notre escarpement;

Le doute, qu'entourent les vides,
Bord que nul ne peut enjamber,
Où nous nous arrêtons stupides,
Disant : Avancer, c'est tomber!

Le doute, roche où nos pensées
Errent loin du pré qui fleurit,

Où vont et viennent, dispersées,
Toutes ces chèvres de l'esprit.

Quand Hobbes dit : « Quelle est la base? »
Quand Locke dit : « Quelle est la loi? »
Que font à sa splendide extase
Ces dialogues de l'effroi?

Qu'importe à cet anachorète
De la caverne Vérité,
L'homme qui dans l'homme s'arrête,
La nuit qui croit à sa clarté?

Que lui fait la philosophie,
Calcul, algèbre, orgueil puni,
Que sur les cimes pétrifie
L'effarement de l'infini!

Lueurs que couvre la fumée!
Sciences disant : Que sait-on?
Qui, de l'aveugle Ptolémée,
Montent au myope Newton!

Que lui font les choses bornées,
Grands, petits, couronnes, carcans?
L'ombre qui sort des cheminées
Vaut l'ombre qui sort des volcans.

Que lui font la larve et la cendre,
Et, dans les tourbillons mouvants,
Toutes les formes que peut prendre
L'obscur nuage des vivants?

Que lui fait l'assurance triste
Des créatures dans leurs nuits?
La terre s'écriant : J'existe!
Le soleil répliquant : Je suis!

Quand le spectre, dans le mystère,
S'affirme à l'apparition,
Qu'importe à cet œil solitaire
Qui s'éblouit du seul rayon?

Que lui fait l'astre, autel et prêtre
De sa propre religion,
Qui dit : Rien hors de moi! — quand l'être
Se nomme Gouffre et Légion[1]!

Que lui font, sur son sacré faîte,
Les démentis audacieux
Que donne aux soleils la comète,
Cette hérésiarque des cieux [2]?

Que lui fait le temps, cette brume?
L'espace, cette illusion?
Que lui fait l'éternelle écume
De l'océan Création?

Il boit, hors de l'inabordable,
Du surhumain, du sidéral,
Les délices du formidable,
L'âpre ivresse de l'idéal;

Son être, dont rien ne surnage,
S'engloutit dans le gouffre bleu;
Il fait ce sublime naufrage;
Et, murmurant sans cesse : — Dieu, —

Parmi les feuillages farouches,
Il songe, l'âme et l'œil là-haut,
A l'imbécillité des bouches
Qui prononcent un autre mot!

*

Il le voit, ce soleil unique,
Fécondant, travaillant, créant,

Par le rayon qu'il communique
Égalant l'atome au géant.

Semant de feux, de souffles, d'ondes,
Les tourbillons d'obscurité,
Emplissant d'étincelles mondes
L'épouvantable immensité,

Remuant, dans l'ombre et les brumes,
De sombres forces dans les cieux
Qui font comme des bruits d'enclumes
Sous des marteaux mystérieux,

Doux pour le nid du rouge-gorge,
Terrible aux satans qu'il détruit;
Et, comme aux lueurs d'une forge
Un mur s'éclaire dans la nuit,

On distingue en l'ombre où nous sommes,
On reconnaît dans ce bas lieu,
A sa clarté parmi les hommes,
L'âme qui réverbère Dieu.

Et ce pâtre devient auguste;
Jusqu'à l'auréole monté,
Étant le sage, il est le juste;
O ma fille, cette clarté,

Sœur du grand flambeau des génies,
Faite de tous les rayons purs
Et de toutes les harmonies
Qui flottent dans tous les azurs,

Plus belle dans une chaumière,
Éclairant hier par demain,
Cette éblouissante lumière,
Cette blancheur du cœur humain

S'appelle en ce monde, où l'honnête
Et le vrai des vents est battu,
Innocence avant la tempête,
Après la tempête vertu !

*

Voilà donc ce que fait la solitude à l'homme ;
Elle lui montre Dieu, le dévoile et le nomme,
        Sacre l'obscurité,
Pénètre de splendeur le pâtre qui s'y plonge,
Et dans les profondeurs de son immense songe
        T'allume, ô vérité !

Elle emplit l'ignorant de la science énorme ;
Ce que le cèdre voit, ce que devine l'orme,
        Ce que le chêne sent,
Dieu, l'être, l'infini, l'éternité, l'abîme,
Dans l'ombre elle le mêle à la candeur sublime
        D'un pâtre frémissant.

L'homme n'est qu'une lampe, elle en fait une étoile.
Et ce pâtre devient, sous un haillon de toile,
        Un mage ; et, par moments,
Aux fleurs, parfums du temple, aux arbres, noirs pilastres,
Apparaît couronné d'une tiare d'astres,
        Vêtu de flamboiements !

Il ne se doute pas de cette grandeur sombre :
Assis près de son feu que la broussaille encombre,
        Devant l'être béant,
Humble, il pense ; et, chétif, sans orgueil, sans envie,
Il se courbe, et sent mieux, près du gouffre de vie,
        Son gouffre de néant.

Quand il sort de son rêve, il revoit la nature.
Il parle à la nuée, errant à l'aventure,
        Dans l'azur émigrant ;
Il dit : « Que ton encens est chaste, ô clématite ! »

Il dit au doux oiseau : « Que ton aile est petite,
    Mais que ton vol est grand! »

Le soir, quand il voit l'homme aller vers les villages,
Glaneuses, bûcherons qui traînent des feuillages,
    Et les pauvres chevaux
Que le laboureur bat et fouette avec colère,
Sans songer que le vent va le rendre à son frère,
    Le marin sur les flots;

Quand il voit les forçats passer, portant leur charge,
Les soldats, les pêcheurs pris par la nuit au large,
    Et hâtant leur retour,
Il leur envoie à tous, du haut du mont nocturne,
La bénédiction qu'il a puisée à l'urne
    De l'insondable amour!

Et, tandis qu'il est là, vivant sur sa colline,
Content, se prosternant dans tout ce qui s'incline,
    Doux rêveur bienfaisant,
Emplissant le vallon, le champ, le toit de mousse,
Et l'herbe et le rocher de la majesté douce
    De son cœur innocent,

S'il passe par hasard, près de sa paix féconde,
Un de ces grands esprits en butte aux flots du monde
    Révolté devant eux,
Qui craignent à la fois, sur ces vagues funèbres,
La terre de granit et le ciel de ténèbres,
    L'homme ingrat, Dieu douteux;

Peut-être, à son insu, que ce pasteur paisible,
Et dont l'obscurité rend la lueur visible,
    Homme heureux sans effort,
Entrevu par cette âme en proie au choc de l'onde,
Va lui jeter soudain quelque clarté profonde
    Qui lui montre le port!

Ainsi ce feu peut-être, aux flancs du rocher sombre,
Là-bas est aperçu par quelque nef qui sombre
    Entre le ciel et l'eau ;
Humble, il la guide au loin de son reflet rougeâtre,
Et du même rayon dont il réchauffe un pâtre,
    Il sauve un grand vaisseau !

IV

Et je repris, montrant à l'enfant adorée
L'obscur feu du pasteur et l'étoile sacrée :

De ces deux feux, perçant le soir qui s'assombrit,
L'un révèle un soleil, l'autre annonce un esprit.
    C'est l'infini que notre œil sonde ;
Mesurons tout à Dieu, qui seul crée et conçoit !
C'est l'astre qui le prouve et l'esprit qui le voit ;
    Une âme est plus grande qu'un monde.

Enfant, ce feu de pâtre à cette âme mêlé,
Et cet astre, splendeur du plafond constellé
    Que l'éclair et la foudre gardent,
Ces deux phares du gouffre où l'être flotte et fuit,
Ces deux clartés du deuil, ces deux yeux de la nuit,
    Dans l'immensité se regardent.

Ils se connaissent ; l'astre envoie au feu des bois
Toute l'énormité de l'abîme à la fois,
    Les baisers de l'azur superbe
Et l'éblouissement des visions d'Endor[1] ;
Et le doux feu de pâtre envoie à l'astre d'or
    Le frémissement du brin d'herbe.

Le feu de pâtre dit : — La mère pleure, hélas!
L'enfant a froid, le père a faim, l'aïeul est las ;
    Tout est noir ; la montée est rude ;
Le pas tremble, éclairé par un tremblant flambeau ;

L'homme au berceau chancelle et trébuche au tombeau. —
　　L'étoile répond : — Certitude!

De chacun d'eux s'envole un rayon fraternel,
L'un plein d'humanité, l'autre rempli de ciel;
　　Dieu les prend, et joint leur lumière,
Et sa main, sous qui l'âme, aigle de flamme, éclôt,
Fait du rayon d'en bas et du rayon d'en haut
　　Les deux ailes de la prière.

　　　　　　　　　　　　　Ingouville, août 1839.

AUJOURD'HUI

(1843-1855)

Livre quatrième

PAUCA MEÆ[1]

I

Pure Innocence! Vertu sainte!
O les deux sommets d'ici-bas!
Où croissent, sans ombre et sans crainte,
Les deux palmes des deux combats!

Palme du combat Ignorance!
Palme du combat Vérité!
L'âme, à travers sa transparence,
Voit trembler leur double clarté.

Innocence! Vertu! sublimes
Même pour l'œil mort du méchant!
On voit dans l'azur ces deux cimes,
L'une au levant, l'autre au couchant.

Elles guident la nef qui sombre;
L'une est phare, et l'autre est flambeau;
L'une a le berceau dans son ombre;
L'autre en son ombre a le tombeau.

C'est sous la terre infortunée
Que commence, obscure à nos yeux,

La ligne de la destinée;
Elles l'achèvent dans les cieux.

Elles montrent, malgré les voiles
Et l'ombre du fatal milieu,
Nos âmes touchant les étoiles
Et la candeur mêlée au bleu.

Elles éclairent les problèmes;
Elles disent le lendemain;
Elles sont les blancheurs suprêmes
De tout le sombre gouffre humain.

L'archange effleure de son aile
Ce faîte où Jéhovah s'assied;
Et sur cette neige éternelle
On voit l'empreinte d'un seul pied.

Cette trace qui nous enseigne,
Ce pied blanc, ce pied fait de jour,
Ce pied rose, hélas! car il saigne,
Ce pied nu, c'est le tien, amour!

Janvier 1843.

II

15 FÉVRIER 1843

Aime celui qui t'aime, et sois heureuse en lui.
— Adieu! — Sois son trésor, ô toi qui fus le nôtre!
Va, mon enfant béni, d'une famille à l'autre.
Emporte le bonheur et laisse-nous l'ennui!

Ici, l'on te retient; là-bas, on te désire.
Fille, épouse, ange, enfant, fais ton double devoir.
Donne-nous un regret, donne-leur un espoir,
Sors avec une larme! entre avec un sourire!

Dans l'église[1], 15 février 1843.

4 SEPTEMBRE 1843

. . . .

III

TROIS ANS APRÈS

Il est temps que je me repose;
Je suis terrassé par le sort.
Ne me parlez pas d'autre chose
Que des ténèbres où l'on dort!

Que veut-on que je recommence?
Je ne demande désormais
A la création immense
Qu'un peu de silence et de paix!

Pourquoi m'appelez-vous encore?
J'ai fait ma tâche et mon devoir.
Qui travaillait avant l'aurore,
Peut s'en aller avant le soir.

A vingt ans, deuil et solitude!
Mes yeux, baissés vers le gazon,
Perdirent la douce habitude
De voir ma mère à la maison[1].

Elle nous quitta pour la tombe;
Et vous savez bien qu'aujourd'hui
Je cherche, en cette nuit qui tombe,
Un autre ange qui s'est enfui!

Vous savez que je désespère,
Que ma force en vain se défend,
Et que je souffre comme père,
Moi qui souffris tant comme enfant!

Mon œuvre n'est pas terminée,
Dites-vous. Comme Adam banni,
Je regarde ma destinée
Et je vois bien que j'ai fini.

L'humble enfant que Dieu m'a ravie
Rien qu'en m'aimant savait m'aider;
C'était le bonheur de ma vie
De voir ses yeux me regarder.

Si ce Dieu n'a pas voulu clore
L'œuvre qu'il me fit commencer,
S'il veut que je travaille encore,
Il n'avait qu'à me la laisser!

Il n'avait qu'à me laisser vivre
Avec ma fille à mes côtés,
Dans cette extase où je m'enivre
De mystérieuses clartés!

Ces clartés, jour d'une autre sphère,
O Dieu jaloux, tu nous les vends!
Pourquoi m'as-tu pris la lumière
Que j'avais parmi les vivants?

As-tu donc pensé, fatal maître,
Qu'à force de te contempler,
Je ne voyais plus ce doux être,
Et qu'il pouvait bien s'en aller?

T'es-tu dit que l'homme, vaine ombre,
Hélas! perd son humanité
A trop voir cette splendeur sombre
Qu'on appelle la vérité?

Qu'on peut le frapper sans qu'il souffre,
Que son cœur est mort dans l'ennui,
Et qu'à force de voir le gouffre,
Il n'a plus qu'un abîme en lui?

Qu'il va, stoïque, où tu l'envoies,
Et que désormais, endurci,
N'ayant plus ici-bas de joies,
Il n'a plus de douleurs aussi?

As-tu pensé qu'une âme tendre
S'ouvre à toi pour se mieux fermer,
Et que ceux qui veulent comprendre
Finissent par ne plus aimer?

O Dieu! vraiment, as-tu pu croire
Que je préférais, sous les cieux,
L'effrayant rayon de ta gloire
Aux douces lueurs de ses yeux?

Si j'avais su tes lois moroses,
Et qu'au même esprit enchanté
Tu ne donnes point ces deux choses,
Le bonheur et la vérité,

Plutôt que de lever tes voiles,
Et de chercher, cœur triste et pur,
A te voir au fond des étoiles,
O Dieu sombre d'un monde obscur[1],

J'eusse aimé mieux, loin de ta face,
Suivre, heureux, un étroit chemin,
Et n'être qu'un homme qui passe
Tenant son enfant par la main!

Maintenant, je veux qu'on me laisse!
J'ai fini! le sort est vainqueur.
Que vient-on rallumer sans cesse
Dans l'ombre qui m'emplit le cœur?

Vous qui me parlez, vous me dites
Qu'il faut, rappelant ma raison,
Guider les foules décrépites
Vers les lueurs de l'horizon;

Qu'à l'heure où les peuples se lèvent,
Tout penseur suit un but profond;
Qu'il se doit à tous ceux qui rêvent,
Qu'il se doit à tous ceux qui vont!

Qu'une âme, qu'un feu pur anime,
Doit hâter, avec sa clarté,
L'épanouissement sublime
De la future humanité;

Qu'il faut prendre part, cœurs fidèles,
Sans redouter les océans,
Aux fêtes des choses nouvelles,
Aux combats des esprits géants!

Vous voyez des pleurs sur ma joue,
Et vous m'abordez mécontents,
Comme par le bras on secoue
Un homme qui dort trop longtemps.

Mais songez à ce que vous faites!
Hélas! cet ange au front si beau,
Quand vous m'appelez à vos fêtes,
Peut-être a froid dans son tombeau.

Peut-être, livide et pâlie,
Dit-elle dans son lit étroit :
« Est-ce que mon père m'oublie
Et n'est plus là, que j'ai si froid? »

Quoi! lorsqu'à peine je résiste
Aux choses dont je me souviens,
Quand je suis brisé, las et triste,
Quand je l'entends qui me dit : « Viens! »

Quoi! vous voulez que je souhaite,
Moi, plié par un coup soudain,
La rumeur qui suit le poëte,
Le bruit que fait le paladin!

Vous voulez que j'aspire encore
Aux triomphes doux et dorés!
Que j'annonce aux dormeurs l'aurore!
Que je crie : « Allez! espérez! »

Vous voulez que, dans la mêlée,
Je rentre ardent parmi les forts,
Les yeux à la voûte étoilée... —
Oh! l'herbe épaisse où sont les morts!

Novembre 1846.

IV

Oh! je fus comme fou dans le premier moment,
Hélas! et je pleurai trois jours amèrement.
Vous tous à qui Dieu prit votre chère espérance,
Pères, mères, dont l'âme a souffert ma souffrance,
Tout ce que j'éprouvais, l'avez-vous éprouvé?

Je voulais me briser le front sur le pavé;
Puis je me révoltais, et, par moments, terrible,
Je fixais mes regards sur cette chose horrible,
Et je n'y croyais pas, et je m'écriais : Non!
— Est-ce que Dieu permet de ces malheurs sans nom
Qui font que dans le cœur le désespoir se lève? —
Il me semblait que tout n'était qu'un affreux rêve,
Qu'elle ne pouvait pas m'avoir ainsi quitté,
Que je l'entendais rire en la chambre à côté,
Que c'était impossible enfin qu'elle fût morte,
Et que j'allais la voir entrer par cette porte!

Oh! que de fois j'ai dit : Silence! elle a parlé!
Tenez! voici le bruit de sa main sur la clé!
Attendez! elle vient! laissez-moi, que j'écoute!
Car elle est quelque part dans la maison sans doute!

Jersey, Marine-Terrace, 4 septembre 1852.

V

Elle avait pris ce pli dans son âge enfantin
De venir dans ma chambre un peu chaque matin;
Je l'attendais ainsi qu'un rayon qu'on espère;
Elle entrait, et disait : « Bonjour, mon petit père »;
Prenait ma plume, ouvrait mes livres, s'asseyait
Sur mon lit, dérangeait mes papiers, et riait,
Puis soudain s'en allait comme un oiseau qui passe.
Alors, je reprenais, la tête un peu moins lasse,
Mon œuvre interrompue, et, tout en écrivant,
Parmi mes manuscrits je rencontrais souvent
Quelque arabesque folle et qu'elle avait tracée,
Et mainte page blanche entre ses mains froissée
Où, je ne sais comment, venaient mes plus doux vers.

Elle aimait Dieu, les fleurs, les astres, les prés verts,
Et c'était un esprit avant d'être une femme.
Son regard reflétait la clarté de son âme.
Elle me consultait sur tout à tous moments.
Oh! que de soirs d'hiver radieux et charmants
Passés à raisonner langue, histoire et grammaire,
Mes quatre enfants groupés sur mes genoux, leur mère
Tout près, quelques amis causant au coin du feu!
J'appelais cette vie être content de peu!
Et dire qu'elle est morte! hélas! que Dieu m'assiste!
Je n'étais jamais gai quand je la sentais triste;
J'étais morne au milieu du bal le plus joyeux
Si j'avais, en partant, vu quelque ombre en ses yeux.

                    Novembre 1846, jour des morts.

VI

Quand nous habitions tous ensemble
Sur nos collines d'autrefois,
Où l'eau court, où le buisson tremble,
Dans la maison qui touche aux bois,

Elle avait dix ans, et moi trente;
J'étais pour elle l'univers.
Oh! comme l'herbe est odorante
Sous les arbres profonds et verts!

Elle faisait mon sort prospère,
Mon travail léger, mon ciel bleu.
Lorsqu'elle me disait : Mon père,
Tout mon cœur s'écriait : Mon Dieu!

A travers mes songes sans nombre,
J'écoutais son parler joyeux,
Et mon front s'éclairait dans l'ombre
A la lumière de ses yeux.

Elle avait l'air d'une princesse
Quand je la tenais par la main;
Elle cherchait des fleurs sans cesse
Et des pauvres dans le chemin.

Elle donnait comme on dérobe,
En se cachant aux yeux de tous.
Oh! la belle petite robe
Qu'elle avait, vous rappelez-vous?

Le soir, auprès de ma bougie,
Elle jasait à petit bruit,
Tandis qu'à la vitre rougie
Heurtaient les papillons de nuit.

Les anges se miraient en elle.
Que son bonjour était charmant!
Le ciel mettait dans sa prunelle
Ce regard qui jamais ne ment.

Oh! je l'avais, si jeune encore,
Vue apparaître en mon destin!
C'était l'enfant de mon aurore,
Et mon étoile du matin!

Quand la lune claire et sereine
Brillait aux cieux, dans ces beaux mois,
Comme nous allions dans la plaine!
Comme nous courions dans les bois!

Puis, vers la lumière isolée
Étoilant le logis obscur,
Nous revenions par la vallée
En tournant le coin du vieux mur;

Nous revenions, cœurs pleins de flamme,
En parlant des splendeurs du ciel.
Je composais cette jeune âme
Comme l'abeille fait son miel.

Doux ange aux candides pensées,
Elle était gaie en arrivant... —
Toutes ces choses sont passées
Comme l'ombre et comme le vent!

Villequier, 4 septembre 1844.

VII

Elle était pâle, et pourtant rose,
Petite avec de grands cheveux.
Elle disait souvent : Je n'ose,
Et ne disait jamais : Je veux.

Le soir, elle prenait ma Bible
Pour y faire épeler sa sœur,
Et, comme une lampe paisible,
Elle éclairait ce jeune cœur.

Sur le saint livre que j'admire
Leurs yeux purs venaient se fixer;
Livre où l'une apprenait à lire,
Où l'autre apprenait à penser!

Sur l'enfant, qui n'eût pas lu seule,
Elle penchait son front charmant,
Et l'on aurait dit une aïeule,
Tant elle parlait doucement!

Elle lui disait : « Sois bien sage! »
Sans jamais nommer le démon;
Leurs mains erraient de page en page
Sur Moïse et sur Salomon,

Sur Cyrus qui vint de la Perse,
Sur Moloch et Léviathan,
Sur l'enfer que Jésus traverse,
Sur l'éden où rampe Satan!

Moi, j'écoutais... — O joie immense
De voir la sœur près de la sœur!
Mes yeux s'enivraient en silence
De cette ineffable douceur.

Et, dans la chambre humble et déserte,
Où nous sentions, cachés tous trois,
Entrer par la fenêtre ouverte
Les souffles des nuits et des bois,

Tandis que, dans le texte auguste,
Leurs cœurs, lisant avec ferveur,
Puisaient le beau, le vrai, le juste,
Il me semblait, à moi, rêveur,

Entendre chanter des louanges
Autour de nous, comme au saint lieu,
Et voir sous les doigts de ces anges
Tressaillir le livre de Dieu!

Octobre 1846.

VIII[1]

A qui donc sommes-nous? Qui nous a? qui nous mène?
Vautour fatalité, tiens-tu la race humaine?
      Oh! parlez, cieux vermeils,
L'âme sans fond tient-elle aux étoiles sans nombre?
Chaque rayon d'en haut est-il un fil de l'ombre
      Liant l'homme aux soleils?

Est-ce qu'en nos esprits, que l'ombre a pour repaires,
Nous allons voir rentrer les songes de nos pères?
      Destin, lugubre assaut!
O vivants, serions-nous l'objet d'une dispute?
L'un veut-il notre gloire, et l'autre notre chute?
      Combien sont-ils là-haut?

Jadis, au fond du ciel, aux yeux du mage sombre,
Deux joueurs effrayants apparaissaient dans l'ombre.
      Qui craindre? qui prier?
Les Manès frissonnants, les pâles Zoroastres
Voyaient deux grandes mains qui déplaçaient les astres
      Sur le noir échiquier.

Songe horrible! le bien, le mal, de cette voûte
Pendent-ils sur nos fronts? Dieu, tire-moi du doute!
      O sphinx, dis-moi le mot!
Cet affreux rêve pèse à nos yeux qui sommeillent,
Noirs vivants! Heureux ceux qui tout à coup s'éveillent
      Et meurent en sursaut!

               Villequier, 4 septembre 1845.

IX

O souvenirs! printemps! aurore!
Doux rayon triste et réchauffant!
— Lorsqu'elle était petite encore,
Que sa sœur était tout enfant... —

Connaissez-vous, sur la colline
Qui joint Montlignon à Saint-Leu[1],
Une terrasse qui s'incline
Entre un bois sombre et le ciel bleu?

C'est là que nous vivions. — Pénètre,
Mon cœur, dans ce passé charmant! —
Je l'entendais sous ma fenêtre
Jouer le matin doucement.

Elle courait dans la rosée,
Sans bruit, de peur de m'éveiller;
Moi, je n'ouvrais pas ma croisée,
De peur de la faire envoler.

Ses frères riaient... — Aube pure!
Tout chantait sous ces frais berceaux,
Ma famille avec la nature,
Mes enfants avec les oiseaux! —

Je toussais, on devenait brave.
Elle montait à petits pas,
Et me disait d'un air très grave :
« J'ai laissé les enfants en bas. »

Qu'elle fût bien ou mal coiffée,
Que mon cœur fût triste ou joyeux,

Je l'admirais. C'était ma fée,
Et le doux astre de mes yeux!

Nous jouions toute la journée.
O jeux charmants! chers entretiens!
Le soir, comme elle était l'aînée,
Elle me disait : « Père, viens!

» Nous allons t'apporter ta chaise,
» Conte-nous une histoire, dis! » —
Et je voyais rayonner d'aise
Tous ces regards du paradis.

Alors, prodiguant les carnages,
J'inventais un conte profond
Dont je trouvais les personnages
Parmi les ombres du plafond.

Toujours, ces quatre douces têtes
Riaient, comme à cet âge on rit,
De voir d'affreux géants très-bêtes
Vaincus par des nains pleins d'esprit.

J'étais l'Arioste et l'Homère
D'un poëme éclos d'un seul jet;
Pendant que je parlais, leur mère
Les regardait rire, et songeait.

Leur aïeul, qui lisait dans l'ombre,
Sur eux parfois levait les yeux,
Et moi, par la fenêtre sombre
J'entrevoyais un coin des cieux!

Villequier, 4 septembre 1846.

X

Pendant que le marin, qui calcule et qui doute,
Demande son chemin aux constellations;
Pendant que le berger, l'œil plein de visions,
Cherche au milieu des bois son étoile et sa route;
Pendant que l'astronome, inondé de rayons,

Pèse un globe à travers des millions de lieues,
Moi, je cherche autre chose en ce ciel vaste et pur.
Mais que ce saphir sombre est un abîme obscur!
On ne peut distinguer, la nuit, les robes bleues
Des anges frissonnants qui glissent dans l'azur.

Avril 1847.

XI

On vit, on parle, on a le ciel et les nuages
Sur la tête; on se plaît aux livres des vieux sages;
On lit Virgile et Dante[1]; on va joyeusement
En voiture publique à quelque endroit charmant,
En riant aux éclats de l'auberge et du gîte;
Le regard d'une femme en passant vous agite;
On aime, on est aimé, bonheur qui manque aux rois!
On écoute le chant des oiseaux dans les bois;
Le matin, on s'éveille, et toute une famille
Vous embrasse, une mère, une sœur, une fille!
On déjeune en lisant son journal. Tout le jour

On mêle à sa pensée espoir, travail, amour;
La vie arrive avec ses passions troublées;
On jette sa parole aux sombres assemblées[1];
Devant le but qu'on veut et le sort qui vous prend,
On se sent faible et fort, on est petit et grand;
On est flot dans la foule, âme dans la tempête;
Tout vient et passe; on est en deuil, on est en fête;
On arrive, on recule, on lutte avec effort... —
Puis, le vaste et profond silence de la mort!

> 11 juillet 1846, en revenant du cimetière[2].

XII

A QUOI SONGEAIENT LES DEUX CAVALIERS DANS LA FORÊT[3]

La nuit était fort noire et la forêt très sombre.
Hermann à mes côtés me paraissait une ombre.
Nos chevaux galopaient. À la garde de Dieu!
Les nuages du ciel ressemblaient à des marbres.
Les étoiles volaient dans les branches des arbres
   Comme un essaim d'oiseaux de feu.

Je suis plein de regrets. Brisé par la souffrance,
L'esprit profond d'Hermann est vide d'espérance.
Je suis plein de regrets. O mes amours, dormez!
Or, tout en traversant ces solitudes vertes,
Hermann me dit : « Je songe aux tombes entr'ouvertes! »
Et je lui dis : « Je pense aux tombeaux refermés! »

Lui regarde en avant : je regarde en arrière.
Nos chevaux galopaient à travers la clairière;
Le vent nous apportait de lointains angelus;

Il dit : « Je songe à ceux que l'existence afflige,
» A ceux qui sont, à ceux qui vivent. — Moi », lui dis-je,
 « Je pense à ceux qui ne sont plus ! »

Les fontaines chantaient. Que disaient les fontaines?
Les chênes murmuraient. Que murmuraient les chênes?
Les buissons chuchotaient comme d'anciens amis.
Hermann me dit : « Jamais les vivants ne sommeillent.
» En ce moment, des yeux pleurent, d'autres yeux veillent. »
Et je lui dis : « Hélas ! d'autres sont endormis ! »

Hermann reprit alors : « Le malheur, c'est la vie.
» Les morts ne souffrent plus. Ils sont heureux ! J'envie
» Leur fosse où l'herbe pousse, où s'effeuillent les bois.
» Car la nuit les caresse avec ses douces flammes;
» Car le ciel rayonnant calme toutes les âmes
 » Dans tous les tombeaux à la fois ! »

Et je lui dis : « Tais-toi ! respect au noir mystère !
» Les morts gisent couchés sous nos pieds dans la terre.
» Les morts, ce sont les cœurs qui t'aimaient autrefois !
» C'est ton ange expiré[1] ! c'est ton père et ta mère !
» Ne les attristons point par l'ironie amère.
» Comme à travers un rêve, ils entendent nos voix. »

                                          Octobre 1853.

XIII

VENI, VIDI, VIXI[2]

J'ai bien assez vécu, puisque dans mes douleurs
Je marche sans trouver de bras qui me secourent,
Puisque je ris à peine aux enfants qui m'entourent,
Puisque je ne suis plus réjoui par les fleurs;

Puisqu'au printemps, quand Dieu met la nature en fête,
J'assiste, esprit sans joie, à ce splendide amour;
Puisque je suis à l'heure où l'homme fuit le jour,
Hélas! et sent de tout la tristesse secrète;

Puisque l'espoir serein dans mon âme est vaincu;
Puisqu'en cette saison des parfums et des roses,
O ma fille! j'aspire à l'ombre où tu reposes,
Puisque mon cœur est mort, j'ai bien assez vécu.

Je n'ai pas refusé ma tâche sur la terre.
Mon sillon? Le voilà. Ma gerbe? La voici.
J'ai vécu souriant, toujours plus adouci,
Debout, mais incliné du côté du mystère.

J'ai fait ce que j'ai pu; j'ai servi, j'ai veillé,
Et j'ai vu bien souvent qu'on riait de ma peine.
Je me suis étonné d'être un objet de haine,
Ayant beaucoup souffert et beaucoup travaillé.

Dans ce bagne terrestre où ne s'ouvre aucune aile,
Sans me plaindre, saignant, et tombant sur les mains,
Morne, épuisé, raillé par les forçats humains,
J'ai porté mon chaînon de la chaîne éternelle.

Maintenant, mon regard ne s'ouvre qu'à demi;
Je ne me tourne plus même quand on me nomme;
Je suis plein de stupeur et d'ennui, comme un homme
Qui se lève avant l'aube et qui n'a pas dormi.

Je ne daigne plus même, en ma sombre paresse,
Répondre à l'envieux dont la bouche me nuit.
O Seigneur! ouvrez-moi les portes de la nuit,
Afin que je m'en aille et que je disparaisse!

Avril 1848.

XIV

Demain, dès l'aube, à l'heure où blanchit la campagne,
Je partirai. Vois-tu, je sais que tu m'attends.
J'irai par la forêt, j'irai par la montagne.
Je ne puis demeurer loin de toi plus longtemps.

Je marcherai les yeux fixés sur mes pensées,
Sans rien voir au dehors, sans entendre aucun bruit,
Seul, inconnu, le dos courbé, les mains croisées,
Triste, et le jour pour moi sera comme la nuit.

Je ne regarderai ni l'or du soir qui tombe,
Ni les voiles au loin descendant vers Harfleur,
Et quand j'arriverai, je mettrai sur ta tombe
Un bouquet de houx vert et de bruyère en fleur.

                                    3 septembre 1847.

XV

A VILLEQUIER[1]

Maintenant que Paris, ses pavés et ses marbres,
Et sa brume et ses toits sont bien loin de mes yeux;
Maintenant que je suis sous les branches des arbres,
Et que je puis songer à la beauté des cieux;

Maintenant que du deuil qui m'a fait l'âme obscure
  Je sors, pâle et vainqueur,
Et que je sens la paix de la grande nature
  Qui m'entre dans le cœur;

Maintenant que je puis, assis au bord des ondes,
Ému par ce superbe et tranquille horizon,
Examiner en moi les vérités profondes
Et regarder les fleurs qui sont dans le gazon;

Maintenant, ô mon Dieu! que j'ai ce calme sombre
  De pouvoir désormais
Voir de mes yeux la pierre où je sais que dans l'ombre
  Elle dort pour jamais;

Maintenant qu'attendri par ces divins spectacles,
Plaines, forêts, rochers, vallons, fleuve argenté,
Voyant ma petitesse et voyant vos miracles,
Je reprends ma raison devant l'immensité;

Je viens à vous, Seigneur, père auquel il faut croire;
  Je vous porte, apaisé,
Les morceaux de ce cœur tout plein de votre gloire
  Que vous avez brisé;

Je viens à vous, Seigneur! confessant que vous êtes
Bon, clément, indulgent et doux, ô Dieu vivant!
Je conviens que vous seul savez ce que vous faites,
Et que l'homme n'est rien qu'un jonc qui tremble au vent;

Je dis que le tombeau qui sur les morts se ferme
  Ouvre le firmament;
Et que ce qu'ici-bas nous prenons pour le terme
  Est le commencement;

Je conviens à genoux que vous seul, père auguste,
Possédez l'infini, le réel, l'absolu;
Je conviens qu'il est bon, je conviens qu'il est juste
Que mon cœur ait saigné, puisque Dieu l'a voulu!

Je ne résiste plus à tout ce qui m'arrive
    Par votre volonté.
L'âme de deuils en deuils, l'homme de rive en rive,
    Roule à l'éternité.

Nous ne voyons jamais qu'un seul côté des choses[1];
L'autre plonge en la nuit d'un mystère effrayant.
L'homme subit le joug sans connaître les causes.
Tout ce qu'il voit est court, inutile et fuyant.

Vous faites revenir toujours la solitude
    Autour de tous ses pas.
Vous n'avez pas voulu qu'il eût la certitude
    Ni la joie ici-bas!

Dès qu'il possède un bien, le sort le lui retire.
Rien ne lui fut donné, dans ses rapides jours,
Pour qu'il s'en puisse faire une demeure, et dire :
C'est ici ma maison, mon champ et mes amours!

Il doit voir peu de temps tout ce que ses yeux voient;
    Il vieillit sans soutiens.
Puisque ces choses sont, c'est qu'il faut qu'elles soient;
    J'en conviens, j'en conviens!

Le monde est sombre, ô Dieu! l'immuable harmonie
Se compose des pleurs aussi bien que des chants;
L'homme n'est qu'un atome en cette ombre infinie,
Nuit où montent les bons, où tombent les méchants.

Je sais que vous avez bien autre chose à faire
    Que de nous plaindre tous,
Et qu'un enfant qui meurt, désespoir de sa mère,
    Ne vous fait rien, à vous!

Je sais que le fruit tombe au vent qui le secoue,
Que l'oiseau perd sa plume et la fleur son parfum;
Que la création est une grande roue
Qui ne peut se mouvoir sans écraser quelqu'un;

Les mois, les jours, les flots des mers, les yeux qui pleurent,
    Passent sous le ciel bleu;
Il faut que l'herbe pousse et que les enfants meurent;
    Je le sais, ô mon Dieu!

Dans vos cieux, au delà de la sphère des nues,
Au fond de cet azur immobile et dormant,
Peut-être faites-vous des choses inconnues
Où la douleur de l'homme entre comme élément.

Peut-être est-il utile à vos desseins sans nombre
    Que des êtres charmants
S'en aillent, emportés par le tourbillon sombre
    Des noirs événements.

Nos destins ténébreux vont sous des lois immenses
Que rien ne déconcerte et que rien n'attendrit.
Vous ne pouvez avoir de subites clémences
Qui dérangent le monde, ô Dieu, tranquille esprit!

Je vous supplie, ô Dieu! de regarder mon âme,
    Et de considérer
Qu'humble comme un enfant et doux comme une femme,
    Je viens vous adorer!

Considérez encor que j'avais, dès l'aurore,
Travaillé, combattu, pensé, marché, lutté,
Expliquant la nature à l'homme qui l'ignore,
Éclairant toute chose avec votre clarté;

Que j'avais, affrontant la haine et la colère,
    Fait ma tâche ici-bas,
Que je ne pouvais pas m'attendre à ce salaire,
    Que je ne pouvais pas

Prévoir que, vous aussi, sur ma tête qui ploie
Vous appesantiriez votre bras triomphant,
Et que, vous qui voyiez comme j'ai peu de joie,
Vous me reprendriez si vite mon enfant!

Qu'une âme ainsi frappée à se plaindre est sujette,
    Que j'ai pu blasphémer,
Et vous jeter mes cris comme un enfant qui jette
    Une pierre à la mer!

Considérez qu'on doute, ô mon Dieu! quand on souffre,
Que l'œil qui pleure trop finit par s'aveugler,
Qu'un être que son deuil plonge au plus noir du gouffre,
Quand il ne vous voit plus, ne peut vous contempler,

Et qu'il ne se peut pas que l'homme, lorsqu'il sombre
    Dans les afflictions,
Ait présente à l'esprit la sérénité sombre
    Des constellations!

Aujourd'hui, moi qui fus faible comme une mère,
Je me courbe à vos pieds devant vos cieux ouverts.
Je me sens éclairé dans ma douleur amère
Par un meilleur regard jeté sur l'univers.

Seigneur, je reconnais que l'homme est en délire
    S'il ose murmurer;
Je cesse d'accuser, je cesse de maudire,
    Mais laissez-moi pleurer!

Hélas! laissez les pleurs couler de ma paupière,
Puisque vous avez fait les hommes pour cela!
Laissez-moi me pencher sur cette froide pierre
Et dire à mon enfant : Sens-tu que je suis là?

Laissez-moi lui parler, incliné sur ses restes,
    Le soir, quand tout se tait,
Comme si, dans sa nuit rouvrant ses yeux célestes,
    Cet ange m'écoutait!

Hélas! vers le passé tournant un œil d'envie,
Sans que rien ici-bas puisse m'en consoler,
Je regarde toujours ce moment de ma vie
Où je l'ai vue ouvrir son aile et s'envoler!

Je verrai cet instant jusqu'à ce que je meure,
    L'instant, pleurs superflus!
Où je criai : L'enfant que j'avais tout à l'heure,
    Quoi donc! je ne l'ai plus!

Ne vous irritez pas que je sois de la sorte,
O mon Dieu! cette plaie a si longtemps saigné!
L'angoisse dans mon âme est toujours la plus forte,
Et mon cœur est soumis, mais n'est pas résigné.

Ne vous irritez pas! fronts que le deuil réclame,
    Mortels sujets aux pleurs,
Il nous est malaisé de retirer notre âme
    De ces grandes douleurs.

Voyez-vous, nos enfants nous sont bien nécessaires,
Seigneur; quand on a vu dans sa vie, un matin,
Au milieu des ennuis, des peines, des misères,
Et de l'ombre que fait sur nous notre destin,

Apparaître un enfant, tête chère et sacrée,
    Petit être joyeux,
Si beau, qu'on a cru voir s'ouvrir à son entrée
    Une porte des cieux;

Quand on a vu, seize ans, de cet autre soi-même
Croître la grâce aimable et la douce raison,
Lorsqu'on a reconnu que cet enfant qu'on aime
Fait le jour dans notre âme et dans notre maison,

Que c'est la seule joie ici-bas qui persiste
    De tout ce qu'on rêva,
Considérez que c'est une chose bien triste
    De le voir qui s'en va!

                Villequier, 4 septembre 1847.

XVI

MORS

Je vis cette faucheuse. Elle était dans son champ.
Elle allait à grands pas moissonnant et fauchant,
Noir squelette laissant passer le crépuscule.
Dans l'ombre où l'on dirait que tout tremble et recule,
L'homme suivait des yeux les lueurs de la faulx.
Et les triomphateurs sous les arcs triomphaux
Tombaient; elle changeait en désert Babylone,
Le trône en échafaud et l'échafaud en trône,
Les roses en fumier, les enfants en oiseaux,
L'or en cendre, et les yeux des mères en ruisseaux.
Et les femmes criaient : — Rends-nous ce petit être.
Pour le faire mourir, pourquoi l'avoir fait naître? —
Ce n'était qu'un sanglot sur terre, en haut, en bas;
Des mains aux doigts osseux sortaient des noirs grabats;
Un vent froid bruissait dans les linceuls sans nombre;
Les peuples éperdus semblaient sous la faulx sombre
Un troupeau frissonnant qui dans l'ombre s'enfuit;
Tout était sous ses pieds deuil, épouvante et nuit.
Derrière elle, le front baigné de douces flammes,
Un ange souriant portait la gerbe d'âmes.

Mars 1854.

XVII

CHARLES VACQUERIE[1]

Il ne sera pas dit que ce jeune homme, ô deuil!
Se sera de ses mains ouvert l'affreux cercueil
   Où séjourne l'ombre abhorrée,
Hélas! et qu'il aura lui-même dans la mort
De ses jours généreux, encor pleins jusqu'au bord,
   Renversé la coupe dorée,

Et que sa mère, pâle et perdant la raison,
Aura vu rapporter au seuil de sa maison,
   Sous un suaire aux plis funèbres,
Ce fils, naguère encor pareil au jour qui naît,
Maintenant blême et froid, tel que la mort venait
   De le faire pour les ténèbres;

Il ne sera pas dit qu'il sera mort ainsi,
Qu'il aura, cœur profond et par l'amour saisi,
   Donné sa vie à ma colombe,
Et qu'il l'aura suivie au lieu morne et voilé,
Sans que la voix du père à genoux ait parlé
   A cette âme dans cette tombe!

En présence de tant d'amour et de vertu,
Il ne sera pas dit que je me serai tu,
   Moi qu'attendent les maux sans nombre!
Que je n'aurai point mis sur sa bière un flambeau,
Et que je n'aurai pas devant son noir tombeau
   Fait asseoir une strophe sombre!

N'ayant pu la sauver, il a voulu mourir.
Sois béni, toi qui, jeune, à l'âge où vient s'offrir

L'espérance joyeuse encore,
Pouvant rester, survivre, épuiser tes printemps,
Ayant devant les yeux l'azur de tes vingt ans
    Et le sourire de l'aurore,

A tout ce que promet la jeunesse, aux plaisirs,
Aux nouvelles amours, aux oublieux désirs
    Par qui toute peine est bannie,
A l'avenir, trésor des jours à peine éclos,
A la vie, au soleil, préféras sous les flots
    L'étreinte de cette agonie!

Oh! quelle sombre joie à cet être charmant
De se voir embrassée au suprême moment
    Par ton doux désespoir fidèle!
La pauvre âme a souri dans l'angoisse, en sentant
A travers l'eau sinistre et l'effroyable instant
    Que tu t'en venais avec elle!

Leurs âmes se parlaient sous les vagues rumeurs.
— Que fais-tu? disait-elle. — Et lui, disait : Tu meurs;
    Il faut bien aussi que je meure! —
Et, les bras enlacés, doux couple frissonnant,
Ils se sont en allés dans l'ombre; et, maintenant,
    On entend le fleuve qui pleure.

Puisque tu fus si grand, puisque tu fus si doux
Que de vouloir mourir, jeune homme, amant, époux,
    Qu'à jamais l'aube en ta nuit brille!
Aie à jamais sur toi l'ombre de Dieu penché!
Sois béni sous la pierre où te voilà couché!
    Dors, mon fils, auprès de ma fille!

Sois béni! que la brise et que l'oiseau des bois,
Passants mystérieux, de leur plus douce voix
    Te parlent dans ta maison sombre!
Que la source te pleure avec sa goutte d'eau!
Que le frais liseron se glisse en ton tombeau
    Comme une caresse de l'ombre!

Oh! s'immoler, sortir avec l'ange qui sort,
Suivre ce qu'on aima dans l'horreur de la mort,
    Dans le sépulcre ou sur les claies,
Donner ses jours, son sang et ses illusions!... —
Jésus baise en pleurant ces saintes actions
    Avec les lèvres de ses plaies.

Rien n'égale ici-bas, rien n'atteint sous les cieux
Ces héros, doucement saignants et radieux,
    Amour, qui n'ont que toi pour règle;
Le génie à l'œil fixe, au vaste élan vainqueur,
Lui-même est dépassé par ces essors du cœur;
    L'ange vole plus haut que l'aigle.

Dors! — O mes douloureux et sombres bien-aimés!
Dormez le chaste hymen du sépulcre! dormez!
    Dormez au bruit du flot qui gronde,
Tandis que l'homme souffre, et que le vent lointain
Chasse les noirs vivants à travers le destin,
    Et les marins à travers l'onde!

Ou plutôt, car la mort n'est pas un lourd sommeil,
Envolez-vous tous deux dans l'abîme vermeil,
    Dans les profonds gouffres de joie,
Où le juste qui meurt semble un soleil levant,
Où la morte au front pâle est comme un lys vivant,
    Où l'ange frissonnant flamboie!

Fuyez, mes doux oiseaux! évadez-vous tous deux
Loin de notre nuit froide et loin du mal hideux!
    Franchissez l'éther d'un coup d'aile!
Volez loin de ce monde, âpre hiver sans clarté,
Vers cette radieuse et bleue éternité
    Dont l'âme humaine est l'hirondelle!

O chers êtres absents, on ne vous verra plus
Marcher au vert penchant des coteaux chevelus,
    Disant tout bas de douces choses!
Dans le mois des chansons, des nids et des lilas,

Vous n'irez plus semant des sourires, hélas!
   Vous n'irez plus cueillant des roses!

On ne vous verra plus, dans ces sentiers joyeux,
Errer, et, comme si vous évitiez les yeux
   De l'horizon vaste et superbe,
Chercher l'obscur asile et le taillis profond
Où passent des rayons qui tremblent et qui font
   Des taches de soleil sur l'herbe!

Villequier, Caudebec, et tous ces frais vallons,
Ne vous entendront plus vous écrier : « Allons,
   » Le vent est bon, la Seine est belle! »
Comme ces lieux charmants vont être pleins d'ennui!
Les hardis goëlands ne diront plus : C'est lui!
   Les fleurs ne diront plus : C'est elle!

Dieu, qui ferme la vie et rouvre l'idéal,
Fait flotter à jamais votre lit nuptial
   Sous le grand dôme aux clairs pilastres;
En vous prenant la terre, il vous prit les douleurs;
Ce père souriant, pour les champs pleins de fleurs,
   Vous donne les cieux remplis d'astres!

Allez des esprits purs accroître la tribu.
De cette coupe amère, où vous n'avez pas bu,
   Hélas! nous viderons le reste.
Pendant que nous pleurons, de sanglots abreuvés,
Vous, heureux, enivrés de vous-mêmes, vivez
   Dans l'éblouissement céleste!

Vivez! aimez! ayez les bonheurs infinis,
Oh! les anges pensifs, bénissant et bénis,
   Savent seuls, sous les sacrés voiles,
Ce qu'il entre d'extase, et d'ombre, et de ciel bleu,
Dans l'éternel baiser de deux âmes que Dieu
   Tout à coup change en deux étoiles!

                              Jersey, 4 septembre 1852.

I

A AUG. V.[1]

Et toi, son frère, sois le frère de mes fils.
Cœur fier, qui du destin relèves les défis,
Suis à côté de moi la voie inexorable.
Que ta mère au front gris soit ma sœur vénérable!
Ton frère dort couché dans le sépulcre noir;
Nous, dans la nuit du sort, dans l'ombre du devoir,
Marchons à la clarté qui sort de cette pierre.
Qu'il dorme, voyant l'aube à travers sa paupière!
Un jour, quand on lira nos temps mystérieux,
Les songeurs attendris promèneront leurs yeux
De toi, le dévouement, à lui, le sacrifice.
Nous habitons du sphinx le lugubre édifice;
Nous sommes, cœurs liés au morne piédestal,
Tous la fatale énigme et tous le mot fatal.
Ah! famille! ah! douleur! ô sœur! ô mère! ô veuve[2]!
O sombres lieux, qu'emplit le murmure du fleuve!
Chaste tombe jumelle au pied du coteau vert!
Poëte, quand mon sort s'est brusquement ouvert,
Tu n'as pas reculé devant les noires portes,
Et, sans pâlir, avec le flambeau que tu portes,

Tes chants, ton avenir que l'absence interrompt,
Et le frémissement lumineux de ton front,
Trouvant la chute belle et le malheur propice,
Calme, tu t'es jeté dans le grand précipice!
Hélas! c'est par les deuils que nous nous enchaînons.
O frères, que vos noms soient mêlés à nos noms!
Dieu vous fait des rayons de toutes nos ténèbres.
Car vous êtes entrés sous nos voûtes funèbres;
Car vous avez été tous deux vaillants et doux;
Car vous avez tous deux, vous rapprochant de nous
A l'heure où vers nos fronts roulait le gouffre d'ombre,
Accepté notre sort dans ce qu'il a de sombre,
Et suivi, dédaignant l'abîme et le péril,
Lui, la fille au tombeau, toi, le père à l'exil!

Jersey, Marine-Terrace, 4 septembre 1852.

II

AU FILS D'UN POËTE [1]

Enfant, laisse aux mers inquiètes
Le naufragé, tribun ou roi;
Laisse s'en aller les poëtes!
La poésie est près de toi.

Elle t'échauffe, elle t'inspire,
O cher enfant, doux alcyon,
Car ta mère en est le sourire,
Et ton père en est le rayon.

Les yeux en pleurs, tu me demandes
Où je vais et pourquoi je pars.

Je n'en sais rien; les mers sont grandes,
L'exil s'ouvre de toutes parts.

Ce que Dieu nous donne, il nous l'ôte.
Adieu, patrie! adieu, Sion!
Le proscrit n'est pas même un hôte,
Enfant, c'est une vision.

Il entre, il s'assied, puis se lève,
Reprend son bâton et s'en va.
Sa vie erre de grève en grève
Sous le souffle de Jéhovah.

Il fuit sur les vagues profondes,
Sans repos, toujours en avant.
Qu'importe ce qu'en font les ondes!
Qu'importe ce qu'en fait le vent!

Garde, enfant, dans ta jeune tête
Ce souvenir mystérieux;
Tu l'as vu dans une tempête
Passer comme l'éclair des cieux.

Son âme aux chocs habituée
Traversait l'orage et le bruit.
D'où sortait-il? De la nuée.
Où s'enfonçait-il? Dans la nuit.

Bruxelles, juillet 1852.

III

ÉCRIT EN 1846[1]

> « ... *Je vous ai vu enfant, monsieur, chez*
> *votre respectable mère, et nous sommes même*
> *un peu parents, je crois. J'ai applaudi à vos*
> *premières odes, la Vendée, Louis XVII...*
> *Dès 1827, dans votre ode dite A la Colonne,*
> *vous désertiez les saines-doctrines, vous*
> *abjuriez la légitimité; la faction libérale*
> *battait des mains à votre apostasie. J'en*
> *gémissais... Vous êtes aujourd'hui, monsieur,*
> *en démagogie pure, en plein jacobinisme.*
> *Votre discours d'anarchiste sur les affaires*
> *de Gallicie est plus digne du tréteau d'une*
> *Convention que de la tribune d'une chambre*
> *des pairs. Vous en êtes à la carmagnole...*
> *Vous vous perdez, je vous le dis. Quelle est*
> *donc votre ambition? Depuis ces beaux jours*
> *de votre adolescence monarchique, qu'avez-vous*
> *fait? où allez-vous?... »*
>
> (Le marquis de C. d'E... —
>   Lettre à Victor Hugo. *Paris, 1846.*)

I

Marquis, je m'en souviens, vous veniez chez ma mère.
Vous me faisiez parfois réciter ma grammaire;
Vous m'apportiez toujours quelque bonbon exquis;
Et nous étions cousins quand on était marquis.
Vous étiez vieux, j'étais enfant; contre vos jambes
Vous me preniez, et puis, entre deux dithyrambes

En l'honneur de Coblentz et des rois, vous contiez
Quelque histoire de loups, de peuples châtiés,
D'ogres, de jacobins, authentique et formelle,
Que j'avalais avec vos bonbons, pêle-mêle,
Et que je dévorais de fort bon appétit
Quand j'étais royaliste et quand j'étais petit.

J'étais un doux enfant, le grain d'un honnête homme.
Quand, plein d'illusions, crédule, simple, en somme,
Droit et pur, mes deux yeux sur l'idéal ouverts,
Je bégayais, songeur naïf, mes premiers vers,
Marquis, vous leur trouviez un arrière-goût fauve,
Les Grâces vous ayant nourri dans leur alcôve;
Mais vous disiez : « Pas mal! bien! C'est quelqu'un qui naît! »
Et, souvenir sacré! ma mère rayonnait.

Je me rappelle encor de quel accent ma mère
Vous disait : « Bonjour. » Aube! avril! joie éphémère!
Où donc est ce sourire? où donc est cette voix?
Vous fuyez donc ainsi que les feuilles des bois,
O baisers d'une mère! Aujourd'hui, mon front sombre,
Le même front, est là, pensif, avec de l'ombre,
Et les baisers de moins et les rides de plus!

Vous aviez de l'esprit, marquis. Flux et reflux,
Heur, malheur, vous avaient laissé l'âme assez nette;
Riche, pauvre, écuyer de Marie-Antoinette,
Émigré, vous aviez, dans ce temps incertain,
Bien supporté le chaud et le froid du destin.
Vous haïssiez Rousseau, mais vous aimiez Voltaire [1].
Pigault-Lebrun [2] allait à votre goût austère,
Mais Diderot était digne du pilori.
Vous détestiez, c'est vrai, madame Dubarry,
Tout en divinisant Gabrielle d'Estrée.
Pas plus que Sévigné, la marquise lettrée,
Ne s'étonnait de voir, douce femme rêvant,
Blêmir au clair de lune et trembler dans le vent,
Aux arbres du chemin, parmi les feuilles jaunes,
Les paysans pendus par ce bon duc de Chaulnes [3],

Vous ne preniez souci des manants qu'on abat
Par la force, et du pauvre écrasé sous le bât.
Avant quatre-vingt-neuf, galant incendiaire,
Vous portiez votre épée en quart de civadière[1];
La poudre blanchissait votre dos de velours;
Vous marchiez sur le peuple à pas légers — et lourds.

Quoique les vieux abus n'eussent rien qui vous blesse,
Jeune, vous aviez eu, vous, toute la noblesse,
Montmorency, Choiseul, Noaille, esprits charmants,
Avec la royauté des querelles d'amants;
Brouilles, roucoulements; Bérénice avec Tite.
La Révolution vous plut toute petite[2];
Vous emboîtiez le pas derrière Talleyrand;
Le monstre vous sembla d'abord fort transparent,
Et vous l'aviez tenu sur les fonts de baptême.
Joyeux, vous aviez dit au nouveau-né : Je t'aime!
Ligue ou Fronde, remède au déficit, protêt,
Vous ne saviez pas trop au fond ce que c'était;
Mais vous battiez des mains gaîment, quand Lafayette
Fit à Léviathan sa première layette.
Plus tard, la peur vous prit quand surgit le flambeau.
Vous vîtes la beauté du tigre Mirabeau.
Vous nous disiez, le soir, près du feu qui pétille,
Paris de sa poitrine arrachant la Bastille,
Le faubourg Saint-Antoine accourant en sabots,
Et ce grand peuple, ainsi qu'un spectre des tombeaux,
Sortant, tout effaré, de son antique opprobre,
Et le vingt juin, le dix août, le six octobre,
Et vous nous récitiez les quatrains que Boufflers[3]
Mêlait en souriant à ces blêmes éclairs.

Car vous étiez de ceux qui, d'abord, ne comprirent
Ni le flot, ni la nuit, ni la France, et qui rirent;
Qui prenaient tout cela pour des jeux innocents;
Qui, dans l'amas plaintif des siècles rugissants
Et des hommes hagards, ne voyaient qu'une meute;
Qui, légers, à la foule, à la faim, à l'émeute,
Donnaient à deviner l'énigme du salon;

Et qui, quand le ciel noir s'emplissait d'aquilon,
Quand, accroupie au seuil du mystère insondable,
La Révolution se dressait formidable,
Sceptiques, sans voir l'ongle et l'œil fauve qui luit,
Distinguant mal sa face étrange dans la nuit,
Presque prêts à railler l'obscurité difforme,
Jouaient à la charade avec le sphinx énorme.
Vous nous disiez : « Quel deuil! les gueux, les mécontents
» Ont fait rage; on n'a pas su s'arrêter à temps.
» Une transaction eût tout sauvé peut-être.
» Ne peut-on être libre et le roi rester maître?
» Le peuple conservant le trône eût été grand. »
Puis, vous deveniez triste et morne; et, murmurant :
« Les plus sages n'ont pu sauver ce bon vieux trône.
» Tout est mort; ces grands rois, ce Paris Babylone,
» Montespan et Marly, Maintenon et Saint-Cyr! »
Vous pleuriez. — Et, grand Dieu! pouvaient-ils réussir,
Ces hommes qui voulaient, combinant vingt régimes,
La loi qui nous froissa, l'abus dont nous rougîmes,
Vieux codes, vieilles mœurs, droit divin, nation,
Chausser de royauté la Révolution?
La patte du lion creva cette pantoufle!

II

Puis vous m'avez perdu de vue; un vent qui souffle
Disperse nos destins, nos jours, notre raison,
Nos cœurs, aux quatre coins du livide horizon;
Chaque homme dans sa nuit s'en va vers sa lumière.
La seconde âme en nous se greffe à la première;
Toujours la même tige avec une autre fleur.
J'ai connu le combat, le labeur, la douleur,
Les faux amis, ces nœuds qui deviennent couleuvres;
J'ai porté deuils sur deuils; j'ai mis œuvres sur œuvres;
Vous ayant oublié, je ne le cache pas,
Marquis; soudain j'entends dans ma maison un pas,
C'est le vôtre, et j'entends une voix, c'est la vôtre,

Qui m'appelle apostat, moi qui me crus apôtre!
Oui, c'est bien vous; ayant peur jusqu'à la fureur,
Fronsac[1] vieux, le marquis happé par la Terreur,
Haranguant à mi-corps dans l'hydre qui l'avale.
L'âge ayant entre nous conservé l'intervalle
Qui fait que l'homme reste enfant pour le vieillard,
Ne me voyant d'ailleurs qu'à travers un brouillard,
Vous criez, l'œil hagard et vous fâchant tout rouge :
« Ah çà! qu'est-ce que c'est que ce brigand? Il bouge! »
Et du poing, non du doigt, vous montrez vos aïeux;
Et vous me rappelez ma mère, furieux.
— Je vous baise, ô pieds froids de ma mère endormie! —
Et, vous exclamant : « Honte! anarchie! infamie!
» Siècle effroyable où nul ne veut se tenir coi! »
Me demandant comment, me demandant pourquoi,
Remuant tous les morts qui gisent sous la pierre,
Citant Lambesc[2], Marat, Charette et Robespierre,
Vous me dites d'un ton qui n'a plus rien d'urbain :
« Ce gueux est libéral! ce monstre est jacobin!
» Sa voix à des chansons de carrefour s'éraille.
» Pourquoi regardes-tu par-dessus la muraille?
» Où vas-tu? d'où viens-tu? qui te rend si hardi?
» Depuis qu'on ne t'a vu, qu'as-tu fait? »

                                        J'ai grandi.

Quoi! parce que je suis né dans un groupe d'hommes
Qui ne voyaient qu'enfers, Gomorrhes et Sodomes,
Hors des anciennes mœurs et des antiques fois;
Quoi! parce que ma mère, en Vendée, autrefois
Sauva dans un seul jour la vie à douze prêtres[3];
Parce qu'enfant sorti de l'ombre des ancêtres,
Je n'ai su tout d'abord que ce qu'ils m'ont appris,
Qu'oiseau dans le passé comme en un filet pris,
Avant de m'échapper à travers le bocage,
J'ai dû laisser pousser mes plumes dans ma cage;
Parce que j'ai pleuré, — j'en pleure encor, qui sait? —
Sur ce pauvre petit nommé Louis Dix-Sept;
Parce qu'adolescent, âme à faux jour guidée,

J'ai trop peu vu la France et trop vu la Vendée;
Parce que j'ai loué l'héroïsme breton,
Chouan et non Marceau, Stofflet et non Danton,
Que les grands paysans m'ont caché les grands hommes,
Et que j'ai fort mal lu, d'abord, l'ère où nous sommes,
Parce que j'ai vagi des chants de royauté,
Suis-je à toujours rivé dans l'imbécillité?
Dois-je crier : Arrière! à mon siècle; — à l'idée :
Non! — à la vérité : Va-t'en, dévergondée!
L'arbre doit-il pour moi n'être qu'un goupillon?
Au sein de la nature, immense tourbillon,
Dois-je vivre, portant l'ignorance en écharpe,
Cloîtré dans Loriquet et muré dans Laharpe[1]?
Dois-je exister sans être et regarder sans voir?
Et faut-il qu'à jamais pour moi, quand vient le soir,
Au lieu de s'étoiler, le ciel se fleurdelise?

III

Car le roi masque Dieu même dans son église,
L'azur.

IV

Écoutez-moi. J'ai vécu; j'ai songé.
La vie en larmes m'a doucement corrigé.
Vous teniez mon berceau dans vos mains, et vous fîtes
Ma pensée et ma tête en vos rêves confites.
Hélas! j'étais la roue et vous étiez l'essieu.
Sur la vérité sainte, et la justice, et Dieu,
Sur toutes les clartés que la raison nous donne,
Par vous, par vos pareils, — et je vous le pardonne,
Marquis, — j'avais été tout de travers placé.
J'étais en porte-à-faux, je me suis redressé.
La pensée est le droit sévère de la vie.

Dieu prend par la main l'homme enfant, et le convie
A la classe qu'au fond des champs, au sein des bois,
Il fait dans l'ombre à tous les êtres à la fois.
J'ai pensé. J'ai rêvé près des flots, dans les herbes,
Et les premiers courroux de mes odes imberbes
Sont d'eux-mêmes en marchant tombés derrière moi.
La nature devint ma joie et mon effroi;
Oui, dans le même temps où vous faussiez ma lyre,
Marquis, je m'échappais et j'apprenais à lire
Dans cet hiéroglyphe énorme : l'univers.
Oui, j'allais feuilleter les champs tout grands ouverts;
Tout enfant, j'essayais d'épeler cette bible
Où se mêle, éperdu, le charmant au terrible;
Livre écrit dans l'azur, sur l'onde et le chemin,
Avec la fleur, le vent, l'étoile; et qu'en sa main
Tient la création au regard de statue;
Prodigieux poëme où la foudre accentue
La nuit, où l'océan souligne l'infini.
Aux champs, entre les bras du grand chêne béni,
J'étais plus fort, j'étais plus doux, j'étais plus libre;
Je me mettais avec le monde en équilibre;
Je tâchais de savoir, tremblant, pâle, ébloui,
Si c'est Non que dit l'ombre à l'astre qui dit Oui;
Je cherchais à saisir le sens des phrases sombres
Qu'écrivaient sous mes yeux les formes et les nombres;
J'ai vu partout grandeur, vie, amour, liberté;
Et j'ai dit : — Texte : Dieu; contre-sens : royauté. —

La nature est un drame avec des personnages;
J'y vivais; j'écoutais, comme des témoignages,
L'oiseau, le lis, l'eau vive et la nuit qui tombait.
Puis je me suis penché sur l'homme, autre alphabet.

Le mal m'est apparu, puissant, joyeux, robuste,
Triomphant; je n'avais qu'une soif : être juste;
Comme on arrête un gueux volant sur le chemin,
Justicier indigné, j'ai pris le cœur humain
Au collet, et j'ai dit : Pourquoi le fiel, l'envie,
La haine? Et j'ai vidé les poches de la vie.

Je n'ai trouvé dedans que deuil, misère, ennui.
J'ai vu le loup mangeant l'agneau, dire : Il m'a nui!
Le vrai boitant; l'erreur haute de cent coudées;
Tous les cailloux jetés à toutes les idées.
Hélas! j'ai vu la nuit reine, et, de fers chargés,
Christ, Socrate, Jean Huss, Colomb; les préjugés
Sont pareils aux buissons que dans la solitude
On brise pour passer; toute la multitude
Se redresse et vous mord pendant qu'on en courbe un.
Ah! malheur à l'apôtre et malheur au tribun!
On avait eu bien soin de me cacher l'histoire;
J'ai lu; j'ai comparé l'aube avec la nuit noire,
Et les quatre-vingt-treize aux Saint-Barthélemy;
Car ce quatre-vingt-treize où vous avez frémi,
Qui dut être, et que rien ne peut plus faire éclore,
C'est la lueur de sang qui se mêle à l'aurore.
Les Révolutions, qui viennent tout venger,
Font un bien éternel dans leur mal passager.
Les Révolutions ne sont que la formule
De l'horreur qui pendant vingt règnes s'accumule.
Quand la souffrance a pris de lugubres ampleurs;
Quand les maîtres longtemps ont fait, sur l'homme en pleurs,
Tourner le Bas-Empire avec le Moyen-Age,
Du midi dans le nord formidable engrenage;
Quand l'histoire n'est plus qu'un tas noir de tombeaux,
De Crécys, de Rosbachs, becquetés des corbeaux;
Quand le pied des méchants passe et courbe la tête
Du pauvre partageant dans l'auge avec la bête;
Lorsqu'on voit aux deux bouts de l'affreuse Babel
Louis Onze et Tristan, Louis Quinze et Lebel [1];
Quand le harem est prince et l'échafaud ministre;
Quand toute chair gémit; quand la lune sinistre
Trouve qu'assez longtemps l'herbe humaine a fléchi,
Et qu'assez d'ossements aux gibets ont blanchi;
Quand le sang de Jésus tombe en vain, goutte à goutte,
Depuis dix-huit cents ans, dans l'ombre qui l'écoute;
Quand l'ignorance a même aveuglé l'avenir;
Quand, ne pouvant plus rien saisir et rien tenir,
L'espérance n'est plus que le tronçon de l'homme;

Quand partout le supplice à la fois se consomme,
Quand la guerre est partout, quand la haine est partout,
Alors, subitement, un jour, debout, debout!
Les réclamations de l'ombre misérable,
La géante douleur, spectre incommensurable,
Sortent du gouffre; un cri s'entend sur les hauteurs :
Les mondes sociaux heurtent leurs équateurs;
Tout le bagne effrayant des parias se lève;
Et l'on entend sonner les fouets, les fers, le glaive,
Le meurtre, le sanglot, la faim, le hurlement,
Tout le bruit du passé, dans ce déchaînement!
Dieu dit au peuple : Va! L'ardent tocsin qui râle,
Secoue avec sa corde obscure et sépulcrale
L'église et son clocher, le Louvre et son beffroi;
Luther brise le pape et Mirabeau le roi!
Tout est dit. C'est ainsi que les vieux mondes croulent.
Oh! l'heure vient toujours! des flots sourds au loin roulent.
A travers les rumeurs, les cadavres, les deuils,
L'écume, et les sommets qui deviennent écueils,
Les siècles devant eux poussent, désespérées,
Les Révolutions, monstrueuses marées,
Océans faits des pleurs de tout le genre humain.

                              v

Ce sont les rois qui font les gouffres; mais la main
Qui sema ne veut pas accepter la récolte;
Le fer dit que le sang qui jaillit, se révolte.

Voilà ce que m'apprit l'histoire. Oui, c'est cruel,
Ma raison a tué mon royalisme en duel.
Me voici jacobin. Que veut-on que j'y fasse?
Le revers du louis dont vous aimez la face,
M'a fait peur. En allant librement devant moi,
En marchant, je le sais, j'afflige votre foi,
Votre religion, votre cause éternelle,
Vos dogmes, vos aïeux, vos dieux, votre flanelle,

Et dans vos bons vieux os, faits d'immobilité,
Le rhumatisme antique appelé royauté.
Je n'y puis rien. Malgré menins et majordomes,
Je ne crois plus aux rois propriétaires d'hommes;
N'y croyant plus, je fais mon devoir, je le dis.
Marc-Aurèle écrivait : « Je me trompai jadis;
» Mais je ne laisse pas, allant au juste, au sage,
» Mes erreurs d'autrefois me barrer le passage. »
Je ne suis qu'un atome, et je fais comme lui;
Marquis, depuis vingt ans, je n'ai, comme aujourd'hui,
Qu'une idée en l'esprit : servir la cause humaine.
La vie est une cour d'assises; on amène
Les faibles à la barre accouplés aux pervers.
J'ai, dans le livre, avec le drame, en prose, en vers,
Plaidé pour les petits et pour les misérables;
Suppliant les heureux et les inexorables;
J'ai réhabilité le bouffon, l'histrion,
Tous les damnés humains, Triboulet, Marion,
Le laquais, le forçat et la prostituée[1];
Et j'ai collé ma bouche à toute âme tuée,
Comme font les enfants, anges aux cheveux d'or,
Sur la mouche qui meurt, pour qu'elle vole encor.
Je me suis incliné sur tout ce qui chancelle,
Tendre, et j'ai demandé la grâce universelle;
Et, comme j'irritais beaucoup de gens ainsi,
Tandis qu'en bas peut-être on me disait : Merci,
J'ai recueilli souvent, passant dans les nuées,
L'applaudissement fauve et sombre des huées;
J'ai réclamé des droits pour la femme et l'enfant;
J'ai tâché d'éclairer l'homme en le réchauffant;
J'allais criant : Science! écriture! parole!
Je voulais résorber le bagne par l'école;
Les coupables pour moi n'étaient que des témoins.
Rêvant tous les progrès, je voyais luire moins
Que le front de Paris la tiare de Rome.
J'ai vu l'esprit humain libre, et le cœur de l'homme
Esclave; et j'ai voulu l'affranchir à son tour,
Et j'ai tâché de mettre en liberté l'amour[2].
Enfin, j'ai fait la guerre à la Grève homicide,

J'ai combattu la mort, comme l'antique Alcide[1];
Et me voilà; marchant toujours, ayant conquis,
Perdu, lutté, souffert. — Encore un mot, marquis,
Puisque nous sommes là causant entre deux portes.
On peut être appelé renégat de deux sortes :
En se faisant païen, en se faisant chrétien.
L'erreur est d'un aimable et galant entretien.
Qu'on la quitte, elle met les deux poings sur sa hanche.
La vérité si douce aux bons, mais rude et franche,
Quand pour l'or, le pouvoir, la pourpre qu'on revêt,
On la trahit, devient le spectre du chevet.
L'une est la harengère, et l'autre est l'euménide.
Et ne nous fâchons point. Bonjour, Épiménide[2].

Le passé ne veut pas s'en aller. Il revient
Sans cesse sur ses pas, reveut, reprend, retient,
Use à tout ressaisir ses ongles noirs; fait rage;
Il gonfle son vieux flot, souffle son vieil orage,
Vomit sa vieille nuit, crie : A bas! crie : A mort!
Pleure, tonne, tempête, éclate, hurle, mord.
L'avenir souriant lui dit : Passe, bonhomme.

L'immense renégat d'Hier, marquis, se nomme
Demain; mai tourne bride et plante là l'hiver;
Qu'est-ce qu'un papillon? Le déserteur du ver;
Falstaff se range? il est l'apostat des ribotes;
Mes pieds, ces renégats, quittent mes vieilles bottes;
Ay! le doux renégat des haines, c'est l'amour.
A l'heure où, débordant d'incendie et de jour,
Splendide, il s'évada de leurs cachots funèbres,
Le soleil frémissant renia les ténèbres.
O marquis peu semblable aux anciens barons loups,
O Français renégat du Celte, embrassons-nous.
Vous voyez bien, marquis, que vous aviez trop d'ire

VI

Rien, au fond de mon cœur, puisqu'il faut le redire,
Non, rien n'a varié; je suis toujours celui
Qui va droit au devoir, dès que l'honnête a lui,
Qui, comme Job, frissonne aux vents, fragile arbuste,
Mais veut le bien, le vrai, le beau, le grand, le juste.
Je suis cet homme-là, je suis cet enfant-là.
Seulement, un matin, mon esprit s'envola,
Je vis l'espace large et pur qui nous réclame;
L'horizon a changé, marquis, mais non pas l'âme.
Rien au dedans de moi, mais tout autour de moi.
L'histoire m'apparut, et je compris la loi
Des générations, cherchant Dieu, portant l'arche,
Et montant l'escalier immense marche à marche.
Je restai le même œil, voyant un autre ciel.
Est-ce ma faute, à moi, si l'azur éternel
Est plus grand et plus bleu qu'un plafond de Versailles?
Est-ce ma faute, à moi, mon Dieu, si tu tressailles
Dans mon cœur frémissant, à ce cri : Liberté!
L'œil de cet homme a plus d'aurore et de clarté,
Tant pis! prenez-vous-en à l'aube solennelle.
C'est la faute au soleil et non à la prunelle.
Vous dites : Où vas-tu? Je l'ignore; et j'y vais.
Quand le chemin est droit, jamais il n'est mauvais.
J'ai devant moi le jour et j'ai la nuit derrière;
Et cela me suffit; je brise la barrière.
Je vois, et rien de plus; je crois, et rien de moins.
Mon avenir à moi n'est pas un de mes soins.
Les hommes du passé, les combattants de l'ombre,
M'assaillent; je tiens tête, et sans compter leur nombre,
A ce choc inégal et parfois hasardeux.
Mais, Longwood et Goritz * m'en sont témoins tous deux,
Jamais je n'outrageai la proscription sainte [1].

---

* On n'a rien changé à ces vers, écrits en 1846. Aujourd'hui,
l'auteur eût ajouté Claremont.

Le malheur, c'est la nuit; dans cette auguste enceinte,
Les hommes et les cieux paraissent étoilés.
Les derniers rois l'ont su quand ils s'en sont allés.
Jamais je ne refuse, alors que le soir tombe,
Mes larmes à l'exil, mes genoux à la tombe;
J'ai toujours consolé qui s'est évanoui;
Et, dans leurs noirs cercueils, leur tête me dit oui.
Ma mère aussi le sait! et de plus, avec joie,
Elle sait les devoirs nouveaux que Dieu m'envoie;
Car, étant dans la fosse, elle aussi voit le vrai.
Oui, l'homme sur la terre est un ange à l'essai;
Aimons! servons! aidons! luttons! souffrons! Ma mère
Sait qu'à présent je vis hors de toute chimère;
Elle sait que mes yeux au progrès sont ouverts,
Que j'attends les périls, l'épreuve, les revers,
Que je suis toujours prêt, et que je hâte l'heure
De ce grand lendemain : l'humanité meilleure!
Qu'heureux, triste, applaudi, chassé, vaincu, vainqueur,
Rien de ce but profond ne distraira mon cœur,
Ma volonté, mes pas, mes cris, mes vœux, ma flamme!
O saint tombeau, tu vois dans le fond de mon âme!

Oh! jamais, quel que soit le sort, le deuil, l'affront,
La conscience en moi ne baissera le front;
Elle marche sereine, indestructible et fière;
Car j'aperçois toujours, conseil lointain, lumière,
A travers mon destin, quel que soit le moment,
Quel que soit le désastre ou l'éblouissement,
Dans le bruit, dans le vent orageux qui m'emporte,
Dans l'aube, dans la nuit, l'œil de ma mère morte!

                                        Paris, juin 1846.

ÉCRIT EN 1855

J'ajoute un post-scriptum après neuf ans. J'écoute;
Êtes-vous toujours là? Vous êtes mort sans doute,
Marquis; mais d'où je suis on peut parler aux morts.
Ah! votre cercueil s'ouvre : — Où donc es-tu? — Dehors.
Comme vous. — Es-tu mort? — Presque. J'habite l'ombre;
Je suis sur un rocher qu'environne l'eau sombre,
Écueil rongé des flots, de ténèbres chargé,
Où s'assied, ruisselant, le blême naufragé.
— Eh bien, me dites-vous, après? — La solitude
Autour de moi toujours a la même attitude;
Je ne vois que l'abîme, et la mer, et les cieux,
Et les nuages noirs qui vont silencieux;
Mon toit, la nuit, frissonne, et l'ouragan le mêle
Aux souffles effrénés de l'onde et de la grêle;
Quelqu'un semble clouer un crêpe à l'horizon;
L'insulte bat de loin le seuil de ma maison;
Le roc croule sous moi dès que mon pied s'y pose;
Le vent semble avoir peur de m'approcher, et n'ose
Me dire qu'en baissant la voix et qu'à demi
L'adieu mystérieux que me jette un ami.
La rumeur des vivants s'éteint diminuée.
Tout ce que j'ai rêvé s'est envolé, nuée!
Sur mes jours devenus fantômes, pâle et seul,
Je regarde tomber l'infini, ce linceul. —
Et vous dites : — Après? — Sous un mont qui surplombe,
Près des flots, j'ai marqué la place de ma tombe;
Ici, le bruit du gouffre est tout ce qu'on entend;
Tout est horreur et nuit. — Après? — Je suis content.

Jersey, janvier 1855.

IV

La source tombait du rocher
Goutte à goutte à la mer affreuse.
L'Océan, fatal au nocher,
Lui dit : « Que me veux-tu, pleureuse?

» Je suis la tempête et l'effroi;
» Je finis où le ciel commence.
» Est-ce que j'ai besoin de toi,
» Petite, moi qui suis l'immense? »

La source dit au gouffre amer :
« Je te donne, sans bruit ni gloire,
» Ce qui te manque, ô vaste mer!
» Une goutte d'eau qu'on peut boire. »

Avril 1854.

V

A MADEMOISELLE LOUISE B.[1]

O vous l'âme profonde! ô vous la sainte lyre!
Vous souvient-il des temps d'extase et de délire,
        Et des jeux triomphants,
Et du soir qui tombait des collines prochaines?
Vous souvient-il des jours? Vous souvient-il des chênes
        Et des petits enfants?

Et vous rappelez-vous les amis, et la table,
Et le rire éclatant du père respectable,
  Et nos cris querelleurs,
Le pré, l'étang, la barque, et la lune, et la brise,
Et les chants qui sortaient de votre cœur, Louise,
  En attendant les pleurs!

Le parc avait des fleurs et n'avait pas de marbres.
Oh! comme il était beau, le vieillard, sous les arbres!
  Je le voyais parfois
Dès l'aube sur un banc s'asseoir tenant un livre;
Je sentais, j'entendais l'ombre autour de lui vivre
  Et chanter dans les bois!

Il lisait, puis dormait au baiser de l'aurore;
Et je le regardais dormir, plus calme encore
  Que ce paisible lieu,
Avec son front serein d'où sortait une flamme,
Son livre ouvert devant le soleil, et son âme
  Ouverte devant Dieu!

Et du fond de leur nid, sous l'orme et sous l'érable,
Les oiseaux admiraient sa tête vénérable,
  Et, gais chanteurs tremblants,
Ils guettaient, s'approchaient et souhaitaient dans l'ombre
D'avoir, pour augmenter la douceur du nid sombre,
  Un de ses cheveux blancs!

Puis il se réveillait, s'en allait vers la grille,
S'arrêtait pour parler à ma petite fille,
  Et ces temps sont passés!
Le vieillard et l'enfant jasaient de mille choses...
Vous ne voyiez donc pas ces deux êtres, ô roses,
  Que vous refleurissez!

Avez-vous bien le cœur, ô roses, de renaître
Dans le même bosquet, sous la même fenêtre?
  Où sont-ils, ces fronts purs?

N'étaient-ce pas vos sœurs, ces deux âmes perdues
Qui vivaient, et se sont si vite confondues
　　　　　Aux éternels azurs?

Est-ce que leur sourire, est-ce que leurs paroles,
O roses, n'allaient pas réjouir vos corolles
　　　　　Dans l'air silencieux,
Et ne s'ajoutaient pas à vos chastes délices,
Et ne devenaient pas parfums dans vos calices,
　　　　　Et rayons dans vos cieux?

Ingrates! vous n'avez ni regrets, ni mémoire.
Vous vous réjouissez dans toute votre gloire;
　　　　　Vous n'avez point pâli.
Ah! je ne suis qu'un homme et qu'un roseau qui ploie,
Mais je ne voudrais pas, quant à moi, d'une joie
　　　　　Faite de tant d'oubli!

Oh! qu'est-ce que le sort a fait de tout ce rêve?
Où donc a-t-il jeté l'humble cœur qui s'élève,
　　　　　Le foyer réchauffant,
O Louise, et la vierge, et le vieillard prospère,
Et tous ces vœux profonds, de moi pour votre père,
　　　　　De vous pour mon enfant?

Où sont-ils, les amis de ce temps que j'adore?
Ceux qu'a pris l'ombre et ceux qui ne sont pas encore
　　　　　Tombés aux flots sans bords;
Eux, les évanouis, qu'un autre ciel réclame,
Et vous, les demeurés, qui vivez dans mon âme,
　　　　　Mais pas plus que les morts!

Quelquefois je voyais, de la colline en face,
Mes quatre enfants jouer, tableau que rien n'efface!
　　　　　Et j'entendais leurs chants;
Ému, je contemplais ces aubes de moi-même
Qui se levaient là-bas dans la douceur suprême
　　　　　Des vallons et des champs!

Ils couraient, s'appelaient dans les fleurs; et les femmes
Se mêlaient à leurs jeux comme de blanches âmes;
  Et tu riais, Armand [1]!
Et, dans l'hymen obscur qui sans fin se consomme,
La nature sentait que ce qui sort de l'homme
  Est divin et charmant.

Où sont-ils? Mère, frère, à son tour chacun sombre.
Je saigne et vous saignez. Mêmes douleurs! même ombre!
  O jours trop tôt décrus!
Ils vont se marier; faites venir un prêtre;
Qu'il revienne! ils sont morts. Et, le temps d'apparaître,
  Les voilà disparus!

Nous vivons tous penchés sur un océan triste.
L'onde est sombre. Qui donc survit? qui donc existe?
  Ce bruit sourd, c'est le glas.
Chaque flot est une âme; et tout fuit. Rien ne brille.
Un sanglot dit : Mon père! un sanglot dit : Ma fille!
  Un sanglot dit : Hélas!

       Marine-Terrace, juin 1855.

VI

A VOUS QUI ÊTES LA

Vous, qui l'avez suivi dans sa blême vallée,
Au bord de cette mer d'écueils noirs constellée,
Sous la pâle nuée éternelle qui sort
Des flots, de l'horizon, de l'orage et du sort;
Vous qui l'avez suivi dans cette Thébaïde,

Sur cette grève nue, aigre, isolée et vide,
Où l'on ne voit qu'espace âpre et silencieux,
Solitude sur terre et solitude aux cieux;
Vous qui l'avez suivi dans ce brouillard qu'épanche
Sur le roc, sur la vague et sur l'écume blanche,
La profonde tempête aux souffles inconnus,
Recevez, dans la nuit où vous êtes venus,
O chers êtres! cœurs vrais, lierres de ses décombres,
La bénédiction de tous ces déserts sombres!
Ces désolations vous aiment; ces horreurs,
Ces brisants, cette mer où les vents laboureurs
Tirent sans fin le soc monstrueux des nuages,
Ces houles revenant comme de grands rouages,
Vous aiment; ces exils sont joyeux de vous voir;
Recevez la caresse immense du lieu noir!
O forçats de l'amour! ô compagnons, compagnes,
Qui l'aidez à traîner son boulet dans ces bagnes,
O groupe indestructible et fidèle entre tous
D'âmes et de bons cœurs et d'esprits fiers et doux,
Mère, fille, et vous, fils, vous, ami, vous encore[1],
Recevez le soupir du soir vague et sonore,
Recevez le sourire et les pleurs du matin,
Recevez la chanson des mers, l'adieu lointain
Du pauvre mât penché parmi les lames brunes!
Soyez les bienvenus pour l'âpre fleur des dunes,
Et pour l'aigle qui fuit les hommes importuns,
Ames, et que les champs vous rendent vos parfums,
Et que, votre clarté, les astres vous la rendent!
Et qu'en vous admirant, les vastes flots demandent :
Qu'est-ce donc que ces cœurs qui n'ont pas de reflux!
O tendres survivants de tout ce qui n'est plus!
Rayonnements masquant la grande éclipse à l'âme!
Sourires éclairant, comme une douce flamme,
L'abîme qui se fait, hélas! dans le songeur!
Gaîtés saintes chassant le souvenir rongeur!
Quand le proscrit saignant se tourne, âme meurtrie,
Vers l'horizon, et crie en pleurant : « La patrie! »
La famille, mensonge auguste, dit : « C'est moi! »

Oh! suivre hors du jour, suivre hors de la loi,
Hors du monde, au delà de la dernière porte,
L'être mystérieux qu'un vent fatal emporte,
C'est beau! C'est beau de suivre un exilé! le jour
Où ce banni sortit de France, plein d'amour
Et d'angoisse, au moment de quitter cette mère,
Il s'arrêta longtemps sur la limite amère;
Il voyait, de sa course à venir déjà las,
Que dans l'œil des passants il n'était plus, hélas!
Qu'une ombre, et qu'il allait entrer au sourd royaume
Où l'homme qui s'en va flotte et devient fantôme;
Il disait aux ruisseaux : « Retiendrez-vous mon nom,
Ruisseaux? » Et les ruisseaux coulaient en disant : « Non. »
Ils disait aux oiseaux de France : « Je vous quitte,
Doux oiseaux; je m'en vais aux lieux où l'on meurt vite,
Au noir pays d'exil où le ciel est étroit;
Vous viendrez, n'est-ce pas, vous nicher dans mon toit? »
Et les oiseaux fuyaient au fond des brumes grises.
Il disait aux forêts : « M'enverrez-vous vos brises? »
Les arbres lui faisaient des signes de refus.
Car le proscrit est seul; la foule aux pas confus
Ne comprend que plus tard, d'un rayon éclairée,
Cet habitant du gouffre et de l'ombre sacrée.

Marine-Terrace, janvier 1855.

VII

Pour l'erreur, éclairer, c'est apostasier.
Aujourd'hui ne naît pas impunément d'hier.
L'aube sort de la nuit, qui la déclare ingrate.
Anitus criait : « Mort à l'apostat Socrate! »
Caïphe disait : « Mort au renégat Jésus! »
Courbant son front pendant que l'on crache dessus,

Galilée, apostat à la terre immobile,
Songe et la sent frémir sous son genou débile.
Destin! sinistre éclat de rire! En vérité,
J'admire, ô cieux profonds! que ç'ait toujours été
La volonté de Dieu qu'en ce monde où nous sommes
On donnât sa pensée et son labeur aux hommes,
Ses entrailles, ses jours et ses nuits, sa sueur,
Son sommeil, ce qu'on a dans les yeux de lueur,
Et son cœur et son âme, et tout ce qu'on en tire,
Sans reculer devant n'importe quel martyre,
Et qu'on se répandît, et qu'on se prodiguât,
Pour être au fond du gouffre appelé renégat!

Marine-Terrace, novembre 1854.

VIII

A JULES J. *1

Je dormais en effet, et tu me réveillas.
Je te criai : « Salut! » et tu me dis : « Hélas! »
Et cet instant fut doux, et nous nous embrassâmes;
Nous mêlâmes tes pleurs, mon sourire et nos âmes.

Ces temps sont déjà loin; où donc alors roulait
Ma vie? et ce destin sévère qui me plaît,
Qu'est-ce donc qu'il faisait de cette feuille morte
Que je suis, et qu'un vent pousse, et qu'un vent remporte?
J'habitais au milieu des hauts pignons flamands;
Tout le jour, dans l'azur, sur les vieux toits fumants,
Je regardais voler les grands nuages ivres;
Tandis que je songeais, le coude sur mes livres,

* Voir *Histoire de la Littérature dramatique*, t. IV, p. 413 et 414.

De moments en moments, ce noir passant ailé,
Le temps, ce sourd tonnerre à nos rumeurs mêlé,
D'où les heures s'en vont en sombres étincelles,
Ébranlait sur mon front le beffroi de Bruxelles.
Tout ce qui peut tenter un cœur ambitieux
Était là, devant moi, sur terre et dans les cieux;
Sous mes yeux, dans l'austère et gigantesque place,
J'avais les quatre points cardinaux de l'espace,
Qui font songer à l'aigle, à l'astre, au flot, au mont,
Et les quatre pavés de l'échafaud d'Egmont[1].

Aujourd'hui, dans une île, en butte aux eaux sans nombre,
Où l'on ne me voit plus, tant j'y suis couvert d'ombre,
Au milieu de la vaste aventure des flots,
Des rocs, des mers, brisant barques et matelots,
Debout, échevelé, sur le cap ou le môle
Par le souffle qui sort de la bouche du pôle,
Parmi les chocs, les bruits, les naufrages profonds,
Morne histoire d'écueils, de gouffres, de typhons,
Dont le vent est la plume et la nuit le registre,
J'erre, et de l'horizon je suis la voix sinistre.

Et voilà qu'à travers ces brumes et ces eaux,
Tes volumes exquis m'arrivent, blancs oiseaux,
M'apportant le rameau qu'apportent les colombes
Aux arches, et le chant que le cygne offre aux tombes,
Et jetant à mes rocs tout l'éblouissement
De Paris glorieux et de Paris charmant!
Et je lis, et mon front s'éclaire, et je savoure
Ton style, ta gaîté, ta douleur, ta bravoure.
Merci, toi dont le cœur aima, sentit, comprit!
Merci, devin! merci, frère, poëte, esprit,
Qui viens chanter cet hymne à côté de ma vie!
Et qui, dans cette épreuve où je marche, portant
L'abandon à chaque heure et l'ombre à chaque instant,
M'as vu boire le fiel sans y mêler la haine!
Tu changes en blancheur la nuit de ma géhenne,
Et tu fais un autel de lumière inondé
Du tas de pierres noir dont on m'a lapidé.

Je ne suis rien; je viens et je m'en vais; mais gloire
A ceux qui n'ont pas peur des vaincus de l'histoire
Et des contagions du malheur toujours fui!
Gloire aux fermes penseurs inclinés sur celui
Que le sort, geôlier triste, au fond de l'exil pousse!
Ils ressemblent à l'aube, ils ont la force douce,
Ils sont grands; leur esprit parfois, avec un mot,
Dore en arc triomphal la voûte du cachot!

Le ciel s'est éclairci sur mon île sonore,
Et ton livre en venant a fait venir l'aurore;
Seuls aux bois avec toi, je lis, et me souviens,
Et je songe, oubliant les monts diluviens,
L'onde, et l'aigle de mer qui plane sur mon aire;
Et, pendant que je lis, mon œil visionnaire,
A qui tout apparaît comme dans un réveil,
Dans les ombres que font les feuilles au soleil,
Sur tes pages où rit l'idée, où vit la grâce,
Croit voir se dessiner le pur profil d'Horace,
Comme si, se mirant au livre où je te vois,
Ce doux songeur ravi lisait derrière moi!

Marine-Terrace, décembre 1854.

IX

LE MENDIANT

Un pauvre homme passait dans le givre et le vent.
Je cognai sur ma vitre; il s'arrêta devant
Ma porte, que j'ouvris d'une façon civile.
Les ânes revenaient du marché de la ville,

Portant les paysans accroupis sur leurs bâts.
C'était le vieux qui vit dans une niche au bas
De la montée, et rêve, attendant, solitaire,
Un rayon du ciel triste, un liard de la terre,
Tendant les mains pour l'homme et les joignant pour Dieu.
Je lui criai : « Venez vous réchauffer un peu.
» Comment vous nommez-vous? » Il me dit : « Je me nomme
» Le pauvre. » Je lui pris la main : « Entrez, brave homme. »
Et je lui fis donner une jatte de lait.
Le vieillard grelottait de froid; il me parlait,
Et je lui répondais, pensif et sans l'entendre.
« Vos habits sont mouillés », dis-je, « il faut les étendre
» Devant la cheminée. » Il s'approcha du feu.
Son manteau, tout mangé des vers, et jadis bleu,
Étalé largement sur la chaude fournaise,
Piqué de mille trous par la lueur de braise,
Couvrait l'âtre, et semblait un ciel noir étoilé.
Et, pendant qu'il séchait ce haillon désolé
D'où ruisselait la pluie et l'eau des fondrières,
Je songeais que cet homme était plein de prières,
Et je regardais, sourd à ce que nous disions,
Sa bure où je voyais des constellations.

Décembre 1834.

X

AUX FEUILLANTINES [1]

Mes deux frères et moi, nous étions tout enfants.
Notre mère disait : « Jouez, mais je défends
» Qu'on marche dans les fleurs et qu'on monte aux échelles. »

Abel était l'aîné, j'étais le plus petit.
Nous mangions notre pain de si bon appétit,
Que les femmes riaient quand nous passions près d'elles.

Nous montions pour jouer au grenier du couvent.
Et là, tout en jouant, nous regardions souvent
Sur le haut d'une armoire, un livre inaccessible.

Nous grimpâmes un jour jusqu'à ce livre noir;
Je ne sais pas comment nous fîmes pour l'avoir,
Mais je me souviens bien que c'était une Bible.

Ce vieux livre sentait une odeur d'encensoir.
Nous allâmes ravis dans un coin nous asseoir.
Des estampes partout! quel bonheur! quel délire!

Nous l'ouvrîmes alors tout grand sur nos genoux,
Et, dès le premier mot, il nous parut si doux,
Qu'oubliant de jouer, nous nous mîmes à lire.

Nous lûmes tous les trois ainsi tout le matin,
Joseph, Ruth et Booz, le bon Samaritain,
Et, toujours plus charmés, le soir nous le relûmes.

Tels des enfants, s'ils ont pris un oiseau des cieux,
S'appellent en riant et s'étonnent, joyeux,
De sentir dans leur main la douceur de ses plumes.

Marine-Terrace, août 1855.

XI

PONTO[1]

Je dis à mon chien noir : « Viens, Ponto, viens-nous-en ! »
Et je vais dans les bois, mis comme un paysan ;
Je vais dans les grands bois, lisant dans les vieux livres.
L'hiver, quand la ramée est un écrin de givres,
Ou l'été, quand tout rit, même l'aurore en pleurs,
Quand toute l'herbe n'est qu'un triomphe de fleurs,
Je prends Froissart, Montluc, Tacite, quelque histoire,
Et je marche, effaré des crimes de la gloire.
Hélas ! l'horreur partout, même chez les meilleurs !
Toujours l'homme en sa nuit trahi par ses veilleurs !
Toutes les grandes mains, hélas ! de sang rougies !
Alexandre ivre et fou, César perdu d'orgies,
Et, le poing sur Didier, le pied sur Vitikind,
Charlemagne souvent semblable à Charles-Quint ;
Caton de chair humaine engraissant la murène ;
Titus crucifiant Jérusalem ; Turenne,
Héros, comme Bayard et comme Catinat,
A Nordlingue, bandit dans le Palatinat ;
Le duel de Jarnac, le duel de Carrouge,
Louis Neuf tenaillant les langues d'un fer rouge ;
Cromwell trompant Milton, Calvin brûlant Servet [2].
Que de spectres, ô gloire ! autour de ton chevet !
O triste humanité, je fuis dans la nature !
Et, pendant que je dis : « Tout est leurre, imposture,
» Mensonge, iniquité, mal de splendeur vêtu ! »
Mon chien Ponto me suit. Le chien, c'est la vertu
Qui, ne pouvant se faire homme, s'est faite bête.
Et Ponto me regarde avec son œil honnête.

Marine-Terrace, 3 mars 1855.

XII

DOLOROSÆ[1]

Mère, voilà douze ans que notre fille est morte;
Et depuis, moi le père et vous la femme forte,
Nous n'avons pas été, Dieu le sait, un seul jour
Sans parfumer son nom de prière et d'amour.
Nous avons pris la sombre et charmante habitude
De voir son ombre vivre en notre solitude,
De la sentir passer et de l'entendre errer,
Et nous sommes restés à genoux à pleurer.
Nous avons persisté dans cette douleur douce,
Et nous vivons penchés sur ce cher nid de mousse
Emporté dans l'orage avec les deux oiseaux.
Mère, nous n'avons pas plié, quoique roseaux,
Ni perdu la bonté vis-à-vis l'un de l'autre,
Ni demandé la fin de mon deuil et du vôtre
A cette lâcheté qu'on appelle l'oubli.
Oui, depuis ce jour triste où pour nous ont pâli
Les cieux, les champs, les fleurs, l'étoile, l'aube pure,
Et toutes les splendeurs de la sombre nature,
Avec les trois enfants qui nous restent, trésor
De courage et d'amour que Dieu nous laisse encor,
Nous avons essuyé des fortunes diverses,
Ce qu'on nomme malheur, adversité, traverses,
Sans trembler, sans fléchir, sans haïr les écueils,
Donnant aux deuils du cœur, à l'absence, aux cercueils,
Aux souffrances dont saigne ou l'âme ou la famille,
Aux êtres chers enfuis ou morts, à notre fille,
Aux vieux parents repris par un monde meilleur,
Nos pleurs, et le sourire à toute autre douleur.

                                        Marine-Terrace, août 1855.

XIII

PAROLES SUR LA DUNE

Maintenant que mon temps décroît comme un flambeau,
    Que mes tâches sont terminées;
Maintenant que voici que je touche au tombeau
    Par les deuils et par les années,

Et qu'au fond de ce ciel que mon essor rêva,
    Je vois fuir, vers l'ombre entraînées,
Comme le tourbillon du passé qui s'en va,
    Tant de belles heures sonnées;

Maintenant que je dis : — Un jour, nous triomphons;
    Le lendemain, tout est mensonge! —
Je suis triste, et je marche au bord des flots profonds
    Courbé comme celui qui songe.

Je regarde, au-dessus du mont et du vallon,
    Et des mers sans fin remuées,
S'envoler, sous le bec du vautour aquilon,
    Toute la toison des nuées;

J'entends le vent dans l'air, la mer sur le récif
    L'homme liant la gerbe mûre;
J'écoute et je confronte en mon esprit pensif
    Ce qui parle à ce qui murmure;

Et je reste parfois couché sans me lever
    Sur l'herbe rare de la dune,
Jusqu'à l'heure où l'on voit apparaître et rêver
    Les yeux sinistres de la lune.

Elle monte, elle jette un long rayon dormant
　　A l'espace, au mystère, au gouffre;
Et nous nous regardons tous les deux fixement,
　　Elle qui brille et moi qui souffre.

Où donc s'en sont allés mes jours évanouis?
　　Est-il quelqu'un qui me connaisse?
Ai-je encor quelque chose en mes yeux éblouis,
　　De la clarté de ma jeunesse?

Tout s'est-il envolé? Je suis seul, je suis las;
　　J'appelle sans qu'on me réponde;
O vents! ô flots! ne suis-je aussi qu'un souffle, hélas!
　　Hélas! ne suis-je aussi qu'une onde?

Ne verrai-je plus rien de tout ce que j'aimais?
　　Au dedans de moi le soir tombe.
O terre, dont la brume efface les sommets,
　　Suis-je le spectre, et toi la tombe?

Ai-je donc vidé tout, vie, amour, joie, espoir?
　　J'attends, je demande, j'implore;
Je penche tour à tour mes urnes pour avoir
　　De chacune une goutte encore!

Comme le souvenir est voisin du remord!
　　Comme à pleurer tout nous ramène!
Et que je te sens froide en te touchant, ô mort,
　　Noir verrou de la porte humaine!

Et je pense, écoutant gémir le vent amer,
　　Et l'onde aux plis infranchissables;
L'été rit, et l'on voit sur le bord de la mer
　　Fleurir le chardon bleu des sables.

　　　　5 août 1854, anniversaire de mon arrivée à Jersey.

XIV

CLAIRE P.[1]

Quel âge hier? Vingt ans. Et quel âge aujourd'hui?
L'éternité. Ce front pendant une heure a lui.
Elle avait les doux chants et les grâces superbes;
Elle semblait porter de radieuses gerbes;
Rien qu'à la voir passer on lui disait : Merci!
Qu'est-ce donc que la vie, hélas! pour mettre ainsi
Les êtres les plus purs et les meilleurs en fuite?
Et, moi, je l'avais vue encor toute petite.
Elle me disait vous, et je lui disais tu.
Son accent ineffable avait cette vertu
De faire en mon esprit, douces voix éloignées,
Chanter le vague chœur de mes jeunes années.
Il n'a brillé qu'un jour, ce beau front ingénu.
Elle était fiancée à l'hymen inconnu.
A qui mariez-vous, mon Dieu, toutes ces vierges?
Un vague et pur reflet de la lueur des cierges
Flottait dans son regard céleste et rayonnant;
Elle était grande et blanche et gaie; et, maintenant,
Allez à Saint-Mandé[2], cherchez dans le champ sombre,
Vous trouverez le lit de sa noce avec l'ombre;
Vous trouverez la tombe où gît ce lys vermeil;
Et c'est là que tu fais ton éternel sommeil,
Toi qui, dans ta beauté naïve et recueillie,
Mêlais à la madone auguste d'Italie
La Flamande qui rit à travers les houblons,
Douce Claire aux yeux noirs avec des cheveux blonds.

Elle s'en est allée avant d'être une femme;
N'étant qu'un ange encor; le ciel a pris son âme

Pour la rendre en rayons à nos regards en pleurs,
Et l'herbe sa beauté, pour nous la rendre en fleurs.

Les êtres étoilés que nous nommons archanges
La bercent dans leurs bras au milieu des louanges,
Et, parmi les clartés, les lyres, les chansons,
D'en haut, elle sourit à nous qui gémissons.
Elle sourit, et dit aux anges sous leurs voiles :
Est-ce qu'il est permis de cueillir des étoiles?
Et chante, et, se voyant elle-même flambeau,
Murmure dans l'azur : Comme le ciel est beau!
Mais cela ne fait rien à sa mère qui pleure;
La mère ne veut pas que son doux enfant meure
Et s'en aille, laissant ses fleurs sur le gazon,
Hélas! et le silence au seuil de la maison!

Son père, le sculpteur, s'écriait : — Qu'elle est belle!
Je ferai sa statue aussi charmante qu'elle.
C'est pour elle qu'avril fleurit les verts sentiers.
Je la contemplerai pendant des mois entiers
Et je ferai venir du marbre de Carrare.
Ce bloc prendra sa forme éblouissante et rare;
Elle restera chaste et candide à côté.
On dira : « Le sculpteur a deux filles : Beauté
» Et Pudeur; Ombre et Jour; la Vierge et la Déesse;
» Quel est cet ouvrier de Rome ou de la Grèce
» Qui, trouvant dans son art des secrets inconnus,
» En copiant Marie, a su faire Vénus? »

Le marbre restera dans la montagne blanche[1],
Hélas! car c'est à l'heure où tout rit, que tout penche;
Car nos mains gardent mal tout ce qui nous est cher;
Car celle qu'on croyait d'azur était de chair;
Et celui qui taillait le marbre était de verre;
Et voilà que le vent a soufflé, Dieu sévère,
Sur la vierge au front pur, sur le maître au bras fort,
Et que la fille est morte, et que le père est mort[2]!

Claire, tu dors. Ta mère, assise sur ta fosse,
Dit : — Le parfum des fleurs est faux, l'aurore est fausse,
L'oiseau qui chante au bois ment, et le cygne ment,
L'étoile n'est pas vraie au fond du firmament,
Le ciel n'est pas le ciel et là-haut rien ne brille,
Puisque lorsque je crie à ma fille : « Ma fille,
» Je suis là. Lève-toi! » quelqu'un le lui défend; —
Et que je ne puis pas réveiller mon enfant! —

Juin 1854.

XV

A ALEXANDRE D.[1]

(RÉPONSE A LA DÉDICACE DE SON DRAME
« LA CONSCIENCE »)

Merci du bord des mers à celui qui se tourne
Vers la rive où le deuil, tranquille et noir, séjourne,
Qui défait de sa tête, où le rayon descend,
La couronne, et la jette au spectre de l'absent,
Et qui, dans le triomphe et la rumeur, dédie
Son drame à l'immobile et pâle tragédie!

Je n'ai pas oublié le quai d'Anvers[2], ami,
Ni le groupe vaillant, toujours plus raffermi,
D'amis chers, de fronts purs, ni toi, ni cette foule.
Le canot du steamer soulevé par la houle
Vint me prendre, et ce fut un long embrassement.
Je montai sur l'avant du paquebot fumant,
La roue ouvrit la vague, et nous nous appelâmes;
— Adieu! Puis, dans les vents, dans les flots, dans les lames,

Toi debout sur le quai, moi debout sur le pont,
Vibrant comme deux luths dont la voix se répond,
Aussi longtemps qu'on put se voir, nous regardâmes
L'un vers l'autre, faisant comme un échange d'âmes;
Et le vaisseau fuyait, et la terre décrut;
L'horizon entre nous monta, tout disparut;
Une brume couvrit l'onde incommensurable;
Tu rentras dans ton œuvre éclatante, innombrable,
Multiple, éblouissante, heureuse, où le jour luit;
Et moi dans l'unité sinistre de la nuit.

Marine-Terrace, décembre 1854.

XVI

LUEUR AU COUCHANT

Lorsque j'étais en France, et que le peuple en fête
Répandait dans Paris sa grande joie honnête,
Si c'était un des jours glorieux et vainqueurs
Où les fiers souvenirs, désaltérant les cœurs,
S'offrent à notre soif comme de larges coupes,
J'allais errer tout seul parmi les riants groupes,
Ne parlant à personne et pourtant calme et doux,
Trouvant ainsi moyen d'être un et d'être tous,
Et d'accorder en moi, pour une double étude,
L'amour du peuple avec mon goût de solitude.
Rêveur, j'étais heureux; muet, j'étais présent.
Parfois je m'asseyais un livre en main, lisant
Virgile, Horace, Eschyle, ou bien Dante, leur frère;
Puis je m'interrompais, et, me laissant distraire
Des poëtes par toi, poésie, et content,
Je savourais l'azur, le soleil éclatant,

Paris, les seuils sacrés, et la Seine qui coule,
Et cette auguste paix qui sortait de la foule.
Dès lors pourtant des voix murmuraient : Anankè.
Je passais; et partout, sur le pont, sur le quai,
Et jusque dans les champs, étincelait le rire,
Haillon d'or que la joie en bondissant déchire.
Le Panthéon brillait comme une vision.
La gaîté d'une altière et libre nation
Dansait sous le ciel bleu dans les places publiques;
Un rayon qui semblait venir des temps bibliques
Illuminait Paris calme et patriarcal;
Ce lion dont l'œil met en fuite le chacal,
Le peuple des faubourgs se promenait tranquille.
Le soir, je revenais; et, dans toute la ville,
Les passants, éclatant en strophes, en refrains,
Ayant leurs doux instincts de liberté pour freins,
Du Louvre au Champ-de-Mars, de Chaillot à la Grève,
Fourmillaient; et, pendant que mon esprit, qui rêve
Dans la sereine nuit des penseurs étoilés,
Et dresse ses rameaux à leurs lueurs mêlés,
S'ouvrait à tous ces cris charmants comme l'aurore,
A toute cette ivresse innocente et sonore,
Paisibles, se penchant, noirs et tout semés d'yeux,
Sous le ciel constellé, sur le peuple joyeux,
Les grands arbres pensifs des vieux Champs-Élysées,
Pleins d'astres, consentaient à s'emplir de fusées.
Et j'allais, et mon cœur chantait; et les enfants
Embarrassaient mes pas de leurs jeux triomphants,
Où s'épanouissaient les mères de famille;
Le frère avec la sœur, le père avec la fille,
Causaient; je contemplais tous ces hauts monuments
Qui semblent au songeur rayonnants ou fumants,
Et qui font de Paris la deuxième des Romes;
J'entendais près de moi rire les jeunes hommes,
Et les graves vieillards dire : « Je me souviens. »
O patrie! ô concorde entre les citoyens!

Marine-Terrace, juillet 1855

XVII

MUGITUSQUE BOUM [1]

Mugissement des bœufs, au temps du doux Virgile,
Comme aujourd'hui, le soir, quand fuit la nuit agile,
Ou, le matin, quand l'aube aux champs extasiés
Verse à flots la rosée et le jour, vous disiez :
« Mûrissez, blés mouvants! prés, emplissez-vous d'herbes!
» Que la terre, agitant son panache de gerbes,
» Chante dans l'onde d'or d'une riche moisson!
» Vis, bête; vis, caillou; vis, homme; vis, buisson!
» A l'heure où le soleil se couche, où l'herbe est pleine
» Des grands fantômes noirs des arbres de la plaine
» Jusqu'aux lointains coteaux rampant et grandissant,
» Quand le brun laboureur des collines descend
» Et retourne à son toit d'où sort une fumée,
» Que la soif de revoir sa femme bien-aimée
» Et l'enfant qu'en ses bras hier il réchauffait,
» Que ce désir, croissant à chaque pas qu'il fait,
» Imite dans son cœur l'allongement de l'ombre!
» Êtres! choses! vivez! sans peur, sans deuil, sans nombre!
» Que tout s'épanouisse en sourire vermeil!
» Que l'homme ait le repos et le bœuf le sommeil!
» Vivez! croissez! semez le grain à l'aventure!
» Qu'on sente frissonner dans toute la nature,
» Sous la feuille des nids, au seuil blanc des maisons,
» Dans l'obscur tremblement des profonds horizons,
» Un vaste emportement d'aimer, dans l'herbe verte,
» Dans l'antre, dans l'étang, dans la clairière ouverte,
» D'aimer sans fin, d'aimer toujours, d'aimer encor,
» Sous la sérénité des sombres astres d'or!
» Faites tressaillir l'air, le flot, l'aile, la bouche,

» O palpitations du grand amour farouche!
» Qu'on sente le baiser de l'être illimité!
» Et paix, vertu, bonheur, espérance, bonté,
» O fruits divins, tombez des branches éternelles! »

Ainsi vous parliez, voix, grandes voix solennelles;
Et Virgile écoutait comme j'écoute, et l'eau
Voyait passer le cygne auguste, et le bouleau
Le vent, et le rocher l'écume, et le ciel sombre
L'homme... O nature! abîme! immensité de l'ombre!

Marine-Terrace, juillet 1855.

XVIII

APPARITION

Je vis un ange blanc qui passait sur ma tête;
Son vol éblouissant apaisait la tempête,
Et faisait taire au loin la mer pleine de bruit.
— Qu'est-ce que tu viens faire, ange, dans cette nuit?
Lui dis-je. — Il répondit : — Je viens prendre ton âme.
Et j'eus peur, car je vis que c'était une femme;
Et je lui dis, tremblant et lui tendant les bras :
— Que me restera-t-il? car tu t'envoleras.
Il ne répondit pas; le ciel que l'ombre assiège
S'éteignait... — Si tu prends mon âme, m'écriai-je,
Où l'emporteras-tu? montre-moi dans quel lieu.
Il se taisait toujours. — O passant du ciel bleu,
Es-tu la mort? lui dis-je, ou bien es-tu la vie?
Et la nuit augmentait sur mon âme ravie,
Et l'ange devint noir, et dit : — Je suis l'amour.
Mais son front sombre était plus charmant que le jour.

Et je voyais, dans l'ombre où brillaient ses prunelles,
Les astres à travers les plumes de ses ailes.

Jersey, septembre 1855.

XIX

AU POËTE QUI M'ENVOIE
UNE PLUME D'AIGLE[1]

Oui, c'est une heure solennelle!
Mon esprit en ce jour serein
Croit qu'un peu de gloire éternelle
Se mêle au bruit contemporain,

Puisque, dans mon humble retraite,
Je ramasse, sans me courber,
Ce qu'y laisse choir le poëte,
Ce que l'aigle y laisse tomber!

Puisque sur ma tête fidèle
Ils ont jeté, couple vainqueur,
L'un, une plume de son aile,
L'autre, une strophe de son cœur!

Oh! soyez donc les bienvenues,
Plume! strophe! envoi glorieux!
Vous avez erré dans les nues,
Vous avez plané dans les cieux!

11 décembre.

XX

CÉRIGO[1]

I

Tout homme qui vieillit est ce roc solitaire
Et triste, Cérigo, qui fut jadis Cythère,
Cythère aux nids charmants, Cythère aux myrtes verts
La conque de Cypris sacrée au sein des mers.
La vie auguste, goutte à goutte, heure par heure,
S'épand sur ce qui passe et sur ce qui demeure;
Là-bas, la Grèce brille agonisante, et l'œil
S'emplit en la voyant de lumière et de deuil;
La terre luit; la nue est de l'encens qui fume;
Des vols d'oiseaux de mer se mêlent à l'écume;
L'azur frissonne; l'eau palpite; et les rumeurs
Sortent des vents, des flots, des barques, des rameurs;
Au loin court quelque voile hellène ou candiote.
Cythère est là, lugubre, épuisée, idiote,
Tête de mort du rêve amour, et crâne nu
Du plaisir, ce chanteur masqué, spectre inconnu.
C'est toi? qu'as-tu donc fait de ta blanche tunique?
Cache ta gorge impure et ta laideur cynique,
O sirène ridée et dont l'hymne s'est tu!
Où donc êtes-vous, âme? étoile, où donc es-tu?
L'île qu'on adorait de Lemnos à Lépante,
Où se tordait d'amour la chimère rampante,
Où la brise baisait les arbres frémissants,
Où l'ombre disait : J'aime! où l'herbe avait des sens,
Qu'en a-t-on fait? Où donc sont-ils, où donc sont-elles,
Eux, les olympiens, elles, les immortelles?
Où donc est Mars? où donc Éros? où donc Psyché?

Où donc le doux oiseau bonheur, effarouché?
Qu'en as-tu fait, rocher, et qu'as-tu fait des roses?
Qu'as-tu fait des chansons dans les soupirs écloses,
Des danses, des gazons, des bois mélodieux,
De l'ombre que faisait le passage des dieux?
Plus d'autels; ô passé! splendeurs évanouies!
Plus de vierges au seuil des antres éblouies;
Plus d'abeilles buvant la rosée et le thym.
Mais toujours le ciel bleu. C'est-à-dire, ô destin!
Sur l'homme, jeune ou vieux, harmonie ou souffrance,
Toujours la même mort et la même espérance.
Cérigo, qu'as-tu fait de Cythère? Nuit! deuil!
L'éden s'est éclipsé, laissant à nu l'écueil.
O naufragée, hélas! c'est donc là que tu tombes!
Les hiboux même ont peur de l'île des colombes.
Ile, ô toi qu'on cherchait, ô toi que nous fuyons,
O spectre des baisers, masure des rayons,
Tu t'appelles oubli! tu meurs, sombre captive!
Et, tandis qu'abritant quelque yole furtive,
Ton cap, où rayonnaient les temples fabuleux,
Voit passer à son ombre et sur les grands flots bleus
Le pirate qui guette ou le pêcheur d'éponges
Qui rôde, à l'horizon Vénus fuit dans les songes.

II

Vénus! Que parles-tu de Vénus? elle est là.
Lève les yeux. Le jour où Dieu la dévoila
Pour la première fois dans l'aube universelle,
Elle ne brillait pas plus qu'elle n'étincelle.
Si tu veux voir l'étoile, homme, lève les yeux.
L'île des mers s'éteint, mais non l'île des cieux;
Les astres sont vivants [1] et ne sont pas des choses
Qui s'effeuillent, un soir d'été, comme les roses.
Oui, meurs, plaisir; mais vis, amour! ô vision,
Flambeau, nid de l'azur dont l'ange est l'alcyon,
Beauté de l'âme humaine et de l'âme divine,

Amour, l'adolescent dans l'ombre te devine,
O splendeur! et tu fais le vieillard lumineux.
Chacun de tes rayons tient un homme en ses nœuds.
Oh! vivez et brillez dans la brume qui tremble,
Hymens mystérieux, cœurs vieillissant ensemble,
Malheurs de l'un par l'autre avec joie adoptés,
Dévouement, sacrifice, austères voluptés,
Car vous êtes l'amour, la lueur éternelle!
L'astre sacré que voit l'âme, sainte prunelle,
Le phare de toute heure, et, sur l'horizon noir,
L'étoile du matin et l'étoile du soir!
Ce monde inférieur, où tout rampe et s'altère,
A ce qui disparaît et s'efface, Cythère,
Le jardin qui se change en rocher aux flancs nus;
La terre a Cérigo; mais le ciel a Vénus.

Juin 1855.

XXI

A PAUL M.

AUTEUR DU DRAME PARIS [1]

Tu graves au fronton sévère de ton œuvre
Un nom proscrit que mord en sifflant la couleuvre;
Au malheur, dont le flanc saigne et dont l'œil sourit,
A la proscription, et non pas au proscrit,
— Car le proscrit n'est rien que de l'ombre, moins noire
Que l'autre ombre qu'on nomme éclat, bonheur, victoire; —
A l'exil pâle et nu, cloué sur des débris,
Tu donnes ton grand drame où vit le grand Paris,
Cette cité de feu, de nuit, d'airain, de verre,
Et tu fais saluer par Rome le Calvaire [2].

Sois loué, doux penseur, toi qui prends dans ta main
Le passé, l'avenir, tout le progrès humain,
La lumière, l'histoire, et la ville, et la France,
Tous les dictames saints qui calment la souffrance,
Raison, justice, espoir, vertu, foi, vérité,
Le parfum poésie et le vin liberté,
Et qui sur le vaincu, cœur meurtri, noir fantôme,
Te penches, et répands l'idéal comme un baume!
Paul, il me semble, grâce à ce fier souvenir
Dont tu viens nous bercer, nous sacrer, nous bénir,
Que dans ma plaie, où dort la douleur, ô poëte!
Je sens de la charpie avec un drapeau faite.

Marine-Terrace, août 1855.

XXII[1]

Je payai le pêcheur qui passa son chemin,
Et je pris cette bête horrible dans ma main;
C'était un être obscur comme l'onde en apporte,
Qui, plus grand, serait hydre, et, plus petit, cloporte;
Sans forme comme l'ombre, et, comme Dieu, sans nom.
Il ouvrait une bouche affreuse; un noir moignon
Sortait de son écaille; il tâchait de me mordre;
Dieu, dans l'immensité formidable de l'ordre,
Donne une place sombre à ces spectres hideux.
Il tâchait de me mordre, et nous luttions tous deux;
Ses dents cherchaient mes doigts qu'effrayait leur approche;
L'homme qui me l'avait vendu tourna la roche;
Comme il disparaissait, le crabe me mordit;
Je lui dis : « Vis! et sois béni, pauvre maudit! »
Et je le rejetai dans la vague profonde,
Afin qu'il allât dire à l'océan qui gronde,

Et qui sert au soleil de vase baptismal,
Que l'homme rend le bien au monstre pour le mal.

Jersey, grève d'Azette, juillet 1855.

XXIII

PASTEURS ET TROUPEAUX

A Madame Louise C. [1].

Le vallon où je vais tous les jours est charmant,
Serein, abandonné, seul sous le firmament,
Plein de ronces en fleurs; c'est un sourire triste.
Il vous fait oublier que quelque chose existe,
Et, sans le bruit des champs remplis de travailleurs,
On ne saurait plus là si quelqu'un vit ailleurs.
Là, l'ombre fait l'amour; l'idylle naturelle
Rit; le bouvreuil avec le verdier s'y querelle,
Et la fauvette y met de travers son bonnet;
C'est tantôt l'aubépine et tantôt le genêt;
De noirs granits bourrus, puis des mousses riantes;
Car Dieu fait un poëme avec des variantes;
Comme le vieil Homère, il rabâche parfois,
Mais c'est avec les fleurs, les monts, l'onde et les bois!
Une petite mare est là, ridant sa face,
Prenant des airs de flot pour la fourmi qui passe,
Ironie étalée au milieu du gazon,
Qu'ignore l'océan grondant à l'horizon.
J'y rencontre parfois sur la roche hideuse
Un doux être; quinze ans, yeux bleus, pieds nus, gardeuse
De chèvres, habitant, au fond d'un ravin noir,

Un vieux chaume croulant qui s'étoile le soir;
Ses sœurs sont au logis et filent leur quenouille;
Elle essuie aux roseaux ses pieds que l'étang mouille;
Chèvres, brebis, béliers, paissent; quand, sombre esprit,
J'apparais, le pauvre ange a peur, et me sourit;
Et moi, je la salue, elle étant l'innocence.
Ses agneaux, dans le pré plein de fleurs qui l'encense,
Bondissent, et chacun, au soleil s'empourprant,
Laisse aux buissons, à qui la bise le reprend,
Un peu de sa toison, comme un flocon d'écume.
Je passe, enfant, troupeau, s'effacent dans la brume;
Le crépuscule étend sur les longs sillons gris
Ses ailes de fantôme et de chauve-souris;
J'entends encore au loin dans la plaine ouvrière
Chanter derrière moi la douce chevrière,
Et, là-bas, devant moi, le vieux gardien pensif
De l'écume, du flot, de l'algue, du récif,
Et des vagues sans trêve et sans fin remuées,
Le pâtre promontoire au chapeau de nuées,
S'accoude et rêve au bruit de tous les infinis,
Et, dans l'ascension des nuages bénis,
Regarde se lever la lune triomphale,
Pendant que l'ombre tremble, et que l'âpre rafale
Disperse à tous les vents avec son souffle amer
La laine des moutons sinistres de la mer.

Jersey, Grouville, avril 1855 [1].

XXIV [2]

J'ai cueilli cette fleur pour toi sur la colline.
Dans l'âpre escarpement qui sur le flot s'incline,
Que l'aigle connaît seul et peut seul approcher,
Paisible, elle croissait aux fentes du rocher.

L'ombre baignait les flancs du morne promontoire;
Je voyais, comme on dresse au lieu d'une victoire
Un grand arc de triomphe éclatant et vermeil,
A l'endroit où s'était englouti le soleil,
La sombre nuit bâtir un porche de nuées.
Des voiles s'enfuyaient, au loin diminuées;
Quelques toits, s'éclairant au fond d'un entonnoir,
Semblaient craindre de luire et de se laisser voir.
J'ai cueilli cette fleur pour toi, ma bien-aimée.
Elle est pâle, et n'a pas de corolle embaumée.
Sa racine n'a pris sur la crête des monts
Que l'amère senteur des glauques goëmons;
Moi, j'ai dit : « Pauvre fleur, du haut de cette cime,
» Tu devais t'en aller dans cet immense abîme
» Où l'algue et le nuage et les voiles s'en vont.
» Va mourir sur un cœur, abîme plus profond.
» Fane-toi sur ce sein en qui palpite un monde.
» Le ciel, qui te créa pour t'effeuiller dans l'onde,
» Te fit pour l'océan, je te donne à l'amour. »
Le vent mêlait les flots; il ne restait du jour
Qu'une vague lueur, lentement effacée.
Oh! comme j'étais triste au fond de ma pensée
Tandis que je songeais, et que le gouffre noir
M'entrait dans l'âme avec tous les frissons du soir!

Ile de Serk, août 1855

XXV[1]

O strophe du poëte, autrefois, dans les fleurs,
Jetant mille baisers à leurs mille couleurs,
Tu jouais, et d'avril tu pillais la corbeille;
Papillon pour la rose et pour la ruche abeille,
Tu semais de l'amour et tu faisais du miel;

Ton âme bleue était presque mêlée au ciel;
Ta robe était d'azur et ton œil de lumière;
Tu criais aux chansons, tes sœurs : « Venez! chaumière,
» Hameau, ruisseau, forêt, tout chante. L'aube a lui! »
Et, douce, tu courais et tu riais. Mais lui,
Le sévère habitant de la blême caverne
Qu'en haut le jour blanchit, qu'en bas rougit l'Averne,
Le poëte qu'ont fait avant l'heure vieillard
La douleur dans la vie et le drame dans l'art,
Lui, le chercheur du gouffre obscur, le chasseur d'ombres,
Il a levé la tête un jour hors des décombres,
Et t'a saisie au vol dans l'herbe et dans les blés,
Et, malgré tes effrois et tes cris redoublés,
Toute en pleurs, il t'a prise à l'idylle joyeuse;
Il t'a ravie aux champs, à la source, à l'yeuse,
Aux amours dans les bois près des nids palpitants;
Et maintenant, captive et reine en même temps,
Prisonnière au plus noir de son âme profonde,
Parmi les visions qui flottent comme l'onde,
Sous son crâne à la fois céleste et souterrain,
Assise, et t'accoudant sur un trône d'airain,
Voyant dans ta mémoire, ainsi qu'une ombre vaine
Fuir l'éblouissement du jour et de la plaine,
Par le maître gardée, et calme, et sans espoir,
Tandis que, près de toi, les drames, groupe noir,
Des sombres passions feuillettent le registre,
Tu rêves dans sa nuit, Proserpine sinistre.

Jersey, novembre 1854.

XXVI

LES MALHEUREUX

A mes enfants.

Puisque déjà l'épreuve aux luttes vous convie,
O mes enfants! parlons un peu de cette vie.
Je me souviens qu'un jour, marchant dans un bois noir
Où des ravins creusaient un farouche entonnoir,
Dans un de ces endroits où sous l'herbe et la ronce
Le chemin disparaît et le ruisseau s'enfonce,
Je vis, parmi les grès, les houx, les sauvageons,
Fumer un toit bâti de chaumes et de joncs.
La fumée avait peine à monter dans les branches;
Les fenêtres étaient les crevasses des planches;
On eût dit que les rocs cachaient avec ennui
Ce logis tremblant, triste, humble; et que c'était lui
Que les petits oiseaux, sous le hêtre et l'érable,
Plaignaient, tant il était chétif et misérable!
Pensif, dans les buissons j'en cherchais le sentier.
Comme je regardais ce chaume, un muletier
Passa, chantant, fouettant quelques bêtes de somme.
« Qui donc demeure là? » demandai-je à cet homme.
L'homme, tout en chantant, me dit : « Un malheureux. »

J'allai vers la masure au fond du ravin creux;
Un arbre, de sa branche où brillait une goutte,
Sembla se faire un doigt pour m'en montrer la route,
Et le vent m'en ouvrit la porte; et j'y trouvai
Un vieux, vêtu de bure, assis sur un pavé.
Ce vieillard, près d'un âtre où séchaient quelques toiles,

Dans ce bouge aux passants ouvert, comme aux étoiles,
Vivait, seul jour et nuit, sans clôture, sans chien,
Sans clef; la pauvreté garde ceux qui n'ont rien.
J'entrai; le vieux soupait d'un peu d'eau, d'une pomme;
Sans pain; et je me mis à plaindre ce pauvre homme.
— Comment pouvait-il vivre ainsi? Qu'il était dur
De n'avoir même pas un volet à son mur;
L'hiver doit être affreux dans ce lieu solitaire;
Et pas même un grabat! il couchait donc à terre?
Là! sur ce tas de paille, et dans ce coin étroit!
Vous devez être mal, vous devez avoir froid,
Bon père, et c'est un sort bien triste que le vôtre! —

« — Fils », dit-il doucement, « allez en plaindre un autre.
» Je suis dans ces grands bois et sous le ciel vermeil,
» Et je n'ai pas de lit, fils, mais j'ai le sommeil.
» Quand l'aube luit pour moi, quand je regarde vivre
» Toute cette forêt dont la senteur m'enivre,
» Ces sources et ces fleurs, je n'ai pas de raison
» De me plaindre, je suis le fils de la maison.
» Je n'ai point fait de mal. Calme, avec l'indigence
» Et les haillons je vis en bonne intelligence,
» Et je fais bon ménage avec Dieu mon voisin.
» Je le sens près de moi dans le nid, dans l'essaim,
» Dans les arbres profonds où parle une voix douce,
» Dans l'azur où la vie à chaque instant nous pousse,
» Et dans cette ombre vaste et sainte où je suis né.
» Je ne demande à Dieu rien de trop, car je n'ai
» Pas grande ambition, et, pourvu que j'atteigne
» Jusqu'à la branche où pend la mûre ou la châtaigne,
» Il est content de moi, je suis content de lui.
» Je suis heureux. »

*

              J'étais jadis, comme aujourd'hui,
Le passant qui regarde en bas, l'homme des songes.
Mes enfants, à travers les brumes, les mensonges,
Les lueurs des tombeaux, les spectres des chevets,

Les apparences d'ombre et de clarté, je vais
Méditant, et toujours un instinct me ramène
A connaître le fond de la souffrance humaine.
L'abîme des douleurs m'attire. D'autres sont
Les sondeurs frémissants de l'océan profond;
Ils fouillent, vent des cieux, l'onde que tu balaies;
Ils plongent dans les mers; je plonge dans les plaies.
Leur gouffre est effrayant, mais pas plus que le mien.
Je descends plus bas qu'eux, ne leur enviant rien,
Sachant qu'à tout chercheur Dieu garde une largesse,
Content s'ils ont la perle et si j'ai la sagesse.

Or, il semble, à qui voit tout ce gouffre en rêvant,
Que les justes, parmi la nuée et le vent,
Sont un vol frissonnant d'aigles et de colombes.

*

J'ai souvent, à genoux que je suis sur les tombes,
La grande vision du sort; et par moment
Le destin m'apparaît, ainsi qu'un firmament
Où l'on verrait, au lieu des étoiles, des âmes.
Tout ce qu'on nomme angoisse, adversité, les flammes,
Les brasiers, les billots, bien souvent tout cela
Dans mon noir crépuscule, enfants, étincela.
J'ai vu, dans cette obscure et morne transparence,
Passer l'homme de Rome et l'homme de Florence,
Caton au manteau blanc, et Dante au fier sourcil,
L'un ayant le poignard au flanc, l'autre l'exil;
Caton était joyeux et Dante était tranquille.
J'ai vu Jeanne au poteau qu'on brûlait dans la ville,
Et j'ai dit : Jeanne d'Arc, ton noir bûcher fumant
A moins de flamboiement que de rayonnement.
J'ai vu Campanella[1] songer dans la torture,
Et faire à sa pensée une âpre nourriture
Des chevalets, des crocs, des pinces, des réchauds,
Et de l'horreur qui flotte au plafond des cachots.
J'ai vu Thomas Morus, Lavoisier, Loiserolle,
Jane Grey, bouche ouverte ainsi qu'une corolle,

Toi, Charlotte Corday, vous, madame Roland,
Camille Desmoulins, saignant et contemplant,
Robespierre à l'œil froid, Danton aux cris superbes;
J'ai vu Jean qui parlait au désert, Malesherbes,
Egmont, André Chénier [1], rêveur des purs sommets,
Et mes yeux resteront éblouis à jamais
Du sourire serein de ces têtes coupées.
Coligny [2], sous l'éclair farouche des épées,
Resplendissait devant mon regard éperdu.
Livide et radieux, Socrate m'a tendu
Sa coupe en me disant : — As-tu soif? bois la vie.
Huss, me voyant pleurer, m'a dit : — Est-ce d'envie?
Et Thraséas [3], s'ouvrant les veines dans son bain,
Chantait : — Rome est le fruit du vieux rameau sabin;
Le soleil est le fruit de ces branches funèbres
Que la nuit sur nous croise et qu'on nomme ténèbres,
Et la joie est le fruit du grand arbre douleur. —
Colomb, l'envahisseur des vagues, l'oiseleur
Du sombre aigle Amérique, et l'homme que Dieu mène,
Celui qui donne un monde et reçoit une chaîne [4],
Colomb aux fers criait : — Tout est bien. En avant!
Saint-Just sanglant m'a dit : — Je suis libre et vivant.
Phocion [5] m'a jeté, mourant, cette parole :
— Je crois, et je rends grâce aux dieux! — Savonarole,
Comme je m'approchais du brasier d'où sa main
Sortait, brûlée et noire et montrant le chemin,
M'a dit, en faisant signe aux flammes de se taire [6] :
— Ne crains pas de mourir. Qu'est-ce que cette terre?
Est-ce ton corps qui fait ta joie et qui t'est cher?
La véritable vie est où n'est plus la chair.
Ne crains pas de mourir. Créature plaintive,
Ne sens-tu pas en toi comme une aile captive?
Sous ton crâne, caveau muré, ne sens-tu pas
Comme un ange enfermé qui sanglote tout bas?
Qui meurt, grandit. Le corps, époux impur de l'âme,
Plein des vils appétits d'où naît le vice infâme,
Pesant, fétide, abject, malade à tous moments,
Branlant sur sa charpente affreuse d'ossements,
Gonflé d'humeurs, couvert d'une peau qui se ride,

Souffrant le froid, le chaud, la faim, la soif aride,
Traîne un ventre hideux, s'assouvit, mange et dort.
Mais il vieillit enfin, et, lorsque vient la mort,
L'âme, vers la lumière éclatante et dorée,
S'envole, de ce monstre horrible délivrée. —

Une nuit que j'avais, devant mes yeux obscurs,
Un fantôme de ville et des spectres de murs,
J'ai, comme au fond d'un rêve où rien n'a plus de forme,
Entendu, près des tours d'un temple au dôme énorme,
Une voix qui sortait de dessous un monceau
De blocs noirs d'où le sang coulait en long ruisseau;
Cette voix murmurait des chants et des prières.
C'était le lapidé qui bénissait les pierres;
Étienne le martyr[1], qui disait : — O mon front,
Rayonne! Désormais les hommes s'aimeront;
Jésus règne. O mon Dieu, récompensez les hommes!
Ce sont eux qui nous font les élus que nous sommes.
Joie! amour! pierre à pierre, ô Dieu, je vous le dis,
Mes frères m'ont jeté le seuil du paradis! —

*

Elle était là debout, la mère douloureuse[2].
L'obscurité farouche, aveugle, sourde, affreuse,
Pleurait de toutes parts autour du Golgotha.
Christ, le jour devint noir quand on vous en ôta,
Et votre dernier souffle emporta la lumière.
Elle était là debout près du gibet, la mère!
Et je me dis : Voilà la douleur! et je vins.
— Qu'avez-vous donc, lui dis-je, entre vos doigts divins?
Alors, aux pieds du fils saignant du coup de lance,
Elle leva sa droite et l'ouvrit en silence,
Et je vis dans sa main l'étoile du matin.

Quoi! ce deuil-là, Seigneur, n'est pas même certain!
Et la mère, qui râle au bas de la croix sombre,
Est consolée, ayant les soleils dans son ombre,
Et, tandis que ses yeux hagards pleurent du sang,

Elle sent une joie immense en se disant :
— Mon fils est Dieu! mon fils sauve la vie au monde! —
Et pourtant où trouver plus d'épouvante immonde,
Plus d'effroi, plus d'angoisse et plus de désespoir
Que dans ce temps lugubre où le genre humain noir,
Frissonnant du banquet autant que du martyre,
Entend pleurer Marie et Trimalcion rire!

*

Mais la foule s'écrie : — Oui, sans doute, c'est beau,
Le martyre, la mort, quand c'est un grand tombeau!
Quand on est un Socrate, un Jean Huss, un Messie!
Quand on s'appelle vie, avenir, prophétie!
Quand l'encensoir s'allume au feu qui vous brûla,
Quand les siècles, les temps et les peuples sont là
Qui vous dressent, parmi leurs brumes et leurs voiles,
Un cénotaphe énorme au milieu des étoiles,
Si bien que la nuit semble être le drap du deuil,
Et que les astres sont les cierges du cercueil!
Le billot tenterait même le plus timide
Si sa bière dormait sous une pyramide.
Quand on marche à la mort, recueillant en chemin
La bénédiction de tout le genre humain,
Quand des groupes en pleurs baisent vos traces fières,
Quand on s'entend crier par les murs, par les pierres,
Et jusque par les gonds du seuil de sa prison :
« Tu vas de ta mémoire éclairer l'horizon,
» Fantôme éblouissant, tu vas dorer l'histoire,
» Et, vêtu de ta mort comme d'une victoire,
» T'asseoir au fronton bleu des hommes immortels! »
Lorsque les échafauds ont des aspects d'autels,
Qu'on se sent admiré du bourreau qui vous tue,
Que le cadavre va se relever statue,
Mourant plein de clarté, d'aube, de firmament,
D'éclat, d'honneur, de gloire, on meurt facilement!
L'homme est si vaniteux, qu'il rit à la torture
Quand c'est une royale et tragique aventure,
Quand c'est une tenaille immense qui le mord.

Quand les durs instruments d'agonie et de mort
Sortent de quelque forge inouïe et géante,
Notre orgueil, oubliant la blessure béante,
Se console des clous en voyant le marteau.
Avoir une montagne auguste pour poteau,
Être battu des flots ou battu des nuées,
Entendre l'univers plein de vagues huées
Murmurer : — Regardez ce colosse! les nœuds,
Les fers et les carcans le font plus lumineux!
C'est le vaincu Rayon, le damné Météore!
Il a volé la foudre et dérobé l'aurore! —
Être un supplicié du gouffre illimité,
Être un titan cloué sur une énormité,
Cela plaît. On veut bien des maux qui sont sublimes;
Et l'on se dit : Souffrons, mais souffrons sur les cimes!

Eh bien, non! — Le sublime est en bas. Le grand choix,
C'est de choisir l'affront. De même que parfois
La pourpre est déshonneur, souvent la fange est lustre.
La boue imméritée atteignant l'âme illustre,
L'opprobre, ce cachot d'où l'auréole sort,
Le cul de basse-fosse où nous jette le sort,
Le fond noir de l'épreuve où le malheur nous traîne,
Sont le comble éclatant de la grandeur sereine.
Et, quand, dans le supplice où nous devons lutter,
Le lâche destin va jusqu'à nous insulter,
Quand sur nous il entasse outrage, rire, blâme,
Et tant de contre-sens entre le sort et l'âme
Que notre vie arrive à la difformité,
La laideur de l'épreuve en devient la beauté.
C'est Samson à Gaza, c'est Épictète à Rome[1];
L'abjection du sort fait la gloire de l'homme.
Plus de brume ne fait que couvrir plus d'azur.
Ce que l'homme ici-bas peut avoir de plus pur,
De plus beau, de plus noble en ce monde où l'on pleure,
C'est chute, abaissement, misère extérieure,
Acceptés pour garder la grandeur du dedans.
Oui, tous les chiens de l'ombre autour de vous grondants,
Le blâme ingrat, la haine aux fureurs coutumière,

Oui, tomber dans la nuit quand c'est pour la lumière,
Faire horreur, n'être plus qu'un ulcère, indigner
L'homme heureux, et qu'on raille en vous voyant saigner,
Et qu'on marche sur vous, qu'on vous crache au visage,
Quand c'est pour la vertu, pour le vrai, pour le sage,
Pour le bien, pour l'honneur, il n'est rien de plus doux.
Quelle splendeur qu'un juste abandonné de tous,
N'ayant plus qu'un haillon dans le mal qui le mine,
Et jetant aux dédains, au deuil, à la vermine,
A sa plaie, aux douleurs, de tranquilles défis!
Même quand Prométhée est là, Job, tu suffis
Pour faire le fumier plus haut que le Caucase[1].

Le juste, méprisé comme un ver qu'on écrase,
M'éblouit d'autant plus que nous le blasphémons.
Ce que les froids bourreaux à faces de démons,
Mêlent avec leur main monstrueuse et servile
A l'exécution pour la rendre plus vile,
Grandit le patient au regard de l'esprit.
O croix! les deux voleurs sont deux rayons du Christ!

*

Ainsi, tous les souffrants m'ont apparu splendides,
Satisfaits, radieux, doux, souverains, candides,
Heureux, la plaie au sein, la joie au cœur; les uns
Jetés dans la fournaise et devenant parfums,
Ceux-là jetés aux nuits et devenant aurores;
Les croyants, dévorés dans les cirques sonores,
Râlaient un chant, aux pieds des bêtes étouffés;
Les penseurs souriaient aux noirs autodafés,
Aux glaives, aux carcans, aux chemises de soufre;
Et je me suis alors écrié : Qui donc souffre?
Pour qui donc, si le sort, ô Dieu, n'est pas moqueur,
Toute cette pitié que tu m'as mise au cœur?
Qu'en dois-je faire? à qui faut-il que je la garde?
Où sont les malheureux? — Et Dieu m'a dit : — Regarde.

*

Et j'ai vu des palais, des fêtes, des festins,
Des femmes qui mêlaient leurs blancheurs aux satins,
Des murs hautains ayant des jaspes pour écorces,
Des serpents d'or roulés dans des colonnes torses,
Avec de vastes dais pendant aux grands plafonds;
Et j'entendais chanter : — Jouissons! triomphons! —
Et les lyres, les luths, les clairons dont le cuivre
A l'air de se dissoudre en fanfare et de vivre,
Et l'orgue, devant qui l'ombre écoute et se tait,
Tout un orchestre énorme et monstrueux chantait;
Et ce triomphe était rempli d'hommes superbes
Qui riaient et portaient toute la terre en gerbes,
Et dont les fronts dorés, brillants, audacieux,
Fiers, semblaient s'achever en astres dans les cieux.
Et, pendant qu'autour d'eux des voix criaient : — Victoire
A jamais! à jamais force, puissance et gloire!
Et fête dans la ville! et joie à la maison! —
Je voyais, au-dessus du livide horizon,
Trembler le glaive immense et sombre de l'archange.

Ils s'épanouissaient dans une aurore étrange,
Ils vivaient dans l'orgueil comme dans leur cité,
Et semblaient ne sentir que leur félicité.
Et Dieu les a tous pris alors l'un après l'autre,
Le puissant, le repu, l'assouvi qui se vautre,
Le czar dans son Kremlin, l'iman au bord du Nil,
Comme on prend les petits d'un chien dans un chenil,
Et, comme il fait le jour sous les vagues marines,
M'ouvrant avec ses mains ces profondes poitrines,
Et, fouillant de son doigt de rayons pénétré
Leurs entrailles, leur foie et leurs reins, m'a montré
Des hydres qui rongeaient le dedans de ces âmes.

Et j'ai vu tressaillir ces hommes et ces femmes;
Leur visage riant comme un masque est tombé,
Et leur pensée, un monstre effroyable et courbé,
Une naine hagarde, inquiète, bourrue,

Assise sous leur crâne affreux, m'est apparue[1].
Alors tremblant, sentant chanceler mes genoux,
Je leur ai demandé : « Mais qui donc êtes-vous? »
Et ces êtres n'ayant presque plus face d'homme
M'ont dit : « Nous sommes ceux qui font le mal; et, comme
» C'est nous qui le faisons, c'est nous qui le souffrons. »

*

Oh! le nuage vain des pleurs et des affronts
S'envole, et la douleur passe en criant : Espère!
Vous me l'avez fait voir et toucher, ô vous, Père,
Juge, vous le grand juste et vous le grand clément!
Le rire du succès et du triomphe ment;
Un invisible doigt caressant se promène
Sous chacun des chaînons de la misère humaine;
L'adversité soutient ceux qu'elle fait lutter;
L'indigence est un bien pour qui sait la goûter;
L'harmonie éternelle autour du pauvre vibre
Et le berce; l'esclave, étant une âme, est libre,
Et le mendiant dit : Je suis riche, ayant Dieu.
L'innocence aux tourments jette ce cri : C'est peu.
La difformité rit dans Ésope, et la fièvre
Dans Scarron[2]; l'agonie ouvre aux hymnes sa lèvre;
Quand je dis : « La douleur est-elle un mal? » Zénon[3]
Se dresse devant moi paisible, et me dit : « Non. »
Oh! le martyre est joie et transport, le supplice
Est volupté, les feux du bûcher sont délice,
La souffrance est plaisir, la torture est bonheur;
Il n'est qu'un malheureux : c'est le méchant, Seigneur.

*

Aux premiers jours du monde, alors que la nuée,
Surprise, contemplait chaque chose créée,
Alors que sur le globe où le mal avait crû,
Flottait une lueur de l'Éden disparu,
Quand tout encor semblait être rempli d'aurore,
Quand sur l'arbre du temps les ans venaient d'éclore,

Sur la terre, où la chair avec l'esprit se fond,
Il se faisait le soir un silence profond,
Et le désert, les bois, l'onde aux vastes rivages,
Et les herbes des champs, et les bêtes sauvages,
Émus, et les rochers, ces ténébreux cachots,
Voyaient, d'un antre obscur couvert d'arbres si hauts
Que nos chênes auprès sembleraient des arbustes,
Sortir deux grands vieillards, nus, sinistres, augustes.
C'étaient Ève aux cheveux blanchis, et son mari,
Le pâle Adam, pensif, par le travail meurtri,
Ayant la vision de Dieu sous sa paupière.
Ils venaient tous les deux s'asseoir sur une pierre,
En présence des monts fauves et soucieux,
Et de l'éternité formidable des cieux.
Leur œil triste rendait la nature farouche;
Et là, sans qu'il sortît un souffle de leur bouche,
Les mains sur leurs genoux, et se tournant le dos,
Accablés comme ceux qui portent des fardeaux,
Sans autre mouvement de vie extérieure
Que de baisser plus bas la tête d'heure en heure,
Dans une stupeur morne et fatale absorbés,
Froids, livides, hagards, ils regardaient, courbés
Sous l'être illimité sans figure et sans nombre,
L'un, décroître le jour, et l'autre, grandir l'ombre;
Et, tandis que montaient les constellations,
Et que la première onde aux premiers alcyons
Donnait sous l'infini le long baiser nocturne,
Et qu'ainsi que des fleurs tombant à flots d'une urne,
Les astres fourmillants emplissaient le ciel noir,
Ils songeaient, et, rêveurs, sans entendre, sans voir,
Sourds aux rumeurs des mers d'où l'ouragan s'élance,
Toute la nuit, dans l'ombre, ils pleuraient en silence;
Ils pleuraient tous les deux, aïeux du genre humain,
Le père sur Abel, la mère sur Caïn.

Marine-Terrace, septembre 1855.

I

LE PONT[1]

J'avais devant les yeux les ténèbres. L'abîme
Qui n'a pas de rivage et qui n'a pas de cime
Était là, morne, immense; et rien n'y remuait.
Je me sentais perdu dans l'infini muet.
Au fond, à travers l'ombre, impénétrable voile,
On apercevait Dieu comme une sombre étoile.
Je m'écriai : — Mon âme, ô mon âme! il faudrait,
Pour traverser ce gouffre où nul bord n'apparaît,
Et pour qu'en cette nuit jusqu'à ton Dieu tu marches,
Bâtir un pont géant sur des millions d'arches.
Qui le pourra jamais? Personne! ô deuil! effroi!
Pleure! — Un fantôme blanc se dressa devant moi
Pendant que je jetais sur l'ombre un œil d'alarme,
Et ce fantôme avait la forme d'une larme;
C'était un front de vierge avec des mains d'enfant;
Il ressemblait au lys que la blancheur défend;
Ses mains en se joignant faisaient de la lumière.
Il me montra l'abîme où va toute poussière,
Si profond, que jamais un écho n'y répond,

Et me dit : — Si tu veux, je bâtirai le pont.
Vers ce pâle inconnu je levai ma paupière.
— Quel est ton nom? lui dis-je. Il me dit : — La prière.

Jersey, décembre 1852.

II

IBO[1]

Dites, pourquoi, dans l'insondable
    Au mur d'airain,
Dans l'obscurité formidable
    Du ciel serein,

Pourquoi, dans ce grand sanctuaire
    Sourd et béni,
Pourquoi, sous l'immense suaire
    De l'infini,

Enfouir vos lois éternelles
    Et vos clartés?
Vous savez bien que j'ai des ailes,
    O vérités!

Pourquoi vous cachez-vous dans l'ombre
    Qui nous confond?
Pourquoi fuyez-vous l'homme sombre
    Au vol profond?

Que le mal détruise ou bâtisse,
    Rampe ou soit roi,
Tu sais bien que j'irai, Justice,
    J'irai vers toi!

Beauté sainte, Idéal qui germes
    Chez les souffrants,
Toi par qui les esprits sont fermes
    Et les cœurs grands,

Vous le savez, vous que j'adore,
    Amour, Raison,
Qui vous levez comme l'aurore
    Sur l'horizon,

Foi, ceinte d'un cercle d'étoiles,
    Droit, bien de tous,
J'irai, Liberté qui te voiles,
    J'irai vers vous!

Vous avez beau, sans fin, sans borne,
    Lueurs de Dieu,
Habiter la profondeur morne
    Du gouffre bleu,

Ame à l'abîme habituée
    Dès le berceau,
Je n'ai pas peur de la nuée;
    Je suis oiseau.

Je suis oiseau comme cet être
    Qu'Amos[1] rêvait,
Que saint Marc voyait apparaître
    A son chevet,

Qui mêlait sur sa tête fière,
    Dans les rayons,
L'aile de l'aigle à la crinière
    Des grands lions.

J'ai des ailes. J'aspire au faîte;
    Mon vol est sûr;
J'ai des ailes pour la tempête
    Et pour l'azur.

Je gravis les marches sans nombre.
          Je veux savoir;
Quand la science serait sombre
          Comme le soir!

Vous savez bien que l'âme affronte
          Ce noir degré,
Et que, si haut qu'il faut qu'on monte,
          J'y monterai!

Vous savez bien que l'âme est forte
          Et ne craint rien
Quand le souffle de Dieu l'emporte!
          Vous savez bien

Que j'irai jusqu'aux bleus pilastres,
          Et que mon pas,
Sur l'échelle qui monte aux astres,
          Ne tremble pas!

L'homme, en cette époque agitée,
          Sombre océan,
Doit faire comme Prométhée
          Et comme Adam.

Il doit ravir au ciel austère
          L'éternel feu;
Conquérir son propre mystère,
          Et voler Dieu.

L'homme a besoin, dans sa chaumière,
          Des vents battu,
D'une loi qui soit sa lumière
          Et sa vertu.

Toujours ignorance et misère!
          L'homme en vain fuit,
Le sort le tient; toujours la serre!
          Toujours la nuit!

Il faut que le peuple s'arrache
  Au dur décret,
Et qu'enfin ce grand martyr sache
  Le grand secret!

Déjà l'amour, dans l'ère obscure
  Qui va finir,
Dessine la vague figure
  De l'avenir.

Les lois de nos destins sur terre,
  Dieu les écrit;
Et, si ces lois sont le mystère,
  Je suis l'esprit.

Je suis celui que rien n'arrête,
  Celui qui va,
Celui dont l'âme est toujours prête
  A Jéhovah;

Je suis le poëte farouche,
  L'homme devoir,
Le souffle des douleurs, la bouche
  Du clairon noir;

Le rêveur qui sur ses registres
  Met les vivants,
Qui mêle des strophes sinistres
  Aux quatre vents;

Le songeur ailé, l'âpre athlète
  Au bras nerveux,
Et je traînerais la comète
  Par les cheveux.

Donc, les lois de notre problème,
  Je les aurai;
J'irai vers elles, penseur blême,
  Mage effaré!

Pourquoi cacher ces lois profondes?
  Rien n'est muré.
Dans vos flammes et dans vos ondes
  Je passerai;

J'irai lire la grande bible;
  J'entrerai nu
Jusqu'au tabernacle terrible
  De l'inconnu,

Jusqu'au seuil de l'ombre et du vide,
  Gouffres ouverts
Que garde la meute livide
  Des noirs éclairs,

Jusqu'aux portes visionnaires
  Du ciel sacré;
Et, si vous aboyez, tonnerres,
  Je rugirai.

                    Au dolmen de Rozel, janvier 1853 [1]

III

Un spectre m'attendait dans un grand angle d'ombre,
Et m'a dit :

          — Le muet habite dans le sombre.
L'infini rêve, avec un visage irrité.
L'homme parle et dispute avec l'obscurité,
Et la larme de l'œil rit du bruit de la bouche.
Tout ce qui vous emporte est rapide et farouche.
Sais-tu pourquoi tu vis? sais-tu pourquoi tu meurs?
Les vivants orageux passent dans les rumeurs,
Chiffres tumultueux, flots de l'océan Nombre.

Vous n'avez rien à vous qu'un souffle dans de l'ombre;
L'homme est à peine né, qu'il est déjà passé,
Et c'est avoir fini que d'avoir commencé.
Derrière le mur blanc, parmi les herbes vertes,
La fosse obscure attend l'homme, lèvres ouvertes.
La mort est le baiser de la bouche tombeau.
Tâche de faire un peu de bien, coupe un lambeau
D'une bonne action dans cette nuit qui gronde,
Ce sera ton linceul dans la terre profonde.
Beaucoup s'en sont allés qui ne reviendront plus
Qu'à l'heure de l'immense et lugubre reflux;
Alors, on entendra des cris. Tâche de vivre;
Crois. Tant que l'homme vit, Dieu pensif lit son livre;
L'homme meurt quand Dieu fait au coin du livre un pli.
L'espace sait, regarde, écoute. Il est rempli
D'oreilles sous la tombe, et d'yeux dans les ténèbres.
Les morts, ne marchant plus, dressent leurs pieds funèbres;
Les feuilles sèches vont et roulent sous les cieux.
Ne sens-tu pas souffler le vent mystérieux?

Au dolmen de Rozel, avril 1853.

IV[1]

Écoutez. Je suis Jean. J'ai vu des choses sombres[2].
J'ai vu l'ombre infinie où se perdent les nombres,
J'ai vu les visions que les réprouvés font,
Les engloutissements de l'abîme sans fond;
J'ai vu le ciel, l'éther, le chaos et l'espace.
Vivants! puisque j'en viens, je sais ce qui s'y passe;
Je vous affirme à tous, écoutez bien ma voix,
J'affirme même à ceux qui vivent dans les bois,
Que le Seigneur, le Dieu des esprits des prophètes,
Voit ce que vous pensez et sait ce que vous faites[3].
C'est bien. Continuez, grands, petits, jeunes, vieux!

Que l'avare soit tout à l'or, que l'envieux
Rampe et morde en rampant, que le glouton dévore,
Que celui qui faisait le mal, le fasse encore,
Que celui qui fut lâche et vil, le soit toujours [1]!
Voyant vos passions, vos fureurs, vos amours,
J'ai dit à Dieu : « Seigneur, jugez où nous en sommes.
» Considérez la terre et regardez les hommes.
» Ils brisent tous les nœuds qui devaient les unir. »
Et Dieu m'a répondu : « Certes, je vais venir [2]! »

Serk, juillet 1853 [3].

V

CROIRE, MAIS PAS EN NOUS

Parce qu'on a porté du pain, du linge blanc,
A quelque humble logis sous les combles tremblant
Comme le nid parmi les feuilles inquiètes;
Parce qu'on a jeté ses restes et ses miettes
Au petit enfant maigre, au vieillard pâlissant,
Au pauvre qui contient l'éternel tout-puissant;
Parce qu'on a laissé Dieu manger sous sa table [4],
On se croit vertueux, on se croit charitable!
On dit : « Je suis parfait! louez-moi; me voilà! »
Et, tout en blâmant Dieu de ceci, de cela,
De ce qu'il pleut, du mal dont on le dit la cause,
Du chaud, du froid, on fait sa propre apothéose.
Le riche qui, gorgé, repu, fier, paresseux,
Laisse un peu d'or rouler de son palais sur ceux
Que le noir janvier glace et que la faim harcèle,
Ce riche-là, qui brille et donne une parcelle
De ce qu'il a de trop à qui n'a pas assez,

Et qui, pour quelques sous du pauvre ramassés,
S'admire et ferme l'œil sur sa propre misère,
S'il a le superflu, n'a pas le nécessaire :
La justice; et le loup rit dans l'ombre en marchant
De voir qu'il se croit bon pour n'être pas méchant.
Nous bons! nous fraternels! ô fange et pourriture!
Mais tournez donc vos yeux vers la mère nature!
Que sommes-nous, cœurs froids où l'égoïsme bout,
Auprès de la bonté suprême éparse en tout?
Toutes nos actions ne valent pas la rose.
Dès que nous avons fait par hasard quelque chose,
Nous nous vantons, hélas! vains souffles qui fuyons!
Dieu donne l'aube au ciel sans compter les rayons,
Et la rosée aux fleurs sans mesurer les gouttes;
Nous sommes le néant; nos vertus tiendraient toutes
Dans le creux de la pierre où vient boire l'oiseau.
L'homme est l'orgueil du cèdre emplissant le roseau.
Le meilleur n'est pas bon vraiment, tant l'homme est frêle,
Et tant notre fumée à nos vertus se mêle!
Le bienfait par nos mains pompeusement jeté
S'évapore aussitôt dans notre vanité;
Même en le prodiguant aux pauvres d'un air tendre,
Nous avons tant d'orgueil que notre or devient cendre;
Le bien que nous faisons est spectre comme nous.
L'Incréé, seul vivant, seul terrible et seul doux,
Qui juge, aime, pardonne, engendre, construit, fonde,
Voit nos hauteurs avec une pitié profonde.
Ah! rapides passants! ne comptons pas sur nous,
Comptons sur lui. Pensons et vivons à genoux;
Tâchons d'être sagesse, humilité, lumière;
Ne faisons point un pas qui n'aille à la prière;
Car nos perfections rayonneront bien peu
Après la mort, devant l'étoile et le ciel bleu.
Dieu seul peut nous sauver. C'est un rêve de croire
Que nos lueurs d'en bas sont là-haut de la gloire;
Si lumineux qu'il ait paru dans notre horreur,
Si doux qu'il ait été pour nos cœurs plein d'erreur,
Quoi qu'il ait fait, celui que sur la terre on nomme
Juste, excellent, pur, sage et grand, là-haut est l'homme;

C'est-à-dire la nuit en présence du jour;
Son amour semble haine auprès du grand amour;
Et toutes ses splendeurs, poussant des cris funèbres,
Disent en voyant Dieu : Nous sommes les ténèbres!
Dieu, c'est le seul azur dont le monde ait besoin.
L'abîme en en parlant prend l'atome à témoin.
Dieu seul est grand! c'est là le psaume du brin d'herbe;
Dieu seul est vrai! c'est là l'hymne du flot superbe;
Dieu seul est bon! c'est là le murmure des vents;
Ah! ne vous faites pas d'illusions, vivants!
Et d'où sortez-vous donc, pour croire que vous êtes
Meilleurs que Dieu, qui met les astres sur vos têtes,
Et qui vous éblouit, à l'heure du réveil,
De ce prodigieux sourire, le soleil!

Marine-Terrace, décembre 1854.

VI

PLEURS DANS LA NUIT[1]

I

Je suis l'être incliné qui jette ce qu'il pense;
Qui demande à la nuit le secret du silence;
    Dont la brume emplit l'œil;
Dans une ombre sans fond mes paroles descendent,
Et les choses sur qui tombent mes strophes rendent
    Le son creux du cercueil.

Mon esprit, qui du doute a senti la piqûre,
Habite, âpre songeur, la rêverie obscure
    Aux flots plombés et bleus,

Lac hideux où l'horreur tord ses bras, pâle nymphe,
Et qui fait boire une eau morte comme la lymphe
      Aux rochers scrofuleux.

Le Doute, fils bâtard de l'aïeule Sagesse,
Crie : — A quoi bon? — devant l'éternelle largesse,
      Nous fait tout oublier,
S'offre à nous, morne abri, dans nos marches sans nombre,
Nous dit : — Es-tu las? Viens! — Et l'homme dort à l'ombre
      De ce mancenillier[1].

L'effet pleure et sans cesse interroge la cause.
La création semble attendre quelque chose.
      L'homme à l'homme est obscur.
Où donc commence l'âme? où donc finit la vie?
Nous voudrions, c'est là notre incurable envie,
      Voir par-dessus le mur.

Nous rampons, oiseaux pris sous le filet de l'être;
Libres et prisonniers, l'immuable pénètre
      Toutes nos volontés;
Captifs sous le réseau des choses nécessaires
Nous sentons se lier des fils à nos misères
      Dans les immensités.

II

Nous sommes au cachot; la porte est inflexible[2];
Mais, dans une main sombre, inconnue, invisible,
      Qui passe par moment,
A travers l'ombre, espoir des âmes sérieuses,
On entend le trousseau des clefs mystérieuses
      Sonner confusément.

La vision de l'être emplit les yeux de l'homme.
Un mariage obscur sans cesse se consomme
      De l'ombre avec le jour;

Ce monde, est-ce un éden tombé dans la géhenne?
Nous avons dans le cœur des ténèbres de haine
    Et des clartés d'amour.

La création n'a qu'une prunelle trouble.
L'être éternellement montre sa face double,
    Mal et bien, glace et feu;
L'homme sent à la fois, âme pure et chair sombre,
La morsure du ver de terre au fond de l'ombre
    Et le baiser de Dieu.

Mais à de certains jours, l'âme est comme une veuve.
Nous entendons gémir les vivants dans l'épreuve.
    Nous doutons, nous tremblons,
Pendant que l'aube épand ses lumières sacrées
Et que mai sur nos seuils mêle les fleurs dorées
    Avec les enfants blonds.

Qu'importe la lumière, et l'aurore, et les astres,
Fleurs des chapiteaux bleus, diamants des pilastres
    Du profond firmament,
Et mai qui nous caresse, et l'enfant qui nous charme,
Si tout n'est qu'un soupir, si tout n'est qu'une larme,
    Si tout n'est qu'un moment!

III

Le sort nous use au jour, triste meule qui tourne.
L'homme inquiet et vain croit marcher, il séjourne;
    Il expire en créant.
Nous avons la seconde et nous rêvons l'année;
Et la dimension de notre destinée,
    C'est poussière et néant.

L'abîme, où les soleils sont les égaux des mouches,
Nous tient; nous n'entendons que des sanglots farouches
    Ou des rires moqueurs;

Vers la cible d'en haut qui dans l'azur s'élève,
Nous lançons nos projets, nos vœux, l'espoir, le rêve,
    Ces flèches de nos cœurs.

Nous voulons durer, vivre, être éternels. O cendre!
Où donc est la fourmi qu'on appelle Alexandre?
    Où donc le ver César?
En tombant sur nos fronts, la minute nous tue.
Nous passons, noir essaim, foule de deuil vêtue,
    Comme le bruit d'un char.

Nous montons à l'assaut du temps comme une armée.
Sur nos groupes confus que voile la fumée
    Des jours évanouis,
L'énorme éternité luit, splendide et stagnante;
Le cadran, bouclier de l'heure rayonnante,
    Nous terrasse éblouis!

IV

A l'instant où l'on dit : Vivons! tout se déchire.
Les pleurs subitement descendent sur le rire.
    Tête nue! à genoux!
Tes fils sont morts, mon père est mort, leur mère est morte
O deuil! qui passe là? C'est un cercueil qu'on porte.
    A qui le portez-vous?

Ils le portent à l'ombre, au silence, à la terre;
Ils le portent au calme obscur, à l'aube austère,
    A la brume sans bords,
Au mystère qui tord ses anneaux sous des voiles.
Au serpent inconnu qui lèche les étoiles
    Et qui baise les morts!

v

Ils le portent aux vers, au néant, à Peut-Être!
Car la plupart d'entre eux n'ont point vu le jour naître;
Sceptiques et bornés,
La négation morne et la matière hostile,
Flambeaux d'aveuglement, troublent l'âme inutile
De ces infortunés.

Pour eux le ciel ment, l'homme est un songe et croit vivre;
Ils ont beau feuilleter page à page le livre,
Ils ne comprennent pas;
Ils vivent en hochant la tête, et, dans le vide,
L'écheveau ténébreux que le doute dévide
Se mêle sous leurs pas.

Pour eux l'âme naufrage avec le corps qui sombre.
Leur rêve a les yeux creux et regarde de l'ombre;
Rien est le mot du sort;
Et chacun d'eux, riant de la voûte étoilée,
Porte en son cœur, au lieu de l'espérance ailée,
Une tête de mort.

Sourds à l'hymne des bois, au sombre cri de l'orgue,
Chacun d'eux est un champ plein de cendre, une morgue
Où pendent des lambeaux,
Un cimetière où l'œil des frémissants poëtes
Voit planer l'ironie et toutes ses chouettes,
L'ombre et tous ses corbeaux.

Quand l'astre et le roseau leur disent : Il faut croire;
Ils disent au jonc vert, à l'astre en sa nuit noire :
Vous êtes insensés!
Quand l'arbre leur murmure à l'oreille : Il existe;
Ces fous répondent : Non! et, si le chêne insiste,
Ils lui disent : Assez!

Quelle nuit! le semeur nié par la semence!
L'univers n'est pour eux qu'une vaste démence,
    Sans but et sans milieu;
Leur âme, en agitant l'immensité profonde,
N'y sent même pas l'être, et dans le grelot monde
    N'entend pas sonner Dieu!

VI

Le corbillard franchit le seuil du cimetière.
Le gai matin, qui rit à la nature entière,
    Resplendit sur ce deuil;
Tout être a son mystère où l'on sent l'âme éclore,
Et l'offre à l'infini; l'astre apporte l'aurore,
    Et l'homme le cercueil.

Le dedans de la fosse apparaît, triste crèche.
Des pierres par endroits percent la terre fraîche;
    Et l'on entend le glas;
Elles semblent s'ouvrir ainsi que des paupières;
Et le papillon blanc dit : « Qu'ont donc fait ces pierres? »
    Et la fleur dit : « Hélas! »

VII

Est-ce que par hasard ces pierres sont punies,
Dieu vivant, pour subir de telles agonies?
    Ah! ce que nous souffrons
N'est rien... — Plus bas que l'arbre en proie aux froides bises,
Sous cette forme horrible, est-ce que les Cambyses[1],
    Est-ce que les Nérons,

Après avoir tenu les peuples dans leur serre,
Et crucifié l'homme au noir gibet misère,
    Mis le monde en lambeaux,

Souillé l'âme, et changé, sous le vent des désastres,
L'univers en charnier, et fait monter aux astres
     La vapeur des tombeaux,

Après avoir passé joyeux dans la victoire,
Dans l'orgueil, et partout imprimé sur l'histoire
     Leurs ongles furieux,
Et, monstres qu'entrevoit l'homme en ses léthargies,
Après avoir sur terre été les effigies
     Du mal mystérieux,

Après avoir peuplé les prisons élargies,
Et versé tant de meurtre aux vastes mers rougies,
     Tant de morts, glaive au flanc,
Tant d'ombre, et de carnage, et d'horreurs inconnues,
Que le soleil, le soir, hésitait dans les nues
     Devant ce bain sanglant,

Après avoir mordu le troupeau que Dieu mène,
Et tourné tour à tour de la torture humaine
     L'atroce cabestan,
Et régné sous la pourpre et sous le laticlave,
Et plié six mille ans Adam, le vieil esclave,
     Sous le vieux roi Satan,

Est-ce que le chasseur Nemrod, Sforce le pâtre,
Est-ce que Messaline, est-ce que Cléopâtre,
     Caligula, Macrin,
Et les Achabs, par qui renaissaient les Sodomes,
Et Phalaris, qui fit du hurlement des hommes
     La clameur de l'airain,

Est-ce que Charles Neuf, Constantin, Louis Onze,
Vitellius, la fange, et Busiris, le bronze,
     Les Cyrus dévorants,
Les Égysthes montrés du doigt par les Électres [1],
Seraient, dans cette nuit, d'hommes devenus spectres,
     Et pierres de tyrans?

Est-ce que ces cailloux, tout pénétrés de crimes,
Dans l'horreur étouffés, scellés dans les abîmes,
  Enviant l'ossement,
Sans air, sans mouvement, sans jour, sans yeux, sans bouche,
Entre l'herbe sinistre et le cercueil farouche,
  Vivraient affreusement?

Est-ce que ce seraient des âmes condamnées,
Des maudits qui, pendant des millions d'années,
  Seuls avec le remords,
Au lieu de voir, des yeux de l'astre solitaire,
Sortir les rayons d'or, verraient les vers de terre
  Sortir des yeux des morts?

Homme et roche, exister, noir dans l'ombre vivante!
Songer, pétrifié dans sa propre épouvante!
  Rêver l'éternité!
Dévorer ses fureurs, confusément rugies!
Être pris, ouragan de crimes et d'orgies,
  Dans l'immobilité!

Punition! problème obscur! questions sombres!
Quoi! ce caillou dirait : — J'ai mis Thèbe en décombres!
  J'ai vu Suze à genoux!
J'étais Bélus à Tyr! J'étais Sylla dans Rome! —
Noire captivité des vieux démons de l'homme!
  O pierres, qu'êtes-vous?

Qu'a fait ce bloc, béant dans la fosse insalubre?
Glacé du froid profond de la terre lugubre,
  Informe et châtié,
Aveugle, même aux feux que la nuit réverbère,
Il pense et se souvient... — Quoi! ce n'est que Tibère!
  Seigneur, ayez pitié!

Ce dur silex noyé dans la terre, âpre, fruste,
Couvert d'ombre, pendant que le ciel s'ouvre au juste
  Qui s'y réfugia,

Jaloux du chien qui jappe et de l'âne qui passe [1],
Songe et dit : Je suis là ! — Dieu vivant, faites grâce !
　　　Ce n'est que Borgia !

O Dieu bon, penchez-vous sur tous ces misérables !
Sauvez ces submergés, aimez ces exécrables !
　　　Ouvrez les soupiraux.
Au nom des innocents, Dieu, pardonnez aux crimes.
Père, fermez l'enfer. Juge, au nom des victimes,
　　　Grâce pour les bourreaux !

De toutes parts s'élève un cri : Miséricorde !
Les peuples nus, liés, fouettés à coups de corde,
　　　Lugubres travailleurs,
Voyant leur maître en proie aux châtiments sublimes,
Ont pitié du despote, et, saignant de ses crimes,
　　　Pleurent de ses douleurs ;

Les pâles nations regardent dans le gouffre,
Et ces grands suppliants, pour le tyran qui souffre,
　　　T'implorent, Dieu jaloux ;
L'esclave mis en croix, l'opprimé sur la claie,
Plaint le satrape au fond de l'abîme, et la plaie
　　　Dit : Grâce pour les clous !

Dieu serein, regardez d'un regard salutaire
Ces reclus ténébreux qu'emprisonne la terre
　　　Pleine d'obscurs verrous,
Ces forçats dont le bagne est le dedans des pierres,
Et levez, à la voix des justes en prières,
　　　Ces effrayants écrous.

Père, prenez pitié du monstre et de la roche.
De tous les condamnés que le pardon s'approche !
　　　Jadis, rois des combats,
Ces bandits sur la terre ont fait une tempête ;
Étant montés plus haut dans l'horreur que la bête,
　　　Ils sont tombés plus bas.

Grâce pour eux! clémence, espoir, pardon, refuge,
Au jonc qui fut un prince, au ver qui fut un juge!
     Le méchant, c'est le fou.
Dieu, rouvrez au maudit! Dieu, relevez l'infâme!
Rendez à tous l'azur. Donnez au tigre une âme,
     Des ailes au caillou!

Mystère! obsession de tout esprit qui pense!
Échelle de la peine et de la récompense!
     Nuit qui monte en clarté!
Sourire épanoui sur la torture amère!
Vision du sépulcre! êtes-vous la chimère,
     Ou la réalité?

VIII

La fosse, plaie au flanc de la terre, est ouverte,
Et, béante, elle fait frissonner l'herbe verte
     Et le buisson jauni;
Elle est là, froide, calme, étroite, inanimée,
Et l'âme en voit sortir, ainsi qu'une fumée,
     L'ombre de l'infini.

Et les oiseaux de l'air, qui, planant sur les cimes,
Volant sous tous les cieux, comparent les abîmes
     Dans les courses qu'ils font,
Songent au noir Vésuve, à l'océan superbe,
Et disent, en voyant cette fosse dans l'herbe :
     Voici le plus profond!

IX

L'âme est partie, on rend le corps à la nature.
La vie a disparu sous cette créature;
     Mort, où sont tes appuis?

Le voilà hors du temps, de l'espace et du nombre.
On le descend avec une corde dans l'ombre
          Comme un seau dans un puits.

Que voulez-vous puiser dans ce puits formidable?
Et pourquoi jetez-vous la sonde à l'insondable?
          Qu'y voulez-vous puiser?
Est-ce l'adieu lointain et doux de ceux qu'on aime?
Est-ce un regard? hélas! est-ce un soupir suprême?
          Est-ce un dernier baiser?

Qu'y voulez-vous puiser, vivants, essaim frivole?
Est-ce un frémissement du vide où tout s'envole,
          Un bruit, une clarté,
Une lettre du mot que Dieu seul peut écrire?
Est-ce, pour le mêler à vos éclats de rire,
          Un peu d'éternité?

Dans ce gouffre où la larve entr'ouvre son œil terne,
Dans cette épouvantable et livide citerne,
          Abîme de douleurs,
Dans ce cratère obscur des muettes demeures,
Que voulez-vous puiser, ô passants de peu d'heures,
          Hommes de peu de pleurs?

Est-ce le secret sombre? est-ce la froide goutte
Qui, larme du néant, suinte de l'âpre voûte
          Sans aube et sans flambeau?
Est-ce quelque lueur effarée et hagarde?
Est-ce le cri jeté par tout ce qui regarde
          Derrière le tombeau?

Vous ne puiserez rien. Les morts tombent. La fosse
Les voit descendre, avec leur âme juste ou fausse,
          Leur nom, leŭrs pas, leur bruit.
Un jour, quand souffleront les célestes haleines,
Dieu seul remontera toutes ces urnes pleines
          De l'éternelle nuit.

X

Et la terre, agitant la ronce à sa surface,
Dit : — L'homme est mort; c'est bien; que veut-on que j'en
    fasse?
        Pourquoi me le rend-on? —
Terre! fais-en des fleurs! des lys que l'aube arrose!
De cette bouche aux dents béantes, fais la rose
        Entr'ouvrant son bouton!

Fais ruisseler ce sang dans tes sources d'eaux vives,
Et fais-le boire aux bœufs mugissants, tes convives;
        Prends ces chairs en haillons;
Fais de ces seins bleuis sortir des violettes,
Et couvre de ces yeux que t'offrent les squelettes
        L'aile des papillons.

Fais avec tous ces morts une joyeuse vie.
Fais-en le fier torrent qui gronde et qui dévie,
        La mousse aux frais tapis!
Fais-en des rocs, des joncs, des fruits, des vignes mûres,
Des brises, des parfums, des bois pleins de murmures,
        Des sillons pleins d'épis!

Fais-en des buissons verts, fais-en de grandes herbes!
Et qu'en ton sein profond d'où se lèvent les gerbes,
        A travers leur sommeil,
Les effroyables morts sans souffle et sans paroles
Se sentent frissonner dans toutes ces corolles
        Qui tremblent au soleil!

XI

La terre, sur la bière où le mort pâle écoute,
Tombe, et le nid gazouille, et, là-bas, sur la route
        Siffle le paysan;

Et ces fils, ces amis que le regret amène,
N'attendent même pas que la fosse soit pleine
        Pour dire : Allons-nous-en!

Le fossoyeur, payé par ces douleurs hâtées,
Jette sur le cercueil la terre à pelletées.
        Toi qui, dans ton linceul,
Rêvais le deuil sans fin, cette blanche colombe,
Avec cet homme allant et venant sur ta tombe,
        O mort, te voilà seul!

Commencement de l'âpre et morne solitude!
Tu ne changeras plus de lit ni d'attitude;
        L'heure aux pas solennels
Ne sonne plus pour toi; l'ombre te fait terrible;
L'immobile suaire a sur ta forme horrible
        Mis ses plis éternels.

Et puis le fossoyeur s'en va boire la fosse.
Il vient de voir des dents que la terre déchausse,
        Il rit, il mange, il mord;
Et prend, en murmurant des chansons hébétées,
Un verre dans ses mains à chaque instant heurtées
        Aux choses de la mort.

Le soir vient; l'horizon s'emplit d'inquiétude;
L'herbe tremble et bruit comme une multitude;
        Le fleuve blanc reluit;
Le paysage obscur prend les veines des marbres;
Ces hydres que, le jour, on appelle des arbres,
        Se tordent dans la nuit.

Le mort est seul. Il sent la nuit qui le dévore.
Quand naît le doux matin, tout l'azur de l'aurore,
        Tous ses rayons si beaux,
Tout l'amour des oiseaux et leurs chansons sans nombre,
Vont aux berceaux dorés; et, la nuit, toute l'ombre
        Aboutit aux tombeaux.

Il entend des soupirs dans les fosses voisines;
Il sent la chevelure affreuse des racines
     Entrer dans son cercueil[1];
Il est l'être vaincu dont s'empare la chose;
Il sent un doigt obscur, sous sa paupière close,
     Lui retirer son œil.

Il a froid; car le soir, qui mêle à son haleine
Les ténèbres, l'horreur, le spectre et le phalène,
     Glace ces durs grabats;
Le cadavre, lié de bandelettes blanches,
Grelotte, et dans sa bière entend les quatre planches
     Qui lui parlent tout bas.

L'une dit : — Je fermais ton coffre-fort. — Et l'autre
Dit : — J'ai servi de porte au toit qui fut le nôtre. —
     L'autre dit : — Aux beaux jours,
La table où rit l'ivresse et que le vin encombre,
C'était moi. — L'autre dit : — J'étais le chevet sombre
     Du lit de tes amours.

Allez, vivants! riez, chantez; le jour flamboie.
Laissez derrière vous, derrière votre joie
     Sans nuage et sans pli,
Derrière la fanfare et le bal qui s'élance,
Tous ces morts qu'enfouit dans la fosse silence
     Le fossoyeur oubli!

XII

Tous y viendront.

XIII

     Assez! et levez-vous de table.
Chacun prend à son tour la route redoutable;
     Chacun sort en tremblant;

Chantez, riez; soyez heureux, soyez célèbres;
Chacun de vous sera bientôt dans les ténèbres
    Le spectre au regard blanc.

La foule vous admire et l'azur vous éclaire;
Vous êtes riche, grand, glorieux, populaire,
    Puissant, fier, encensé;
Vos licteurs devant vous, graves, portent la hache;
Et vous vous en irez sans que personne sache
    Où vous avez passé.

Jeunes filles, hélas! qui donc croit à l'aurore?
Votre lèvre pâlit pendant qu'on danse encore
    Dans le bal enchanté;
Dans les lustres blêmis on voit grandir le cierge;
La mort met sur vos fronts ce grand voile de vierge
    Qu'on nomme éternité.

Le conquérant, debout dans une aube enflammée,
Penche, et voit s'en aller son épée en fumée;
    L'amante avec l'amant
Passe; le berceau prend une voix sépulcrale;
L'enfant rose devient larve horrible, et le râle
    Sort du vagissement.

Ce qu'ils disaient hier, le savent-ils eux-mêmes?
Des chimères, des vœux, des cris, de vains problèmes!
    O néant inouï!
Rien ne reste; ils ont tout oublié dans la fuite
Des choses que Dieu pousse et qui courent si vite
    Que l'homme est ébloui!

O promesses! espoirs! cherchez-les dans l'espace.
La bouche qui promet est un oiseau qui passe.
    Fou qui s'y confierait!
Les promesses s'en vont où va le vent des plaines,
Où vont les flots, où vont les obscures haleines
    Du soir dans la forêt!

Songe à la profondeur du néant où nous sommes.
Quand tu seras couché sous la terre où les hommes
    S'enfoncent pas à pas,
Tes enfants, épuisant les jours que Dieu leur compte,
Seront dans la lumière ou seront dans la honte;
    Tu ne le sauras pas!

Ce que vous rêvez tombe avec ce que vous faites.
Voyez ces grands palais; voyez ces chars de fêtes
    Aux tournoyants essieux;
Voyez ces longs fusils qui suivent le rivage;
Voyez ces chevaux, noirs comme un héron sauvage
    Qui vole sous les cieux,

Tout cela passera comme une voix chantante;
Pyramide, à tes pieds tu regardes la tente,
    Sous l'éclatant zénith;
Tu l'entends frissonner au vent comme une voile,
Chéops, et tu te sens, en la voyant de toile,
    Fière d'être en granit;

Et toi, tente, tu dis : Gloire à la pyramide!
Mais, un jour, hennissant comme un cheval numide,
    L'ouragan libyen
Soufflera sur ce sable où sont les tentes frêles,
Et Chéops roulera pêle-mêle avec elles
    En s'écriant : Eh bien!

Tu périras, malgré ton enceinte murée,
Et tu ne seras plus, ville, ô ville sacrée,
    Qu'un triste amas fumant
Et ceux qui t'ont servie et ceux qui t'ont aimée
Frapperont leur poitrine en voyant la fumée
    De ton embrasement.

Ils diront : — O douleur! ô deuil! guerre civile!
Quelle ville a jamais égalé cette ville [1]?
    Ses tours montaient dans l'air;

Elle riait aux chants de ses prostituées;
Elle faisait courir ainsi que des nuées
          Ses vaisseaux sur la mer.

Ville! où sont tes docteurs qui t'enseignaient à lire?
Tes dompteurs de lions qui jouaient de la lyre,
          Tes lutteurs jamais las?
Ville! est-ce qu'un voleur, la nuit, t'a dérobée?
Où donc est Babylone? Hélas! elle est tombée!
          Elle est tombée, hélas [1]!

On n'entend plus chez toi le bruit que fait la meule.
Pas un marteau n'y frappe un clou. Te voilà seule.
          Ville, où sont tes bouffons?
Nul passant désormais ne montera tes rampes;
Et l'on ne verra plus la lumière des lampes
          Luire sous tes plafonds [2].

Brillez pour disparaître et montez pour descendre.
Le grain de sable dit dans l'ombre au grain de cendre :
          Il faut tout engloutir.
Où donc est Thèbes? dit Babylone pensive.
Thèbes demande : Où donc est Ninive? et Ninive
          S'écrie : Où donc est Tyr?

En laissant fuir les mots de sa langue prolixe,
L'homme s'agite et va, suivi par un œil fixe;
          Dieu n'ignore aucun toit;
Tous les jours d'ici-bas ont des aubes funèbres;
Malheur à ceux qui font le mal dans les ténèbres
          En disant : Qui nous voit?

Tous tombent; l'un au bout d'une course insensée,
L'autre à son premier pas; l'homme sur sa pensée,
          La mère sur son nid;
Et le porteur de sceptre et le joueur de flûte
S'en vont; et rien ne dure; et le père qui lutte
          Suit l'aïeul qui bénit.

Les races vont au but qu'ici-bas tout révèle.
Quand l'ancienne commence à pâlir, la nouvelle
     A déjà le même air;
Dans l'éternité, gouffre où se vide la tombe,
L'homme coule sans fin, sombre fleuve qui tombe
     Dans une sombre mer.

Tout escalier, que l'ombre ou la splendeur le couvre,
Descend au tombeau calme, et toute porte s'ouvre
     Sur le dernier moment;
Votre sépulcre emplit la maison où vous êtes;
Et tout plafond, croisant ses poutres sur nos têtes,
     Est fait d'écroulement.

Veillez, veillez! Songez à ceux que vous perdîtes;
Parlez moins haut, prenez garde à ce que vous dites,
     Contemplez à genoux;
L'aigle trépas du bout de l'aile nous effleure;
Et toute votre vie, en fuite heure par heure,
     S'en va derrière nous.

O coups soudains! départs vertigineux! mystère!
Combien qui ne croyaient parler que pour la terre,
     Front haut, cœur fier, bras fort,
Tout à coup, comme un mur subitement s'écroule,
Au milieu d'une phrase adressée à la foule,
     Sont entrés dans la mort,

Et, sous l'immensité qui n'est qu'un œil sublime,
Ont pâli, stupéfaits de voir, dans cet abîme
     D'astres et de ciel bleu,
Où le masqué se montre, où l'inconnu se nomme,
Que le mot qu'ils avaient commencé devant l'homme
     S'achevait devant Dieu!

Un spectre au seuil de tout tient le doigt sur sa bouche.
Les morts partent. La nuit de sa verge les touche.
     Ils vont, l'antre est profond,

Nus, et se dissipant, et l'on ne voit rien luire.
Où donc sont-ils allés? On n'a rien à vous dire.
  Ceux qui s'en vont, s'en vont.

Sur quoi donc marchent-ils? sur l'énigme, sur l'ombre,
Sur l'être. Ils font un pas : comme la nef qui sombre,
  Leur blancheur disparaît;
Et l'on n'entend plus rien dans l'ombre inaccessible
Que le bruit sourd que fait dans le gouffre invisible
  L'invisible forêt.

L'infini, route noire et de brume remplie,
Et qui joint l'âme à Dieu, monte, fuit, multiplie
  Ses cintres tortueux,
Et s'efface... — et l'horreur effare nos pupilles
Quand nous entrevoyons les arches et les piles
  De ce pont monstrueux.

O sort! obscurité! nuée! on rêve, on souffre.
Les êtres, dispersés à tous les vents du gouffre,
  Ne savent ce qu'ils font.
Les vivants sont hagards. Les morts sont dans leurs couches.
Pendant que nous songeons, des pleurs, gouttes farouches,
  Tombent du noir plafond.

XIV

On brave l'immuable; et l'un se réfugie
Dans l'assoupissement, et l'autre dans l'orgie.
  Cet autre va criant :
— A bas vertu, devoir et foi! l'homme est un ventre! —
Dans ce lugubre esprit, comme un tigre en son antre,
  Habite le néant.

Écoutez-le : — Jouir est tout. L'heure est rapide.
Le sacrifice est fou, le martyre est stupide;
  Vivre est l'essentiel.

L'immensité ricane et la tombe grimace.
La vie est un caillou que le sage ramasse
    Pour lapider le ciel. —

Il souffle, forçat noir, sa vermine sur l'ange.
Il est content, il est hideux; il boit, il mange;
    Il rit, la lèvre en feu,
Tous les rires que peut inventer la démence;
Il dit tout ce que peut dire en sa haine immense
    Le ver de terre à Dieu.

Il dit : Non! à celui sous qui tremble le pôle.
Soudain l'ange muet met la main sur l'épaule
    Du railleur effronté;
La mort derrière lui surgit pendant qu'il chante;
Dieu remplit tout à coup cette bouche crachante
    Avec l'éternité.

XV

Qu'est-ce que tu feras de tant d'herbes fauchées,
O vent? que feras-tu des pailles desséchées
    Et de l'arbre abattu?
Que feras-tu de ceux qui s'en vont avant l'heure,
Et de celui qui rit et de celui qui pleure,
    O vent, qu'en feras-tu?

Que feras-tu des cœurs? que feras-tu des âmes?
Nous aimâmes, hélas! nous crûmes, nous pensâmes :
    Un moment nous brillons;
Puis, sur les panthéons ou sur les ossuaires,
Nous frissonnons, ceux-ci drapeaux, ceux-là suaires,
    Tous, lambeaux et haillons!

Et ton souffle nous tient, nous arrache et nous ronge!
Et nous étions la vie, et nous sommes le songe!
    Et voilà que tout fuit!

Et nous ne savons plus qui nous pousse et nous mène,
Et nous questionnons en vain notre âme pleine
  De tonnerre et de nuit!

O vent, que feras-tu de ces tourbillons d'êtres,
Hommes, femmes, vieillards, enfants, esclaves, maîtres,
  Souffrant, priant, aimant,
Doutant, peut-être cendre et peut-être semence,
Qui roulent, frémissants et pâles, vers l'immense
  Évanouissement!

XVI

L'arbre Éternité[1] vit sans faîte et sans racines.
Ses branches sont partout, proches du ver, voisines
  Du grand astre doré;
L'espace voit sans fin croître la branche Nombre,
Et la branche Destin, végétation sombre,
  Emplit l'homme effaré.

Nous la sentons ramper et grandir sous nos crânes,
Lier Deutz à Judas, Nemrod à Schinderhannes[2],
  Tordre ses mille nœuds,
Et, passants pénétrés de fibres éternelles,
Tremblants, nous la voyons croiser dans nos prunelles
  Ses fils vertigineux.

Et nous apercevons, dans le plus noir de l'arbre,
Les Hobbes contemplant avec des yeux de marbre
  Les Kant aux larges fronts;
Leur cognée à la main, le pied sur les problèmes,
Immobiles; la mort a fait des spectres blêmes
  De tous ces bûcherons.

Ils sont là, stupéfaits et chacun sur sa branche.
L'un se redresse, et l'autre, épouvanté, se penche.
  L'un voulut, l'autre osa.

Tous se sont arrêtés en voyant le mystère.
Zénon rêve tourné vers Pyrrhon[1], et Voltaire
      Regarde Spinosa.

Qu'avez-vous donc trouvé, dites, chercheurs sublimes?
Quels nids avez-vous vus, noirs comme des abîmes
      Sur ces rameaux noueux?
Cachaient-ils des essaims d'ailes sombres ou blanches?
Dites, avez-vous fait envoler de ces branches
      Quelque aigle monstrueux?

De quelqu'un qui se tait nous sommes les ministres ;
Le noir réseau du sort trouble nos yeux sinistres;
      Le vent nous courbe tous;
L'ombre des mêmes nuits mêle toutes les têtes.
Qui donc sait le secret? le savez-vous, tempêtes?
      Gouffres, en parlez-vous?

Le problème muet gonfle la mer sonore,
Et, sans cesse oscillant, va du soir à l'aurore
      Et de la taupe au lynx;
L'énigme aux yeux profonds nous regarde obstinée;
Dans l'ombre nous voyons sur notre destinée
      Les deux griffes du sphinx.

Le mot, c'est Dieu. Ce mot luit dans les âmes veuves;
Il tremble dans la flamme; onde, il coule en tes fleuves,
      Homme, il coule en ton sang;
Les constellations le disent au silence;
Et le volcan, mortier de l'infini, le lance
      Aux astres en passant.

Ne doutons pas. Croyons. Emplissons l'étendue
De notre confiance, humble, ailée, éperdue.
      Soyez l'immense Oui.
Que notre cécité ne soit pas un obstacle;
A la création donnons ce grand spectacle
      D'un aveugle ébloui.

Car je vous le redis, votre oreille étant dure :
Non est un précipice. O vivants! rien ne dure;
    La chair est aux corbeaux;
La vie autour de vous croule comme un vieux cloître;
Et l'herbe est formidable, et l'on y voit moins croître
    De fleurs que de tombeaux.

Tout, dès que nous doutons, devient triste et farouche.
Quand il veut, spectre gai, le sarcasme à la bouche
    Et l'ombre dans les yeux,
Rire avec l'infini, pauvre âme aventurière,
L'homme frissonnant voit les arbres en prière
    Et les monts sérieux;

Le chêne ému fait signe au cèdre qui contemple;
Le rocher rêveur semble un prêtre dans le temple
    Pleurant un déshonneur;
L'araignée, immobile au centre de ses toiles,
Médite; et le lion, songeant sous les étoiles,
    Rugit : Pardon, Seigneur [1]!

        Jersey, cimetière de Saint-Jean, avril 1854.

VII

Un jour, le morne esprit, le prophète sublime
    Qui rêvait à Patmos,
Et lisait, frémissant, sur le mur de l'abîme
    De si lugubres mots,

Dit à son aigle : « O monstre! il faut que tu m'emportes.
    Je veux voir Jéhovah. »
L'aigle obéit. Des cieux ils franchirent les portes;
    Enfin, Jean arriva;

Il vit l'endroit sans nom dont nul archange n'ose
    Traverser le milieu,
Et ce lieu redoutable était plein d'ombre, à cause
    De la grandeur de Dieu.

                  Jersey, septembre 1855.

VIII

CLAIRE[1]

Quoi donc! la vôtre aussi! la vôtre suit la mienne!
O mère au cœur profond, mère, vous avez beau
Laisser la porte ouverte afin qu'elle revienne,
Cette pierre là-bas dans l'herbe est un tombeau!

La mienne disparut dans les flots qui se mêlent;
Alors, ce fut ton tour, Claire, et tu t'envolas.
Est-ce donc que là-haut dans l'ombre elles s'appellent,
Qu'elles s'en vont ainsi l'une après l'autre, hélas?

Enfant qui rayonnais, qui chassais la tristesse,
Que ta mère jadis berçait de sa chanson,
Qui d'abord la charmas avec ta petitesse
Et plus tard lui remplis de clarté l'horizon,

Voilà donc que tu dors sous cette pierre grise!
Voilà que tu n'es plus, ayant à peine été!
L'astre attire le lys, et te voilà reprise,
O vierge, par l'azur, cette virginité!

Te voilà remontée au firmament sublime,
Échappée aux grands cieux comme la grive aux bois,

Et, flamme, aile, hymne, odeur, replongée à l'abîme
Des rayons, des amours, des parfums et des voix!

Nous ne t'entendrons plus rire en notre nuit noire.
Nous voyons seulement, comme pour nous bénir,
Errer dans notre ciel et dans notre mémoire
Ta figure, nuage, et ton nom, souvenir!

Pressentais-tu déjà ton sombre épithalame?
Marchant sur notre monde à pas silencieux,
De tous les idéals tu composais ton âme,
Comme si tu faisais un bouquet pour les cieux!

En te voyant si calme et toute lumineuse,
Les cœurs les plus saignants ne haïssaient plus rien.
Tu passais parmi nous comme Ruth la glaneuse[1],
Et, comme Ruth l'épi, tu ramassais le bien.

La nature, ô front pur, versait sur toi sa grâce,
L'aurore sa candeur, et les champs leur bonté;
Et nous retrouvions, nous sur qui la douleur passe,
Toute cette douceur dans toute ta beauté!

Chaste, elle paraissait ne pas être autre chose
Que la forme qui sort des cieux éblouissants;
Et de tous les rosiers elle semblait la rose,
Et de tous les amours elle semblait l'encens.

Ceux qui n'ont pas connu cette charmante fille
Ne peuvent pas savoir ce qu'était ce regard
Transparent comme l'eau qui s'égaie et qui brille
Quand l'étoile surgit sur l'océan hagard.

Elle était simple, franche, humble, naïve et bonne;
Chantant à demi-voix son chant d'illusion,
Ayant je ne sais quoi dans toute sa personne
De vague et de lointain comme la vision.

On sentait qu'elle avait peu de temps sur la terre,
Qu'elle n'apparaissait que pour s'évanouir,
Et qu'elle acceptait peu sa vie involontaire;
Et la tombe semblait par moments l'éblouir.

Elle a passé dans l'ombre où l'homme se résigne;
Le vent sombre soufflait; elle a passé sans bruit,
Belle, candide, ainsi qu'une plume de cygne
Qui reste blanche, même en traversant la nuit!

Elle s'en est allée à l'aube qui se lève,
Lueur dans le matin, vertu dans le ciel bleu,
Bouche qui n'a connu que le baiser du rêve,
Ame qui n'a dormi que dans le lit de Dieu!

Nous voici maintenant en proie aux deuils sans bornes,
Mère, à genoux tous deux sur des cercueils sacrés,
Regardant à jamais dans les ténèbres mornes
La disparition des êtres adorés!

Croire qu'ils resteraient! quel songe! Dieu les presse.
Même quand leurs bras blancs sont autour de nos cous,
Un vent du ciel profond fait frissonner sans cesse
Ces fantômes charmants que nous croyons à nous.

Ils sont là, près de nous, jouant sur notre route;
Ils ne dédaignent pas notre soleil obscur,
Et derrière eux, et sans que leur candeur s'en doute,
Leurs ailes font parfois de l'ombre sur le mur.

Ils viennent sous nos toits; avec nous ils demeurent;
Nous leur disons : Ma fille, ou : Mon fils; ils sont doux,
Riants, joyeux, nous font une caresse, et meurent. —
O mère, ce sont là les anges, voyez-vous!

C'est une volonté du sort, pour nous sévère,
Qu'ils rentrent vite au ciel resté pour eux ouvert;
Et qu'avant d'avoir mis leur lèvre à notre verre,
Avant d'avoir rien fait et d'avoir rien souffert,

Ils partent radieux; et qu'ignorant l'envie,
L'erreur, l'orgueil, le mal, la haine, la douleur,
Tous ces êtres bénis s'envolent de la vie
A l'âge où la prunelle innocente est en fleur!

Nous qui sommes démons ou qui sommes apôtres,
Nous devons travailler, attendre, préparer;
Pensifs, nous expions pour nous-même ou pour d'autres;
Notre chair doit saigner, nos yeux doivent pleurer.

Eux, ils sont l'air qui fuit, l'oiseau qui ne se pose
Qu'un instant, le soupir qui vole, avril vermeil
Qui brille et passe; ils sont le parfum de la rose
Qui va rejoindre aux cieux le rayon du soleil!

Ils ont ce grand dégoût mystérieux de l'âme
Pour notre chair coupable et pour notre destin;
Ils ont, êtres rêveurs qu'un autre azur réclame,
Je ne sais quelle soif de mourir le matin!

Ils sont l'étoile d'or se couchant dans l'aurore,
Mourant pour nous, naissant pour l'autre firmament;
Car la mort, quand un astre en son sein vient éclore,
Continue, au delà, l'épanouissement!

Oui, mère, ce sont là les élus du mystère,
Les envoyés divins, les ailés, les vainqueurs,
A qui Dieu n'a permis que d'effleurer la terre
Pour faire un peu de joie à quelques pauvres cœurs.

Comme l'ange à Jacob, comme Jésus à Pierre,
Ils viennent jusqu'à nous qui loin d'eux étouffons,
Beaux, purs, et chacun d'eux portant sous sa paupière
La sereine clarté des paradis profonds.

Puis, quand ils ont, pieux, baisé toutes nos plaies,
Pansé notre douleur, azuré nos raisons,
Et fait luire un moment l'aube à travers nos claies,
Et chanté la chanson du ciel dans nos maisons,

Ils retournent là-haut parler à Dieu des hommes,
Et, pour lui faire voir quel est notre chemin,
Tout ce que nous souffrons et tout ce que nous sommes,
S'en vont avec un peu de terre dans la main.

Ils s'en vont; c'est tantôt l'éclair qui les emporte,
Tantôt un mal plus fort que nos soins superflus.
Alors, nous, pâles, froids, l'œil fixé sur la porte,
Nous ne savons plus rien, sinon qu'ils ne sont plus.

Nous disons : — A quoi bon l'âtre sans étincelles?
A quoi bon la maison où ne sont plus leurs pas?
A quoi bon la ramée où ne sont plus les ailes?
Qui donc attendons-nous s'ils ne reviendront pas? —

Ils sont partis, pareils au bruit qui sort des lyres.
Et nous restons là, seuls, près du gouffre où tout fuit,
Tristes; et la lueur de leurs charmants sourires
Parfois nous apparaît vaguement dans la nuit.

Car ils sont revenus, et c'est là le mystère[1];
Nous entendons quelqu'un flotter, un souffle errer,
Des robes effleurer notre seuil solitaire,
Et cela fait alors que nous pouvons pleurer.

Nous sentons frissonner leurs cheveux dans notre ombre;
Nous sentons, lorsqu'ayant la lassitude en nous,
Nous nous levons après quelque prière sombre,
Leurs blanches mains toucher doucement nos genoux.

Ils nous disent tout bas de leur voix la plus tendre :
« Mon père, encore un peu! ma mère, encore un jour!
» M'entends-tu? je suis là, je reste pour t'attendre
» Sur l'échelon d'en bas de l'échelle d'amour.

» Je t'attends pour pouvoir nous en aller ensemble.
» Cette vie est amère, et tu vas en sortir.
» Pauvre cœur, ne crains rien, Dieu vit! la mort rassemble.
» Tu redeviendras ange ayant été martyr. »

Oh! quand donc viendrez-vous? Vous retrouver, c'est naître.
Quand verrons-nous, ainsi qu'un idéal flambeau,
La douce étoile mort, rayonnante, apparaître
A ce noir horizon qu'on nomme le tombeau?

Quand nous en irons-nous où vous êtes, colombes!
Où sont les enfants morts et les printemps enfuis,
Et tous les chers amours dont nous sommes les tombes,
Et toutes les clartés dont nous sommes les nuits?

Vers ce grand ciel clément où sont tous les dictames,
Les aimés, les absents, les êtres purs et doux,
Les baisers des esprits et les regards des âmes,
Quand nous en irons-nous? quand nous en irons-nous?

Quand nous en irons-nous où sont l'aube et la foudre?
Quand verrons-nous, déjà libres, hommes encor,
Notre chair ténébreuse en rayons se dissoudre,
Et nos pieds faits de nuit éclore en ailes d'or?

Quand nous enfuirons-nous dans la joie infinie
Où les hymnes vivants sont des anges voilés,
Où l'on voit, à travers l'azur de l'harmonie,
La strophe bleue errer sur les luths étoilés?

Quand viendrez-vous chercher notre humble cœur qui
    sombre?
Quand nous reprendrez-vous à ce monde charnel,
Pour nous bercer ensemble aux profondeurs de l'ombre,
Sous l'éblouissement du regard éternel?

                                        Décembre 1846[1]

IX

A LA FENÊTRE, PENDANT LA NUIT[1]

I

Les étoiles, points d'or, percent les branches noires;
Le flot huileux et lourd décompose ses moires
    Sur l'océan blêmi;
Les nuages ont l'air d'oiseaux prenant la fuite;
Par moments le vent parle, et dit des mots sans suite,
    Comme un homme endormi.

Tout s'en va. La nature est l'urne mal fermée.
La tempête est écume et la flamme est fumée.
    Rien n'est hors du moment,
L'homme n'a rien qu'il prenne, et qu'il tienne, et qu'il garde.
Il tombe heure par heure, et, ruine, il regarde
    Le monde, écroulement.

L'astre est-il le point fixe en ce mouvant problème?
Ce ciel que nous voyons fut-il toujours le même?
    Le sera-t-il toujours?
L'homme a-t-il sur son front des clartés éternelles?
Et verra-t-il toujours les mêmes sentinelles
    Monter aux mêmes tours?

II

Nuits, serez-vous pour nous toujours ce que vous êtes?
Pour toute vision, aurons-nous sur nos têtes
    Toujours les mêmes cieux?

Dis, larve Aldebaran, réponds, spectre Saturne,
Ne verrons-nous jamais sur le masque nocturne
    S'ouvrir de nouveaux yeux?

Ne verrons-nous jamais briller de nouveaux astres?
Et des cintres nouveaux, et de nouveaux pilastres
    Luire à notre œil mortel,
Dans cette cathédrale aux formidables porches
Dont le septentrion éclaire avec sept torches
    L'effrayant maître-autel?

A-t-il cessé, le vent qui fit naître ces roses,
Sirius, Orion, toi, Vénus, qui reposes
    Notre œil dans le péril?
Ne verrons-nous jamais sous ces grandes haleines
D'autres fleurs de lumière éclore dans les plaines
    De l'éternel avril?

Savons-nous où le monde en est de son mystère?
Qui nous dit, à nous, joncs du marais, vers de terre
    Dont la bave reluit,
A nous qui n'avons pas nous-mêmes notre preuve,
Que Dieu ne va pas mettre une tiare neuve
    Sur le front de la nuit?

III

Dieu n'a-t-il plus de flamme à ses lèvres profondes?
N'en fait-il plus jaillir des tourbillons de mondes?
    Parlez, Nord et Midi!
N'emplit-il plus de lui sa création sainte?
Et ne souffle-t-il plus que d'une bouche éteinte
    Sur l'être refroidi?

Quand les comètes vont et viennent, formidables,
Apportant la lueur des gouffres insondables
    A nos fronts soucieux,

Brûlant, volant, peut-être âmes[1], peut-être mondes,
Savons-nous ce que font toutes ces vagabondes
    Qui courent dans nos cieux?

Qui donc a vu la source et connaît l'origine?
Qui donc, ayant sondé l'abîme, s'imagine
    En être mage et roi?
Ah! fantômes humains, courbés sous les désastres!
Qui donc a dit : — C'est bien, Éternel. Assez d'astres.
    N'en fais plus. Calme-toi!

L'effet séditieux limiterait la cause?
Quelle bouche ici-bas peut dire à quelque chose :
    Tu n'iras pas plus loin[2]?
Sous l'élargissement sans fin, la borne plie;
La création vit, croît et se multiplie;
    L'homme n'est qu'un témoin.

L'homme n'est qu'un témoin frémissant d'épouvante.
Les firmaments sont pleins de la sève vivante
    Comme les animaux.
L'arbre prodigieux croise, agrandit, transforme,
Et mêle aux cieux profonds, comme une gerbe énorme,
    Ses ténébreux rameaux.

Car la création est devant, Dieu derrière.
L'homme, du côté noir de l'obscure barrière,
    Vit, rôdeur curieux;
Il suffit que son front se lève pour qu'il voie
A travers la sinistre et morne claire-voie
    Cet œil mystérieux.

IV

Donc ne nous disons pas : — Nous avons nos étoiles. —
Des flottes de soleils peut-être à pleines voiles
    Viennent en ce moment;

Peut-être que demain le Créateur terrible,
Refaisant notre nuit, va contre un autre crible
      Changer le firmament.

Qui sait? que savons-nous? Sur notre horizon sombre,
Que la création impénétrable encombre
      De ses taillis sacrés,
Muraille obscure où vient battre le flot de l'être,
Peut-être allons-nous voir brusquement apparaître
      Des astres effarés;

Des astres éperdus arrivant des abîmes,
Venant des profondeurs ou descendant des cimes,
      Et, sous nos noirs arceaux,
Entrant en foule, épars, ardents, pareils au rêve,
Comme dans un grand vent s'abat sur une grève
      Une troupe d'oiseaux;

Surgissant, clairs flambeaux, feux purs, rouges fournaises,
Aigrettes de rubis ou tourbillons de braises,
      Sur nos bords, sur nos monts,
Et nous pétrifiant de leurs aspects étranges;
Car dans le gouffre énorme il est des mondes anges
      Et des soleils démons!

Peut-être en ce moment, du fond des nuits funèbres,
Montant vers nous, gonflant ses vagues de ténèbres
      Et ses flots de rayons,
Le muet Infini, sombre mer ignorée,
Roule vers notre ciel une grande marée
      De constellations!

                    Marine-Terrace, avril 1854.

X

ÉCLAIRCIE

L'océan resplendit sous sa vaste nuée.
L'onde, de son combat sans fin exténuée,
S'assoupit, et, laissant l'écueil se reposer,
Fait de toute la rive un immense baiser.
On dirait qu'en tous lieux, en même temps, **la vie**
Dissout le mal, le deuil, l'hiver, la nuit, l'envie,
Et que le mort couché dit au vivant debout :
Aime! et qu'une âme obscure, épanouie en tout,
Avance doucement sa bouche vers nos lèvres.
L'être, éteignant dans l'ombre et l'extase ses fièvres,
Ouvrant ses flancs, ses reins, ses yeux, ses cœurs épars,
Dans ses pores profonds reçoit de toutes parts
La pénétration de la sève sacrée.
La grande paix d'en haut vient comme une marée.
Le brin d'herbe palpite aux fentes du pavé;
Et l'âme a chaud. On sent que le nid est couvé.
L'infini semble plein d'un frisson de feuillée.
On croit être à cette heure où la terre éveillée
Entend le bruit que fait l'ouverture du jour,
Le premier pas du vent, du travail, de l'amour,
De l'homme, et le verrou de la porte sonore,
Et le hennissement du blanc cheval aurore.
Le moineau d'un coup d'aile, ainsi qu'un fol esprit,
Vient taquiner le flot monstrueux qui sourit;
L'air joue avec la mouche et l'écume avec l'aigle;
Le grave laboureur fait ses sillons et règle
La page où s'écrira le poëme des blés;
Des pêcheurs sont là-bas sous un pampre attablés;
L'horizon semble un rêve éblouissant où nage

L'écaille de la mer, la plume du nuage,
Car l'Océan est hydre et le nuage oiseau.
Une lueur, rayon vague, part du berceau
Qu'une femme balance au seuil d'une chaumière,
Dore les champs, les fleurs, l'onde, et devient lumière
En touchant un tombeau qui dort près du clocher.
Le jour plonge au plus noir du gouffre, et va chercher
L'ombre, et la baise au front sous l'eau sombre et hagarde.
Tout est doux, calme, heureux, apaisé; Dieu regarde.

Marine-Terrace, juillet 1855.

XI

Oh! par nos vils plaisirs, nos appétits, nos fanges,
Que de fois nous devons vous attrister, archanges!
C'est vraiment une chose amère de songer
Qu'en ce monde où l'esprit n'est qu'un morne étranger,
Où la volupté rit, jeune, et si décrépite!
Où dans les lits profonds l'aile d'en bas palpite,
Quand, pâmé, dans un nimbe ou bien dans un éclair,
On tend sa bouche ardente aux coupes de la chair,
A l'heure où l'on s'enivre aux lèvres d'une femme,
De ce qu'on croit l'amour, de ce qu'on prend pour l'âme,
Sang du cœur, vin des sens âcre et délicieux,
On fait rougir là-haut quelque passant des cieux!

Juin 1855.

XII

AUX ANGES QUI NOUS VOIENT

— Passant, qu'es-tu? je te connais.
Mais, étant spectre, ombre et nuage,
Tu n'as plus de sexe ni d'âge.
— Je suis ta mère, et je venais!

— Et toi, dont l'aile hésite et brille,
Dont l'œil est noyé de douceur,
Qu'es-tu, passant? — Je suis ta sœur.
— Et toi, qu'es-tu? — Je suis ta fille.

— Et toi, qu'es-tu, passant? — Je suis
Celle à qui tu disais : « Je t'aime! »
— Et toi? — Je suis ton âme même. —
Oh! cachez-moi, profondes nuits!

Juin 1855.

XIII

CADAVER[1]

O mort! heure splendide! ô rayons mortuaires!
Avez-vous quelquefois soulevé des suaires?
Et, pendant qu'on pleurait, et qu'au chevet du lit,

Frères, amis, enfants, la mère qui pâlit,
Éperdus, sanglotaient dans le deuil qui les navre,
Avez-vous regardé sourire le cadavre?
Tout à l'heure il râlait, se tordait, étouffait;
Maintenant il rayonne. Abîme! qui donc fait
Cette lueur qu'a l'homme en entrant dans les ombres?
Qu'est-ce que le sépulcre? et d'où vient, penseurs sombres,
Cette sérénité formidable des morts?
C'est que le secret s'ouvre et que l'être est dehors;
C'est que l'âme — qui voit, puis brille, puis flamboie, —
Rit, et que le corps même a sa terrible joie.
La chair se dit : — Je vais être terre, et germer,
Et fleurir comme sève, et, comme fleur, aimer!
Je vais me rajeunir dans la jeunesse énorme
Du buisson, de l'eau vive, et du chêne, et de l'orme,
Et me répandre aux lacs, aux flots, aux monts, aux prés,
Aux rochers, aux splendeurs des grands couchants pourprés,
Aux ravins, aux halliers, aux brises de la nue,
Aux murmures profonds de la vie inconnue!
Je vais être oiseau, vent, cri des eaux, bruit des cieux,
Et palpitation du tout prodigieux! —
Tous ces atomes las, dont l'homme était le maître,
Sont joyeux d'être mis en liberté dans l'être,
De vivre, et de rentrer au gouffre qui leur plaît.
L'haleine, que la fièvre aigrissait et brûlait,
Va devenir parfum, et la voix harmonie;
Le sang va retourner à la veine infinie,
Et couler, ruisseau clair, aux champs où le bœuf roux
Mugit le soir avec l'herbe jusqu'aux genoux;
Les os ont déjà pris la majesté des marbres;
La chevelure sent le grand frisson des arbres,
Et songe aux cerfs errants, au lierre, aux nids chantants
Qui vont l'emplir du souffle adoré du printemps.
Et voyez le regard, qu'une ombre étrange voile,
Et qui, mystérieux, semble un lever d'étoile!

Oui, Dieu le veut, la mort, c'est l'ineffable chant
De l'âme et de la bête à la fin se lâchant;
C'est une double issue ouverte à l'être double.

Dieu disperse, à cette heure inexprimable et trouble,
Le corps dans l'univers et l'âme dans l'amour.
Une espèce d'azur que dore un vague jour,
L'air de l'éternité, puissant, calme, salubre,
Frémit et resplendit sous le linceul lugubre;
Et des plis du drap noir tombent tous nos ennuis.
La mort est bleue. O mort! ô paix! L'ombre des nuits,
Le roseau des étangs, le roc du monticule,
L'épanouissement sombre du crépuscule,
Le vent, souffle farouche ou providentiel,
L'air, la terre, le feu, l'eau, tout, même le ciel,
Se mêle à cette chair qui devient solennelle.
Un commencement d'astre éclôt dans la prunelle.

Au cimetière, août 1855.

XIV[1]

O gouffre! l'âme plonge et rapporte le doute.
Nous entendons sur nous les heures, goutte à goutte,
    Tomber comme l'eau sur les plombs;
L'homme est brumeux, le monde est noir, le ciel est sombre;
Les formes de la nuit vont et viennent dans l'ombre;
    Et nous, pâles, nous contemplons.

Nous contemplons l'obscur, l'inconnu, l'invisible.
Nous sondons le réel, l'idéal, le possible,
    L'être, spectre toujours présent.
Nous regardons trembler l'ombre indéterminée.
Nous sommes accoudés sur notre destinée,
    L'œil fixe et l'esprit frémissant.

Nous épions des bruits dans ces vides funèbres;
Nous écoutons le souffle, errant dans les ténèbres,
    Dont frissonne l'obscurité;

Et, par moments, perdus dans les nuits insondables,
Nous voyons s'éclairer de lueurs formidables
    La vitre de l'éternité.

                    Marine-Terrace, septembre 1853.

XV

A CELLE QUI EST VOILÉE[1]

Tu me parles du fond d'un rêve
Comme une âme parle aux vivants.
Comme l'écume de la grève,
Ta robe flotte dans les vents.

Je suis l'algue des flots sans nombre,
Le captif du destin vainqueur;
Je suis celui que toute l'ombre
Couvre sans éteindre son cœur.

Mon esprit ressemble à cette île,
Et mon sort à cet océan;
Et je suis l'habitant tranquille
De la foudre et de l'ouragan.

Je suis le proscrit qui se voile,
Qui songe, et chante, loin du bruit,
Avec la chouette et l'étoile,
La sombre chanson de la nuit.

Toi, n'es-tu pas, comme moi-même,
Flambeau dans ce monde âpre et vil,
Ame, c'est-à-dire problème,
Et femme, c'est-à-dire exil?

Sors du nuage, ombre charmante.
O fantôme, laisse-toi voir!
Sois un phare dans ma tourmente,
Sois un regard dans mon ciel noir!

Cherche-moi parmi les mouettes!
Dresse un rayon sur mon récif,
Et, dans mes profondeurs muettes,
La blancheur de l'ange pensif!

Sois l'aile qui passe et se mêle
Aux grandes vagues en courroux.
Oh, viens! tu dois être bien belle,
Car ton chant lointain est bien doux;

Car la nuit engendre l'aurore;
C'est peut-être une loi des cieux
Que mon noir destin fasse éclore
Ton sourire mystérieux!

Dans ce ténébreux monde où j'erre,
Nous devons nous apercevoir,
Toi, toute faite de lumière,
Moi, tout composé de devoir!

Tu me dis de loin que tu m'aimes,
Et que, la nuit, à l'horizon,
Tu viens voir sur les grèves blêmes
Le spectre blanc de ma maison.

Là, méditant sous le grand dôme,
Près du flot sans trêve agité,
Surprise de trouver l'atome
Ressemblant à l'immensité,

Tu compares, sans me connaître,
L'onde à l'homme, l'ombre au banni,
Ma lampe étoilant ma fenêtre
A l'astre étoilant l'infini!

Parfois, comme au fond d'une tombe,
Je te sens sur mon front fatal,
Bouche de l'Inconnu d'où tombe
Le pur baiser de l'Idéal.

A ton souffle, vers Dieu poussées,
Je sens en moi, douce frayeur,
Frissonner toutes mes pensées,
Feuilles de l'arbre intérieur.

Mais tu ne veux pas qu'on te voie;
Tu viens et tu fuis tour à tour;
Tu ne veux pas te nommer joie,
Ayant dit : Je m'appelle amour.

Oh! fais un pas de plus! viens, entre,
Si nul devoir ne le défend;
Viens voir mon âme dans son antre,
L'esprit lion, le cœur enfant;

Viens voir le désert où j'habite
Seul sous mon plafond effrayant;
Sois l'ange chez le cénobite,
Sois la clarté chez le voyant.

Change en perles dans mes décombres
Toutes mes gouttes de sueur!
Viens poser sur mes œuvres sombres
Ton doigt d'où sort une lueur!

Du bord des sinistres ravines
Du rêve et de la vision,
J'entrevois les choses divines... —
Complète l'apparition!

Viens voir le songeur qui s'enflamme
A mesure qu'il se détruit,
Et, de jour en jour, dans son âme
A plus de mort et moins de nuit!

Viens! viens dans ma brume hagarde,
Où naît la foi, d'où l'esprit sort,
Où confusément je regarde
Les formes obscures du sort.

Tout s'éclaire aux lueurs funèbres;
Dieu, pour le penseur attristé,
Ouvre toujours dans les ténèbres
De brusques gouffres de clarté.

Avant d'être sur cette terre,
Je sens que jadis j'ai plané;
J'étais l'archange solitaire,
Et mon malheur, c'est d'être né.

Sur mon âme, qui fut colombe,
Viens, toi qui des cieux as le sceau.
Quelquefois une plume tombe
Sur le cadavre d'un oiseau.

Oui, mon malheur irréparable,
C'est de pendre aux deux éléments,
C'est d'avoir en moi, misérable,
De la fange et des firmaments [1]!

Hélas! hélas! c'est d'être un homme;
C'est de songer que j'étais beau,
D'ignorer comment je me nomme,
D'être un ciel et d'être un tombeau!

C'est d'être un forçat qui promène
Son vil labeur sous le ciel bleu;
C'est de porter la hotte humaine
Où j'avais vos ailes, mon Dieu!

C'est de traîner de la matière;
C'est d'être plein, moi, fils du jour,

De la terre du cimetière,
Même quand je m'écrie : Amour!

Marine-Terrace, janvier 1854.

XVI

HORROR[1]

I

Esprit mystérieux qui, le doigt sur ta bouche,
Passes... ne t'en va pas! parle à l'homme farouche
    Ivre d'ombre et d'immensité,
Parle-moi, toi, front blanc qui dans ma nuit te penches;
Réponds-moi, toi qui luis et marches sous les branches,
    Comme un souffle de la clarté!

Est-ce toi que chez moi minuit parfois apporte?
Est-ce toi qui heurtais l'autre nuit à ma porte,
    Pendant que je ne dormais pas?
C'est donc vers moi que vient lentement ta lumière?
La pierre de mon seuil peut-être est la première
    Des sombres marches du trépas.

Peut-être qu'à ma porte ouvrant sur l'ombre immense,
L'invisible escalier des ténèbres commence;
    Peut-être, ô pâles échappés,
Quand vous montez du fond de l'horreur sépulcrale,
O morts, quand vous sortez de la froide spirale!
    Est-ce chez moi que vous frappez!

Car la maison d'exil, mêlée aux catacombes,
Est adossée au mur de la ville des tombes.
    Le proscrit est celui qui sort;

Il flotte submergé comme la nef qui sombre.
Le jour le voit à peine et dit : Quelle est cette ombre?
    Et la nuit dit : Quel est ce mort?

Sois la bienvenue, ombre! ô ma sœur! ô figure
Qui me fais signe alors que sur l'énigme obscure
    Je me penche, sinistre et seul;
Et qui viens, m'effrayant de ta lueur sublime,
Essuyer sur mon front la sueur de l'abîme
    Avec un pan de ton linceul!

II

Oh! que le gouffre est noir et que l'œil est débile!
Nous avons devant nous le silence immobile.
    Qui sommes-nous? où sommes-nous?
Faut-il jouir? faut-il pleurer? Ceux qu'on rencontre
Passent. Quelle est la loi? La prière nous montre
    L'écorchure de ses genoux.

D'où viens-tu? — Je ne sais. — Où vas-tu? — Je l'ignore.
L'homme ainsi parle à l'homme et l'onde au flot sonore.
    Tout va, tout vient, tout ment, tout fuit.
Parfois nous devenons pâles, hommes et femmes,
Comme si nous sentions se fermer sur nos âmes
    La main de la géante nuit.

Nous voyons fuir la flèche et l'ombre est sur la cible.
L'homme est lancé. Par qui? vers qui? Dans l'invisible.
    L'arc ténébreux siffle dans l'air.
En voyant ceux qu'on aime en nos bras se dissoudre,
Nous demandons si c'est pour la mort, coup de foudre,
    Qu'est faite, hélas, la vie éclair!

Nous demandons, vivants douteux qu'un linceul couvre,
Si le profond tombeau qui devant nous s'entr'ouvre,
    Abîme, espoir, asile, écueil,

N'est pas le firmament plein d'étoiles sans nombre,
Et si tous les clous d'or qu'on voit au ciel dans l'ombre
　　　　Ne sont pas les clous du cercueil?

Nous sommes là; nos dents tressaillent, nos **vertèbres**
Frémissent; on dirait parfois que les ténèbres,
　　　　O terreur! sont pleines de pas.
Qu'est-ce que l'ouragan, nuit? — C'est quelqu'un qui passe.
Nous entendons souffler les chevaux de l'espace
　　　　Traînant le char qu'on ne voit pas.

L'ombre semble absorbée en une idée unique.
L'eau sanglote; à l'esprit la forêt communique
　　　　Un tremblement contagieux;
Et tout semble éclairé, dans la brume où tout penche,
Du reflet que ferait la grande pierre blanche
　　　　D'un sépulcre prodigieux.

III

La chose est pour la chose ici-bas un problème.
L'être pour l'être est sphinx. L'aube au jour paraît **blême**;
　　　　L'éclair est noir pour le rayon.
Dans la création vague et crépusculaire,
Les objets effarés qu'un jour sinistre éclaire,
　　　　Sont l'un pour l'autre vision.

La cendre ne sait pas ce que pense le marbre;
L'écueil écoute en vain le flot; la branche d'**arbre**
　　　　Ne sait pas ce que dit le vent.
Qui punit-on ici? Passez sans vous connaître!
Est-ce toi le coupable, enfant qui viens de naître?
　　　　O mort, est-ce toi le vivant?

Nous avons dans l'esprit des sommets, nos idées,
Nos rêves, nos vertus, d'escarpements bordées,
　　　　Et nos espoirs construits si tôt;

Nous tâchons d'appliquer à ces cimes étranges
L'âpre échelle de feu par où montent les anges;
    Job est en bas, Christ est en haut.

Nous aimons. A quoi bon? Nous souffrons. Pour quoi faire?
Je préfère mourir et m'en aller. Préfère.
    Allez, choisissez vos chemins.
L'être effrayant se tait au fond du ciel nocturne,
Et regarde tomber de la bouche de l'urne
    Le flot livide des humains.

Nous pensons. Après? Rampe, esprit! garde tes chaînes.
Quand vous vous promenez le soir parmi les chênes
    Et les rochers aux vagues yeux,
Ne sentez-vous pas l'ombre où vos regards se plongent
Reculer? Savez-vous seulement à quoi songent
    Tous ces muets mystérieux?

Nous jugeons. Nous dressons l'échafaud. L'homme tue
Et meurt. Le genre humain, foule d'erreur vêtue,
    Condamne, extermine, détruit,
Puis s'en va. Le poteau du gibet, ô démence!
O deuil! est le bâton de cet aveugle immense
    Marchant dans cette immense nuit.

Crime! enfer! quel zénith effrayant que le nôtre,
Où les douze Césars toujours l'un après l'autre
    Reviennent, noirs soleils errants!
L'homme, au-dessus de lui, du fond des maux sans borne,
Voit éternellement tourner dans son ciel morne
    Ce zodiaque de tyrans.

IV

Depuis quatre mille ans que, courbé sous la haine,
Perçant sa tombe avec les débris de sa chaîne,
    Fouillant le bas, creusant le haut,

Il cherche à s'évader à travers la nature,
L'esprit forçat n'a pas encor fait d'ouverture
　　A la voûte du ciel cachot.

Oui, le penseur en vain, dans ses essors funèbres,
Heurte son âme d'ombre au plafond de ténèbres;
　　Il tombe, il meurt; son temps est court;
Et nous n'entendons rien, dans la nuit qu'il nous lègue,
Que ce que dit tout bas la création bègue
　　A l'oreille du tombeau sourd.

Nous sommes les passants, les foules et les races.
Nous sentons, frissonnants, des souffles sur nos faces.
　　Nous sommes le gouffre agité;
Nous sommes ce que l'air chasse au vent de son aile;
Nous sommes les flocons de la neige éternelle
　　Dans l'éternelle obscurité.

Pour qui luis-tu, Vénus? Où roules-tu, Saturne?
Ils vont : rien ne répond dans l'éther taciturne.
　　L'homme grelotte, seul et nu.
L'étendue aux flots noirs déborde, d'horreur pleine;
L'énigme a peur du mot; l'infini semble à peine
　　Pouvoir contenir l'inconnu.

Toujours la nuit! jamais l'azur! jamais l'aurore!
Nous marchons. Nous n'avons point fait un pas encore!
　　Nous rêvons ce qu'Adam rêva;
La création flotte et fuit, des vents battue;
Nous distinguons dans l'ombre une immense statue,
　　Et nous lui disons : Jéhovah!

　　　　　　　　Marine-Terrace, nuit du 30 mars 1854.

XVII

DOLOR

Création! figure en deuil! Isis[1] austère!
Peut-être l'homme est-il son trouble et son mystère?
    Peut-être qu'elle nous craint tous,
Et qu'à l'heure où, ployés sous notre loi mortelle,
Hagards et stupéfaits, nous tremblons devant elle,
    Elle frissonne devant nous!

Ne riez point. Souffrez gravement. Soyons dignes,
Corbeaux, hiboux, vautours, de redevenir cygnes!
    Courbons-nous sous l'obscure loi.
Ne jetons pas le doute aux flots comme une sonde.
Marchons sans savoir où, parlons sans qu'on réponde,
    Et pleurons sans savoir pourquoi.

Homme, n'exige pas qu'on rompe le silence;
Dis-toi : Je suis puni. Baisse la tête et pense.
    C'est assez de ce que tu vois.
Une parole peut sortir du puits farouche;
Ne la demande pas. Si l'abîme est la bouche,
    O Dieu, qu'est-ce donc que la voix?

Ne nous irritons pas. Il n'est pas bon de faire,
Vers la clarté qui luit au centre de la sphère,
    A travers les cieux transparents,
Voler l'affront, les cris, le rire et la satire,
Et que le chandelier à sept branches attire
    Tous ces noirs phalènes errants.

Nais, grandis, rêve, souffre, aime, vis, vieillis, tombe.
L'explication sainte et calme est dans la tombe.
     O vivants! ne blasphémons point.
Qu'importe à l'Incréé, qui, soulevant ses voiles,
Nous offre le grand ciel, les mondes, les étoiles,
     Qu'une ombre lui montre le poing?

Nous figurons-nous donc qu'à l'heure où tout le prie,
Pendant qu'il crée et vit, pendant qu'il approprie
     A chaque astre une humanité,
Nous pouvons de nos cris troubler sa plénitude,
Cracher notre néant jusqu'en sa solitude,
     Et lui gâter l'éternité?

Être! quand dans l'éther tu dessinas les formes,
Partout où tu traças les orbites énormes
     Des univers qui n'étaient pas,
Des soleils ont jailli, fleurs de flamme, et sans nombre,
Des trous qu'au firmament, en s'y posant dans l'ombre,
     Fit la pointe de ton compas [1]!

Qui sommes-nous? La nuit, la mort, l'oubli, personne.
Il est. Cette splendeur suffit pour qu'on frissonne.
     C'est lui l'amour, c'est lui le feu.
Quand les fleurs en avril éclatent pêle-mêle,
C'est lui. C'est lui qui gonfle, ainsi qu'une mamelle,
     La rondeur de l'océan bleu.

Le penseur cherche l'homme et trouve de la cendre.
Il trouve l'orgueil froid, le mal, l'amour à vendre,
     L'erreur, le sac d'or effronté,
La haine et son couteau, l'envie et son suaire,
En mettant au hasard la main dans l'ossuaire
     Que nous nommons humanité.

Parce que nous souffrons, noirs et sans rien connaître,
Stupide, l'homme dit : — Je ne veux pas de l'Être!
     Je souffre; donc l'Être n'est pas! —

Tu n'admires que toi, vil passant, dans ce monde!
Tu prends pour de l'argent, ô ver, ta bave immonde
    Marquant la place où tu rampas!

Notre nuit veut rayer ce jour qui nous éclaire;
Nous crispons sur ce nom nos doigts pleins de colère;
    Rage d'enfant qui coûte cher!
Et nous nous figurons, race imbécile et dure,
Que nous avons un peu de Dieu dans notre ordure
    Entre notre ongle et notre chair!

Nier l'Être! à quoi bon? L'ironie âpre et noire
Peut-elle se pencher sur le gouffre et le boire,
    Comme elle boit son propre fiel?
Quand notre orgueil le tait, notre douleur le nomme.
Le sarcasme peut-il, en crevant l'œil à l'homme,
    Crever les étoiles au ciel?

Ah! quand nous le frappons, c'est pour nous qu'est la plaie.
Pensons, croyons. Voit-on l'océan qui bégaie,
    Mordre avec rage son bâillon?
Adorons-le dans l'astre, et la fleur, et la femme.
O vivants, la pensée est la pourpre de l'âme;
    Le blasphème en est le haillon.

Ne raillons pas. Nos cœurs sont les pavés du temple.
Il nous regarde, lui que l'infini contemple.
    Insensé qui nie et qui mord!
Dans un rire imprudent, ne faisons pas, fils d'Ève,
Apparaître nos dents devant son œil qui rêve,
    Comme elles seront dans la mort.

La femme nue, ayant les hanches découvertes,
Chair qui tente l'esprit, rit sous les feuilles vertes;
    N'allons pas rire à son côté.
Ne chantons pas : — Jouir est tout. Le ciel est vide. —
La nuit a peur, vous dis-je! elle devient livide
    En contemplant l'immensité.

O douleur! clef des cieux! l'ironie est fumée.
L'expiation rouvre une porte fermée;
    Les souffrances sont des faveurs.
Regardons, au-dessus des multitudes folles,
Monter vers les gibets et vers les auréoles
    Les grands sacrifiés rêveurs.

Monter, c'est s'immoler. Toute cime est sévère.
L'Olympe lentement se transforme en Calvaire;
    Partout le martyre est écrit;
Une immense croix gît dans notre nuit profonde;
Et nous voyons saigner aux quatre coins du monde
    Les quatre clous de Jésus-Christ.

Ah! vivants, vous doutez! ah! vous riez, squelettes!
Lorsque l'aube apparaît, ceinte de bandelettes
    D'or, d'émeraude et de carmin,
Vous huez, vous prenez, larves que le jour dore,
Pour la jeter au front céleste de l'aurore,
    De la cendre dans votre main.

Vous criez : — Tout est mal. L'aigle vaut le reptile.
Tout ce que nous voyons n'est qu'une ombre inutile.
    La vie au néant nous vomit.
Rien avant, rien après. Le sage doute et raille. —
Et, pendant ce temps-là, le brin d'herbe tressaille,
    L'aube pleure, et le vent gémit.

Chaque fois qu'ici-bas l'homme, en proie aux désastres,
Rit, blasphème, et secoue, en regardant les astres,
    Le sarcasme, ce vil lambeau,
Les morts se dressent froids au fond du caveau sombre,
Et de leur doigt de spectre écrivent — DIEU — dans l'ombre
    Sous la pierre de leur tombeau.

Marine-Terrace, 31 mars 1854.

XVIII

Hélas! tout est sépulcre. On en sort, on y tombe :
La nuit est la muraille immense de la tombe.
    Les astres, dont luit la clarté,
Orion, Sirius, Mars, Jupiter, Mercure,
Sont les cailloux qu'on voit dans la tranchée obscure,
    O sombre fosse Éternité!

Une nuit, un esprit me parla dans un rêve,
Et me dit : — Je suis aigle en un ciel où se lève
    Un soleil qui t'est inconnu.
J'ai voulu soulever un coin du vaste voile;
J'ai voulu voir de près ton ciel et ton étoile;
    Et c'est pourquoi je suis venu;

Et, quand j'ai traversé les cieux grands et terribles,
Quand j'ai vu le monceau des ténèbres horribles
    Et l'abîme énorme où l'œil fuit,
Je me suis demandé si cette ombre où l'on souffre
Pourrait jamais combler ce puits, et si ce gouffre
    Pourrait contenir cette nuit!

Et, moi, l'aigle lointain, épouvanté, j'arrive;
Et je crie, et je viens m'abattre sur ta rive,
    Près de toi, songeur sans flambeau.
Connais-tu ces frissons, cette horreur, ce vertige,
Toi, l'autre aigle de l'autre azur? — Je suis, lui dis-je,
    L'autre ver de l'autre tombeau.

           Au dolmen de la Corbière[1], juin 1855.

XIX

VOYAGE DE NUIT

On conteste, on dispute, on proclame, on ignore.
Chaque religion est une tour sonore;
Ce qu'un prêtre édifie, un prêtre le détruit;
Chaque temple, tirant sa corde dans la nuit,
Fait, dans l'obscurité sinistre et solennelle,
Rendre un son différent à la cloche éternelle.
Nul ne connaît le fond, nul ne voit le sommet.
Tout l'équipage humain semble en démence; on met
Un aveugle en vigie, un manchot à la barre,
A peine a-t-on passé du sauvage au barbare,
A peine a-t-on franchi le plus noir de l'horreur,
A peine a-t-on, parmi le vertige et l'erreur,
Dans ce brouillard où l'homme attend, songe et soupire,
Sans sortir du mauvais, fait un pas hors du pire,
Que le vieux temps revient et nous mord les talons,
Et nous crie : Arrêtez! Socrate dit : Allons!
Jésus-Christ dit : Plus loin! et le sage et l'apôtre
S'en vont se demander dans le ciel l'un à l'autre
Quel goût a la ciguë et quel goût a le fiel.
Par moments, voyant l'homme ingrat, fourbe et cruel,
Satan lui prend la main sous le linceul de l'ombre.
Nous appelons science un tâtonnement sombre.
L'abîme, autour de nous, lugubre tremblement,
S'ouvre et se ferme; et l'œil s'effraie également
De ce qui s'engloutit et de ce qui surnage.
Sans cesse le progrès, roue au double engrenage,
Fait marcher quelque chose en écrasant quelqu'un.
Le mal peut être joie, et le poison parfum.
Le crime avec la loi, morne et mélancolique,

Lutte; le poignard parle, et l'échafaud réplique.
Nous entendons, sans voir la source ni la fin,
Derrière notre nuit, derrière notre faim,
Rire l'ombre Ignorance et la larve Misère.
Le lys a-t-il raison? et l'astre est-il sincère?
Je dis oui, tu dis non. Ténèbres et rayons
Affirment à la fois. Doute, Adam! Nous voyons
De la nuit dans l'enfant, de la nuit dans la femme;
Et sur notre avenir nous querellons notre âme;
Et, brûlé, puis glacé, chaos, semoun, frimas,
L'homme de l'infini traverse les climats.
Tout est brume; le vent souffle avec des huées,
Et de nos passions arrache des nuées;
Rousseau dit : L'homme monte; et de Maistre : Il descend!
Mais, ô Dieu! le navire énorme et frémissant,
Le monstrueux vaisseau sans agrès et sans voiles,
Qui flotte, globe noir, dans la mer des étoiles,
Et qui porte nos maux, fourmillement humain,
Va, marche, vogue et roule, et connaît son chemin;
Le ciel sombre, où parfois la blancheur semble éclore,
A l'effrayant roulis mêle un frisson d'aurore,
De moment en moment le sort est moins obscur;
Et l'on sent bien qu'on est emporté vers l'azur.

Marine-Terrace, octobre 1855

XX

RELLIGIO[1]

L'ombre venait; le soir tombait, calme et terrible.
Hermann me dit : — Quelle est ta foi, quelle est ta bible?
   Parle. Es-tu ton propre géant?

Si tes vers ne sont pas de vains flocons d'écume,
Si ta strophe n'est pas un tison noir qui fume
    Sur le tas de cendre Néant,

Si tu n'es pas une âme en l'abîme engloutie,
Quel est donc ton ciboire et ton eucharistie?
    Quelle est donc la source où tu bois? —
Je me taisais; il dit : — Songeur qui civilises,
Pourquoi ne vas-tu pas prier dans les églises? —
    Nous marchions tous deux dans les bois.

Et je lui dis : — Je prie. — Hermann dit : — Dans quel
    temple?
Quel est le célébrant que ton âme contemple,
    Et l'autel qu'elle réfléchit?
Devant quel confesseur la fais-tu comparaître?
— L'église, c'est l'azur, lui dis-je; et quant au prêtre... —
    En ce moment le ciel blanchit.

La lune à l'horizon montait, hostie énorme;
Tout avait le frisson, le pin, le cèdre et l'orme,
    Le loup, et l'aigle, et l'alcyon;
Lui montrant l'astre d'or sur la terre obscurcie,
Je lui dis : — Courbe-toi Dieu lui-même officie,
    Et voici l'élévation.

                Marine-Terrace, octobre 1855.

XXI

SPES

De partout, de l'abîme où n'est pas Jéhovah,
Jusqu'au zénith, plafond où l'espérance va

Se casser l'aile et d'où redescend la prière,
En bas, en haut, au fond, en avant, en arrière,
L'énorme obscurité qu'agitent tous les vents,
Enveloppe, linceul, les morts et les vivants,
Et sur le monstrueux, sur l'impur, sur l'horrible,
Laisse tomber les pans de son rideau terrible;
Si l'on parle à la brume effrayante qui fuit,
L'immensité dit : Mort! L'éternité dit : Nuit!
L'âme, sans lire un mot, feuillette un noir registre;
L'univers tout entier est un géant sinistre;
L'aveugle est d'autant plus affreux qu'il est plus grand;
Tout semble le chevet d'un immense mourant;
Tout est l'ombre; pareille au reflet d'une lampe,
Au fond, une lueur imperceptible rampe;
C'est à peine un coin blanc, pas même une rougeur.
Un seul homme debout, qu'ils nomment le songeur,
Regarde la clarté du haut de la colline;
Et tout, hormis le coq à la voix sibylline,
Raille et nie; et, passants confus, marcheurs nombreux;
Toute la foule éclate en rires ténébreux
Quand ce vivant, qui n'a d'autre signe lui-même
Parmi tous ces fronts noirs que d'être le front blême,
Dit en montrant ce point vague et lointain qui luit :
Cette blancheur est plus que toute cette nuit!

Janvier 1856 [1].

XXII

CE QUE C'EST QUE LA MORT

Ne dites pas : mourir; dites : naître. Croyez.
On voit ce que je vois et ce que vous voyez;
On est l'homme mauvais que je suis, que vous êtes;

On se rue aux plaisirs, aux tourbillons, aux fêtes;
On tâche d'oublier le bas, la fin, l'écueil,
La sombre égalité du mal et du cercueil;
Quoique le plus petit vaille le plus prospère;
Car tous les hommes sont les fils du même père;
Ils sont la même larme et sortent du même œil.
On vit, usant ses jours à se remplir d'orgueil;
On marche, on court, on rêve, on souffre, on penche, on
   tombe,
On monte. Quelle est donc cette aube? C'est la tombe.
Où suis-je? Dans la mort. Viens! Un vent inconnu
Vous jette au seuil des cieux. On tremble; on se voit nu,
Impur, hideux, noué des mille nœuds funèbres
De ses torts, de ses maux honteux, de ses ténèbres;
Et soudain on entend quelqu'un dans l'infini
Qui chante, et par quelqu'un on sent qu'on est béni,
Sans voir la main d'où tombe à notre âme méchante
L'amour, et sans savoir quelle est la voix qui chante.
On arrive homme, deuil, glaçon, neige; on se sent
Fondre et vivre; et, d'extase et d'azur s'emplissant,
Tout notre être frémit de la défaite étrange
Du monstre qui devient dans la lumière un ange.

Au dolmen de la tour Blanche, jour des Morts, novembre 1854.

XXIII

LES MAGES

I

Pourquoi donc faites-vous des prêtres
Quand vous en avez parmi vous?
Les esprits conducteurs des êtres

Portent un signe sombre et doux.
Nous naissons tous ce que nous sommes.
Dieu de ses mains sacre des hommes
Dans les ténèbres des berceaux;
Son effrayant doigt invisible
Écrit sous leur crâne la bible
Des arbres, des monts et des eaux.

Ces hommes, ce sont les poëtes;
Ceux dont l'aile monte et descend;
Toutes les bouches inquiètes
Qu'ouvre le verbe frémissant;
Les Virgiles, les Isaïes;
Toutes les âmes envahies
Par les grandes brumes du sort;
Tous ceux en qui Dieu se concentre;
Tous les yeux où la lumière entre,
Tous les fronts d'où le rayon sort.

Ce sont ceux qu'attend Dieu propice
Sur les Horebs et les Thabors[1];
Ceux que l'horrible précipice
Retient blêmissants à ses bords;
Ceux qui sentent la pierre vivre;
Ceux que Pan formidable enivre;
Ceux qui sont tout pensifs devant
Les nuages, ces solitudes
Où passent en mille attitudes
Les groupes sonores du vent.

Ce sont les sévères artistes
Que l'aube attire à ses blancheurs,
Les savants, les inventeurs tristes,
Les puiseurs d'ombre, les chercheurs,
Qui ramassent dans les ténèbres
Les faits, les chiffres, les algèbres,
Le nombre où tout est contenu,
Le doute où nos calculs succombent,

Et tous les morceaux noirs qui tombent
Du grand fronton de l'inconnu!

Ce sont les têtes fécondées
Vers qui monte et croît pas à pas
L'océan confus des idées,
Flux que la foule ne voit pas,
Mer de tous les infinis pleine,
Que Dieu suit, que la nuit amène.
Qui remplit l'homme de clarté,
Jette aux rochers l'écume amère,
Et lave les pieds nus d'Homère
Avec un flot d'éternité!

Le poëte s'adosse à l'arche.
David chante et voit Dieu de près;
Hésiode médite et marche,
Grand prêtre fauve des forêts;
Moïse, immense créature,
Étend ses mains sur la nature;
Manès [1] parle au gouffre puni,
Écouté des astres sans nombre... —
Génie! ô tiare de l'ombre!
Pontificat de l'infini!

L'un à Patmos, l'autre à Tyane [2];
D'autres criant : Demain! demain!
D'autres qui sonnent la diane
Dans les sommeils du genre humain;
L'un fatal, l'autre qui pardonne;
Eschyle en qui frémit Dodone,
Milton, songeur du Whitehall [3],
Toi, vieux Shakspeare, âme éternelle;
O figures dont la prunelle
Est la vitre de l'idéal!

Avec sa spirale sublime,
Archimède sur son sommet
Rouvrirait le puits de l'abîme

Si jamais Dieu le refermait;
Euclide a les lois sous sa garde;
Kopernic éperdu regarde,
Dans les grands cieux aux mers pareils,
Gouffre où voguent des nefs sans proues,
Tourner toutes ces sombres roues
Dont les moyeux sont des soleils.

Les Thalès, puis les Pythagores;
Et l'homme, parmi ses erreurs,
Comme dans l'herbe les fulgores[1],
Voit passer ces grands éclaireurs.
Aristophane rit des sages;
Lucrèce, pour franchir les âges,
Crée un poëme dont l'œil luit,
Et donne à ce monstre sonore
Toutes les ailes de l'aurore,
Toutes les griffes de la nuit.

Rites profonds de la nature!
Quelques-uns de ces inspirés
Acceptent l'étrange aventure
Des monts noirs et des bois sacrés;
Ils vont aux Thébaïdes sombres,
Et, là, blêmes dans les décombres,
Ils courbent le tigre fuyant,
L'hyène rampant sur le ventre,
L'océan, la montagne et l'antre,
Sous leur sacerdoce effrayant!

Tes cheveux sont gris sur l'abîme,
Jérôme, ô vieillard du désert!
Élie, un pâle esprit t'anime,
Un ange épouvanté te sert.
Amos, aux lieux inaccessibles,
Des sombres clairons invisibles
Ton oreille entend les accords;
Ton âme, sur qui Dieu surplombe,

Est déjà toute dans la tombe,
Et tu vis absent de ton corps.

Tu gourmandes l'âme échappée,
Saint Paul, ô lutteur redouté,
Immense apôtre de l'épée,
Grand vaincu de l'éternité!
Tu luis, tu frappes, tu réprouves;
Et tu chasses du doigt ces louves,
Cythérée, Isis, Astarté;
Tu veux punir et non absoudre,
Géant, et tu vois dans la foudre
Plus de glaive que de clarté.

Orphée est courbé sur le monde;
L'éblouissant est ébloui;
La création est profonde
Et monstrueuse autour de lui;
Les rochers, ces rudes hercules,
Combattent dans les crépuscules
L'ouragan, sinistre inconnu;
La mer en pleurs dans la mêlée
Tremble, et la vague échevelée
Se cramponne à leur torse nu.

Baruch au juste dans la peine
Dit : — Frère! vos os sont meurtris;
Votre vertu dans nos murs traîne
La chaîne affreuse du mépris;
Mais comptez sur la délivrance,
Mettez en Dieu votre espérance,
Et de cette nuit du destin,
Demain, si vous avez su croire,
Vous vous lèverez plein de gloire,
Comme l'étoile du matin! —

L'âme des Pindares se hausse
A la hauteur des Pélions;
Daniel chante dans la fosse

Et fait sortir Dieu des lions;
Tacite sculpte l'infamie;
Perse, Archiloque et Jérémie
Ont le même éclair dans les yeux;
Car le crime à sa suite attire
Les âpres chiens de la satire
Et le grand tonnerre des cieux.

Et voilà les prêtres du rire,
Scarron, noué dans les douleurs,
Ésope, que le fouet déchire,
Cervante aux fers, Molière en pleurs!
Le désespoir et l'espérance!
Entre Démocrite et Térence,
Rabelais, que nul ne comprit;
Il berce Adam pour qu'il s'endorme,
Et son éclat de rire énorme
Est un des gouffres de l'esprit[1]!

Et Plaute, à qui parlent les chèvres,
Arioste chantant Médor,
Catulle, Horace dont les lèvres
Font venir les abeilles d'or;
Comme le double Dioscure,
Anacréon près d'Épicure,
Bion, tout pénétré de jour,
Moschus, sur qui l'Etna flamboie[2],
Voilà les prêtres de la joie!
Voilà les prêtres de l'amour!

Gluck et Beethoven sont à l'aise
Sous l'ange où Jacob se débat;
Mozart sourit, et Pergolèse
Murmure ce grand mot : Stabat!
Le noir cerveau de Piranèse
Est une béante fournaise
Où se mêlent l'arche et le ciel,
L'escalier, la tour, la colonne;

Où croît, monte, s'enfle et bouillonne
L'incommensurable Babel [1]!

L'envie à leur ombre ricane.
Ces demi-dieux signent leur nom,
Bramante sur la Vaticane [2],
Phidias sur le Parthénon;
Sur Jésus dans sa crèche blanche,
L'altier Buonarotti se penche
Comme un mage et comme un aïeul,
Et dans tes mains, ô Michel-Ange,
L'enfant devient spectre, et le lange
Est plus sombre que le linceul!

Chacun d'eux écrit un chapitre
Du rituel universel;
Les uns sculptent le saint pupitre,
Les autres dorent le missel;
Chacun fait son verset du psaume;
Lysippe [3], debout sur l'Ithome,
Fait sa strophe en marbre serein,
Rembrandt à l'ardente paupière,
En toile, Primatice en pierre,
Job en fumier, Dante en airain.

Et toutes ces strophes ensemble
Chantent l'être et montent à Dieu;
L'une adore et luit, l'autre tremble;
Toutes sont les griffons de feu;
Toutes sont le cri des abîmes,
L'appel d'en bas, la voix des cimes,
Le frisson de notre lambeau,
L'hymne instinctif ou volontaire,
L'explication du mystère
Et l'ouverture du tombeau!

A nous qui ne vivons qu'une heure,
Elles font voir les profondeurs,
Et la misère intérieure,

Ciel, à côté de vos grandeurs!
L'homme, esprit captif, les écoute,
Pendant qu'en son cerveau le doute,
Bête aveugle aux lueurs d'en haut,
Pour y prendre l'âme indignée,
Suspend sa toile d'araignée
Au crâne, plafond du cachot.

Elles consolent, aiment, pleurent,
Et, mariant l'idée aux sens,
Ceux qui restent à ceux qui meurent,
Les grains de cendre aux grains d'encens,
Mêlant le sable aux pyramides,
Rendent en même temps humides,
Rappelant à l'un que tout fuit,
A l'autre sa splendeur première,
L'œil de l'astre dans la lumière,
Et l'œil du monstre dans la nuit!

II

Oui, c'est un prêtre que Socrate!
Oui, c'est un prêtre que Caton!
Quand Juvénal fuit Rome ingrate,
Nul sceptre ne vaut son bâton;
Ce sont des prêtres, les Tyrtées,
Les Solons aux lois respectées,
Les Platons et les Raphaëls!
Fronts d'inspirés, d'esprits, d'arbitres!
Plus resplendissants que les mitres
Dans l'auréole des Noëls!

Vous voyez, fils de la nature,
Apparaître à votre flambeau
Des faces de lumière pure,
Larves du vrai, spectres du beau;
Le mystère, en Grèce, en Chaldée,

Penseurs, grave à vos fronts l'idée
Et l'hiéroglyphe à vos murs;
Et les Indes et les Égyptes
Dans les ténèbres de vos cryptes
S'enfoncent en porches obscurs!

Quand les cigognes du Caystre[1]
S'envolent aux souffles des soirs;
Quand la lune apparaît sinistre
Derrière les grands dômes noirs;
Quand la trombe aux vagues s'appuie;
Quand l'orage, l'horreur, la pluie,
Que tordent les bises d'hiver,
Répandent avec des huées
Toutes les larmes des nuées
Sur tous les sanglots de la mer;

Quand dans les tombeaux les vents jouent
Avec les os des rois défunts;
Quand les hautes herbes secouent
Leur chevelure de parfums;
Quand sur nos deuils et sur nos fêtes
Toutes les cloches des tempêtes
Sonnent au suprême beffroi;
Quand l'aube étale ses opales,
C'est pour ces contemplateurs pâles
Penchés dans l'éternel effroi!

Ils savent ce que le soir calme
Pense des morts qui vont partir;
Et ce que préfère la palme,
Du conquérant ou du martyr;
Ils entendent ce que murmure
La voile, la gerbe, l'armure,
Ce que dit, dans le mois joyeux
Des longs jours et des fleurs écloses,
La petite bouche des roses
A l'oreille immense des cieux.

Les vents, les flots, les cris sauvages,
L'azur, l'horreur du bois jauni,
Sont les formidables breuvages
De ces altérés d'infini;
Ils ajoutent, rêveurs austères,
A leur âme tous les mystères,
Toute la matière à leur sens;
Ils s'enivrent de l'étendue;
L'ombre est une coupe tendue
Où boivent ces sombres passants.

Comme ils regardent, ces messies!
Oh! comme ils songent, effarés!
Dans les ténèbres épaissies
Quels spectateurs démesurés!
Oh! que de têtes stupéfaites!
Poëtes, apôtres, prophètes,
Méditant, parlant, écrivant,
Sous des suaires, sous des voiles,
Les plis des robes pleins d'étoiles,
Les barbes au gouffre du vent!

III

Savent-ils ce qu'ils font eux-même,
Ces acteurs du drame profond?
Savent-ils leur propre problème?
Ils sont. Savent-ils ce qu'ils sont?
Ils sortent du grand vestiaire
Où, pour s'habiller de matière,
Parfois l'ange même est venu[1].
Graves, tristes, joyeux, fantasques,
Ne sont-ils pas les sombres masques
De quelque prodige inconnu?

La joie ou la douleur les farde;
Ils projettent confusément,

Plus loin que la terre blafarde,
Leurs ombres sur le firmament;
Leurs gestes étonnent l'abîme;
Pendant qu'aux hommes, tourbe infime,
Ils parlent le langage humain,
Dans des profondeurs qu'on ignore
Ils font surgir l'ombre ou l'aurore,
Chaque fois qu'ils lèvent la main.

Ils ont leur rôle; ils ont leur forme;
Ils vont, vêtus d'humanité,
Jouant la comédie énorme
De l'homme et de l'éternité;
Ils tiennent la torche ou la coupe[1];
Nous tremblerions si dans leur groupe,
Nous, troupeau, nous pénétrions!
Les astres d'or et la nuit sombre
Se font des questions dans l'ombre
Sur ces splendides histrions.

IV

Ah! ce qu'ils font est l'œuvre auguste.
Ces histrions sont les héros!
Ils sont le vrai, le saint, le juste,
Apparaissant à nos barreaux.
Nous sentons, dans la nuit mortelle,
La cage en même temps que l'aile;
Ils nous font espérer un peu;
Ils sont lumière et nourriture;
Ils donnent aux cœurs la pâture,
Ils émiettent aux âmes Dieu!

Devant notre race asservie
Le ciel se tait, et rien n'en sort.
Est-ce le rideau de la vie?
Est-ce le voile de la mort?

Ténèbres! L'âme en vain s'élance,
L'Inconnu garde le silence,
Et l'homme, qui se sent banni,
Ne sait s'il redoute ou s'il aime
Cette lividité suprême
De l'énigme et de l'infini.

Eux, ils parlent à ce mystère!
Ils interrogent l'éternel,
Ils appellent le solitaire,
Ils montent, ils frappent au ciel,
Disent : Es-tu là? dans la tombe,
Volent, pareils à la colombe
Offrant le rameau qu'elle tient,
Et leur voix est grave, humble ou tendre,
Et par moments on croit entendre
Le pas sourd de quelqu'un qui vient.

V

Nous vivons, debout à l'entrée
De la mort, gouffre illimité,
Nus, tremblants, la chair pénétrée
Du frisson de l'énormité;
Nos morts sont dans cette marée;
Nous entendons, foule égarée
Dont le vent souffle le flambeau,
Sans voir de voiles ni de rames,
Le bruit que font ces vagues d'âmes
Sous la falaise du tombeau.

Nous regardons la noire écume,
L'aspect hideux, le fond bruni;
Nous regardons la nuit, la brume,
L'onde du sépulcre infini;
Comme un oiseau de mer effleure
La haute rive où gronde et pleure

L'océan plein de Jéhovah,
De temps en temps, blanc et sublime,
Par-dessus le mur de l'abîme
Un ange paraît et s'en va.

Quelquefois une plume tombe
De l'aile où l'ange se berçait;
Retourne-t-elle dans la tombe?
Que devient-elle? On ne le sait.
Se mêle-t-elle à notre fange?
Et qu'a donc crié cet archange?
A-t-il dit non? a-t-il dit oui?
Et la foule cherche, accourue,
En bas la plume disparue,
En haut l'archange évanoui!

Puis, après qu'ont fui comme un rêve
Bien des cœurs morts, bien des yeux clos,
Après qu'on a vu sur la grève
Passer des flots, des flots, des flots,
Dans quelque grotte fatidique,
Sous un doigt de feu qui l'indique,
On trouve un homme surhumain
Traçant des lettres enflammées
Sur un livre plein de fumées,
La plume de l'ange à la main!

Il songe, il calcule, il soupire,
Son poing puissant sous son menton;
Et l'homme dit : Je suis Shakspeare.
Et l'homme dit : Je suis Newton.
L'homme dit : Je suis Ptolémée;
Et dans sa grande main fermée
Il tient le globe de la nuit.
L'homme dit : Je suis Zoroastre;
Et son sourcil abrite un astre,
Et sous son crâne un ciel bleuit!

VI

Oui, grâce aux penseurs, à ces sages,
A ces fous qui disent : Je vois!
Les ténèbres sont des visages,
Le silence s'emplit de voix!
L'homme, comme âme, en Dieu palpite,
Et, comme être, se précipite
Dans le progrès audacieux;
Le muet renonce à se taire;
Tout luit; la noirceur de la terre
S'éclaire à la blancheur des cieux.

Ils tirent de la créature
Dieu par l'esprit et le scalpel;
Le grand caché de la nature
Vient hors de l'antre à leur appel;
A leur voix, l'ombre symbolique
Parle, le mystère s'explique,
La nuit est pleine d'yeux de lynx;
Sortant de force, le problème
Ouvre les ténèbres lui-même,
Et l'énigme éventre le sphinx.

Oui, grâce à ces hommes suprêmes,
Grâce à ces poëtes vainqueurs,
Construisant des autels poëmes
Et prenant pour pierres les cœurs,
Comme un fleuve d'âme commune,
Du blanc pilône à l'âpre rune [1],
Du brahme au flamine romain,
De l'hiérophante au druide,
Une sorte de Dieu fluide
Coule aux veines du genre humain.

VII

Le noir cromlech[1], épars dans l'herbe,
Est sur le mont silencieux;
L'archipel est sur l'eau superbe;
Les pléiades sont dans les cieux;
O mont! ô mer! voûte sereine!
L'herbe, la mouette, l'âme humaine,
Que l'hiver désole ou poursuit,
Interrogent, sombres proscrites,
Ces trois phrases dans l'ombre écrites
Sur les trois pages de la nuit.

— O vieux cromlech de la Bretagne,
Qu'on évite comme un récif,
Qu'écris-tu donc sur la montagne?
— Nuit! répond le cromlech pensif.
— Archipel où la vague fume,
Quel mot jettes-tu dans la brume?
— Mort! dit la roche à l'alcyon.
— Pléiades, qui percez nos voiles,
Qu'est-ce que disent vos étoiles?
— Dieu! dit la constellation.

C'est, ô noirs témoins de l'espace,
Dans trois langues le même mot!
Tout ce qui s'obscurcit, vit, passe,
S'effeuille et meurt, tombe là-haut.
Nous faisons tous la même course.
Être abîme, c'est être source.
Le crêpe de la nuit en deuil,
La pierre de la tombe obscure,
Le rayon de l'étoile pure,
Sont les paupières du même œil!

L'unité reste, l'aspect change;
Pour becqueter le fruit vermeil,

Les oiseaux volent à l'orange
Et les comètes au soleil;
Tout est l'atome et tout est l'astre;
La paille porte, humble pilastre,
L'épi d'où naissent les cités;
La fauvette à la tête blonde
Dans la goutte d'eau boit un monde... —
Immensités! immensités!

Seul, la nuit, sur sa plate-forme,
Herschell[1] poursuit l'être central
A travers la lentille énorme,
Cristallin de l'œil sidéral;
Il voit en haut Dieu dans les mondes,
Tandis que, des hydres profondes
Scrutant les monstrueux combats,
Le microscope formidable,
Plein de l'horreur de l'insondable,
Regarde l'infini d'en bas[2]!

VIII

Dieu, triple feu, triple harmonie,
Amour, puissance, volonté[3],
Prunelle énorme d'insomnie,
De flamboiement et de bonté,
Vu dans toute l'épaisseur noire,
Montrant ses trois faces de gloire
A l'âme, à l'être, au firmament,
Effarant les yeux et les bouches,
Emplit les profondeurs farouches
D'un immense éblouissement.

Tous ces mages, l'un qui réclame,
L'autre qui voulut ou couva,
Ont un rayon qui de leur âme
Va jusqu'à l'œil de Jéhovah;

Sur leur trône leur esprit songe;
Une lueur qui d'en haut plonge,
Qui descend du ciel sur les monts
Et de Dieu sur l'homme qui souffre,
Rattache au triangle du gouffre
L'escarboucle des Salomons.

IX

Ils parlent à la solitude,
Et la solitude comprend;
Ils parlent à la multitude,
Et font écumer ce torrent;
Ils font vibrer les édifices;
Ils inspirent les sacrifices
Et les inébranlables fois;
Sombres, ils ont en eux, pour muse,
La palpitation confuse
De tous les êtres à la fois.

Comment naît un peuple? Mystère!
A de certains moments, tout bruit
A disparu; toute la terre
Semble une plaine de la nuit;
Toute lueur s'est éclipsée;
Pas de verbe, pas de pensée,
Rien dans l'ombre et rien dans le ciel,
Pas un œil n'ouvre ses paupières... —
Le désert blême est plein de pierres,
Ézéchiel! Ézéchiel[1]!

Mais un vent sort des cieux sans bornes,
Grondant comme les grandes eaux,
Et souffle sur ces pierres mornes,
Et de ces pierres fait des os;
Ces os frémissent, tas sonore;
Et le vent souffle, et souffle encore

Sur ce triste amas agité,
Et de ces os il fait des hommes,
Et nous nous levons et nous sommes,
Et ce vent, c'est la liberté!

Ainsi s'accomplit la genèse
Du grand rien d'où naît le grand tout.
Dieu pensif dit : Je suis bien aise
Que ce qui gisait soit debout.
Le néant dit: J'étais souffrance;
La douleur dit : Je suis la France!
O formidable vision!
Ainsi tombe le noir suaire;
Le désert devient ossuaire,
Et l'ossuaire nation.

X

Tout est la mort, l'horreur, la guerre;
L'homme par l'ombre est éclipsé;
L'ouragan par toute la terre
Court comme un enfant insensé.
Il brise à l'hiver les feuillages,
L'éclair aux cimes, l'onde aux plages,
A la tempête le rayon;
Car c'est l'ouragan qui gouverne
Toute cette étrange caverne
Que nous nommons Création.

L'ouragan, qui broie et torture,
S'alimente, monstre croissant,
De tout ce que l'âpre nature
A d'horrible et de menaçant;
La lave en feu le désaltère;
Il va de Quito, blanc cratère
Qu'entoure un éternel glaçon,
Jusqu'à l'Hékla, mont, gouffre et geôle,

Bout de la mamelle du pôle
Que tette ce noir nourrisson [1]!

L'ouragan est la force aveugle,
L'agitateur du grand linceul;
Il rugit, hurle, siffle, beugle,
Étant toute l'hydre à lui seul;
Il flétrit ce qui veut éclore;
Il dit au printemps, à l'aurore,
A la paix, à l'amour : Va-t'en!
Il est rage et foudre; il se nomme
Barbarie et crime pour l'homme,
Nuit pour les cieux, pour Dieu Satan.

C'est le souffle de la matière,
De toute la nature craint;
L'Esprit, ouragan de lumière,
Le poursuit, le saisit, l'étreint;
L'Esprit terrasse, abat, dissipe
Le principe par le principe;
Il combat, en criant : Allons!
Les chaos par les harmonies,
Les éléments par les génies,
Par les aigles les aquilons!

Ils sont là, hauts de cent coudées,
Christ en tête, Homère au milieu,
Tous les combattants des idées,
Tous les gladiateurs de Dieu;
Chaque fois qu'agitant le glaive
Une forme du mal se lève
Comme un forçat dans son préau,
Dieu, dans leur phalange complète,
Désigne quelque grand athlète
De la stature du fléau.

Surgis, Volta! dompte en ton aire
Les Fluides, noir phlégéthon [2]!
Viens, Franklin! voici le Tonnerre.

Le Flot gronde; parais, Fulton!
Rousseau! prends corps à corps la Haine.
L'Esclavage agite sa chaîne;
O Voltaire! aide au paria!
La Grève rit, Tyburn flamboie,
L'affreux chien Montfaucon aboie,
On meurt... — Debout, Beccaria[1]!

Il n'est rien que l'homme ne tente.
La foudre craint cet oiseleur.
Dans la blessure palpitante
Il dit : Silence! à la douleur[2].
Sa vergue peut-être est une aile;
Partout où parvient sa prunelle,
L'âme emporte ses pieds de plomb;
L'étoile, dans sa solitude,
Regarde avec inquiétude
Blanchir la voile de Colomb.

Près de la science l'art flotte,
Les yeux sur le double horizon;
La poésie est un pilote;
Orphée accompagne Jason.
Un jour une barque perdue
Vit à la fois dans l'étendue
Un oiseau dans l'air spacieux,
Un rameau dans l'eau solitaire;
Alors, Gama cria : La terre!
Et Camoëns cria : Les cieux!

Ainsi s'entassent les conquêtes.
Les songeurs sont les inventeurs.
Parlez, dites ce que vous êtes,
Forces, ondes, aimants, moteurs!
Tout est stupéfait dans l'abîme,
L'ombre, de nous voir sur la cime,
Les monstres, qu'on les ait bravés
Dans les cavernes étonnées,

Les perles, d'êtres devinées,
Et les mondes, d'être trouvés!

Dans l'ombre immense du Caucase,
Depuis des siècles, en rêvant,
Conduit par les hommes d'extase,
Le genre humain marche en avant;
Il marche sur la terre; il passe,
Il va dans la nuit, dans l'espace,
Dans l'infini, dans le borné,
Dans l'azur, dans l'onde irritée,
A la lueur de Prométhée,
Le libérateur enchaîné!

XI

Oh! vous êtes les seuls pontifes,
Penseurs, lutteurs des grands espoirs,
Dompteurs des fauves hippogriffes,
Cavaliers des pégases noirs!
Ames devant Dieu toutes nues,
Voyants des choses inconnues,
Vous savez la religion!
Quand votre esprit veut fuir dans l'ombre,
La nuée aux croupes sans nombre
Lui dit : Me voici, Légion!

Et, quand vous sortez du problème,
Célébrateurs, révélateurs!
Quand, rentrant dans la foule blême,
Vous redescendez des hauteurs,
Hommes que le jour divin gagne,
Ayant mêlé sur la montagne,
Où montent vos chants et nos vœux,
Votre front au front de l'aurore,
O géants! vous avez encore
De ses rayons dans les cheveux!

Allez tous à la découverte!
Entrez au nuage grondant!
Et rapportez à l'herbe verte,
Et rapportez au sable ardent,
Rapportez, quel que soit l'abîme,
A l'Enfer, que Satan opprime,
Au Tartare, où saigne Ixion,
Aux cœurs bons, à l'âme méchante,
A tout ce qui rit, mord ou chante,
La grande bénédiction!

Oh! tous à la fois, aigles, âmes,
Esprits, oiseaux, essors, raisons,
Pour prendre en vos serres les flammes,
Pour connaître les horizons,
A travers l'ombre et les tempêtes,
Ayant au-dessus de vos têtes
Mondes et soleils, au-dessous
Inde, Égypte, Grèce et Judée,
De la montagne et de l'idée,
Envolez-vous! envolez-vous!

N'est-ce pas que c'est ineffable
De se sentir immensité,
D'éclairer ce qu'on croyait fable
A ce qu'on trouve vérité,
De voir le fond du grand cratère,
De sentir en soi du mystère
Entrer tout le frisson obscur,
D'aller aux astres, étincelle,
Et de se dire : Je suis l'aile!
Et de se dire : J'ai l'azur!

Allez, prêtres! allez, génies!
Cherchez la note humaine, allez,
Dans les suprêmes symphonies
Des grands abîmes étoilés!
En attendant l'heure dorée,
L'extase de la mort sacrée,

Loin de nous, troupeaux soucieux,
Loin des lois que nous établîmes,
Allez goûter, vivants sublimes,
L'évanouissement des cieux!

Janvier 1856[1].

XXIV

EN FRAPPANT A UNE PORTE

J'ai perdu mon père et ma mère,
Mon premier-né, bien jeune, hélas[2]!
Et pour moi la nature entière
　　　Sonne le glas.

Je dormais entre mes deux frères;
Enfants, nous étions trois oiseaux;
Hélas! le sort change en deux bières
　　　Leurs deux berceaux[3].

Je t'ai perdue, ô fille chère,
Toi qui remplis, ô mon orgueil,
Tout mon destin de la lumière
　　　De ton cercueil!

J'ai su monter, j'ai su descendre.
J'ai vu l'aube et l'ombre en mes cieux.
J'ai connu la pourpre, et la cendre
　　　Qui me va mieux.

J'ai connu les ardeurs profondes,
J'ai connu les sombres amours;

J'ai vu fuir les ailes, les ondes,
    Les vents, les jours.

J'ai sur ma tête des orfraies;
J'ai sur tous mes travaux l'affront,
Aux pieds la poudre, au cœur des plaies,
    L'épine au front.

J'ai des pleurs à mon œil qui pense,
Des trous à ma robe en lambeau;
Je n'ai rien à la conscience;
    Ouvre, tombeau.

Marine-Terrace, 4 septembre 1855.

XXV

NOMEN, NUMEN, LUMEN[1]

Quand il eut terminé, quand les soleils épars,
Éblouis, du chaos montant de toutes parts,
Se furent tous rangés à leur place profonde,
Il sentit le besoin de se nommer au monde;
Et l'être formidable et serein se leva;
Il se dressa sur l'ombre et cria : JÉHOVAH!
Et dans l'immensité ces sept lettres tombèrent;
Et ce sont, dans les cieux que nos yeux réverbèrent,
Au-dessus de nos fronts tremblants sous leur rayon,
Les sept astres géants du noir septentrion.

Minuit, au dolmen du Faldouet, mars 1855.

XXVI

CE QUE DIT LA BOUCHE D'OMBRE[1]

L'homme en songeant descend au gouffre universel.
J'errais près du dolmen qui domine Rozel[2],
A l'endroit où le cap se prolonge en presqu'île.
Le spectre m'attendait; l'être sombre et tranquille
Me prit par les cheveux dans sa main qui grandit,
M'emporta sur le haut du rocher, et me dit :

*

Sache que tout connaît sa loi, son but, sa route;
Que, de l'astre au ciron, l'immensité s'écoute;
Que tout a conscience en la création;
Et l'oreille pourrait avoir sa vision,
Car les choses et l'être ont un grand dialogue.
Tout parle; l'air qui passe et l'alcyon qui vogue,
Le brin d'herbe, la fleur, le germe, l'élément.
T'imaginais-tu donc l'univers autrement?
Crois-tu que Dieu, par qui la forme sort du nombre,
Aurait fait à jamais sonner la forêt sombre,
L'orage, le torrent roulant de noirs limons,
Le rocher dans les flots, la bête dans les monts,
La mouche, le buisson, la ronce ou croît la mûre,
Et qu'il n'aurait rien mis dans l'éternel murmure?
Crois-tu que l'eau du fleuve et les arbres des bois,
S'ils n'avaient rien à dire, élèveraient la voix?
Prends-tu le vent des mers pour un joueur de flûte?
Crois-tu que l'océan, qui se gonfle et qui lutte,
Serait content d'ouvrir sa gueule jour et nuit
Pour souffler dans le vide une vapeur de bruit,

Et qu'il voudrait rugir, sous l'ouragan qui vole,
Si son rugissement n'était une parole?
Crois-tu que le tombeau, d'herbe et de nuit vêtu,
Ne soit rien qu'un silence? et te figures-tu
Que la création profonde, qui compose
Sa rumeur des frissons du lys et de la rose,
De la foudre, des flots, des souffles du ciel bleu,
Ne sait ce qu'elle dit quand elle parle à Dieu?
Crois-tu qu'elle ne soit qu'une langue épaissie?
Crois-tu que la nature énorme balbutie,
Et que Dieu se serait, dans son immensité,
Donné pour tout plaisir, pendant l'éternité,
D'entendre bégayer une sourde-muette?
Non, l'abîme est un prêtre et l'ombre est un poëte;
Non, tout est une voix et tout est un parfum;
Tout dit dans l'infini quelque chose à quelqu'un;
Une pensée emplit le tumulte superbe.
Dieu n'a pas fait un bruit sans y mêler le Verbe.
Tout, comme toi, gémit, ou chante comme moi;
Tout parle. Et maintenant, homme, sais-tu pourquoi
Tout parle? Écoute bien. C'est que vents, ondes, flammes,
Arbres, roseaux, rochers, tout vit!

                              Tout est plein d'âmes.

Mais comment? Oh! voilà le mystère inouï.
Puisque tu ne t'es pas en route évanoui,
Causons.

                          *

        Dieu n'a créé que l'être impondérable.
Il le fit radieux, beau, candide, adorable,
Mais imparfait; sans quoi, sur la même hauteur,
La créature étant égale au créateur,
Cette perfection, dans l'infini perdue,
Se serait avec Dieu mêlée et confondue,
Et la création, à force de clarté,
En lui serait rentrée et n'aurait pas été.

La création sainte où rêve le prophète,
Pour être, ô profondeur! devait être imparfaite.

Donc, Dieu fit l'univers, l'univers fit le mal.

L'être créé, paré du rayon baptismal,
En des temps dont nous seuls conservons la mémoire,
Planait dans la splendeur sur des ailes de gloire;
Tout était chant, encens, flamme, éblouissement;
L'être errait, aile d'or, dans un rayon charmant,
Et de tous les parfums tour à tour était l'hôte;
Tout nageait, tout volait.

                      Or, la première faute
Fut le premier poids.

                    Dieu sentit une douleur.
Le poids prit une forme, et, comme l'oiseleur
Fuit emportant l'oiseau qui frissonne et qui lutte,
Il tomba, traînant l'ange éperdu dans sa chute.
Le mal était fait. Puis, tout alla s'aggravant;
Et l'éther devint l'air, et l'air devint le vent;
L'ange devint l'esprit, et l'esprit devint l'homme.
L'âme tomba, des maux multipliant la somme,
Dans la brute, dans l'arbre, et même, au-dessous d'eux,
Dans le caillou pensif, cet aveugle hideux.
Êtres vils qu'à regret les anges énumèrent!
Et de tous ces amas des globes se formèrent,
Et derrière ces blocs naquit la sombre nuit.
Le mal, c'est la matière. Arbre noir, fatal fruit.

*

Ne réfléchis-tu pas lorsque tu vois ton ombre?
Cette forme de toi, rampante, horrible, sombre,
Qui, liée à tes pas comme un spectre vivant,
Va tantôt en arrière et tantôt en avant,

Qui se mêle à la nuit, sa grande sœur funeste,
Et qui contre le jour, noire et dure, proteste,
D'où vient-elle? De toi, de ta chair, du limon
Dont l'esprit se revêt en devenant démon;
De ce corps qui, créé par ta faute première,
Ayant rejeté Dieu, résiste à la lumière;
De ta matière, hélas! de ton iniquité.
Cette ombre dit : — Je suis l'être d'infirmité;
Je suis tombé déjà; je puis tomber encore. —
L'ange laisse passer à travers lui l'aurore;
Nul simulacre obscur ne suit l'être aromal[1];
Homme, tout ce qui fait de l'ombre a fait le mal.

*

Maintenant, c'est ici le rocher fatidique,
Et je vais t'expliquer tout ce que je t'indique;
Je vais t'emplir les yeux de nuit et de lueurs.
Prépare-toi, front triste, aux funèbres sueurs.
Le vent d'en haut sur moi passe, et ce qu'il m'arrache,
Je te le jette; prends, et vois.

      Et d'abord sache
Que le monde où tu vis est un monde effrayant
Devant qui le songeur, sous l'infini ployant,
Lève les bras au ciel et recule terrible.
Ton soleil est lugubre et ta terre est horrible.
Vous habitez le seuil du monde châtiment.
Mais vous n'êtes pas hors de Dieu complètement;
Dieu, soleil dans l'azur, dans la cendre étincelle,
N'est hors de rien, étant la fin universelle;
L'éclair est son regard, autant que le rayon;
Et tout, même le mal, est la création,
Car le dedans du masque est encor la figure [2].

— O sombre aile invisible à l'immense envergure!
Esprit! esprit! esprit! m'écriai-je éperdu.
Le spectre poursuivit sans m'avoir entendu :

*

Faisons un pas de plus dans ces choses profondes.

Homme, tu veux, tu fais, tu construis et tu fondes,
Et tu dis : — Je suis seul, car je suis le penseur.
L'univers n'a que moi dans sa morne épaisseur.
En deçà, c'est la nuit; au delà, c'est le rêve.
L'idéal est un œil que la science crève.
C'est moi qui suis la fin et qui suis le sommet. —
Voyons; observes-tu le bœuf qui se soumet?
Écoutes-tu le bruit de ton pas sur les marbres?
Interroges-tu l'onde? et, quand tu vois des arbres,
Parles-tu quelquefois à ces religieux?
Comme sur le versant d'un mont prodigieux,
Vaste mêlée aux bruits confus, du fond de l'ombre,
Tu vois monter à toi la création sombre.
Le rocher est plus loin, l'animal est plus près.
Comme le faîte altier et vivant, tu parais!
Mais, dis, crois-tu que l'être illogique nous trompe?
L'échelle que tu vois, crois-tu qu'elle se rompe?
Crois-tu, toi dont les sens d'en haut sont éclairés,
Que la création qui, lente et par degrés,
S'élève à la lumière, et, dans sa marche entière,
Fait de plus de clarté luire moins de matière
Et mêle plus d'instincts au monstre décroissant,
Crois-tu que cette vie énorme, remplissant
De souffles le feuillage et de lueurs la tête,
Qui va du roc à l'arbre et de l'arbre à la bête,
Et de la pierre à toi monte insensiblement,
S'arrête sur l'abîme à l'homme, escarpement?
Non, elle continue, invincible, admirable,
Entre dans l'invisible et dans l'impondérable,
Y disparaît pour toi, chair vile, emplit l'azur
D'un monde éblouissant, miroir du monde obscur,
D'êtres voisins de l'homme et d'autres qui s'éloignent,
D'esprits purs, de voyants dont les splendeurs témoignent,
D'anges faits de rayons comme l'homme d'instincts;
Elle plonge à travers les cieux jamais atteints,

Sublime ascension d'échelles étoilées,
Des démons enchaînés monte aux âmes ailées;
Fait toucher le front sombre au radieux orteil,
Rattache l'astre esprit à l'archange soleil,
Relie, en traversant des millions de lieues,
Les groupes constellés et les légions bleues,
Peuple le haut, le bas, les bords et le milieu,
Et dans les profondeurs s'évanouit en Dieu!

Cette échelle apparaît vaguement dans la vie
Et dans la mort. Toujours les justes l'ont gravie;
Jacob en la voyant, et Caton sans la voir.
Ses échelons sont deuil, sagesse, exil, devoir.

Et cette échelle vient de plus loin que la terre.
Sache qu'elle commence aux mondes du mystère,
Aux mondes des terreurs et des perditions;
Et qu'elle vient, parmi les pâles visions,
Du précipice où sont les larves et les crimes,
Où la création, effrayant les abîmes,
Se prolonge dans l'ombre en spectre indéfini.
Car, au-dessous du globe où vit l'homme banni,
Hommes, plus bas que vous, dans le nadir livide,
Dans cette plénitude horrible qu'on croit vide,
Le mal, qui par la chair, hélas! vous asservit,
Dégorge une vapeur monstrueuse qui vit!
Là sombre et s'engloutit, dans des flots de désastres,
L'hydre Univers tordant son corps écaillé d'astres;
Là, tout flotte et s'en va dans un naufrage obscur;
Dans ce gouffre sans bord, sans soupirail, sans mur,
De tout ce qui vécut pleut sans cesse la cendre;
Et l'on voit tout au fond, quand l'œil ose y descendre,
Au delà de la vie, et du souffle et du bruit,
Un affreux soleil noir d'où rayonne la nuit!

*

Donc, la matière pend à l'idéal, et tire
L'esprit vers l'animal, l'ange vers le satyre,

Le sommet vers le bas, l'amour vers l'appétit.
Avec le grand qui croule elle fait le petit.

Comment de tant d'azur tant de terreur s'engendre,
Comment le jour fait l'ombre et le feu pur la cendre,
Comment la cécité peut naître du voyant,
Comment le ténébreux descend du flamboyant,
Comment du monstre esprit naît le monstre matière,
Un jour, dans le tombeau, sinistre vestiaire,
Tu le sauras; la tombe est faite pour savoir;
Tu verras; aujourd'hui, tu ne peux qu'entrevoir;
Mais, puisque Dieu permet que ma voix t'avertisse,
Je te parle.

     Et, d'abord, qu'est-ce que la justice?
Qui la rend? qui la fait? où? quand? à quel moment?
Qui donc pèse la faute? et qui le châtiment?

*

L'être créé se meut dans la lumière immense.

Libre, il sait où le bien cèsse, où le mal commence;
Il a ses actions pour juges.

Il suffit

Qu'il soit méchant ou bon; tout est dit. Ce qu'on fit,
Crime, est notre geôlier, ou, vertu, nous délivre.
L'être ouvre à son insu de lui-même le livre;
Sa conscience calme y marque avec le doigt
Ce que l'ombre lui garde ou ce que Dieu lui doit.
On agit, et l'on gagne ou l'on perd à mesure;
On peut être étincelle ou bien éclaboussure;
Lumière ou fange, archange au vol d'aigle ou bandit;
L'échelle vaste est là. Comme je te l'ai dit,
Par des zones sans fin la vie universelle
Monte, et par des degrés innombrables ruisselle,
Depuis l'infâme nuit jusqu'au charmant azur.
L'être en la traversant devient mauvais ou pur.

En haut plane la joie; en bas l'horreur se traîne.
Selon que l'âme, aimante, humble, bonne, sereine,
Aspire à la lumière et tend vers l'idéal,
Ou s'alourdit, immonde, au poids croissant du mal,
Dans la vie infinie on monte et l'on s'élance,
Ou l'on tombe; et tout être est sa propre balance.

Dieu ne nous juge point. Vivant tous à la fois,
Nous pesons, et chacun descend selon son poids.

*

Homme! nous n'approchons que les paupières closes
De ces immensités d'en bas.
                    Viens, si tu l'oses!
Regarde dans ce puits morne et vertigineux,
De la création compte les sombres nœuds,
Viens, vois, sonde :

                    Au-dessous de l'homme qui contemple,
Qui peut être un cloaque ou qui peut être un temple,
Être en qui l'instinct vit dans la raison dissous,
Est l'animal courbé vers la terre; au-dessous
De la brute est la plante inerte, sans paupière
Et sans cris; au-dessous de la plante est la pierre;
Au-dessous de la pierre est le chaos sans nom.

Avançons dans cette ombre et sois mon compagnon.

*

Toute faute qu'on fait est un cachot qu'on s'ouvre.
Les mauvais, ignorant quel mystère les couvre,
Les êtres de fureur, de sang, de trahison,
Avec leurs actions bâtissent leur prison;
Tout bandit, quand la mort vient lui toucher l'épaule
Et l'éveille, hagard, se retrouve en la geôle
Que lui fit son forfait derrière lui rampant;
Tibère en un rocher, Séjan dans un serpent.

L'homme marche sans voir ce qu'il fait dans l'abîme.
L'assassin pâlirait s'il voyait sa victime;
C'est lui. L'oppresseur vil, le tyran sombre et fou,
En frappant sans pitié sur tous, forge le clou
Qui le clouera dans l'ombre au fond de la matière.

Les tombeaux sont les trous du crible cimetière,
D'où tombe, graine obscure en un ténébreux champ,
L'effrayant tourbillon des âmes.

*

Tout méchant
Fait naître en expirant le monstre de sa vie,
Qui le saisit. L'horreur par l'horreur est suivie.
Nemrod gronde enfermé dans la montagne à pic;
Quand Dalila descend dans la tombe, un aspic
Sort des plis du linceul, emportant l'âme fausse;
Phryné meurt, un crapaud saute hors de la fosse;
Ce scorpion au fond d'une pierre dormant,
C'est Clytemnestre aux bras d'Égysthe son amant;
Du tombeau d'Anitus [1] il sort une ciguë;
Le houx sombre et l'ortie à la piqûre aiguë
Pleurent quand l'aquilon les fouette, et l'aquilon
Leur dit : Tais-toi, Zoïle [2]! et souffre, Ganelon!
Dieu livre, choc affreux dont la plaine au loin gronde,
Au cheval Brunehaut le pavé Frédégonde [3];
La pince qui rougit dans le brasier hideux
Est faite du duc d'Albe et de Philippe deux;
Farinace est le croc des noires boucheries;
L'orfraie au fond de l'ombre a les yeux de Jeffryes;
Tristan est au secret dans le bois d'un gibet.
Quand tombent dans la mort tous ces brigands, Macbeth,
Ezzelin, Richard trois, Carrier, Ludovic Sforce [4],
La matière leur met la chemise de force.
Oh! comme en son bonheur, qui masque un sombre arrêt,
Messaline ou l'horrible Isabeau [5] frémirait,
Si, dans ses actions du sépulcre voisines,

Cette femme sentait qu'il lui vient des racines,
Et qu'ayant été monstre, elle deviendra fleur!
A chacun son forfait! à chacun sa douleur!
Claude est l'algue que l'eau traîne de havre en havre;
Xercès est excrément, Charles neuf est cadavre;
Hérode, c'est l'osier des berceaux vagissants [1];
L'âme du noir Judas, depuis dix-huit cents ans,
Se disperse et renaît dans les crachats des hommes;
Et le vent qui jadis soufflait sur les Sodomes
Mêle, dans l'âtre abject et sous le vil chaudron,
La fumée Érostrate à la flamme Néron [2].

*

Et tout, bête, arbre et roche, étant vivant sur terre,
Tout est monstre, excepté l'homme, esprit solitaire.

L'âme que sa noirceur chasse du firmament
Descend dans les degrés divers du châtiment
Selon que plus ou moins d'obscurité la gagne.
L'homme en est la prison, la bête en est le bagne,
L'arbre en est le cachot, la pierre en est l'enfer.
Le ciel d'en haut, le seul qui soit splendide et clair,
La suit des yeux dans l'ombre, et, lui jetant l'aurore,
Tâche, en la regardant, de l'attirer encore.
O chute! dans la bête, à travers les barreaux
De l'instinct, obstruant de pâles soupiraux,
Ayant encor la voix, l'essor et la prunelle,
L'âme entrevoit de loin la lueur éternelle;
Dans l'arbre elle frissonne, et, sans jour et sans yeux,
Sent encor dans le vent quelque chose des cieux;
Dans la pierre elle rampe, immobile, muette,
Ne voyant même plus l'obscure silhouette
Du monde qui s'éclipse et qui s'évanouit,
Et face à face avec son crime dans la nuit.
L'âme en ces trois cachots traîne sa faute noire.
Comme elle en a la forme, elle en a la mémoire;
Elle sait ce qu'elle est; et, tombant sans appuis,
Voit la clarté décroître à la paroi du puits;

Elle assiste à sa chute, et, dur caillou qui roule,
Pense : Je suis Octave; et, vil chardon qu'on foule,
Crie au talon : Je suis Attila le géant;
Et, ver de terre au fond du charnier, et rongeant
Un crâne infect et noir, dit : Je suis Cléopâtre.
Et, hibou, malgré l'aube, ours, en bravant le pâtre,
Elle accomplit la loi qui l'enchaîne d'en haut;
Pierre, elle écrase; épine, elle pique; il le faut.
Le monstre est enfermé dans son horreur vivante.
Il aurait beau vouloir dépouiller l'épouvante;
Il faut qu'il reste horrible et reste châtié;
O mystère! le tigre a peut-être pitié!
Le tigre, sur son dos, qui peut-être eut une aile,
A l'ombre des barreaux de la cage éternelle;
Un invisible fil lie aux noirs échafauds
Le noir corbeau dont l'aile est en forme de faulx;
L'âme louve ne peut s'empêcher d'être louve,
Car le monstre est tenu, sous le ciel qui l'éprouve,
Dans l'expiation par la fatalité.
Jadis, sans la comprendre et d'un œil hébété,
L'Inde a presque entrevu cette métempsycose.
La ronce devient griffe, et la feuille de rose
Devient langue de chat, et, dans l'ombre et les cris,
Horrible, lèche et boit le sang de la souris;
Qui donc connaît le monstre appelé mandragore?
Qui sait ce que, le soir, éclaire le fulgore,
Être en qui la laideur devient une clarté[1]?
Ce qui se passe en l'ombre où croît la fleur d'été
Efface la terreur des antiques avernes.
Étages effrayants! cavernes sur cavernes.
Ruche obscure du mal, du crime et du remord!

Donc, une bête va, vient, rugit, hurle, mord;
Un arbre est là, dressant ses branches hérissées,
Une dalle s'effondre au milieu des chaussées
Que la charrette écrase et que l'hiver détruit,
Et, sous ces épaisseurs de matière et de nuit,
Arbre, bête, pavé, poids que rien ne soulève,

Dans cette profondeur terrible, une âme rêve!
Que fait-elle? elle songe à Dieu!

*

Fatalité!
Échéance! retour! revers! autre côté!
O loi! pendant qu'assis à table, joyeux groupes,
Les pervers, les puissants, vidant toutes les coupes,
Oubliant qu'aujourd'hui par demain est guetté,
Étalent leur mâchoire en leur folle gaîté,
Voilà ce qu'en sa nuit muette et colossale,
Montrant comme eux ses dents tout au fond de la salle,
Leur réserve la mort, ce sinistre rieur!

Nous avons, nous, voyants du ciel supérieur,
Le spectacle inouï de vos régions basses.
O songeur, fallait-il qu'en ces nuits tu tombasses!
Nous écoutons le cri de l'immense malheur.
Au-dessus d'un rocher, d'un loup ou d'une fleur,
Parfois nous apparaît l'âme à mi-corps sortie,
Pauvre ombre en pleurs qui lutte, hélas! presque engloutie;
Le loup la tient, le roc étreint ses pieds qu'il tord,
Et la fleur implacable et féroce la mord.
Nous entendons le bruit du rayon que Dieu lance,
La voix de ce que l'homme appelle le silence,
Et vos soupirs profonds, cailloux désespérés!
Nous voyons la pâleur de tous les fronts murés.
A travers la matière, affreux caveau sans portes,
L'ange est pour nous visible avec ses ailes mortes,
Nous assistons aux deuils, au blasphème, aux regrets,
Aux fureurs; et, la nuit, nous voyons les forêts,
D'où cherchent à s'enfuir les larves enfermées,
S'écheveler dans l'ombre en lugubres fumées.
Partout, partout, partout! dans les flots, dans les bois,
Dans l'herbe en fleurs, dans l'or qui sert de sceptre aux rois,
Dans le jonc dont Hermès se fait une baguette,
Partout le châtiment contemple, observe ou guette,

Sourd aux questions, triste, affreux, pensif, hagard;
Et tout est l'œil d'où sort ce terrible regard.

O châtiment! dédale aux spirales funèbres!
Construction d'en bas qui cherche les ténèbres,
Plonge au-dessous du monde et descend dans la nuit,
Et, Babel renversée, au fond de l'ombre fuit!

L'homme qui plane et rampe, être crépusculaire,
En est le milieu.

*

L'homme est clémence et colère;
Fond vil du puits, plateau radieux de la tour;
Degré d'en haut pour l'ombre et d'en bas pour le jour.
L'ange y descend, la bête après la mort y monte;
Pour la bête, il est gloire, et, pour l'ange, il est honte;
Dieu mêle en votre race, hommes infortunés,
Les demi-dieux punis aux monstres pardonnés.

De là vient que, parfois, — mystère que Dieu mène! —
On entend d'une bouche en apparence humaine
Sortir des mots pareils à des rugissements,
Et que, dans d'autres lieux et dans d'autres moments,
On croit voir sur un front s'ouvrir des ailes d'ange.

Roi forçat, l'homme, esprit, pense, et, matière, mange.
L'âme en lui ne se peut dresser sur son séant.
L'homme, comme la brute abreuvé de néant,
Vide toutes les nuits le verre noir du somme.
La chaîne de l'enfer, liée au pied de l'homme,
Ramène chaque jour vers le cloaque impur
La beauté, le génie, envolés dans l'azur,
Mêle la peste au souffle idéal des poitrines,
Et traîne, avec Socrate, Aspasie aux latrines.

Par un côté pourtant l'homme est illimité.
Le monstre a le carcan, l'homme a la liberté.

Songeur, retiens ceci : l'homme est un équilibre.
L'homme est une prison où l'âme reste libre.
L'âme, dans l'homme, agit, fait le bien, fait le mal,
Remonte vers l'esprit, retombe à l'animal;
Et pour que, dans son vol vers les cieux, rien ne lie
Sa conscience ailée et de Dieu seul remplie,
Dieu, quand une âme éclôt dans l'homme au bien poussé,
Casse en son souvenir le fil de son passé;
De là vient que la nuit en sait plus que l'aurore.
Le monstre se connaît lorsque l'homme s'ignore.
Le monstre est la souffrance, et l'homme est l'action.
L'homme est l'unique point de la création
Où, pour demeurer libre en se faisant meilleure,
L'âme doive oublier sa vie antérieure.
Mystère! au seuil de tout l'esprit rêve ébloui.

*

L'homme ne voit pas Dieu, mais peut aller à lui,
En suivant la clarté du bien, toujours présente;
Le monstre, arbre, rocher ou bête rugissante,
Voit Dieu, c'est là sa peine, et reste enchaîné loin.

L'homme a l'amour pour aile, et pour joug le besoin.
L'ombre est sur ce qu'il voit par lui-même semée;
La nuit sort de son œil ainsi qu'une fumée;
Homme, tu ne sais rien; tu marches, pâlissant!
Parfois le voile obscur qui te couvre, ô passant!
S'envole et flotte au vent soufflant d'une autre sphère,
Gonfle un moment ses plis jusque dans la lumière,
Puis retombe sur toi, spectre, et redevient noir.
Tes sages, tes penseurs ont essayé de voir;
Qu'ont-ils vu? qu'ont-ils fait? qu'ont-ils dit, ces fils d'Ève?
Rien.

Homme! autour de toi la création rêve.
Mille êtres inconnus t'entourent dans ton mur.
Tu vas, tu viens, tu dors sous leur regard obscur,
Et tu ne les sens pas vivre autour de ta vie :

Toute une légion d'âmes t'est asservie;
Pendant qu'elle te plaint, tu la foules aux pieds.
Tous tes pas vers le jour sont par l'ombre épiés.
Ce que tu nommes chose, objet, nature morte,
Sait, pense, écoute, entend. Le verrou de ta porte
Voit arriver ta faute et voudrait se fermer.
Ta vitre connaît l'aube, et dit : Voir! croire! aimer!
Les rideaux de ton lit frissonnent de tes songes.
Dans les mauvais desseins quand, rêveur, tu te plonges,
La cendre dit au fond de l'âtre sépulcral :
Regarde-moi; je suis ce qui reste du mal.
Hélas! l'homme imprudent trahit, torture, opprime.
La bête en son enfer voit les deux bouts du crime;
Un loup pourrait donner des conseils à Néron.
Homme! homme! aigle aveuglé, moindre qu'un moucheron!
Pendant que dans ton Louvre ou bien dans ta chaumière,
Tu vis, sans même avoir épelé la première
Des constellations, sombre alphabet qui luit
Et tremble sur la page immense de la nuit,
Pendant que tu maudis et pendant que tu nies,
Pendant que tu dis : Non! aux astres; aux génies :
Non! à l'idéal : Non! à la vertu : Pourquoi?
Pendant que tu te tiens en dehors de la loi,
Copiant les dédains inquiets ou robustes
De ces sages qu'on voit rêver dans les vieux bustes,
Et que tu dis : Que sais-je? amer, froid, mécréant,
Prostituant ta bouche au rire du néant,
A travers le taillis de la nature énorme,
Flairant l'éternité de son museau difforme,
Là, dans l'ombre, à tes pieds, homme, ton chien voit Dieu.

Ah! je t'entends. Tu dis : — Quel deuil! la bête est peu,
L'homme n'est rien. O loi misérable! ombre! abîme! —

*

O songeur! cette loi misérable est sublime.
Il faut donc tout redire à ton esprit chétif!
A la fatalité, loi du monstre captif,

Succède le devoir, fatalité de l'homme.
Ainsi de toutes parts l'épreuve se consomme
Dans le monstre passif, dans l'homme intelligent,
La nécessité morne en devoir se changeant,
Et l'âme, remontant à sa beauté première,
Va de l'ombre fatale à la libre lumière.
Or, je te le redis, pour se transfigurer,
Et pour se racheter, l'homme doit ignorer.
Il doit être aveugle par toutes les poussières.
Sans quoi, comme l'enfant guidé par des lisières,
L'homme vivrait, marchant droit à la vision.
Douter est sa puissance et sa punition.
Il voit la rose, et nie; il voit l'aurore, et doute;
Où serait le mérite à retrouver sa route,
Si l'homme, voyant clair, roi de sa volonté,
Avait la certitude, ayant la liberté?
Non. Il faut qu'il hésite en la vaste nature,
Qu'il traverse du choix l'effrayante aventure,
Et qu'il compare au vice agitant son miroir,
Au crime, aux voluptés, l'œil en pleurs du devoir;
Il faut qu'il doute! Hier croyant, demain impie;
Il court du mal au bien; il scrute, sonde, épie,
Va, revient, et, tremblant, agenouillé, debout,
Les bras étendus, triste, il cherche Dieu partout;
Il tâte l'infini jusqu'à ce qu'il l'y sente;
Alors, son âme ailée éclate frémissante;
L'ange éblouissant luit dans l'homme transparent.
Le doute le fait libre, et la liberté, grand.
La captivité sait; la liberté suppose,
Creuse, saisit l'effet, le compare à la cause,
Croit vouloir le bien-être et veut le firmament;
Et, cherchant le caillou, trouve le diamant.
C'est ainsi que du ciel l'âme à pas lents s'empare.

Dans le monstre, elle expie; en l'homme, elle répare.

*

Oui, ton fauve univers est le forçat de Dieu.
Les constellations, sombres lettres de feu,

Sont les marques du bagne à l'épaule du monde.
Dans votre région tant d'épouvante abonde,
Que, pour l'homme, marqué lui-même du fer chaud,
Quand il lève les yeux vers les astres, là-haut,
Le cancer resplendit, le scorpion flamboie,
Et dans l'immensité le chien sinistre aboie!
Ces soleils inconnus se groupent sur son front
Comme l'effroi, le deuil, la menace et l'affront;
De toutes parts s'étend l'ombre incommensurable;
En bas l'obscur, l'impur, le mauvais, l'exécrable,
Le pire, tas hideux, fourmillent; tout au fond,
Ils échangent entre eux dans l'ombre ce qu'ils font;
Typhon[1] donne l'horreur, Satan donne le crime;
Lugubre intimité du mal et de l'abîme!
Amours de l'âme monstre et du monstre univers!
Baiser triste! et l'informe engendré du pervers,
La matière, le bloc, la fange, la géhenne,
L'écume, le chaos, l'hiver, nés de la haine,
Les faces de beauté qu'habitent des démons,
Tous les êtres maudits, mêlés aux vils limons,
Pris par la plante fauve et la bête féroce,
Le grincement de dents, la peur, le rire atroce,
L'orgueil, que l'infini courbe sous son niveau,
Rampent, noirs prisonniers, dans la nuit, noir caveau.
La porte, affreuse et faite avec de l'ombre, est lourde;
Par moments, on entend, dans la profondeur sourde,
Les efforts que les monts, les flots, les ouragans,
Les volcans, les forêts, les animaux brigands,
Et tous les monstres font pour soulever le pêne;
Et sur cet amas d'ombre et de crime et de peine,
Ce grand ciel formidable est le scellé de Dieu.

Voilà pourquoi, songeur dont la mort est le vœu,
Tant d'angoisse est empreinte au front des cénobites!

Je viens de te montrer le gouffre. Tu l'habites.

*

Les mondes, dans la nuit que vous nommez l'azur,
Par les brèches que fait la mort blême à leur mur,
Se jettent en fuyant l'un à l'autre des âmes.

Dans votre globe où sont tant de geôles infâmes,
Vous avez des méchants de tous les univers,
Condamnés qui, venus des cieux les plus divers,
Rêvent dans vos rochers ou dans vos arbres ploient;
Tellement stupéfaits de ce monde qu'ils voient,
Qu'eussent-ils la parole, ils ne pourraient parler.
On en sent quelques-uns frissonner et trembler.
De là les songes vains du bonze et de l'augure.

Donc, représente-toi cette sombre figure :
Ce gouffre, c'est l'égout du mal universel.
Ici vient aboutir de tous les points du ciel
La chute des punis, ténébreuse traînée.
Dans cette profondeur, morne, âpre, infortunée,
De chaque globe il tombe un flot vertigineux
D'âmes, d'esprits malsains et d'êtres vénéneux,
Flot que l'éternité voit sans fin se répandre.
Chaque étoile au front d'or qui brille, laisse pendre
Sa chevelure d'ombre en ce puits effrayant.
Ame immortelle, vois, et frémis en voyant :
Voilà le précipice exécrable où tu sombres.

Oh! qui que vous soyez, qui passez dans ces ombres,
Versez votre pitié sur ces douleurs sans fond!
Dans ce gouffre, où l'abîme en l'abîme se fond,
Se tordent les forfaits, transformés en supplices,
L'effroi, le deuil, le mal, les ténèbres complices,
Les pleurs sous la toison, le soupir expiré
Dans la fleur, et le cri dans la pierre muré!
Oh! qui que vous soyez, pleurez sur ces misères!
Pour Dieu seul, qui sait tout, elles sont nécessaires;
Mais vous pouvez pleurer sur l'énorme cachot
Sans déranger le sombre équilibre d'en haut!
Hélas! hélas! hélas! tout est vivant! tout pense!
La mémoire est la peine, étant la récompense.

Oh! comme ici l'on souffre et comme on se souvient!
Torture de l'esprit que la matière tient!
La brute et le granit, quel chevalet pour l'âme!
Ce mulet fut sultan, ce cloporte était femme.
L'arbre est un exilé, la roche est un proscrit.
Est-ce que, quelque part, par hasard, quelqu'un rit
Quand ces réalités sont là, remplissant l'ombre?
La ruine, la mort, l'ossement, le décombre,
Sont vivants. Un remords songe dans un débris.
Pour l'œil profond qui voit, les antres sont des cris.
Hélas! le cygne est noir, le lys songe à ses crimes;
La perle est nuit; la neige est la fange des cimes;
Le même gouffre, horrible et fauve, et sans abri,
S'ouvre dans la chouette et dans le colibri;
La mouche, âme, s'envole et se brûle à la flamme;
Et la flamme, esprit, brûle avec angoisse une âme;
L'horreur fait frissonner les plumes de l'oiseau;
Tout est douleur.

　　　　　　　　　Les fleurs souffrent sous le ciseau,
Et se ferment ainsi que des paupières closes;
Toutes les femmes sont teintes du sang des roses;
La vierge au bal, qui danse, ange aux fraîches couleurs,
Et qui porte en sa main une touffe de fleurs,
Respire en souriant un bouquet d'agonies.
Pleurez sur les laideurs et les ignominies,
Pleurez sur l'araignée immonde, sur le ver,
Sur la limace au dos mouillé comme l'hiver,
Sur le vil puceron qu'on voit aux feuilles pendre,
Sur le crabe hideux, sur l'affreux scolopendre,
Sur l'effrayant crapaud, pauvre monstre aux doux yeux,
Qui regarde toujours le ciel mystérieux!
Plaignez l'oiseau de crime et la bête de proie.
Ce que Domitien, César, fit avec joie,
Tigre, il le continue avec horreur. Verrès,
Qui fut loup sous la pourpre, est loup dans les forêts;
Il descend, réveillé, l'autre côté du rêve:
Son rire, au fond des bois, en hurlement s'achève;
Pleurez sur ce qui hurle et pleurez sur Verrès.

Sur ces tombeaux vivants, marqués d'obscurs arrêts,
Penchez-vous attendri! versez votre prière!
La pitié fait sortir des rayons de la pierre.
Plaignez le louveteau, plaignez le lionceau.
La matière, affreux bloc, n'est que le lourd monceau
Des effets monstrueux, sortis des sombres causes.
Ayez pitié! voyez des âmes dans les choses.
Hélas! le cabanon subit aussi l'écrou;
Plaignez le prisonnier, mais plaignez le verrou;
Plaignez la chaîne au fond des bagnes insalubres;
La hache et le billot sont deux êtres lugubres;
La hache souffre autant que le corps, le billot
Souffre autant que la tête; ô mystères d'en haut!
Ils se livrent une âpre et hideuse bataille;
Il ébrèche la hache et la hache l'entaille;
Ils se disent tout bas l'un à l'autre : Assassin!
Et la hache maudit les hommes, sombre essaim,
Quand, le soir, sur le dos du bourreau, son ministre,
Elle revient dans l'ombre, et luit, miroir sinistre,
Ruisselante de sang et reflétant les cieux;
Et, la nuit, dans l'étal morne et silencieux,
Le cadavre au cou rouge, effrayant, glacé, blême,
Seul, sait ce que lui dit le billot, tronc lui-même.
Oh! que la terre est froide et que les rocs sont durs!
Quelle muette horreur dans les halliers obscurs!
Les pleurs noirs de la nuit sur la colombe blanche
Tombent; le vent met nue et torture la branche;
Quel monologue affreux dans l'arbre aux rameaux verts!
Quel frisson dans l'herbe! Oh! quels yeux fixes ouverts
Dans les cailloux profonds, oubliettes des âmes!
C'est une âme que l'eau scie en ses froides lames;
C'est une âme que fait ruisseler le pressoir.
Ténèbres! l'univers est hagard. Chaque soir,
Le noir horizon monte et la nuit noire tombe;
Tous deux, à l'occident, d'un mouvement de tombe,
Ils vont se rapprochant, et, dans le firmament,
O terreur! sur le jour, écrasé lentement,
La tenaille de l'ombre effroyable se ferme.
Oh! les berceaux font peur. Un bagne est dans un germe.

Ayez pitié, vous tous et qui que vous soyez!
Les hideux châtiments, l'un sur l'autre broyés,
Roulent, submergeant tout, excepté les mémoires.

Parfois on voit passer dans ces profondeurs noires,
Comme un rayon lointain de l'éternel amour;
Alors l'hyène Atrée et le chacal Timour,
Et l'épine Caïphe et le roseau Pilate,
Le volcan Alaric à la gueule écarlate,
L'ours Henri huit, pour qui Morus en vain pria,
Le sanglier Selim et le porc Borgia[1],
Poussent des cris vers l'Être adorable; et les bêtes
Qui portèrent jadis des mitres sur leurs têtes,
Les grains de sable rois, les brins d'herbe empereurs,
Tous les hideux orgueils et toutes les fureurs,
Se brisent; la douceur saisit le plus farouche;
Le chat lèche l'oiseau, l'oiseau baise la mouche;
Le vautour dit dans l'ombre au passereau : Pardon!
Une caresse sort du houx et du chardon;
Tous les rugissements se fondent en prières;
On entend s'accuser de leurs forfaits les pierres;
Tous ces sombres cachots qu'on appelle les fleurs
Tressaillent; le rocher se met à fondre en pleurs;
Des bras se lèvent hors de la tombe dormante;
Le vent gémit, la nuit se plaint, l'eau se lamente,
Et, sous l'œil attendri qui regarde d'en haut,
Tout l'abîme n'est plus qu'un immense sanglot.

*

Espérez! espérez! espérez, misérables!
Pas de deuil infini, pas de maux incurables,
     Pas d'enfer éternel!
Les douleurs vont à Dieu, comme la flèche aux cibles;
Les bonnes actions sont les gonds invisibles
     De la porte du ciel.

Le deuil est la vertu, le remords est le pôle
Des monstres garrottés dont le gouffre est la geôle;

Quand, devant Jéhovah,
Un vivant reste pur dans les ombres charnelles,
La mort, ange attendri, rapporte ses deux ailes
          A l'homme qui s'en va.

Les enfers se refont édens; c'est là leur tâche.
Tout globe est un oiseau que le mal tient et lâche.
          Vivants, je vous le dis,
Les vertus, parmi vous, font ce labeur auguste
D'augmenter sur vos fronts le ciel; quiconque est juste
          Travaille au paradis.

L'heure approche. Espérez. Rallumez l'âme éteinte!
Aimez-vous! aimez-vous! car c'est la chaleur sainte,
          C'est le feu du vrai jour.
Le sombre univers, froid, glacé, pesant, réclame
La sublimation de l'être par la flamme,
          De l'homme par l'amour!

Déjà, dans l'océan d'ombre que Dieu domine,
L'archipel ténébreux des bagnes s'illumine;
          Dieu, c'est le grand aimant;
Et les globes, ouvrant leur sinistre prunelle,
Vers les immensités de l'aurore éternelle
          Se tournent lentement.

Oh! comme vont chanter toutes les harmonies,
Comme rayonneront dans les sphères bénies
          Les faces de clarté,
Comme les firmaments se fondront en délires,
Comme tressailleront toutes les grandes lyres
          De la sérénité,

Quand, du monstre matière ouvrant toutes les serres,
Faisant évanouir en splendeurs les misères,
          Changeant l'absinthe en miel,
Inondant de beauté la nuit diminuée,
Ainsi que le soleil tire à lui la nuée
          Et l'emplit d'arcs-en-ciel,

Dieu, de son regard fixe attirant les ténèbres,
Voyant vers lui, du fond des cloaques funèbres
          Où le mal le pria,
Monter l'énormité bégayant des louanges,
Fera rentrer, parmi les univers archanges,
          L'univers paria!

On verra palpiter les fanges éclairées,
Et briller les laideurs les plus désespérées
          Au faîte le plus haut,
L'araignée éclatante au seuil des bleus pilastres
Luire, et se redresser, portant des épis d'astres,
          La paille du cachot!

La clarté montera dans tout comme une sève;
On verra rayonner au front du bœuf qui rêve
          Le céleste croissant;
Le charnier chantera dans l'horreur qui l'encombre,
Et sur tous les fumiers apparaîtra dans l'ombre
          Un Job resplendissant!

O disparition de l'antique anathème!
La profondeur disant à la hauteur : Je t'aime!
          O retour du banni!
Quel éblouissement au fond des cieux sublimes!
Quel surcroît de clarté que l'ombre des abîmes
          S'écriant : Sois béni!

On verra le troupeau des hydres formidables
Sortir, monter du fond des brumes insondables
          Et se transfigurer;
Des étoiles éclore aux trous noirs de leurs crânes,
Dieu juste! et par degrés devenant diaphanes,
          Les monstres s'azurer!

Ils viendront, sans pouvoir ni parler ni répondre,
Éperdus! on verra des auréoles fondre
          Les cornes de leur front;

Ils tiendront dans leur griffe, au milieu des cieux calmes,
Des rayons frissonnants semblables à des palmes;
      Les gueules baiseront!

Ils viendront! ils viendront, tremblants, brisés d'extase,
Chacun d'eux débordant de sanglots comme un vase,
      Mais pourtant sans effroi;
On leur tendra les bras de la haute demeure,
Et Jésus, se penchant sur Bélial[1] qui pleure,
      Lui dira : C'est donc toi!

Et vers Dieu par la main il conduira ce frère!
Et, quand ils seront près des degrés de lumière
      Par nous seuls aperçus,
Tous deux seront si beaux, que Dieu dont l'œil flamboie
Ne pourra distinguer, père ébloui de joie,
      Bélial de Jésus!

Tout sera dit. Le mal expirera; les larmes
Tariront; plus de fers, plus de deuils, plus d'alarmes;
      L'affreux gouffre inclément
Cessera d'être sourd, et bégaiera : Qu'entends-je?
Les douleurs finiront dans toute l'ombre; un ange
      Criera : Commencement!

                          Jersey, 1855[2].

A CELLE
QUI EST RESTÉE EN FRANCE

I

Mets-toi sur ton séant, lève tes yeux, dérange
Ce drap glacé qui fait des plis sur ton front d'ange,
Ouvre tes mains, et prends ce livre : il est à toi.

Ce livre où vit mon âme, espoir, deuil, rêve, effroi,
Ce livre qui contient le spectre de ma vie,
Mes angoisses, mon aube, hélas! de pleurs suivie,
L'ombre et son ouragan, la rose et son pistil,
Ce livre azuré, triste, orageux, d'où sort-il?
D'où sort le blême éclair qui déchire la brume?
Depuis quatre ans, j'habite un tourbillon d'écume;
Ce livre en a jailli. Dieu dictait, j'écrivais;
Car je suis paille au vent : Va! dit l'esprit. Je vais.
Et, quand j'eus terminé ces pages, quand ce livre
Se mit à palpiter, à respirer, à vivre,
Une église des champs que le lierre verdit,
Dont la tour sonne l'heure à mon néant, m'a dit :
Ton cantique est fini; donne-le-moi, poëte.
Je le réclame, a dit la forêt inquiète;
Et le doux pré fleuri m'a dit : Donne-le-moi.
La mer, en le voyant frémir, m'a dit : Pourquoi
Ne pas me le jeter, puisque c'est une voile!
C'est à moi qu'appartient cet hymne, a dit l'étoile.
Donne-le-nous, songeur, ont crié les grands vents.

Et les oiseaux m'ont dit : Vas-tu pas aux vivants
Offrir ce livre, éclos si loin de leurs querelles?
Laisse-nous l'emporter dans nos nids sur nos ailes!
Mais le vent n'aura point mon livre, ô cieux profonds!
Ni la sauvage mer, livrée aux noirs typhons,
Ouvrant et refermant ses flots, âpres embûches;
Ni la verte forêt qu'emplit un bruit de ruches;
Ni l'église où le temps fait tourner son compas;
Le pré ne l'aura pas, l'astre ne l'aura pas;
L'oiseau ne l'aura pas, qu'il soit aigle ou colombe,
Les nids ne l'auront pas; je le donne à la tombe.

II

Autrefois, quand septembre en larmes revenait,
Je partais, je quittais tout ce qui me connaît,
Je m'évadais; Paris s'effaçait; rien, personne!
J'allais, je n'étais plus qu'une ombre qui frissonne,
Je fuyais, seul, sans voir, sans penser, sans parler,
Sachant bien que j'irais où je devais aller;
Hélas! je n'aurais pu même dire : Je souffre!
Et, comme subissant l'attraction d'un gouffre,
Que le chemin fût beau, pluvieux, froid, mauvais,
J'ignorais, je marchais devant moi, j'arrivais.
O souvenirs! ô forme horrible des collines!
Et, pendant que la mère et la sœur, orphelines,
Pleuraient dans la maison, je cherchais le lieu noir
Avec l'avidité morne du désespoir;
Puis j'allais au champ triste à côté de l'église;
Tête nue, à pas lents, les cheveux dans la bise,
L'œil aux cieux, j'approchais; l'accablement soutient;
Les arbres murmuraient : C'est le père qui vient!
Les ronces écartaient leurs branches desséchées;
Je marchais à travers les humbles croix penchées,
Disant je ne sais quels doux et funèbres mots;
Et je m'agenouillais au milieu des rameaux
Sur la pierre qu'on voit blanche dans la verdure.

Pourquoi donc dormais-tu d'une façon si dure
Que tu n'entendais pas lorsque je t'appelais?

Et les pêcheurs passaient en traînant leurs filets,
Et disaient : Qu'est-ce donc que cet homme qui songe?
Et le jour, et le soir, et l'ombre qui s'allonge,
Et Vénus, qui pour moi jadis étincela,
Tout avait disparu que j'étais encor là.
J'étais là, suppliant celui qui nous exauce;
J'adorais, je laissais tomber sur cette fosse,
Hélas! où j'avais vu s'évanouir mes cieux,
Tout mon cœur goutte à goutte en pleurs silencieux;
J'effeuillais de la sauge et de la clématite;
Je me la rappelais quand elle était petite,
Quand elle m'apportait des lys et des jasmins,
Ou quand elle prenait ma plume dans ses mains,
Gaie, et riant d'avoir de l'encre à ses doigts roses;
Je respirais les fleurs sur cette cendre écloses,
Je fixais mon regard sur ces froids gazons verts,
Et par moments, ô Dieu, je voyais, à travers
La pierre du tombeau, comme une fleur d'âme!

Oui, jadis, quand cette heure en deuil qui me réclame
Tintait dans le ciel triste et dans mon cœur saignant,
Rien ne me retenait, et j'allais; maintenant,
Hélas!... — O fleuve! ô bois! vallons dont je fus l'hôte,
Elle sait, n'est-ce pas? que ce n'est pas ma faute
Si, depuis ces quatre ans, pauvre cœur sans flambeau,
Je ne suis pas allé prier sur son tombeau!

III

Ainsi, ce noir chemin que je faisais, ce marbre
Que je contemplais, pâle, adossé contre un arbre,
Ce tombeau sur lequel mes pieds pouvaient marcher,
La nuit, que je voyais lentement approcher,
Ces ifs, ce crépuscule avec ce cimetière,

Ces sanglots, qui du moins tombaient sur cette pierre,
O mon Dieu, tout cela, c'était donc du bonheur!

Dis, qu'as-tu fait pendant tout ce temps-là? — Seigneur,
Qu'a-t-elle fait? — Vois-tu la vie en vos demeures?
A quelle horloge d'ombre as-tu compté les heures?
As-tu sans bruit parfois poussé l'autre endormi?
Et t'es-tu, m'attendant, réveillée à demi?
T'es-tu, pâle, accoudée à l'obscure fenêtre
De l'infini, cherchant dans l'ombre à reconnaître
Un passant, à travers le noir cercueil mal joint,
Attentive, écoutant si tu n'entendais point
Quelqu'un marcher vers toi dans l'éternité sombre?
Et t'es-tu recouchée ainsi qu'un mât qui sombre,
En disant : Qu'est-ce donc? mon père ne vient pas!
Avez-vous tous les deux parlé de moi tout bas?

Que de fois j'ai choisi, tout mouillés de rosée,
Des lys dans mon jardin, des lys dans ma pensée!
Que de fois j'ai cueilli de l'aubépine en fleur!
Que de fois j'ai, là-bas, cherché la tour d'Harfleur[1],
Murmurant : C'est demain que je pars! et, stupide,
Je calculais le vent et la voile rapide,
Puis ma main s'ouvrait triste, et je disais : Tout fuit!
Et le bouquet tombait, sinistre, dans la nuit!
Oh! que de fois, sentant qu'elle devait m'attendre,
J'ai pris ce que j'avais dans le cœur de plus tendre
Pour en charger quelqu'un qui passerait par là!

Lazare ouvrit les yeux quand Jésus l'appela;
Quand je lui parle, hélas! pourquoi les ferme-t-elle?
Où serait donc le mal quand de l'ombre mortelle
L'amour violerait deux fois le noir secret
Et quand, ce qu'un dieu fit, un père le ferait?

IV

Que ce livre, du moins, obscur message, arrive,
Murmure, à ce silence, et, flot, à cette rive!

Qu'il y tombe, sanglot, soupir, larme d'amour!
Qu'il entre en ce sépulcre où sont entrés un jour
Le baiser, la jeunesse, et l'aube, et la rosée,
Et le rire adoré de la fraîche épousée,
Et la joie, et mon cœur, qui n'est pas ressorti!
Qu'il soit le cri d'espoir qui n'a jamais menti,
Le chant du deuil, la voix du pâle adieu qui pleure,
Le rêve dont on sent l'aile qui nous effleure!
Qu'elle dise : Quelqu'un est là; j'entends du bruit!
Qu'il soit comme le pas de mon âme en sa nuit!

Ce livre, légion tournoyante et sans nombre
D'oiseaux blancs dans l'aurore et d'oiseaux noirs dans
    l'ombre,
Ce vol de souvenirs fuyant à l'horizon,
Cet essaim que je lâche au seuil de ma prison,
Je vous le confie, air, souffles, nuée, espace!
Que ce fauve océan qui me parle à voix basse,
Lui soit clément, l'épargne et le laisse passer!
Et que le vent ait soin de n'en rien disperser,
Et jusqu'au froid caveau fidèlement apporte
Ce don mystérieux de l'absent à la morte!

O Dieu! puisqu'en effet, dans ces sombres feuillets,
Dans ces strophes qu'au fond de vos cieux je cueillais,
Dans ces chants murmurés comme un épithalame
Pendant que vous tourniez les pages de mon âme,
Puisque j'ai, dans ce livre, enregistré mes jours,
Mes maux, mes deuils, mes cris dans les problèmes sourds,
Mes amours, mes travaux, ma vie heure par heure;
Puisque vous ne voulez pas encor que je meure,
Et qu'il faut bien pourtant que j'aille lui parler;
Puisque je sens le vent de l'infini souffler
Sur ce livre qu'emplit l'orage et le mystère;
Puisque j'ai versé là toutes vos ombres, terre,
Humanité, douleur, dont je suis le passant;
Puisque de mon esprit, de mon cœur, de mon sang,
J'ai fait l'âcre parfum de ces versets funèbres,
Va-t'en, livre, à l'azur, à travers les ténèbres!

Fuis vers la brume où tout à pas lents est conduit!
Oui, qu'il vole à la fosse, à la tombe, à la nuit,
Comme une feuille d'arbre ou comme une âme d'homme!
Qu'il roule au gouffre où va tout ce que la voix nomme!
Qu'il tombe au plus profond du sépulcre hagard,
A côté d'elle, ô mort! et que là, le regard,
Près de l'ange qui dort, lumineux et sublime,
Le voie épanoui, sombre fleur de l'abîme!

V

O doux commencements d'azur qui me trompiez,
O bonheurs! je vous ai durement expiés;
J'ai le droit aujourd'hui d'être, quand la nuit tombe,
Un de ceux qui se font écouter de la tombe,
Et qui font, en parlant aux morts blêmes et seuls,
Remuer lentement les plis noirs des linceuls,
Et dont la parole, âpre ou tendre, émeut les pierres,
Les grains dans les sillons, les ombres dans les bières,
La vague et la nuée, et devient une voix
De la nature, ainsi que la rumeur des bois.
Car voilà, n'est-ce pas, tombeaux? bien des années,
Que je marche au milieu des croix infortunées,
Échevelé parmi les ifs et les cyprès,
L'âme au bord de la nuit, et m'approchant tout près;
Et que je vais, courbé sur le cercueil austère,
Questionnant le plomb, les clous, le ver de terre
Qui pour moi sort des yeux de la tête de mort,
Le squelette qui rit, le squelette qui mord,
Les mains aux doigts noueux, les crânes, les poussières,
Et les os des genoux qui savent des prières!

Hélas! j'ai fouillé tout. J'ai voulu voir le fond.
Pourquoi le mal en nous avec le bien se fond,
J'ai voulu le savoir. J'ai dit : Que faut-il croire?
J'ai creusé la lumière, et l'aurore, et la gloire,

L'enfant joyeux, la vierge et sa chaste frayeur,
Et l'amour, et la vie, et l'âme, — fossoyeur.

Qu'ai-je appris? J'ai, pensif, tout saisi sans rien prendre;
J'ai vu beaucoup de nuit et fait beaucoup de cendre.
Qui sommes-nous? que veut dire ce mot : Toujours?
J'ai tout enseveli, songes, espoirs, amours,
Dans la fosse que j'ai creusée en ma poitrine.
Qui donc a la science? où donc est la doctrine?
Oh! que ne suis-je encor le rêveur d'autrefois,
Qui s'égarait dans l'herbe, et les prés, et les bois,
Qui marchait souriant, le soir, quand le ciel brille,
Tenant la main petite et blanche de sa fille,
Et qui, joyeux, laissant luire le firmament,
Laissant l'enfant parler, se sentait lentement
Emplir de cet azur et de cette innocence!

Entre Dieu qui flamboie et l'ange qui l'encense,
J'ai vécu, j'ai lutté, sans crainte, sans remord.
Puis ma porte soudain s'ouvrit devant la mort,
Cette visite brusque et terrible de l'ombre.
Tu passes en laissant le vide et le décombre,
O spectre! tu saisis mon ange et tu frappas.
Un tombeau fut dès lors le but de tous mes pas.

VI

Je ne puis plus reprendre aujourd'hui dans la plaine
Mon sentier d'autrefois qui descend vers la Seine;
Je ne puis plus aller où j'allais; je ne puis,
Pareil à la laveuse assise au bord du puits,
Que m'accouder au mur de l'éternel abîme;
Paris m'est éclipsé par l'énorme Solime;
La haute Notre-Dame à présent, qui me luit,
C'est l'ombre ayant deux tours, le silence et la nuit,
Et laissant des clartés trouer ses fatals voiles;
Et je vois sur mon front un panthéon d'étoiles;

Si j'appelle Rouen, Villequier, Caudebec,
Toute l'ombre me crie : Horeb, Cédron, Balbeck [1]
Et, si je pars, m'arrête à la première lieue,
Et me dit : Tourne-toi vers l'immensité bleue!
Et me dit : Les chemins où tu marchais sont clos.
Penche-toi sur les nuits, sur les vents, sur les flots!
A quoi penses-tu donc? que fais-tu, solitaire?
Crois-tu donc sous tes pieds avoir encor la terre?
Où vas-tu de la sorte et machinalement?
O songeur! penche-toi sur l'être et l'élément!
Écoute la rumeur des âmes dans les ondes!
Contemple, s'il te faut de la cendre, les mondes;
Cherche au moins la poussière immense, si tu veux
Mêler de la poussière à tes sombres cheveux,
Et regarde, en dehors de ton propre martyre,
Le grand néant, si c'est le néant qui t'attire!
Sois tout à ces soleils où tu remonteras!
Laisse là ton vil coin de terre. Tends les bras,
O proscrit de l'azur, vers les astres patries!
Revois-y refleurir tes aurores flétries;
Deviens le grand œil fixe ouvert sur le grand tout.
Penche-toi sur l'énigme où l'être se dissout,
Sur tout ce qui naît, vit, marche, s'éteint, succombe,
Sur tout le genre humain et sur toute la tombe!

Mais mon cœur toujours saigne et du même côté.
C'est en vain que les cieux, les nuits, l'éternité,
Veulent distraire une âme et calmer un atome.
Tout l'éblouissement des lumières du dôme
M'ôte-t-il une larme? Ah! l'étendue a beau
Me parler, me montrer l'universel tombeau,
Les soirs sereins, les bois rêveurs, la lune amie;
J'écoute, et je reviens à la douce endormie.

VII

Des fleurs! oh! si j'avais des fleurs! si je pouvais
Aller semer des lys sur ces deux froids chevets!

Si je pouvais couvrir de fleurs mon ange pâle!
Les fleurs sont l'or, l'azur, l'émeraude, l'opale!
Le cercueil au milieu des fleurs veut se coucher;
Les fleurs aiment la mort, et Dieu les fait toucher
Par leur racine aux os, par leur parfum aux âmes!
Puisque je ne le puis, aux lieux que nous aimâmes,
Puisque Dieu ne veut pas nous laisser revenir,
Puisqu'il nous fait lâcher ce qu'on croyait tenir,
Puisque le froid destin, dans ma geôle profonde,
Sur la première porte en scelle une seconde,
Et, sur le père triste et sur l'enfant qui dort,
Ferme l'exil après avoir fermé la mort,
Puisqu'il est impossible à présent que je jette
Même un brin de bruyère à sa fosse muette,
C'est bien le moins qu'elle ait mon âme, n'est-ce pas?
O vent noir dont j'entends sur mon plafond le pas!
Tempête, hiver, qui bats ma vitre de ta grêle!
Mers, nuits! et je l'ai mise en ce livre pour elle!

Prends ce livre; et dis-toi : Ceci vient du vivant
Que nous avons laissé derrière nous, rêvant.
Prends. Et quoique de loin, reconnais ma voix, âme!
Oh! ta cendre est le lit de mon reste de flamme;
Ta tombe est mon espoir, ma charité, ma foi;
Ton linceul toujours flotte entre la vie et moi.
Prends ce livre, et fais-en sortir un divin psaume!
Qu'entre tes vagues mains il devienne fantôme!
Qu'il blanchisse, pareil à l'aube qui pâlit,
A mesure que l'œil de mon ange le lit,
Et qu'il s'évanouisse, et flotte, et disparaisse,
Ainsi qu'un âtre obscur qu'un souffle errant caresse,
Ainsi qu'une lueur qu'on voit passer le soir,
Ainsi qu'un tourbillon de feu de l'encensoir,
Et que, sous ton regard éblouissant et sombre,
Chaque page s'en aille en étoiles dans l'ombre!

VIII

Oh! quoi que nous fassions et quoi que nous disions,
Soit que notre âme plane au vent des visions,
Soit qu'elle se cramponne à l'argile natale,
Toujours nous arrivons à ta grotte fatale,
Gethsémani [1], qu'éclaire une vague lueur!
O rocher de l'étrange et funèbre sueur!
Cave où l'esprit combat le destin! ouverture
Sur les profonds effrois de la sombre nature!
Antre d'où le lion sort rêveur, en voyant
Quelqu'un de plus sinistre et de plus effrayant,
La douleur, entrer, pâle, amère, échevelée!
O chute! asile! ô seuil de la trouble vallée
D'où nous apercevons nos ans fuyants et courts,
Nos propres pas marqués dans la fange des jours,
L'échelle où le mal pèse et monte, spectre louche,
L'âpre frémissement de la palme farouche,
Les degrés noirs tirant en bas les blancs degrés,
Et les frissons aux fronts des anges effarés!

Toujours nous arrivons à cette solitude,
Et, là, nous nous taisons, sentant la plénitude!

Paix à l'Ombre! Dormez! dormez! dormez! dormez!
Êtres, groupes confus lentement transformés!
Dormez, les champs! dormez, les fleurs! dormez, les tombes!
Toits, murs, seuils des maisons, pierres des catacombes,
Feuilles au fond des bois, plumes au fond des nids,
Dormez! dormez, brins d'herbe, et dormez, infinis!
Calmez-vous, forêt, chêne, érable, frêne, yeuse!
Silence sur la grande horreur religieuse,
Sur l'Océan qui lutte et qui ronge son mors,
Et sur l'apaisement insondable des morts!
Paix à l'obscurité muette et redoutée!
Paix au doute effrayant, à l'immense ombre athée,
A toi, nature, cercle et centre, âme et milieu,

Fourmillement de tout, solitude de Dieu!
O générations aux brumeuses haleines,
Reposez-vous! pas noirs qui marchez dans les plaines!
Dormez, vous qui saignez; dormez, vous qui pleurez!
Douleurs, douleurs, douleurs, fermez vos yeux sacrés!
Tout est religion et rien n'est imposture.
Que sur toute existence et toute créature,
Vivant du souffle humain ou du souffle animal,
Debout au seuil du bien, croulante au bord du mal,
Tendre ou farouche, immonde ou splendide, humble ou
    grande,
La vaste paix des cieux de toutes parts descende!
Que les enfers dormants rêvent les paradis!
Assoupissez-vous, flots, mers, vents, âmes, tandis
Qu'assis sur la montagne en présence de l'Être,
Précipice où l'on voit pêle-mêle apparaître
Les créations, l'astre et l'homme, les essieux
De ces chars de soleil que nous nommons les cieux,
Les globes, fruits vermeils des divines ramées,
Les comètes d'argent dans un champ noir semées,
Larmes blanches du drap mortuaire des nuits,
Les chaos, les hivers, ces lugubres ennuis,
Pâle, ivre d'ignorance, ébloui de ténèbres,
Voyant dans l'infini s'écrire des algèbres,
Le contemplateur, triste et meurtri, mais serein,
Mesure le problème aux murailles d'airain,
Cherche à distinguer l'aube à travers les prodiges,
Se penche, frémissant, au puits des grands vertiges,
Suit de l'œil des blancheurs qui passent, alcyons,
Et regarde, pensif, s'étoiler de rayons,
De clartés, de lueurs, vaguement enflammées,
Le gouffre monstrueux plein d'énormes fumées.

        Guernesey, 2 novembre 1855, jour des morts.

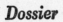

Dossier

VIE DE VICTOR HUGO

1797 — Mariage de Joseph Léopold Sigisbert Hugo, né à Nancy en 1773, et de Sophie Trébuchet, née à Nantes en 1772. Fils d'un menuisier, entré dans l'armée dès 1788, le capitaine Hugo participe en 1793 à la guerre de Vendée et, à cette occasion, fait la connaissance de Sophie Trébuchet, en 1796.

1800 — Il est nommé chef de bataillon.

1802 — *26 février* : Naissance à Besançon de Victor Marie Hugo, leur troisième fils (après Abel, né en 1798, et Eugène, né en 1800).

1803 — Naissance d'Adèle Foucher que l'écrivain épousera en 1822.

1802-1804 — A Paris, où son mari l'a envoyée solliciter pour lui, Mme Hugo se lie avec le général Lahorie, qui, suspect de sympathies royalistes, vient d'être mis en disponibilité; elle devient, sans doute alors, sa maîtresse. Le général Hugo, fixé dans ses garnisons, s'occupe des enfants, à Marseille, puis à Bastia, puis à l'île d'Elbe. C'est là que Mme Hugo vient le rejoindre. Apprenant que son mari a une maîtresse, elle repart pour Paris, emmenant les enfants. Elle retrouve Lahorie, maintenant traqué par la police.

1807 — Le colonel Hugo est affecté à Naples, où sa famille le rejoint, pour peu de temps, en 1808.

1809 — Mme Hugo s'installe, avec ses enfants, aux Feuillantines.

1810 — Promu général, Léopold Hugo est affecté en Espagne.

1811-1812 — Voyage en Espagne de Mme Hugo et de ses enfants; bruyantes disputes entre les deux époux.

1812 — Second séjour aux Feuillantines. Compromis dans la conspiration de Mallet, Lahorie est fusillé, le *29 octobre.*

1815 — Eugène et Victor sont placés par leur père dans une pension ; Victor y commence son *Cahier de vers français.*

1817 — Il obtient une mention au concours de poésie de l'Académie française, avec son poème sur *le Bonheur que procure l'étude dans toutes les situations de la vie.*

1818 — Séparation légale du ménage Hugo.

1819 — Victor Hugo voit deux de ses premières *Odes* couronnées aux Jeux floraux de Toulouse. *26 avril :* il se fiance en secret avec Adèle Foucher, amie d'enfance dont la famille est amie de la sienne depuis toujours. *Décembre :* fondation de la revue *Le Conservateur littéraire,* revue légitimiste et romantique qui paraîtra jusqu'en mars 1821 ; Hugo allait en rédiger à lui seul les deux tiers.

1820 — Diverses *Odes,* plusieurs succès. Première visite à Chateaubriand. *26 avril :* une mésentente entre les deux familles entraîne la rupture des fiançailles. Déménagement pour la rue de Mézières. Premières relations avec Vigny. Première version de *Bug-Jargal.*

1821 — *Février :* Victor recommence à rencontrer Adèle, clandestinement. *27 juin :* mort de Mme Hugo. Peu après le général épouse sa vieille maîtresse ; la réconciliation avec les fils est proche. Réconciliation avec la famille Foucher ; les fiançailles sont renouées. Hugo fait la connaissance de Lamennais, qu'il admire. Il va habiter rue du Dragon.

1822 — Publication des *Odes et poésies diverses.* Victor, qui vient d'obtenir une pension de 1 000 francs, épouse Adèle Foucher et s'installe avec elle rue du Cherche-Midi, chez ses beaux-parents. Eugène devient fou la nuit même du mariage ; il sera interné en 1823 à Charenton, où il mourra en 1837.

1823 — Deuxième édition des *Odes. Han d'Islande.* Nouvelle pension de 2 000 francs. Première rencontre avec Nodier. Fondation de *La Muse française,* revue appelée à disparaître un an plus tard et à laquelle Hugo collabore activement ; elle a son centre chez Nodier, dans le fameux salon de l'Arsenal. Naissance d'un premier fils qui ne vivra que quatre mois.

1824 — *Nouvelles Odes.* Le jeune ménage s'installe rue de Vaugirard. Naissance d'une première fille, Léopoldine, le 28 août.

1825 — Hugo est nommé chevalier de la Légion d'honneur, en

même temps que Lamartine, son aîné de douze ans et son ami.
Il est officiellement invité par Charles X à assister au sacre
de Reims, d'où il va rapporter son « Ode sur le Sacre ». Voyages
avec Charles Nodier dans les Alpes.

1826 — *Bug-Jargal*. Naissance d'un nouveau fils, Charles.
Odes et Ballades ; un article de Sainte-Beuve va bientôt faire
entrer le critique dans la familiarité du poète.

1827 — L'ode *A la Colonne de la place Vendôme* témoigne de l'évolution de Hugo, qui passe du royalisme ultra au libéralisme.
Il s'installe rue Notre-Dame-des-Champs et, en *décembre,*
publie son drame de *Cromwell*, avec la fameuse préface qui
est le manifeste principal du romantisme.

1828 — Mort du père de Hugo. Représentation et échec d'*Amy
Robsart*. Édition définitive des *Odes et Ballades*. Naissance
d'un troisième fils, François-Victor, le futur traducteur de
Shakespeare.

1829 — *Les Orientales. Le Dernier jour d'un condamné*, première
protestation contre la peine de mort. Interdiction de *Marion
de Lorme* (sous le premier titre de *Un duel sous Richelieu*).
Hugo écrit *Hernani* du *29 août* au *24 septembre.*

1830 — *25 février :* première représentation de *Hernani ;*
« bataille » d'*Hernani. Avril :* Déménagement pour la rue
Jean-Goujon. Cette année, éclate le drame qui sépare Hugo de
Sainte-Beuve ; ami intime, celui-ci aime Adèle Hugo et en
est aimé ; sans doute furent-ils même amants, mais Hugo put
l'ignorer. *28 juillet :* naissance de la seconde fille du poète,
Adèle Hugo. Mme Hugo, qui ne veut plus d'enfants, se refuse à
son mari. Rédaction de *Notre-Dame de Paris.*

1831 — *16 mars :* Publication de *Notre-Dame de Paris*. Première
représentation de *Marion de Lorme. Les Feuilles d'automne.*

1832 — Déménagement pour l'actuelle place des Vosges. *Le roi
s'amuse*, pièce aussitôt interdite.

1833 — Première représentation de *Lucrèce Borgia.* Début de
la liaison avec la comédienne Juliette Drouet à laquelle Hugo
restera toujours fidèle de cœur. Première représentation de
Marie Tudor.

1834 — *Littérature et philosophie mêlées. Claude Gueux.* Vives
scènes de jalousie avec Juliette, qui s'enfuit en Bretagne
où son amant la rejoint. Sainte-Beuve publie *Volupté.*

1835 — Première représentation d'*Angelo*. Voyage en Picardie et en Normandie. *Les Chants du crépuscule*.

1836 — Voyage en Bretagne et en Normandie. *La Esmeralda*, opéra. *Février* et *décembre* : deux échecs à l'Académie française.

1837 — *Les Voix intérieures*. Hugo, qui resserre ses liens avec la Monarchie de Juillet, est promu officier de la Légion d'honneur. Voyage en Belgique et dans le nord de la France.

1838 — Voyage en Champagne. Première représentation de *Ruy Blas*, le *8 novembre*.

1839 — Voyage en Alsace, sur le Rhin, en Suisse, en Provence et en Bourgogne. Troisième candidature à l'Académie française : élection nulle.

1840 — Nouvel échec à l'Académie française. Présidence de la Société des Gens de Lettres. *Les Rayons et les Ombres (mai)*. Voyage au Rhin et en Forêt Noire.

1841 — Élection à l'Académie française, où il succède à Népomucène Lemercier; dans son discours de réception il laisse deviner des ambitions politiques.

1842 — *Le Rhin*. Mort accidentelle du duc d'Orléans, avec lequel Hugo était lié; début des relations personnelles avec Louis-Philippe.

1843 — *15 février* : Léopoldine épouse Charles Vacquerie. Première représentation et échec des *Burgraves*. Voyage aux Pyrénées et en Espagne, au retour duquel, à Rochefort, Hugo apprend par un journal la mort du jeune couple, noyé à Villequier, dans la basse vallée de la Seine, le *4 septembre*.

1845 — Hugo est nommé pair de France le *13 avril*, fait l'objet d'un constat d'adultère (avec Mme Biard) le *5 juillet*, et entreprend, sous le titre *Les Misères*, le roman qui deviendra plus tard *Les Misérables*.

1846 — Reprise de l'activité poétique (les *Pauca meæ*).

1848-1849 — Surpris par la révolution de Février, Hugo est député modéré à l'Assemblée constituante. Il quitte la place des Vosges pour la rue d'Isly, puis la rue de la Tour d'Auvergne. Il se rapproche de Louis-Napoléon, dont il soutient la politique à l'Assemblée législative; vers la fin de 1849, il se sépare de lui.

1850 — Évolution accentuée vers la gauche. Discours aux obsèques de Balzac.

1851 — *17 juillet* : discours à l'Assemblée législative contre le Prince-Président. Après le coup d'État du 2 décembre, membre du comité de Résistance. *11 décembre* : départ pour l'exil à Bruxelles.

1852 — 9 janvier : un décret expulse Hugo du territoire français. Départ de la Belgique pour Jersey le 1er *août*. *Napoléon le Petit*.

1853 — Début des expériences de spiritisme. *Les Châtiments* paraissent en *novembre*.

1854 — Expériences spirites. Hugo travaille à *La Fin de Satan*. En *octobre*, il achève le poème *Ce que dit la Bouche d'ombre*.

1855 — Hugo écrit la deuxième partie de *Dieu, Solitudines cœli* et achève *Les Contemplations*. *31 octobre* : il quitte Jersey pour Guernesey.

1856 — Première partie de *Dieu : Les Voix du Seuil. 23 octobre* : publication des *Contemplations*.

1857-1858 — Rédaction de *La Pitié Suprême* et de *L'Ane*. Maladie grave (anthrax) dans l'été 1858. Automne 1858 : Hugo travaille à *La Légende des siècles*.

1859 — Hugo achève en *mai La Légende des siècles*, écrit ensuite de nombreuses pièces des *Chansons des rues et des bois*, refuse, le *18 août*, l'amnistie de Napoléon III. Publication de *La Légende des siècles*, le *26 septembre*. Hugo se remet ensuite à *La Fin de Satan*.

1860 — Il travaille à *La Fin de Satan*, puis se remet aux *Misérables*.

1861 — Voyage en Belgique (achèvement des *Misérables*, près de Waterloo), puis en Hollande.

1862 — *Les Misérables (avril-juin)*. Voyage dans les Ardennes belges et luxembourgeoises et au Rhin.

1863 — *Victor Hugo raconté par un témoin de sa vie*, ouvrage écrit par Mme Hugo sous le contrôle de son mari, est publié sans nom d'auteur. Voyage dans les Ardennes et sur les bords du Rhin.

1864 — *William Shakespeare (14 avril)*. L'ouvrage est écrit pour appuyer la traduction que le fils de Hugo, François-Victor, a publiée de 1858 à 1864. Voyage dans les Ardennes belges et sur les bords du Rhin.

1865 — Séjour à Bruxelles et retour à Guernesey. Voyage dans les Ardennes et sur les bords du Rhin. Hugo complète *Les Chansons des rues et des bois*, qui paraissent le *2 octobre*.

1866 — Hugo écrit le drame *Mille francs de récompense*. Publication des *Travailleurs de la mer*. Voyage en Belgique.

1867 — Première rencontre organisée entre Adèle Hugo et Juliette Drouet.

1868 — Naissance de son petits-fils, Georges. Mort de sa femme à Bruxelles.

1869 — *L'Homme qui rit (avril-mai)*, où, pendant un temps, Hugo a vu le premier terme d'une trilogie dont le troisième terme aurait été *Quatrevingt-treize*. Hugo écrit le drame de *Torquemada*. Voyage en Belgique et en Suisse. Hugo préside à Lausanne le Congrès de la Paix. Naissance de sa petite-fille, Jeanne.

1870 — Plantation dans le jardin de Guernesey du « chêne des États-Unis d'Europe ». *19 juillet :* déclaration de guerre de la France à la Prusse. *18 août :* Hugo se rend à Bruxelles, puis, le *5 septembre*, après Sedan, la capitulation et la Révolution du Quatre-Septembre, à Paris. Siège de Paris.

1871 — Élu député de Paris le *8 février*, il va siéger à Bordeaux à l'Assemblée nationale, en conflit avec la majorité conservatrice, il démissionne le *8 mars*, puis, après la mort de son fils Charles, le *13 mars*, il se rend en Belgique d'où il est expulsé le *1er juin*, à la suite des incidents provoqués par la déclaration offrant, chez lui, l'asile aux proscrits de la Commune. Il séjourne au Luxembourg, se présente de nouveau aux élections, est battu et se réinstalle à Paris en *septembre*.

1872 — Nouvel échec aux élections. *L'Année terrible (avril)*. Séjour à Guernesey, où il va commencer à écrire *Quatrevingt-treize*. Internement d'Adèle Hugo, sa fille, atteinte de folie. Liaison avec la femme de chambre de Juliette Drouet, Blanche.

1873 — *9 juin :* achèvement de *Quatrevingt-treize*, à Guernesey. Hugo rentre à Paris. Mort de François-Victor Hugo.

1874 — *19 février :* publication de *Quatrevingt-treize*.

1875 — Devenu sénateur de la Seine, Hugo publie *Actes et paroles*, « Avant l'exil » et « Pendant l'exil ».

1876 — Troisième et dernier volume d'*Actes et paroles*, « Depuis l'exil ». Efforts pour obtenir l'amnistie des Communards.

1877 — *La Légende des siècles*, deuxième série. *L'Art d'être grand-père. Histoire d'un crime*, publication dirigée contre les entreprises de Mac-Mahon.

1878 — Congestion cérébrale. Installation dans l'actuelle avenue Victor-Hugo. *Le Pape.*

1879-1880 — *La Pitié suprême. Religions et Religion. L'Ane.* Nouvelles interventions en faveur des anciens Communards. Commencement de l'édition « Ne varietur », qui, de 1880 à 1885, comprendra 48 volumes.

1881 — Grandes manifestations populaires pour saluer l'entrée de Hugo dans sa quatre-vingtième année. *Les Quatre Vents de l'esprit.*

1882 — *Torquemada.*

1883 — Mort de Juliette Drouet, le *11 mai. La Légende des siècles,* troisième et dernière série.

1884 — Voyage en Suisse et en Italie.

1885 — *15 mai :* Congestion pulmonaire. Hugo meurt le 22 mai; on décide le 26 son inhumation au Panthéon; le 31, son cercueil est exposé sous l'Arc-de-Triomphe, où défile une foule énorme; le *1*er *juin* lui sont faites des funérailles nationales.

NOTICE ET CHRONOLOGIE
DES « CONTEMPLATIONS »

I. NOTICE

Le titre *Les Contemplations d'Olympio* apparaît sur ce feuillet relié dans le manuscrit des *Voix intérieures* dont nous avons reproduit le texte au début de l'*Introduction*. Ces lignes, qui annoncent la déclaration fameuse de la préface : « Ah! insensé, qui crois que je ne suis pas toi... », remontent à 1840-1845.

Puis, un peu avant ou un peu après les mois d'octobre et novembre 1846, où il écrit six poèmes du livre IV, Hugo note pour ce livre ce titre :

Pauca meæ
Didine —

Le titre *Les Contemplations* — sans Olympio — fait son apparition dans une note du 11 mars 1848, où Hugo a consigné ces projets :

Poésie

Les Contemplations

les petites épopées

la poésie de la rue

les quatre hymnes du peuple

inchoata

On a retrouvé dans les manuscrits de Hugo des chemises et des notes fournissant les titres suivants, qui peuvent remonter aux premiers temps de l'exil :

Vers
(Contemplations)
— la femme —

Vers
(Contemplations)
— Socialisme —
(les quatre hymnes du peuple)
des
(pièces entières)

Vers
(pour les
contemplations)
— moi —

Vers
(Contemplations)

———

La mer

à copier

Les Contemplations

———

(trier encore)
dans le volume
actuel ne mettre
que Dieu, la
nature et Didine

Chants
de celui qui est proscrit
pour
ceux qui sont morts
(les morts — tombeaux —
ma mère — mon père —
ma fille) (à féconder
et à couver)
epi

Le 13 août 1852, à peine débarqué à Jersey, Hugo écrit à Hetzel : « Je puis avoir un volume de vers, *Les Contemplations*, prêt dans deux mois. » Trois semaines plus tard, il lui envoie la lettre que nous avons citée dans l'*Introduction : Les Contemplations* devaient se diviser en deux parties : « *Autrefois*, poésie pure » et « *Aujourd'hui*, flagellation de tous ces drôles et du drôle en chef ». La flagellation des drôles allait occuper le poète tout entier, à partir de l'automne 1852, et devenir *Les Châtiments*. Hugo n'oubliait cependant pas *Les Contemplations* et il jetait sur le papier ce projet, dont les deux dernières lignes sont évidemment postérieures :

Les murmures de la mer (titre d'un volume)

———

Poésie (à publier)

tome Ier — les Contemplations
tome II — les murmures de la mer.
tome III — Chants lointains (ou chansons lointaines)

(ce titre vient de m'être pris,
y renoncer 1859) [a]

Bientôt, cependant, Hugo engage des négociations avec Gosselin afin de se libérer du traité conclu avec cet éditeur, en 1831, par lequel il s'engageait à lui fournir un roman en deux volumes; il voudrait, maintenant, se consacrer aux *Contemplations*, car, écrit-il, à Paul Meurice, le 21 février 1854, « le moment sera bon pour publier un volume de vers calmes. *Les Contemplations* après *Les Châtiments*. Après l'effet rouge, l'effet bleu. » Non sans longues discussions, cette affaire sera réglée, semble-t-il, au printemps de 1854; c'est alors que commence, on le sait, l'abondante production

a. On ne sait pas à quel livre renvoient ces lignes.

qui aboutira à un volume de 11 000 vers. De cette année aussi datent les deux plans suivants :

Ms. 13363, f⁰ 3 :

Les Contemplations

T. Ier — Autrefois — 1833-1842   livre premier — les joies

livre II — les rêves (?)
livre III — au bord de la tombe

T. II — Aujourd'hui — 1843-1854   livre IV — au bord de la mer

---

ou

— le tombeau
— l'exil

---

vivre
rêver   A la France
pleurer
mourir

Dans la marge de gauche, Hugo a noté quatre vers qui serviront finalement d'épigraphe à *La Légende des siècles :*

livre qu'un vent te porte
aux champs où je suis né!   en
non pareille
l'arbre déraciné
donne la feuille morte

V. H. Jersey 1854

Ms. 13364, f⁰ 4 :

T Ier autrefois   liv. I. aimer

liv. II — rêver
liv. III souffrir

T. II aujourd'hui

liv. IV mourir

Le 26 décembre, il annonce à Jules Janin son nouveau recueil de vers :

« D'ici à deux mois, vous recevrez *Les Contemplations*. C'est un sombre livre, serein pourtant. Ce livre pourrait être divisé en quatre parties qui auraient pour titres — *ma jeunesse morte,* — *mon cœur mort,* — *ma fille morte,* — *ma patrie morte.* — Hélas ! »

Mais, le 22 avril 1855, le livre n'est pas encore terminé et le poète écrit à un correspondant inconnu : « J'achève de dorer quelques étoiles au ciel un peu sombre des *Contemplations.* » Un mois après, il note à la fin du manuscrit du poème *A propos d'Horace :* « Aujourd'hui 31 mai 1855 j'écris cette pièce, la dernière de celles que je destine à compléter *Les Contemplations*. Il y a deux ans jour pour jour, le 31 mai 1853, j'écrivais la dernière pièce des *Châtiments*. » Le même jour, pourtant, il décidait d'aller plus loin encore et il annonçait à Hetzel 10 000 vers.

On a vu que, lorsqu'il écrivait à Jules Janin, à la fin de 1854, Hugo songeait à un plan des *Contemplations* en quatre parties. Avant d'arriver aux six livres définitifs, il a noté trois plans en cinq livres ; les voici :

Ms. 13364, f⁰ 6, en haut :

Liv. I Aurore
L. II Les nuées de la vie
L. III Amour les rayons du cœur
L. IV Larmes
L. V   Nuit

Ce projet marque le passage du plan en quatre livres au plan en cinq livres : en effet, la mention du livre III, avec son' titre, a été ajoutée après coup, dans l'interligne, et les chiffres actuels IV et V surchargent un ancien III et un ancien IV.

Ms. 13364, f⁰ 5 :

Espérances — Nuées du passé — Amour — Pauca meæ — Espérance

T. I Vita. —
T. II Mors. —

Ms. 13364, f⁰ 6, en bas :

> livre I Les nuées roses
> liv. II Amour | Solus cum solâ
> liv. III les luttes et les rêves
> liv. IV Pauca meæ
>   Le
> liv. V   Au bord de l'infini[a]

Dans un plan très curieux, qui se trouve dans le manuscrit de *Dieu*, on voit un plan en cinq livres se transformer en un plan en six livres. Le premier plan était, en effet, celui-ci :

1. Nuées du passé. — 2. Amour. — 3. Pauca meæ. — 4. Solitudines terræ (ou : Deuil et jour, Deuil et aube). — 5. Solitudines cœli.

Puis Hugo biffe et ajoute, et l'on a :

1. Nuées du passé. — 2. Amour. — 3. Choses de la terre. — 4. Pauca meæ. — 5. Exil. — 6. Solitudines cœli. — Épilogue : l'absent à l'absente.

Solitudines cœli a été le premier titre de la seconde partie de *Dieu*, écrite en 1855; faut-il croire que Hugo a, un moment, songé à en faire le sixième livre des *Contemplations?*

Chaque livre des *Contemplations* est précédé, dans le manuscrit, d'un sommaire, qui révèle les dernières hésitations du poète.

Dans la table du livre I, cinq poèmes ont été ajoutés postérieurement; ce sont les poèmes 3 (*Mes deux filles*, 19 mars 1855), 13 (*A propos d'Horace*, achevé le 2 juin 1855; la pièce était primitivement divisée en deux et a encore reçu, dans cette table, deux numéros, 12 et 13; toute la fin, à partir du vers 173, a formé un poème indépendant, rattaché, au dernier moment, à l'ensemble qui le précède), 20 (*A un poëte aveugle*, mai 1842; intercalée, d'abord, après la pièce 17, cette pièce a pris place après la pièce 19 : au-dessous du titre de cette pièce 19, Hugo avait noté : « ici quelque chose », et, en marge, ce projet : « ici le chien de cour », c'est-à-dire l'actuel poème 16 du livre III), 24 (« *Heureux*

---

[a]. Autres projets de titres notés sur ce feuillet
       Quelques vers dans l'ombre
       Soupirs dans l'ombre
       Ce qu'on murmure dans l'ombre

l'homme... ») et 25 *(Unité). La Fête chez Thérèse* est encore intitulée *Dessus de porte.*

Le livre II a, d'abord, eu pour titre : *Milieu du jour*, puis Hugo a noté ces projets :

> *Ce qu'on murmure dans la forêt à deux*
> *duo*
> *[les soupirs du fond de l'âme]*
> *[l'âme en fleur]*

Ce dernier titre, biffé, ici, puis repris au crayon, a été adopté le 28 juin 1855, comme l'indique une lettre à Noël Parfait.

Le titre du livre III : *Les Luttes et les Rêves*, a été ajouté après coup. Les pièces 5 *(Quia pulvis es)* et 6 *(la Source)* ont été intercalées. Le poème *Saturne* est passé de la deuxième à la troisième place, *Shakespeare*, de la troisième à la cinquième, puis à la vingt-huitième place, *La Musique*, de la sixième à la vingt et unième place.

Dans le sommaire du livre IV, la pièce 13 *(Veni, vidi, vixi)* s'intitule *Abattement*. La mention : « 4 septembre 1843 » a été ajoutée entre le deuxième et le troisième poème. Après les titres des pièces 6, 8, 9, 15 et 17, on lit : 4 7bre 1852, 4 7bre 1844, 4 7bre 1845, 4 7bre 1846, 4 7bre 1847, et, à nouveau, 4 7bre 1852. Une chemise donne à ce livre un autre titre : *Larmes.*

Le sommaire du livre V reste incomplet : 23 pièces, au lieu de 26, le titre des huit premières étant seul indiqué.

Au sommaire du livre VI, le titre *Au bord de l'infini* remplace le titre *Nuit*, rayé. Le feuillet 496 fournit cette liste des derniers poèmes de ce livre (nous indiquons entre crochets le numéro définitif du poème) :

18. Hélas! tout est sépulcre	[18]	
19. On conteste, on dispute	[19]	
20. de partout, de l'abîme 22	[21]	
21. Ne dites pas mourir	[22]	
22. l'ombre venait le soir tombait 20	[20]	
23. le sphinx — ange		
l'énigme universelle	[26?]	
24. les mages	[23]	
25. en frappant à une porte	[24]	
25. *****	[25; dessin représentant	
**	la Grande Ourse]	
27. Sophia?	[26?]	

Éditées par Hetzel, *Les Contemplations* ont été imprimées, d'abord, à Bruxelles, avec la coopération de Noël Parfait, qui corrigeait les épreuves en premier; à Paris, le livre fut imprimé par un ancien condisciple de Hugo, Jules Claye, sur un exemplaire imprimé à Bruxelles et corrigé selon les indications fournies par Hugo à Paul Meurice; c'est donc le texte de Paris qui fera autorité. Les deux éditions, belge et parisienne, parurent le même jour, 23 avril 1856.

II. CHRONOLOGIE DES « CONTEMPLATIONS »

La plupart des poèmes des *Contemplations* ont deux dates : celle que Hugo a inscrite dans le manuscrit et qui est généralement la date de la composition du poème, celle qu'il lui a donnée dans l'édition et qui a une signification à déterminer (aucune étude de la structure du recueil ne pourra se passer de l'analyse de cette datation).

DATES DU MANUSCRIT	TITRES	DATES DE L'ÉDITION
1834, 25 août.	II, 10. *Mon bras pressait ta taille...*	18... Juillet.
1838, 31 décembre.	II, 20. *Il fait froid.*	18... Décembre.
1839, 30 avril.	III, 3. *Saturne.*	1839. Avril.
— 15 mai.	II, 6. *Lettre.*	18... Juin.
— 5 juin.	I, 1. *A ma fille.*	1842. Octobre.
— 8 juin.	III, 21. *Écrit sur la plinthe...*	1833. Juin.
— 15 juin.	*Un jour, je vis, debout...*	1839. Juin.
1840, 16 février.	I, 22. *La Fête chez Thérèse.*	18... Avril.
— 21 mai ᵃ.	II, 24. *Que le sort, quel qu'il soit...*	18... Octobre.
— 27 août.	I, 10. *A Madame D. G. de G.*	1840-1855.
1841, 22 mars.	II, 2. *Mes vers fuiraient, doux...*	18... Mars.
— 10 sept.	III, 18. *Intérieur.*	1841. Septembre.
— 11 octobre.	IV, 12. *A quoi songeaient les deux cavaliers.*	1853. Octobre.
— 22 octobre.	I, 17. *A M. Froment Meurice.*	1841. Octobre.
1842, mai.	I, 20. *A un poète aveugle.*	1842. Mai.
— 10 juin ᵇ.	I, 3. *Mes deux filles.*	1842. Juin.
1843, 3 février.	III, 5. *Quia pulvis es.*	1843. Février.

a. Ou : 10 octobre 1842 (voir la note 1 de la p. 116).
b. Peut-être la date réelle est-elle 1855 (voir la note 1 de la p. 36).

DATES DU MANUSCRIT	TITRES	DATES DE L'ÉDITION
1843, 15 février.	IV, 2. *15 février 1843.*	Date du manuscrit.
— 11 mai.	III, 15. *Épitaphe.*	1843. Mai.
— mai.	I, 11. *Lise.*	Date du manuscrit.
— mai.	II, 22. *Aimons toujours...*	18... Mai.
— 4 juin.	II, 5. *Hier au soir.*	18... Mai.
— juin.	III, 24. *Aux arbres.*	Date du manuscrit.
— 20 juin.	II, 3. *Le rouet d'Omphale.*	18... Juin.
— 25 août.	III, 25. *L'enfant, voyant l'aïeule...*	1843. Août.
— 31 octobre.	I, 2. *Le poète s'en va dans les champs...*	1831. Juin.
1846, 26 janvier.	II, 28. *Un soir que je regardais le ciel...*	18... Janvier.
— 11 juillet.	IV, 11. *On vit, on parle...*	Date du manuscrit.
— 12 juillet.	II, 4. *Chanson.*	18... Mai.
— 21 juillet.	III, 14. *A la mère de l'enfant mort.*	1843. Avril.
— 27 juillet.	II, 21. *Il lui disait : Vois-tu...*	18... Juillet.
— 2 août.	I. 6. *La vie aux champs.*	1840. Août.
— 10 août.	V, 10. *Aux Feuillantines.*	1855. Août.
— 4 sept.	VI, 7. *Un jour, le morne esprit...*	1855. Septembre.
— 8 sept.	II, 13. *Viens, une flûte invisible...*	18... Août.
— 19 sept.	I, 24. *Heureux l'homme occupé...*	1842. Septembre.
— 28 sept.	II, 12. *Églogue.*	18... Septembre.
— 4 octobre.	III, 6. *La source.*	1846. Octobre.
— 12 octobre.	IV, 7. *Elle était pâle et pourtant rose.*	1846. Octobre.
— 16 octobre.	IV, 6. *Quand nous habitions tous ensemble...*	1844. 4 septembre.
— 20 octobre.	III, 11. *?*	1840. Octobre.
— 24 octobre.	IV, 15. *A Villequier.*	1847. 4 septembre.
— 1er nov.	IV, 5. *Elle avait pris ce pli...*	Date du manuscrit.
— 3 nov.	II, 15. *Paroles dans l'ombre.*	18... Octobre.
— 10 nov.	IV, 3. *Trois ans après.*	1846. Novembre.
1847, 4-5 mars.	III, 4. *Écrit au bas d'un crucifix.*	1842. Mars.
— 8 avril.	IV, 10. *Pendant que le marin...*	1847. Avril.
— 19 mai.	I, 28. *Il faut que le poète...*	1842. Mai.
— 4 octobre.	IV, 14. *Demain, dès l'aube...*	1847. 3 septembre.
1848, 11 avril.	IV, 13. *Veni, vidi, vixi.*	1848. Avril.
1852, 16 juillet.	V, 2. *Au fils d'un poète.*	1852. Juillet.
— 31 août.	V, 24. *J'ai cueilli cette fleur...*	1855. Août.
1853, 16 avril.	I, 21. *Elle était déchaussée...*	183.. Juin.
— 5 juin.	II, 7. *Nous allions au verger...*	18... Juillet.
— 2 juillet.	I, 25. *Unité.*	1836. Juillet.
— 22 juillet.	III, 1. *Écrit sur un exemplaire de la* Divina Commedia.	1843. Juillet.

DATES DU MANUSCRIT	TITRES	DATES DE L'ÉDITION
1853, 9-10 nov.	III, 20. *Insomnie.*	1843.
1854, 12 janvier.	III, 29. *La nature.*	1843. Janvier.
— 4 février.	III, 17. *Chose vue un jour de printemps.*	1840. Avril.
— 20 février.	II, 26. *Crépuscule.*	18... Août.
— 14 mars.	IV, 16. *Mors.*	1854. Mars.
— 30 mars.	VI, 17. *Dolor.*	1854. 31 mars.
— 31 mars.	VI, 16. *Horror.*	1854. 30 mars.
— 17 avril.	VI, 3. *Un spectre m'attendait...*	1853. Avril.
— 21 avril.	V, 4. *La source tombait du rocher...*	1854. Avril.
— 25 avril.	IV, 8. *A qui donc sommes-nous?...*	1845. 4 septembre.
— 29 avril.	VI, 9. *A la fenêtre pendant la nuit.*	1854. Avril.
— 25-30 avril.	VI, 6. *Pleurs dans la nuit.*	1854. Avril.
— 6 juin.	III, 19. *Baraques de la foire.*	1842. Juin.
— 9 juin.	VI, 18. *Hélas! tout est sépulcre...*	1855. Juin.
— 24 juillet.	VI, 2. *Ibo.*	1853. Janvier.
— 5 août.	V, 13. *Paroles sur la dune.*	Date du manuscrit.
— 20 août.	II, 19. *N'envions rien.*	18... Août.
— 5 octobre.	III, 12. *Explication.*	1840. Novembre.
— 10 octobre.	I, 14. *A Granville en 1836.*	1836. Juin.
— 10 octobre.	I, 15. *La coccinelle.*	1830. Mai.
— 10 octobre.	VI, 20. *Relligio.*	1855. Octobre.
— 13 octobre.	VI, 1. *Le pont.*	1852. Décembre.
— 1-13 oct.	VI, 26. *Ce que dit la bouche d'ombre.*	1855. Jersey.
— 14 octobre.	I, 5. *A André Chénier.*	1830. Juillet.
— 14 octobre.	I, 12. *Vere novo.*	1831. Mai.
— 14 octobre.	I, 18. *Les oiseaux.*	1835. Mai.
— 15 octobre.	I, 27. *Oui, je suis le rêveur...*	1835. Août.
— 18 octobre.	I, 16. *Vers 1820.*	Sans date.
— 20 octobre.	V, 9. *Le mendiant.*	1834. Décembre.
— 21 octobre.	II, 17. *Sous les arbres.*	18... Juin.
— 24 octobre.	I, 7. *Réponse à un acte d'accusation.*	1834. Janvier.
— 30 octobre.	VI, 19. *Voyage de nuit.*	1855. Octobre.
— 1er nov.	I, 9. *Le poème éploré se lamente...*	1834. Janvier.
— 2 nov.	III, 28. *Le poëte.*	1835. Avril.
— 3 nov.	I, 8. *Suite.*	1855. Juin.
— 4 nov.	V, 25. *O strophe du poëte...*	1854. Novembre.
— 11 nov.	V, 7. *Pour l'erreur, éclairer...*	1854. Novembre.
— 12 nov.	V, 3. *Écrit en 1846.*	1846. Juin.
— 17 nov.	I, 26. *Quelques mots à un autre.*	1834. Novembre.
— 8 déc.	VI, 22. *Ce que c'est que la mort.*	1854. Décembre.
— 11 déc.	VI, 5. *Croire, mais pas en nous.*	1854. Décembre.
— 13 déc.	III, 26. *Joies du soir.*	1843. Juillet.
— 14 déc.	V, 14. *Claire P.*	1854. Juin.

DATES DU MANUSCRIT	TITRES	DATES DE L'ÉDITION
1854, 17 déc.	V, 23. *Pasteurs et troupeaux.*	1855. Avril.
— 23 déc.	V, 1. *A Aug. V.*	1852. 4 septembre.
— 27 déc.	VI, 8. *Claire.*	1846. Décembre.
— 29 déc.	VI, 24. *En frappant à une porte.*	1855. 4 septembre.
1855, 10 janvier.	V, 3. *Écrit en 1855.*	1855. Janvier.
— 11 janvier.	VI, 15. *A celle qui est voilée.*	1854. Janvier.
— 14 janvier.	III, 9. *Jeune fille, la grâce...*	1843. Février.
— 17 janvier.	VI, 21. *Spes.*	1856. Janvier.
— 18 janvier.	I, 19. *Vieille chanson du jeune temps.*	1831. Janvier.
— 22 janvier.	I, 23. *L'enfance.*	1835. Mars.
— 22 janvier.	IV, 1. *Pure innocence !...*	1843. Janvier.
— 24 janvier.	III, 8. *Je lisais. Que lisais-je?...*	1843. Juillet.
— 1er février.	III, 30. *Magnitudo parvi.*	1839. Août.
— 7 février.	III, 7. *La statue.*	1855. Mars.
— 1er mars.	VI, 25. *Nomen, numen, lumen.*	1855. Mars.
— 3 mars.	V, 11. *Ponto.*	1855. Mars.
— 5 mars.	III, 10. *Amour.*	1843. Juillet.
— 19 mars.	I, 4. *Le firmament est plein...*	1840. Avril.
— 29 mars.	II, 1. *Premier mai.*	18... 1er mai.
— 7 avril.	II, 11. *Les femmes sont sur la terre...*	18... Avril.
— 14 avril.	II, 14. *Billet du matin.*	18... Juin.
— 24 avril.	VI, 23. *Les Mages.*	1856. Janvier.
— 30 avril.	V, 16. *Lueur au couchant.*	1855. Juillet.
— 17 avril- 7 mai.	I, 29. *Halte en marchant.*	1837. Juin.
— 27 mai.	V, 6. *A vous qui êtes là.*	1855. Janvier.
— 31 mai- 2 juin	I, 13. *A propos d'Horace* (vers 71-214; vers 155-178 : addition postérieure).	1831. Mai.
— 10 juin.	II, 9. *En écoutant les oiseaux.*	183.. Juin.
— 11 juin.	V, 20. *Cérigo.*	1855. Juin.
— 14 juin.	III, 16. *Le maître d'études.*	1843. Juin.
— 16 juin.	II, 8. *Tu peux, comme il te plaît...*	18... Juin.
— 17 juin.	II, 18. *Je sais bien qu'il est d'usage...*	18... Septembre
— 17 juin.	II, 27. *La nichée sous le portail.*	18... Juin.
— 18 juin.	II, 23. *Après l'hiver.*	18... Juin.
— 4 juillet.	VI, 10. *Éclaircie.*	1855. Juillet.
— 12 juillet.	III, 27. *J'aime l'araignée...*	1842. Juillet.
— 14 juillet.	V, 12. *Dolorosæ.*	1855. Août.
— 17 juillet.	V, 22. *Je payai le pêcheur...*	1855. Juillet.
— 26 juillet.	V, 17. *Mugitusque boum.*	1855. Juillet.
— 27 juillet.	V, 5. *A mademoiselle Louise B.*	1855. Juin.
— 30 juillet.	V, 15. *A Alexandre D.*	1854. Décembre.
— 9 août.	VI, 13. *Cadaver.*	1855. Août.
— 19 août.	V, 21. *A Paul M.*	1855. Août.
— 20 août.	VI, 11. *Oh ! par nos vils plaisirs...*	1855. Juin.
— 22 août.	V, 8. *A Jules J.*	1854. Décembre.

DATES DU MANUSCRIT	TITRES	DATES DE L'ÉDITION
1855 23 août.	V, 18. *Apparition.*	1855. Septembre.
— 17 sept.	V, 26. *Les malheureux.*	1855. Septembre.
— 4 octobre.	VI, 12. *Aux anges qui nous voient.*	1855. Juin.
— 2 nov.	*A celle qui est restée en France.*	Date du manuscrit.

POÈMES NON DATÉS DANS LE MANUSCRIT

DATES PROBABLES	TITRES	DATES DE L'ÉDITION
1841, 11 déc.	V, 19. *Au poëte qui m'envoie une plume d'aigle.*	1852. 11 déc.
1846.	I, 13. *A propos d'Horace* (vers 1-70).	
—	III, 2. *Melancholia* (vers 1-94 et 104-146).	1838. Juillet.
— (2ᵉ sem.).	IV, 4. *Oh! je fus comme fou...*	1852. 4 septembre.
— (automne).	IV, 9. *O souvenirs!...*	1846. 4 septembre.
— (automne).	VI, 4. *Écoutez. Je suis Jean...*	1853. Juillet.
1854, (mars).	VI, 14. *O gouffre! L'âme plonge..*	1853. Septembre.
— 24 mai.	III, 22. *La clarté du dehors...*	1843. Mai.
— 9 juillet.	III, 2. *Melancholia* (vers 95-103 et 147 à la fin).	1838. Juillet.
— 18 août.	III, 23. *Le Revenant.*	1843. Août.
— 1ᵉʳ déc.	II, 25. *Je respire où tu palpites...*	18... Août.
— (2ᵉ sem.).	IV, 17. *Charles Vacquerie.*	1852. 4 septembre.
1855, 10 mai.	III, 3. *La Chouette.*	1843. Mai.

NOTES

PRÉFACE

Page 27.

1. « Grand espace de temps dans une vie de mortel » (Tacite, *Vie d'Agricola*, ch. III).

Page 28.

1. Hugo peut songer à Leconte de Lisle et à sa préface des *Poèmes antiques* (1852).

2. Vers 1840, Hugo avait noté ce vers isolé :

Chacun trouve son moi dans le moi d'un poète.

AUTREFOIS
(1830-1843)

Livre premier
AURORE

Page 35.   *« Le poète s'en va... »*

1. Après l'annonce, dans le premier poème, de la loi — sainte et sombre — qui va, peu à peu, se dégager de la contemplation de plus en plus profonde des choses et des hommes, le second poème donne le ton de ce livre initial et, dans une moindre mesure, de la première partie ; il relève de l'inspiration fantaisiste, qui, dans ces années d'apocalypse, rétablit l'équilibre vital, menacé par les fantômes. Or, si l'on admet que ce poème a bien été composé moins de deux mois après la mort de Léopoldine, ne faudrait-il pas voir déjà, dans cette fantaisie, une réaction salubre, une défense contre le deuil ? On y retrouve l'imagination anthropomorphique

qui anime gaiement les récits de voyage et qui venait justement de se donner carrière dans les lettres écrites, pendant l'été 1843, au cours du voyage aux Pyrénées : dans un texte écrit à Pasages, en particulier, Hugo montrait comment les ormes sont, parmi les arbres, les mieux faits pour prendre des postures et des attitudes humaines. Mais on notera, dans le poème, l'approfondissement qui manque rarement aux fantaisies hugoliennes et qu'apporte ici l'accord mystérieux et essentiel entre les arbres « profonds » et le « poëte » au front illuminé.

2. Les Roches, demeure de Bertin, le rédacteur en chef du *Journal des Débats*, et de sa famille; Hugo y a passé, avec les siens, plusieurs étés, à partir de 1831.

Page 36.   Mes deux filles

1. L'écriture est celle de 1855. La date serait-elle donc, dès le manuscrit, une date fictive? Le tableau ainsi daté est à mettre en rapport avec le tableau semblable que le poète évoquera, en 1846, dans la douleur et le deuil, au poème VII du livre IV. Au château de la Terrasse, à Saint-Prix, Hugo et sa famille avaient passé l'été de 1840, mais non ceux de 1841 et 1842, où le poète avait loué des appartements meublés, moins coûteux.

Page 36.   « *Le firmament est plein...* »

2. Dans le compte rendu de la séance spirite du 22 mars 1855, on lit :

« *Jésus-Christ* — O hommes, tout aime. O bêtes, tout aime. O planètes, tout aime. O pierres, tout aime. O monde, tout aime. Le firmament, ô vivants, est un pardon infranchissable. Et maintenant, mourez.

Victor Hugo — Connais-tu des vers que j'ai faits il y a dix-huit mois et terminés ces jours-ci et qui sont par le fond et par beaucoup de détails identiques à ce que tu viens de nous dire? »

Le poète songeait-il à ce poème, daté du 19 mars? Cela nous semble probable, et le fait que Hugo rattache un tel poème à la doctrine du pardon universel, de la rédemption totale, prophétisée à la fin de *Ce que dit la Bouche d'ombre*, permettrait de distinguer la vision apaisée et sereine de la nature, dans la poésie de l'exil, de la même vision, dans la poésie antérieure à l'exil, par exemple dans le poème *Spectacle rassurant*, dans *Les Rayons et les Ombres :* en 1839, la contemplation conclut simplement à la sérénité :

> Homme! ne crains rien! la nature
> Sait le grand secret, et sourit.

En 1855, la sérénité arrive après l'épouvante; la contemplation dévoile, en effet, tantôt l'univers bagne, le monde du châtiment, dépeint par le spectre de la Bouche d'ombre, tantôt l'univers pénétré d'amour, que décrit, en juillet, le poème *Éclaircie* (VI, 10); ainsi est suggérée la loi de progrès qui fait monter notre univers, des ténèbres du châtiment à la clarté du pardon. Au livre I, après la vision fantaisiste et amusée de la nature, dans le poème II, cette pièce confirme, d'une part, la gaieté et la joie, propres à ce début de l'œuvre, et, d'autre part, annonce déjà la conclusion du livre VI, lorsque, après la traversée des mondes châtiés, l'univers se remplira, à nouveau, de la « vaste clarté » de l'amour.

Page 38.   A André Chénier

1. Pourquoi Hugo a-t-il dédié ce poème à André Chénier? Dans la première livraison du *Conservateur littéraire*, en décembre 1819, il avait rendu compte des poèmes de Chénier qu'Henri de Latouche venait de publier, et Vianey remarque qu'il y admire l'art de mêler, à des « images gracieuses », des « détails rendus avec la plus énergique trivialité », éloge qui expliquerait la dédicace de cette pièce où le vers est invité à

Prendre à la prose un peu de son air familier.

Mais, dans cet article, Hugo juge que « c'est surtout dans l'élégie qu'éclate le talent d'André Chénier ». Puis, dans la pièce initiale des *Odes*, Hugo, en 1821, ne voit, dans André Chénier, que *le poète dans les révolutions*, la victime de la Terreur, le martyr royaliste. Ce n'est que bien plus tard qu'il en vient, de ce Chénier élégiaque et touchant de la Restauration, au Chénier païen des années « parnassiennes » et à l'épicurien. Le poème des *Contemplations* lui attribue, en 1854, le patronage de la poésie gaie et familière; vers 1858-1859, dans une pièce de la *Dernière Gerbe* intitulée aussi *A André Chénier*, il fait confidence au « doux André » de sa déception lorsqu'un jour, à « seize ans », épiant, par une fente du « grenier », le lever de sa jeune voisine, il n'aperçut ses charmes qu'empaquetés dans une « camisole »; enfin, dans la deuxième série de *La Légende des siècles*, en 1877, l' « idylle » consacrée à *André Chénier* chante la joie d'aimer. Ainsi, à partir de l'exil, au Chénier plaintif de la Restauration, s'est substitué un Chénier digne de patronner la poésie riante dont cette pièce des *Contemplations* proclame la légitimité.

2. Cette association antithétique de Dante et Rabelais sera

reprise et développée, dans *William Shakespeare* : « Dans l'ordre
des hauts génies, Rabelais suit chronologiquement Dante; après
le front sévère, la face ricanante »; Dante est « le deuil », Rabelais,
« la parodie ». Le dernier vers annonce aussi le Rabelais des
Mages, avec son « éclat de rire énorme ».

La rencontre d'Ugolin, dévorant le crâne de Ruggiero, est un
des épisodes les plus terribles de *La Divine Comédie* (*L'Enfer*, chant
XXXIII).

Page 42.   Réponse à un acte d'accusation

1. Voici le premier des poèmes où, de la fin d'octobre à la fin
de novembre 1854, Hugo fait retour sur son passé d'écrivain
et de poète et s'applique à montrer l'unité de son œuvre romantique et de sa présente action politique. Ce retour sur le passé, ce
bilan que Hugo dresse de sa vie et de son œuvre, s'expliquent
assez par sa volonté de faire, des *Contemplations*, les « mémoires
d'une âme », l'histoire même de sa vie. Les souvenirs de Hugo
ont pu, cependant, être ramenés vers son passé d'écrivain dramatique par une représentation de *Ruy P'as*, donnée à Jersey, le
16 janvier 1854; dans son *Journal de l'exil*, Adèle Hugo rapporte
ces propos de son père, au lendemain de cette représentation :
« Ruy Blas me fait penser à mes années de lutte dans la littérature. Ma littérature romantique était défendue par les journaux
royalistes et attaquée par les journaux républicains. J'étais
défendu par Granier de Cassagnac, par Janin qui travaillaient
tous deux à des journaux royalistes, et j'étais attaqué par Carrel
qui dirigeait un journal républicain. En me défendant, les royalistes ne se doutaient pas qu'en soutenant le romantisme il soute-
nait [*sic*] la démocratie, en m'attaquant et en attaquant le romantisme, les républicains ne se doutaient pas qu'ils attaquaient la
démocratie, romantisme et démocratie c'est la même chose. »

Il s'agit, pour Hugo, de prouver aux républicains qu'au temps
même d'*Hernani*, tout absorbé qu'il ait semblé dans « l'art pur »,
dans les seuls problèmes de la « forme », en fait, il travaillait,
pour sa part, à l'émancipation de la pensée et de l'homme. En fait,
plutôt qu'au « réactionnaire » fictif auquel il est censé répliquer,
c'est aux camarades de parti, aux républicains qu'est adressé ce
poème, pour les convaincre que le poète a toujours, au fond, été
des leurs et a, depuis longtemps, dans son domaine, fait, lui aussi,
œuvre révolutionnaire et d'émancipation humaine.

2. Hugo s'amuse sans doute à imiter le vers du *Tartuffe* (IV, 6) :

Voilà, je vous l'avoue, un abominable homme!

Page 43.

1. Cette analogie entre l'état social et la hiérarchie des mots avait été soulignée, en 1769, par Jacques Delille, dans le *Discours préliminaire* à sa traduction des *Géorgiques*, que Hugo avait jadis beaucoup pratiquée : « Chez les Romains le peuple était roi; par conséquent les expressions qu'il employait partageaient sa noblesse. Il y avait peu de ces termes bas dont les grands dédaignassent de se servir; et des expressions populaires n'auraient pas signifié, comme parmi nous, des expressions triviales... Parmi nous, la barrière qui sépare les grands du peuple a séparé leur langage; les préjugés ont avili les mots comme les hommes, et il y a eu, pour ainsi dire, des termes nobles et des termes roturiers. » La même idée se retrouve dans la *Néologie ou Vocabulaire des mots nouveaux*, publiée, en 1801, par Sébastien Mercier, qui écrit, à l'article HIÉRARCHIE : « Il y a dans notre langue... une Hiérarchie de style, parce que les mots y sont classés, comme les sujets dans une monarchie. »

2. Dans la *Préface* de *Cromwell*, Corneille, par opposition à Racine, était, en quelque sorte, présenté, avec Molière, comme un précurseur du romantisme : la « muse » classique, « d'une bégueulerie rare », y lit-on, « *souligne* le vieux Corneille pour ses façons de dire crûment : ... *Un tas d'hommes perdus de dettes* et de crimes..., etc. » On sait qu'en effet, dans son *Commentaire sur Corneille*, Voltaire lui reproche sans cesse la « bassesse » ou la « trivialité » de certaines expressions, jugées indignes de la noblesse tragique.

Page 44.

1. François Guichardin (1483-1540) est l'auteur d'une *Histoire d'Italie*.

2. A la scène I de l'acte II d'*Hernani*, don Carlos demandait, en effet : « Quelle heure est-il? » Mais Hugo dut changer en : « Est-il minuit? »

3. Le drame de *Cromwell* commence par ce vers « provocateur » :

Demain, vingt-cinq juin mil six cent cinquante-sept.

4. Pierre Restaut avait publié, en 1730, des *Principes généraux et raisonnés de la grammaire française*, qui connurent un succès durable.

Page 45.

1. L'abbé Lhomond (1727-1794) est l'auteur d'*Éléments de grammaire latine* et du fameux *De viris illustribus urbis Romæ*.

2. Le P. Bouhours (1628-1702), l'ami de Racine et de Boileau, a traité de *la Langue française*, dans un de ses *Entretiens d'Ariste et d'Eugène* (1671), et dans ses *Remarques sur la langue française* ; l'abbé Batteux (1713-1780) est, avec son ouvrage sur *les Beaux-Arts réduits à un seul principe*, un des meilleurs représentants de l'esthétique post-classique ; son œuvre fut plusieurs fois rééditée sous la Restauration ; Brossette (1671-1743) est le commentateur de Boileau.

3. Jean Galbert de Campistron (1656-1723), romancier et auteur dramatique, est chargé, ici, de représenter la pâle tragédie post-racinienne.

4. En mars 1825, dans le n° 85 du *Globe*, Duvergier de Hauranne écrivait : « En un mot, *asservissement aux lois de la grammaire, indépendance pour tout le reste, telle doit être, nous le répétons, la double devise du parti romantique.* » En août 1826, Hugo reprend ce programme à son compte, dans la *Préface des Odes et Ballades* : « Plus on dédaigne la rhétorique, plus il sied de respecter la grammaire. On ne doit détrôner Aristote que pour faire régner Vaugelas... » Dans l'article sur l'art, publié, dans *L'Europe littéraire*, en mai 1833, qui a ensuite servi de préface à *Littérature et philosophie mêlées*, Hugo tient à souligner que la révolution dans la langue, apportée par le romantisme, « s'est accomplie, ... selon les lois grammaticales les plus rgoiureuses ».

5. Dans la vieille rhétorique, l'ithos, ce sont les mœurs, le pathos, les passions des hommes. Quant à l'athos — on connaît le mont Athos — il est là par écho burlesque aux deux autres noms grecs.

6. *Matassins*, dit Littré, est le « nom qu'on donnait autrefois à certains danseurs, qui portaient des corselets, des morions dorés, des sonnettes aux jambes et l'épée à la main avec un bouclier » ; mais les matassins qui pourchassent M. de Pourceaugnac, à la fin de l'acte I, sont déguisés en apothicaires et ne sont armés que de seringues. Cathos, qui est une des *Précieuses ridicules*, n'apparaît pas dans *Monsieur de Pourceaugnac*. Dumarsais, qui rédigea les articles de grammaire de l'*Encyclopédie*, est l'auteur d'un *Traité des tropes* (1730), resté classique. Le mot *bastringue* est glosé par Sébastien Mercier, dans sa *Néologie* : il désignait une farandole que l'on dansait autour de l'échafaud pendant la Terreur ; d'après le *Dictionnaire* de Laveaux (1820), c'est un « terme usité depuis quelque temps dans le langage populaire, pour désigner un bal de cabaret ou de guinguette ». Enfin, le Permesse, qui prend sa source sur l'Hélicon, est la rivière des Muses.

7. L'abbé Dangeau (1643-1723), frère du mémorialiste, a écrit des *Essais de grammaire* (1711), encore réédités en 1849. Richelet

(1631-1698) est un lexicographe et grammairien. (Hugo connais-
sait-il son *Dictionnaire burlesque*, farci d'obscénités?)

Page 46.

1. Nicolas Beauzée (1717-1789) succéda à Dumarsais dans
la rédaction des articles de grammaire de l'*Encyclopédie* et publia,
en 1767, une *Grammaire générale*.

2. Tristan ne peut être que le prévôt, « compère » de Louis XI,
que l'on retrouvera dans le poème V, 3; il représente ici, comme
l'indique Vianey, le despotisme royal, Boileau représentant le
despotisme littéraire; l'Académie (« les quarante fauteuils ») est
dépeinte comme une cour de justice (les lys d'or sur plafond bleu),
dont les arrêts régentent la langue.

3. « Un accusé qui avoue » (formule empruntée à l'exorde du
plaidoyer de Cicéron *Pour Ligarius*).

Page 47.

1. Muses de l'épopée, de la musique et de la poésie lyrique.

2. *Plebs*, en latin, *mob*, en anglais : la foule.

3. La démence d'Horace, à cause de quelques traits comme
Dulce est desipere in loco (*Odes*, IV, XII : il est doux de « faire à
propos quelque folie »...), ou démence de la poésie, dont l'inspiration est une folie, *furor?*

Page 48.   Suite

1. Poète, Hugo a toujours eu le sentiment de la vie des mots
et de leur personnalité. Ce sentiment s'accorde, en outre, avec sa
conviction démocratique, comme on le voit au livre V de *Napoléon-
le-Petit*, qui définit *le Parlementarisme* comme le gouvernement
des hommes par la parole; la langue française, en particulier, est
le plus puissant agent du progrès; de « la tribune de France »,
s'envolaient des « paroles » : du vent, du bruit, disaient certains;
mais « ce bruit, ce vent, c'était le Verbe. Force sacrée. Du Verbe
de Dieu est sortie la création des êtres; du Verbe de l'homme
sortira la société des peuples. » Comme Hugo von Hofmannsthal
l'a indiqué dans son pénétrant *Essai sur Victor Hugo*, la parole
est, chez lui, l'instrument et le signe de la « suprématie »; les héros
de *La Légende des siècles* sont toujours des orateurs — infati-
gables, et Dieu est, pour Hugo, « Celui qui a toujours le dernier
mot ». Le sentiment immédiat du poète et sa foi républicaine
dans la puissance de la « tribune » se trouvent rejoindre une antique et persistante tradition, qui attribue au mot ou une efficacité
magique, un pouvoir sur les choses, ou une vérité objective : les
mots ne sont pas de simples signes conventionnels; ils se ratta-

chent, d'une façon ou d'une autre, à la nature de l'objet qu'ils désignent.

Page 49.

1. Dans les Évangiles de Marc (V, 9) et de Luc (VII, 10), un démon déclare s'appeler Légion, parce que, dit-il, « nous sommes beaucoup ». Dans la partie du poème *Dieu*, écrite en 1856, l'Esprit humain dit, à son tour, s'appeler Légion, parce que, explique-t-il :

> Je suis l'essaim du bruit et de la contagion
> Des mots vivants allant et venant d'âme en âme.

Page 50.

1. C'est dans la dixième *Bucolique* que Virgile tente de consoler son ami Gallus de la perte de Lycoris. Dante ne repose point dans un *campo-santo*, nécropole bâtie sur le modèle du *Campo-Santo* de Pise, mais dans l'église des Frères mineurs de saint François, à Ravenne : le tombeau de Virgile est au pied du Pausilippe.

2. Manou est le législateur mythique des Indiens.

Page 51.

1. Au livre III des *Martyrs*, Chateaubriand dépeint Dieu prononçant « une de ces paroles qui fécondent le néant, qui font naître la lumière... ». Dans la pièce de *Cromwell*, Hugo fait dire à Milton :

> Il n'a fallu qu'un mot pour créer la lumière.

Le souvenir du *Fiat lux* de la *Genèse* revient, en février 1854, dans un passage de *La Fin de Satan* :

> ———— ..... Dieu se levant dit à l'ombre :
> — Je suis. — Ce mot créa des étoiles sans nombre.

L'année suivante, le Griffon qui, dans le poème *Dieu*, représente le christianisme, dit, de Dieu :

> Il a créé d'un mot la chose et le mystère.

La pièce XXV du livre VI des *Contemplations* constitue un « mythe » illustrant ce pouvoir créateur du mot; le titre du poème s'accorde avec ce passage de *Suite*, sur la puissance divine du mot et ses rapports avec la lumière : *Nomen, numen, lumen.*

La parenté que le mot se reconnaît avec la lumière, en la nommant : « Ma sœur », le parallélisme entre la fonction de la lumière

dans le monde physique et la fonction du langage dans le monde.
de l'intelligence, renvoient, sans doute, au début de l'Évangile
selon saint Jean, auquel se réfère directement le dernier vers.
Peut-être, cependant, Hugo se souvient-il, plus ou moins, du cours
de « philosophie catholique », professé par Lamennais, à Juilly,
en 1830-1831, puis rédigé et développé dans l'*Esquisse d'une philosophie*, en 1840. En Dieu, expliquait Lamennais, à Juilly, « la
lumière et le Verbe sont rigoureusement identiques; de sorte que
pour lui, nommer c'est éclairer, éclairer c'est nommer ». L'Intelligence divine se manifeste, dans l'ordre inorganique, par la lumière
et le son, dans l'ordre organique, par la voix, dans l'ordre intellec-
tuel, par la parole, et, « quand le Verbe a concouru à la création,
il y a concouru... comme parole; il a proféré au dehors ses idées,
et le Nom divin, substantiel, impérissable, est le type radical,
le genre qui constitue chaque nature particulière... Et comme le
Nom exprime, révèle, manifeste ce qu'est l'être, en même temps
qu'il le détermine à être ce qu'il est, le Nom, efficace en soi, est
aussi lumière; de sorte que ce qui est déterminé par lui, ... devient
encore par lui visible, intelligible ».

Page 53.   A Madame D. G. de G.

1. Hugo connaissait, depuis 1821, Delphine Gay, la plus jeune
et la plus jolie poétesse de *La Muse française*. Elle avait épousé,
en 1831, Émile de Girardin, qui, en 1836, créait, avec *La Presse*,
le journal à bon marché, grâce à la publicité. Homme d'affaires
surtout, il s'était rallié à l'Empire, mais Mme de Girardin avait
continué ses relations amicales avec Hugo et l'on sait que c'est elle
qui, le 11 septembre 1853, l'initia au spiritisme. Mme de Girardin
mourait le 29 juin 1855; Hugo apprit cette mort, le 3 juillet, et
dut corriger sur les épreuves « la pièce à madame de Girardin qui,
avec quelques mots et quelques vers changés, se trouve comme
faite pour sa mort », ainsi qu'il l'écrivait, le 8 juillet, à Noël Parfait.

Page 54.   Lise

1. Cette pièce a été écrite en mai 1843 et peut-être Hugo
songeait-il déjà au voyage de l'été, qui, écrit-il à Léopoldine, le
13 juin, devait le conduire « soit aux Pyrénées, soit à la Moselle ».
Le premier de ces projets, qui se réalisa, a pu alors ranimer dans
son esprit les souvenirs du voyage qu'il avait fait, en 1811, avec
sa mère et ses deux frères, pour aller rejoindre à Madrid son père,
le général Hugo; il avait passé le mois d'avril à Bayonne, dans une
maison, dont la propriétaire avait une fille de « quatorze ou quinze
ans », et, de retour dans cette ville, le 26 juillet 1843, il écrit à
Louis Boulanger que sa mémoire, « après trente années, n'a perdu

aucun des traits de cette angélique figure... Elle était blonde et svelte », poursuit-il, « et me paraissait grande. C'était un regard doux et voilé, un profil virgilien, comme on rêve Amaryllis ou la Galatée qui s'enfuit vers les saules ». Elle venait jouer avec les enfants Hugo et, souvent assise sur les marches de la cave, dans la cour, lisait un livre à Victor; par moments, dit-il, « mes yeux se baissaient, mon regard rencontrait son fichu entr'ouvert au-dessous de moi, et je voyais, avec un trouble mêlé d'une fascination étrange, sa gorge ronde et blanche qui s'élevait et s'abaissait doucement dans l'ombre, vaguement dorée d'un chaud reflet du soleil ». Puis, comme en écho à la dernière strophe du poème de mai, il s'interroge, ému, sur ces amours enfantines : « O époque naïve, et pourtant déjà doucement agitée! C'est là que j'ai vu poindre dans le coin le plus obscur de mon âme cette première lueur inexprimable, aube divine de l'amour... »

Page 56.   Vere novo

1. On fait généralement dériver ce titre, qui signifie : « au retour du printemps », d'un vers de Virgile, dans *Les Géorgiques* (I, 43) :

> *Vere novo, gelidus canis cum montibus umor*
> *Liquitur...*

(« Au retour du printemps, quand la neige qui blanchit les montagnes commence à fondre... »)

Page 57.   A propos d'Horace

1. Armide est l'héroïne de la *Jérusalem délivrée*, du Tasse, et la grecque Haydée (ou Haïdée), une héroïne du *Don Juan*, de Byron.

2. Il s'agit des hauteurs de Belleville, du côté du Pré-Saint-Gervais.

3. La mère Saguet tenait une guinguette du côté de Vanves, comme nous l'apprend le chapitre XLVI du *Victor Hugo raconté*, et Abel, qui l'avait découverte, Victor, Louis Boulanger, les Devéria, y allaient volontiers dîner sous la tonnelle, dans l'année 1827; Hugo a rappelé encore le souvenir de la mère Saguet en deux endroits des *Misérables* (III, I, x et III, IV, i), ainsi que dans un poème des *Chansons des rues et des bois* (I, iii, 3).

Page 58.

1. Souvenir des vers 19-22 de l'ode I, ix :

> *lenesque sub noctem susurri...*
> *... et latentis proditor intumo*
> *gratus puellæ risus ab angulo...*

(« les doux chuchotements, ... quand approche la nuit, ... et le rire charmant qui, du coin retiré où elle se cachait, trahit ta maîtresse... » Traduction de F. Villeneuve, « les Belles-Lettres », 1941).

2. ... *Myrtale*
libertina, fretis acrior Hadriæ
curvantis Calabros sinus.

(« Myrtalé, une affranchie, plus emportée que les flots de l'Adriatique creusant les golfes calabrais. ») [Horace, *Odes*, I, XXXIII.]

3. Ici, Hugo se souvient de la satire VIII du livre I, qu'il a traduite en vers français, en 1818.

4. C'est Virgile qui, dans la VI⁰ *Bucolique*, dépeint ainsi Silène.

5. Flaccus est le « surnom » d'Horace (Q. Horatius Flaccus).

Page 59.

1. L'*exeat* est le bulletin ou permis de sortie accordé à un élève.

Page 60.

1. Souvenir un peu confus d'un épisode rapporté par Tite-Live (V, 27) : pendant que Camille assiégeait Faléries, un maître d'école de cette ville lui livra tous ses élèves, fils des patriciens de la cité ; Camille, indigné, lui fit lier les mains, arma de verges les écoliers et les chargea de ramener leur maître à la ville ; Hugo a confondu Faléries avec Véies, dont Camille avait également fait le siège et dont la prise est rappelée justement dans ce chapitre de Tite-Live.

2. Dans *Les Misérables* (III, I, x), Hugo associera encore le « græculus de Rome » au gamin de Paris ; le mot, qui signifie « petit grec », avec une nuance de mépris, désigne, en latin, un Grec trompeur ou parasite, jamais un gamin.

3. Phyllodoce et Xanthis apparaissent au vers 336 du chant IV des *Géorgiques*, dans l'épisode d'Aristée.

4. Laharpe représente le « classicisme » dont il a donné, pour ainsi dire, le testament, dans son *Lycée*, tout à la fin du XVIII⁰ siècle. Nonotte fut un jésuite, adversaire de Voltaire.

Page 61.

1. L'abbé Tuet avait publié des *Éléments de poésie latine* (1786) et un *Guide des humanités* (1780), plusieurs fois réimprimés entre 1810 et 1817. Les manuels de mathématiques de Bezout (1730-1783), très réputés, étaient encore en usage en 1856. Bois-Bertrand, cité un peu plus loin, était l'auteur d'un *Cours d'algèbre* (1811).

Page 63.   A Granville, en 1836

1. Hugo était passé à Granville, le 28 juin 1836, et y avait fait une courte promenade en mer. La pièce I, 25 est également datée de « Granville, juillet 1836 ».

2. Allusion à la VIᵉ *Bucolique.*

Page 65.

1. Le poète bucolique Moschus vivait en Sicile. Bion est aussi un poète bucolique, contemporain de Théocrite.

Page 68.   A M. Froment Meurice

1. Demi-frère de Paul Meurice, François Désiré Froment-Meurice fut un joaillier et orfèvre réputé. Né en 1802, il était mort en 1855 et c'est alors sans doute que Paul Meurice pria Hugo d'insérer ce poème dans *Les Contemplations.*

Page 70.   Les oiseaux

1. Sans doute ces vers qui montrent les plantes consolées par les oiseaux, doivent-ils être éclairés par les révélations de la Bouche d'ombre : moins sévèrement punies que les âmes emprisonnées dans les pierres, les âmes captives des plantes souffrent; ainsi la fantaisie qui les fait consoler par les oiseaux, êtres de lumière, s'accorde avec la sombre métaphysique du VIᵉ livre.

Page 71.   Vieille chanson du jeune temps

1. Le 5 février 1856, Hugo écrivait à Paul Meurice : « Je suis charmé que cette petite *Rose* des *Contemplations* vous ait fait plaisir. Il y a aussi quelques idylles au commencement pour faire contrepoids aux apocalypses de la fin. »

Page 72.   A un poëte aveugle

1. Ce poète aveugle est très probablement Baour-Lormian, fort célèbre sous l'Empire, et que Hugo avait plus d'une fois égratigné dans ses *Cahiers de vers français;* de son côté, Baour avait vivement mené campagne contre les romantiques et, en 1841, avait voté contre Hugo, à l'Académie. On s'explique mal cette pièce de 1842 et l'on ne sait pas à quel fait elle pourrait se rapporter; âgé alors de soixante-douze ans, Baour, qui devait mourir en 1855, était effectivement atteint de cécité.

Page 73.   « *Elle était déchaussée...* »

1. Hugo avait séjourné à Montfort-l'Amaury, auprès de son ami, le poète Saint-Valry, de la fin de septembre au début d'octobre

1825; il avait rapporté de ce séjour l'ode *Aux ruines de Montfort-l'Amaury.*

Page 74.   La fête chez Thérèse

1. Sur la question de savoir qui est Thérèse, nous ne pouvons mieux faire que de reproduire la mise au point de Journet et Robert *(Notes sur « Les Contemplations »)* : « On a longtemps considéré, après L. Guimbaud (*Victor Hugo et Madame Biard*, 1927) que cette dernière était l'inspiratrice de ce poème. Mais pour soutenir cette thèse, L. Guimbaud devait admettre que, par égard pour Juliette Drouet, Hugo avait d'emblée modifié la date réelle de composition en portant sur le manuscrit celle qui y figure : 16 février 1840. En effet, en février 1840, Léonie d'Aunet attend un enfant du peintre Biard, qu'elle épousera en juillet. C'est seulement en 1841 qu'ils loueront à Samois la maison et le parc des Plâtreries où ils donneront une fête costumée en 1843. En réalité, la date du 16 février 1840 est bien celle de l'achèvement : Juliette Drouet écrit à Hugo le 17 : « N'oubliez pas, mon cher Toto, de m'apporter le reste de mon cher *Trumeau...* » (Paul Souchon, *Mille et une lettres d'amour...*, p. 186) [...] Si Mme Biard est présente dans cette pièce, ce ne peut être que grâce au remaniement du début : la duchesse Laura, brune comme Juliette, est devenue blonde comme Mme Biard. De plus, celle-ci prit comme nom de plume Thérèse de Blaru [...] Mais ces hypothèses se sont révélées jusqu'ici très fragiles, la plus aventureuse étant celle qu'on a avancée dans *Le Figaro littéraire* (3 septembre 1949) ; Hugo aurait utilisé le souvenir des fêtes données à la Folie-Saint-James par la duchesse *Laure* d'Abrantès, veuve de Junot (1784-1838). »

Page 75.

1. On appelle *manteau d'Arlequin* les châssis de droite et de gauche de la scène, supportant une draperie qui descend au-dessus de l'avant-scène, derrière la toile.

2. Tous les personnages appartiennent à la comédie italienne (où la batte, sorte d'épée de bois, est l'arme d'Arlequin, plutôt que de Scaramouche), sauf ceux de ce vers-ci : Arbate est le nom du confident de Mithridate, chez Racine ; Alcantor est un personnage du *Mariage forcé*, de Molière.

Page 76.

1. Dans la pièce XXVI des *Chants du crépuscule*, *A Mademoiselle J.*, on a rencontré, en mars 1835, un « clair de lune bleuâtre ». En 1859, dans *Eviradnus* (*La Légende des siècles*, XV, III, XI : *Un peu de musique*), Hugo montrera « les arbres bleus par la

lune sereine ». Peut-être est-ce Chateaubriand qui aura révélé le « jour bleuâtre et velouté de la lune », dans le *Génie du christianisme* (I, V, xii).

Page 78. Unité

1. Dans une lettre du 30 juin 1836, Hugo raconte qu'en sortant de Granville, il aperçut « un grand épervier qui chassait aux alouettes » et, un peu plus loin, « un charmant petit bouvreuil... qui se donnait des airs d'épervier avec les mouches », ce qui lui fait faire cette réflexion : « Tout s'enchaîne et se ressemble ainsi »; il avait découvert la loi d'unité qu'illustre, par un autre exemple, le poème des *Contemplations*.

Cette idée de l'unité de la nature se rattache à deux doctrines qui ont connu une très grande faveur, à la fin du xviiie siècle et chez les romantiques : la doctrine de l'échelle des êtres et celle de l'universelle analogie, de ces « correspondances », chères à Swedenborg et à Charles Fourier, qui devaient séduire Baudelaire.

Page 79. Quelques mots à un autre

1. Au lieu de prendre la suite de *Réponse à un acte d'accusation*, placé avant, dans *Les Contemplations*, et antérieur de dix mois, d'après les dates de l'édition, ces *Quelques mots à un autre* renverraient plutôt à un poème placé plus loin et postérieur, dans la datation fictive, *Écrit en 1846*, qui est la pièce III du livre V. Là, Hugo ripostait, « hier », au marquis de Coriolis d'Espinouse, qui, l'ayant vu « enfant » et déplorant son évolution politique, attaquait, en lui, « le citoyen » et « le libéral »; « un autre », qui, lui aussi, a vu l'auteur « tout jeune », au nom de son « enfance blonde », comme le marquis au nom de la mère de Hugo, dénonce, « aujourd'hui », « le poëte » et « le romantique ». On le voit, les vers 6-7 et 11-14 du poème I, 26 ne peuvent guère renvoyer qu'au poème III du livre V — supposé écrit douze ans plus tard et, en réalité, achevé cinq jours avant.

A la différence du marquis d'*Écrit en 1846*, cet « autre », ce « classique » qui aurait connu Hugo « tout jeune », est peu identifiable, et le plus sûr est d'y voir un « type », résumant les nombreux adversaires qui guerroyèrent contre Hugo, aux temps de la révolution romantique.

Page 80.

1. *La Quotidienne* est un journal monarchiste qui a paru de 1845 à 1847.

2. Sur le Père Bouhours, voir la note 2 de la page 45. Le Père Rapin (1621-1687), qui appartenait aussi à la Compagnie

de Jésus, a écrit, en plus de ses poèmes latins, divers ouvrages de critique, d'un goût tout classique, comme ses *Réflexions sur l'usage de l'éloquence de ce temps* (1672) et ses *Réflexions sur la poétique d'Aristote et sur les ouvrages des poètes anciens et modernes* (1674).

3. Nous avons déjà rencontré César-Pierre Richelet (note 7 de la p. 45), cité ici pour son traité de *la Versification française* (1671) et son édition du *Dictionnaire de rimes* de Frémont d'Ablancourt.

4. La source Hippocrène, que Pégase fit jaillir d'un coup de sabot, était consacrée aux Muses.

5. Végèce est un écrivain militaire latin de la fin du IVe siècle après Jésus-Christ, auteur d'un *Epitome rei militaris*.

Page 81.

1. Ducis (1733-1816), auteur de quelques tragédies (*Abufar*, en 1795), fut le premier à faire représenter des drames de Shakespeare, en France; mais il les avait « adaptés » au goût timide du XVIIIe siècle, et c'est pourquoi, représentant du post-classicisme, il est opposé au rude Rotrou, contemporain et émule de Corneille.

2. Papavoine avait tué deux petits garçons; il fut guillotiné le 25 mars 1825. Érostrate avait incendié le temple de Diane à Éphèse.

Page 82.

1. Tillon du Tillet, qui fait une amusante allitération avec « votre goût est *t*enace », fut un ami de Boileau, qui avait projeté de faire ériger un monument à la gloire des écrivains et musiciens de son siècle; Corneille, Molière, Racan, Segrais, La Fontaine, Chapelle, Racine, Boileau, Lulli y eussent tenu la place des Muses.

2. « *Cancan:* [...] 3° Sorte de danse inconvenante des bals publics avec des sauts exagérés et des gestes impudents, moqueurs et de mauvais ton. Mot très-familier et même de mauvais ton dans le dernier sens. » (Littré, 1863-1872.)

Page 83.

1. Sur l'abbé Batteux, voir la note 2 de la p. 45. Tancrède, un des héros de *La Jérusalem délivrée*, a donné aussi son nom à une tragédie de Voltaire.

Page 86.   Halte en marchant

Page 87.

1. Scipion l'Africain fut exilé comme Dante, et Thomas Morus,

grand chancelier d'Angleterre, puni de mort comme Socrate; mais on ne voit pas bien quel fut le « martyre » de Milton; Hugo songe sans doute aux dangers qu'il courut lors de la restauration des Stuarts et dont le poète royaliste Davenant, qu'il avait sauvé sous Cromwell, sut bien vite le protéger. Quant à Eschyle, cité au vers suivant, Hugo tient fermement à la tradition, très contestée, qui veut qu'il ait été exilé d'Athènes.

2. La mort de Jean Huss, brûlé vif en 1415, sera racontée à la fin de *la Pitié suprême*, en 1857.

Livre deuxième

L'AME EN FLEUR

Page 91.   Le rouet d'Omphale

1. Il est vain de se demander si Omphale est Juliette Drouet ou Léonie Biard... La pièce se situe dans ce mouvement de retour à l'Antiquité, que l'on constate dans notre poésie, vers les années 1840.

2. L'atrium est latin, non point grec, et le rouet était inconnu des Anciens.

3. Dans le poème VIII des *Chants du crépuscule*, Hugo avait fait allusion aux bas-reliefs d'Égine; ces marbres, entrés à la Glyptothèque de Munich, ont passionné archéologues et artistes et leur archaïsme a suscité maintes discussions, de 1830 à 1840 environ.

4. Dans la mythologie, Typhon est un personnage unique, un géant, demi-frère de Géryon et qui n'a rien d'aquatique.

Page 93.   Lettre

1. Le Caystre, fleuve d'Asie Mineure, est connu par les vers 383-384 du livre I des *Géorgiques*, dont le souvenir se retrouvera à la fin du poème.

Page 94.

1. Un peu plus d'un an après ce poème, Hugo écrivait, en juillet 1840, alors qu'il traversait la Champagne : « Les ormes sont une de mes joies en voyage... Tous les autres arbres sont bêtes et se ressemblent; les ormes seuls ont de la fantaisie et se moquent de leur voisin, se renversant lorsqu'il se penche, ... et faisant toutes sortes de grimaces le soir aux passants. »

2. Souvenir de Virgile (*Géorgiques*, I. 470) :

Obscenique canes, importunæque volucres Signa dabant.

(« Les chiens de mauvais augure et les oiseaux sinistres donnaient des présages. »)

Le mot « sinistres » a, dans ce vers de Hugo, le sens latin : « de mauvais augure ».

3. Hugo n'était pas au Tréport, en mai ni en juin 1839, mais il y avait séjourné de la fin de juillet au début d'août 1835, en compagnie de Juliette Drouet. Il y était revenu en septembre 1837, avec Juliette encore, et en 1849. Les lettres écrites alors du Tréport ne signalent nul séjour chez un maître d'école.

Page 95.   *« Nous allions au verger... »*

1. Le vers semble faire allusion à la beauté « antique » de Juliette Drouet, que Théophile Gautier célébrait, dans son compte rendu de la représentation de *Lucrèce Borgia* : « Le col, les épaules, les bras sont d'une perfection tout antique chez Mlle Juliette; elle pourrait inspirer dignement les sculpteurs et être admise au concours de beauté avec les jeunes Athéniennes qui laissaient tomber leurs voiles devant Praxitèle méditant sa Vénus. » De fait, l'année suivante, Juliette apparaissait en marbre, au Salon de 1834, dans le groupe « Satyre et Bacchante » de Pradier.

Page 98.   En écoutant les oiseaux

1. Hugo était passé à Caudebec, avec Juliette, en août 1835.

« Mon bras pressait ta taille frêle... »

2. J.-L. Mercié a récemment publié une autre version de ce poème, adressée par Hugo à Clara Duchastel, qui était, comme dame de la Légion d'honneur, la collègue de Julie Foucher, la belle-sœur du poète, et était ainsi entrée en rapports avec les Hugo.

Page 100.   Églogue

1. Depuis Théocrite, la Sicile est la patrie de la poésie pastorale et ce sont les Muses de Sicile, *Sicelides Musæ*, que Virgile invoque au début de la IVe *Bucolique*.

2. *Offenser*, au sens concret de « blesser », est encore indiqué par le Dictionnaire de l'Académie en 1835, mais donné comme vieilli par Littré.

Page 101.   *« Viens! — une flûte invisible... »*

1. La date de l'édition rappelle le souvenir de Juliette et

de la vallée de la Bièvre; en septembre 1834, en septembre et octobre 1835, Juliette logeait aux Metz, cependant que Hugo était installé, avec sa famille, aux Roches, chez les Bertin.

Page 102. Paroles dans l'ombre

1. C'est Juliette Drouet qui parle dans ce poème. Elle avait aménagé chez elle, pour le travail du poète, un coin que Hugo appelait volontiers *son atelier*; elle l'y contemplait, il écrivait, elle griffonnait des mots d'amour, comme celui-ci, le 2 février 1836 : « Je suis heureuse d'apercevoir même votre ombre sur la page que vous lisez. » Mais, comme ce poème en fait l'aveu, il lui arrivait de se plaindre d'être trop sacrifiée au travail du poète; le 10 avril 1838, elle écrit à cet amant trop laborieux : « Tes travaux ont été pour notre bonheur ce que l'hiver est pour les arbres et les fleurs; la sève s'était retirée bien loin au fond de ton cœur et plus d'une fois j'ai cru qu'il était mort tout à fait. »

Page 107. « *Je sais bien qu'il est d'usage...* »

1. Hugo avait fréquenté Chelles, en compagnie de Juliette, à la fin de l'été 1845, et le Musée de la place des Vosges conserve un dessin de lui, représentant les ruines de l'abbaye, intitulé *Souvenir de Chelles* et daté de 1845.

Page 109. Il fait froid

1. Ce poème a été envoyé à Juliette, joint à la lettre suivante :
« Tu venais de me raconter toutes ces paroles de haine échappées de ces fangeuses coulisses, c'était cette dernière nuit, je marchais sur le pavé couvert de givre avec une brume glacée qui me piquait le visage, j'ai fait ces vers.

Ils sont un peu tristes, mon pauvre ange, mais je crois qu'ils contiennent cependant un bon conseil, et une vraie consolation.

On nous hait, il faut nous aimer.

Voici notre viatique pour l'année qui va s'ouvrir. Et je la commence par le mot qui la finira, n'est-ce pas?

Je t'aime!

1er janvier — nuit. »

Hugo avait demandé, pour Juliette, le rôle de la reine, dans *Ruy Blas;* le 30 août, ce rôle était confié à Mlle Beaudouin, et Hugo, se souvenant de l'échec de sa maîtresse dans *Marie Tudor*, n'insista guère. Les représentations de *Ruy Blas* commencèrent en novembre et se prolongèrent jusqu'au début de 1839, donnant lieu à ces médisances de coulisse qui avivèrent le chagrin de Juliette, contrainte de renoncer à tous ses espoirs d'artiste.

Page 114. Après l'hiver

1. Voici encore une pièce importante pour apprécier le rôle de l'amour dans l'univers des *Contemplations*. Tout communique et correspond dans cet univers où

> La même étincelle
> Allume l'astre et la fleur.

Dans ce rayonnement universel, tout s'aime. Aussi l'amour de l'homme et de la femme s'accorde-t-il à l'essence même des êtres et les amants baignent

> Dans les effluves suprêmes
> Des éléments amoureux.

Cette doctrine, à laquelle répond un sentiment violent de la pan-sexualité qui s'exprime dans d'autres textes, par exemple à la fin des *Travailleurs de la mer*, approfondit ici l'exaltation romantique de l'amour et l'agrandit jusqu'à l'intimité avec le cosmos :

> J'ai l'étoile pour maîtresse;
> Le soleil est ton amant.

On s'émerveille de retrouver l'énormité hugolienne dans ce poème en vers de sept syllabes où, parfois, l'on entend d'avance un accent presque verlainien :

> O douce désuétude
> De souffrir et de pleurer!

Page 116. « *Que le sort, quel qu'il soit...* »

1. On est surpris par la discordance des dates inscrites au bas de ces deux copies qui, de même papier, d'écriture voisine, semblent contemporaines; la date la plus ancienne, 21 mai 1840, serait celle de la fête de Juliette Drouet; la date du 10 octobre 1842 a été visiblement ajoutée après coup. On ne sait quels sont les « deuils funèbres » dont parle le vers 13, ni, au juste, à quelle femme s'adressait ce poème.

Page 120. Crépuscule

1. Le réseau de correspondances que tisse cette strophe et que complète, à la strophe suivante, l'analogie de l'étoile et de la

fleur, orchestre le thème fondamental de l'unité, qui fait que l'amour et la mort sont deux aspects complémentaires de la même réalité sacrée.

Page 124.   Un soir que je regardais le ciel

1. Allusion à la coupe du roi de Thulé.

2. La seconde date : « Brux. janvier 18[52] », celle de l'arrivée dans l'exil, a pour objet d'expliquer, en les rendant plus dramatiques, le retour sur le passé, le souvenir amer. La première date serait celle de la scène dont se souvient l'exilé. Pour les uns, « Montf. » désignerait Montfort-l'Amaury et la femme aimée serait Juliette; pour d'autres, « Montf. » serait Montfermeil, que Hugo visita, en compagnie de Juliette, dans l'été de 1845, un peu avant de commencer l'histoire de Fantine, dans *Les Misérables*, où, comme l'on sait, c'est à Montfermeil que Jean Valjean délivre Cosette des Thénardier. Mais l'année 1845 a été occupée, jusqu'au scandale, par Léonie Biard. Nous nous résignerons, sans beaucoup de peine, à ne pas savoir si celle qui, ici, est jalouse du ciel, s'appelle Juliette ou Léonie.

Livre   troisième

LES LUTTES ET LES RÊVES

Page 125.   Écrit sur un exemplaire
                   de la *Divina Commedia*

1. Ce regard formidable est l'attribut du Dante hugolien : Dante dit, l'œil fixé sur un homme passant :
— Je t'ai vu dans l'enfer! — L'homme, pâle, y descend,
lit-on dans *Dieu*. Et, dans *William Shakespeare* : « Dante damne. Malheur à celui des vivants sur lequel ce passant fixe l'inexplicable lueur de ses yeux. » Dans ces deux passages comme dans le poème des *Contemplations*, il s'agit d'une rencontre entre *passants*.

2. Allusion aux chênes de Dodone, consacrés à Zeus, qui rendaient des oracles.

Page 126.   Melancholia

1. Ce titre de *Melancholia* est un souvenir de la célèbre gravure d'Albert Dürer, que Théophile Gautier avait décrite et commentée dans un poème du même titre, composé en 1834 et publié en 1845. Hugo connaissait Dürer depuis longtemps, puisqu'en décembre 1827, il écrivait une « ballade », recueillie dans *Toute la Lyre*

(II, 41), intitulée : *Un dessin d'Albert Dürer*. Ce « dessin » n'est pas, il est vrai, celui de « Melancholia », auquel Hugo fait allusion, pour la première fois, dans une lettre écrite à Anvers, en août1837.

Dans son Journal de l'exil, Adèle Hugo raconte ainsi la lecture que son père leur fit de ce poème, le 25 décembre 1855 :

« La pièce que je vais vous lire, nous dit-il, m'est venue à la chambre des pairs en 1845, et même je l'y avais déjà commencée, sur ce papier, et mon père nous montre le papier vénérable qui s'était installé [sic] à la Chambre des pairs et mon père nous lut la pièce de vers appelée.

Après nous avoir lu cette pièce, mon père nous dit que c'était elle qui contenait le germe du roman inédit Misérables, que les pauvres petits enfants pâlis sous le travail de la dure machine dont ils parlent [sic] dans cette pièce, lui avait [sic] donné l'idée de proposer une loi d'amélioration à la chambre des pairs pour alléger le sort de ces malheureux innocents. Mais 48 était venu avait dispersé la chambre des Pairs aux quatre vents de la Révolution de Février, et la Constituante dont mon père était membre avait oublié les enfants pour s'occuper des parents. »

Page 129.

1. La loi du 22 mars 1841 interdisait de faire travailler les enfants au-dessous de 8 ans; jusqu'à 12 ans, ils ne pouvaient être employés plus de huit heures sur vingt-quatre : de 12 à 16 ans, douze heures.

2. Souvenir du *bellaque matribus detestata*, d'Horace (*Odes*, I, I, v. 24-25 : « les guerres haïes des mères »).

Page 130.

1. Cette condamnation du travail des enfants annonce, en 1846, la poésie sociale des *Caves de Lille*, dans *Les Châtiments*. Le travail des enfants venait d'être flétri, en termes voisins, par Michelet, dans *Le Peuple*, paru le 31 janvier de cette année. En juin 1847, un projet de loi modifiant la réglementation du travail des enfants dans les manufactures fut déposé à la Chambre des pairs, et Hugo note, sur le manuscrit des *Misères* : « *7 juin 1867.* Interrompu par les travaux de la Chambre... Loi sur le travail des enfants. » Il avait préparé, en effet, un discours sur ce projet, qu'il n'avait pas déposé lui-même, comme le laisserait supposer le passage du *Journal de l'exil* cité plus haut, et qu'il se proposait d'amender (voir *Actes et Paroles*, t. I).

2. Le hameau des Porcherons, au nord-ouest de Paris, à l'extrémité de la rue Saint-Lazare, était célèbre au XVIIIe siècle par ses guinguettes; quand Paris eut annexé l'ancien hameau, le souvenir

en fut conservé par une rue et un cabaret des Porcherons.

3. Dès 1843, les coups de fouet assénés aux mules de la diligence qui le conduisait de Tolosa à Pampelune, inspiraient à Hugo une méditation sur nos droits et nos devoirs envers les animaux, sur « le sentiment de la pitié universelle » et la nécessité d'étendre la loi d'amour, annoncée par Jésus, aux bêtes aussi, aux frères inférieurs; il doute dès lors que l'homme ait pu, « sans violer quelque intention secrète et paternelle du créateur, faire du bœuf, de l'âne et du cheval, les forçats de la création ». Quand, en 1854, il reprend son poème de *Melancholia*, le premier épisode ajouté est celui de la mort du cheval de trait. A cette date, la souffrance des bêtes est un des aspects du problème du mal qui obsède le poète de la Bouche d'ombre, et, en 1855, l'Ange qui parle dans la seconde partie du poème *Dieu*, demandera à l'homme :

> Est-ce que cette rosse efflanquée, et qu'on tire
> Par la bride au charnier, passe sans te rien dire?
> Pauvre être qui s'en va, ses os trouant sa peau,
> Boitant, suivi d'un tas d'enfants, riant troupeau,
> Qui viennent lui jeter des pierres et qui chantent!

Enfin, dans *Les Misérables*, le chapitre, écrit en 1861, où commencent la chute et la passion de Fantine, s'intitule *Mort d'un cheval*. Tandis que Fantine, ses amies et leurs amants déjeunent joyeusement, passe « une jument beauceronne, vieille et maigre et digne de l'équarrisseur », traînant « une charrette fort lourde »; elle s'abat et meurt sous les coups. Tholomyès, qui se prépare à abandonner Fantine, trouve là l'occasion d'un calembour; Fantine seule s'apitoie sur la bête, qui préfigure son destin, et, comme dans *Melancholia*, la bête battue à mort, la fille pauvre entraînée à la prostitution et avilie, sont unies dans la parenté des misérables.

Page 133.

1. Il s'agit, non de Lazare de Béthanie que ressuscite Jésus, mais de Lazare, le pauvre auquel le mauvais riche refuse les miettes de sa table; ce riche a oublié l'enfer où nous le voyons après sa mort, tandis que Lazare est au sein d'Abraham (saint Luc, XVI).

Page 135.   Saturne

1. A la date du 30 avril 1839, ce poème marque le début d'une longue méditation qui devait conduire Hugo à la religion astro-

nomique de la « *Préface philosophique* » des *Misérables*. Dans *Les Contemplations*, la doctrine de la migration des âmes sur d'autres astres, après la mort, se combine avec la croyance aux métempsychoses sur la terre, cette dernière croyance occupant, en 1855-1856, la première place, qu'en 1860, au moment de la « *Préface philosophique* », elle cédera à la doctrine des migrations astrales. En 1839, celle-ci est présentée comme un « songe », rêve ou cauchemar, peut-être fantaisie de l'imagination... Le 25 mars de cette année, l'idée de la survie des morts dans les astres s'était glissée, discrètement, dans une strophe de *Cœruleum mare*. Dans ce poème, publié dans *Les Rayons et les Ombres*, la contemplation du ciel étoilé est sereine, apaisante comme dans la pièce XVI du même recueil, qui nous invite, le 5 mai, à tourner notre regard vers

> Le ciel, cette grande urne, adorable et profonde,
> Où l'on puise le calme et la sérénité!

Entre-temps, le 30 avril, avec le poème de *Saturne*, avaient surgi l'obsession du ciel-tombeau et l'image des astres lugubres, qui vont, dans les années 1839-1846, lutter contre le thème traditionnel de l'harmonie des cieux, puis s'imposeront dans la poésie et la religion astronomiques de l'exil : les planètes ténébreuses y seront les enfers « d'hiver et de nuit » où souffriront les âmes punies. Dès avant l'exil, l'idée que « l'état normal du ciel, c'est la nuit », inquiète Hugo, dans une lettre du *Rhin*, écrite le 31 août 1840, et, dans les parties de *Magnitudo parvi* qui remontent à 1846, les images des astres lugubres et monstrueux ne sont pas absentes; mais c'est en 1855 que ces descriptions seront développées. L'intérêt du poème de *Saturne* est là, dans les évocations des sections III et IV, dans cette poésie de la hideur noire, de l'horreur cosmique. A cette place du livre III, il complète *Melancholia*, poème du malheur sur terre, par l'évocation du malheur dans l'univers et après la mort humaine; il amorce le passage aux visions surhumaines et aux révélations métaphysiques; dès ce livre III, la doctrine des planètes-enfers sera précisée par le poème XII, *Explication*, et les effrayantes visions cosmiques en occuperont la dernière pièce, *Magnitudo parvi*. Celle-ci est datée, dans l'édition, d'août 1839, et *Explication*, de novembre 1840. Ces dates factices doivent évidemment être rapprochées de celle de *Saturne ;* elles enracinent dans *Autrefois* les méditations et les apocalypses d'*Aujourd'hui*, le livre III annonçant ainsi, de loin, le livre VI.

Page 136.

1. Ce vers nous semble dénoncer un emprunt à une doctrine

contemporaine précise, celle de Jean Reynaud. Ce polytechnicien saint-simonien considérait que la notion de progrès devait s'appliquer également à la doctrine de l'immortalité de l'âme; après la mort l'âme continuera à progresser, en s'incarnant sur une planète plus évoluée que la terre, puis après sa mort sur cette planète, s'en ira sur une autre, d'un niveau supérieur, et ainsi de suite; pour que ce progrès ne cesse jamais, il est essentiel que le ciel soit *infini* et que, par conséquent, ces voyages d'astre en astre puissent occuper *l'éternité*. Le vers de Hugo apparaît comme un résumé particulièrement dense et heureux de cette doctrine, que Jean Reynaud venait d'exposer dans l'article *Ciel*, paru en 1837 dans une des livraisons mensuelles de *L'Encyclopédie nouvelle*. Il devait la reprendre et la développer, en 1854, dans le volume de *Terre et Ciel*, que Hugo a lu alors et approuvé; au demeurant, la religion de Jean Reynaud allait connaître une large diffusion dans les milieux républicains.

Page 139.   Quia pulvis es

1. Parole de la Genèse (III, 19) reprise dans la liturgie de l'imposition des Cendres : *Memento, homo, quia pulvis es et in pulverem reverteris* (« Homme, souviens-toi que tu es poussière et que tu retourneras en poussière »).

Page 141.   La source

1. C'est le seul poème d'*Autrefois* qui ait conservé, par une négligence probable de l'auteur, une date postérieure à 1843.

Page 141.   La statue

2. Tigellin, préfet du prétoire après la mort de Burrhus, fut l'âme damnée de Néron; Juvénal le nomme au vers 155 de sa première *Satire*.

Page 143.   « Je lisais. Que lisais-je?... »

1. L'image de l'arbre cosmique avait été employée, avec puissance, dans deux poèmes d'avril 1854, *Pleurs dans la nuit* (p. 747) et *A la fenêtre pendant la nuit* (p. 757); dans les deux cas, comme ici, c'est la vision des branchages, du réseau des branches, qui domine. L'arbre cosmique apparaît dans plusieurs mythologies, avec le frêne Yggdrasil, chez les Scandinaves, ou l'arbre *açvatha*, dans les *Upanishads*.

Page 144.

1. Dans le poème central de *La Légende des siècles*, le *Satyre*, le sombre, le bleu et l'étoilé constituent les degrés de l'être que

gravit le progrès; ici, dans la vision de l'oiseau, ces degrés sont les aspects simultanés de la totalité.

Page 144.   « *Jeune fille, la grâce emplit...* »

2. Cette jeune fille est très probablement la fille de Juliette Drouet, Claire Pradier, qui avait, en effet, dix-sept ans en 1843, date fictive donnée au poème dans l'édition. Peu avant cette pièce, Hugo avait écrit, le 14 décembre 1854, la pièce *Claire P.* (V, 14), et, le 27 décembre, la pièce *Claire* (VI, 8).

Page 145.   Amour

1. On peut supposer que les nombreuses allusions aux choses et aux gens de justice prouvent qu'en écrivant ce plaidoyer pour la liberté de l'amour, Hugo se souvenait de sa mésaventure du passage Saint-Roch et de la prison de Léonie Biard. Mais, en datant ce poème de juillet 1843, il a sans doute voulu faire aussi allusion à son départ pour les Pyrénées, en compagnie de Juliette Drouet; au cours de ce voyage devait mourir Léopoldine, que son père a vue, pour la dernière fois, le 10 de ce mois de juillet. Avec cette date, une nouvelle fois, l'amour et la mort se côtoient. Aussi bien l'exaltation du caractère divin de l'amour charnel, que l'on rencontre ici et dans maint autre texte de Hugo, voisine-t-elle avec d'aussi nombreux textes condamnant « la chair », dans les derniers vers du poème III, 8, par exemple, et, plus encore, dans le poème VI, II. Quant à la revendication de la liberté dans l'amour, elle est alors fort répandue, et on la trouve chez Fourier aussi bien que chez George Sand. Elle est vigoureusement affirmée, dans *La Légende des siècles*, par le poème qui inaugure la série *Amour* et dont le manuscrit est identique à celui de cette pièce III, 10 des *Contemplations*.

2. L'humaniste Jean Bodin (1520-1596) est cité ici pour sa *Démonomanie des Sorciers* plutôt que pour sa *République;* Muyart de Vouglans étudia le droit criminel au XVIIIe siècle; Pierre de Lancre est cité dans *Les Misérables* (IV, II, III) pour son *Tableau de l'inconstance des démons*, où il est amplement traité des *Sorciers et de la Sorcellerie* (1612); conseiller au Parlement de Bordeaux, il a, dit-on, instruit un procès de sorcellerie et fait brûler plus de 500 accusés.

Page 146.

1. Armide est la plus séduisante des héroïnes de *La Jérusalem délivrée* et Renaud, dans ses jardins, oublie ses devoirs de croisé.

2. C'est le clair de lune de la fin de *la Fête chez Thérèse* qui colore ainsi ce sabbat nocturne.

3. La Tournelle était la chambre criminelle du Parlement de Paris.

Page 148.   Explication

1. Pour Hugo, comme pour Charles Fourier, la lune est un astre mort; elle répand une « lueur de cadavre », dit le Hibou du poème *Dieu*, et dans l'*Épopée du Ver (Légende des siècles)*.

Les lunes sont, au fond de l'azur, des cadavres.

Page 151.   La chouette

1. Achab, septième roi d'Israël, époux de Jézabel et père d'Athalie, favorisa le culte de Baal et fit mourir Naboth pour s'emparer de sa vigne. Nemrod est une des grandes figures du Mal, dans *La Fin de Satan*. Mathan, prêtre de Baal sous la reine Athalie, est un des personnages de la tragédie de Racine.

Page 153.   Épitaphe

1. Cette *Épitaphe* a été écrite pour Mme Lefèvre, la sœur d'Auguste Vacquerie, auquel Hugo a envoyé ces vers dans une lettre du 13 mai 1843. Mme Lefèvre avait perdu deux enfants, Charles, le 9 novembre 1839, et Paul, le 9 mai 1840. Pour le premier, Hugo avait composé *Écrit sur le tombeau d'un petit enfant au bord de la mer*, publié dans *Les Rayons et les Ombres* et qui fut gravé sur la tombe de l'enfant. Cette pièce des *Contemplations* et la précédente ont été écrites pour le second deuil de Mme Lefèvre, à laquelle fait encore allusion un vers du poème *A Aug. V.* (V, 1).

Page 158.   Chose vue un jour de printemps

1. Ce poème, daté du 4 février 1854, a la même origine que le poème fameux de *La Légende des siècles*, les *Pauvres Gens*, qui est du 3 février. La source commune des deux pièces est un poème de Charles Lafont, *les Enfants de la Morte*, couronné aux Jeux floraux de 1851; mis en prose, le récit de Lafont fut présenté comme un fait divers par *L'Indépendant de la Moselle*; cet article fut reproduit par *La Presse* du 10 décembre 1852, où Hugo le lut. Le journaliste racontait qu'après la mort de son mari, la veuve d'un ouvrier s'était courageusement mise au travail pour nourrir ses deux enfants; malade, elle mourut à son tour, « un matin de mars », et sa voisine recueillit les orphelins : « Tiens, dit-elle [à son mari], en tirant les rideaux du lit, les voilà! » On a reconnu la fin des *Pauvres gens*; la première partie du récit allait fournir à Hugo un second poème, *Chose vue un jour de printemps*.

Page 164.   Écrit sur la plinthe d'un bas-relief antique

1. Louise Bertin était la fille du rédacteur en chef du *Journal*

des Débats, qui possédait aux Roches, dans la vallée de la Bièvre, une maison où Hugo passa plusieurs automnes d'une grande fécondité poétique, au temps des *Chants du crépuscule* et de ses amours avec Juliette Drouet.

Page 166.   « *La clarté du dehors...* »

1. C'est d'Ingouville aussi que sera daté le grand poème de *Magnitudo parvi;* Ingouville est situé à 4 km au nord du Havre, où les Vacquerie avaient leur habitation principale; il ne semble pas que Hugo se soit rendu au Havre en mai 1843.

Page 166.   Le revenant

2. Dans son *Victor Hugo après 1830*, Edmond Biré cite ce passage d'une lettre de Mme Hugo à Victor Pavie, qui avait vu mourir ses deux premiers enfants : « Votre frère m'avait dit que vous aviez l'espérance d'être père pour la troisième fois... Qui nous dit que les petites âmes ne nous reviennent pas? » Cette lettre est du 23 novembre 1852. Plus tard, l'espoir ou le rêve sont devenus, pour les Hugo, une croyance solide, et Victor Hugo l'exprime avec force, au lendemain de la mort de son premier petit-fils, Georges, le 14 avril 1868, dans des lettres à Vacquerie. (« Je crois au *Revenant* que j'ai écrit »), à Meurice (« *Il reviendra.* Oui, j'y crois »), à George Sand, et dans ses conversations avec Paul Stapfer; aussi bien son second petits-fils, né quatre mois après la mort de son frère, reçut-il le prénom de celui-ci. Cette pièce, qui fut publiée à part, en 1882, sous le titre : « le *Revenant*, récit », connut, en 1856, le plus vif succès; aucune pièce des *Contemplations* ne fut louée avec la même unanimité; seul Duranty la déclara, dans sa revue *Le Réalisme*, « contraire à tout sentiment naturel et vrai », et la jugea « une des pièces les plus malsaines dans ce livre malsain ».

Page 167.

1. Mis en demi-solde au lendemain de Waterloo, le général Hugo s'était retiré à Blois dans la maison

> bâtie en pierre et d'ardoise couverte,
> Blanche et carrée, au bas de la colline verte,

que décrit le second poème des *Feuilles d'automne*. Le fils premier-né du poète, le petit Léopold, étant tombé malade, avait été envoyé chez son grand-père; il devait mourir à Blois, âgé de trois mois, le 10 octobre 1823. Hugo a tenu à faire une place — discrète — à ce deuil, dans *Les Contemplations*.

Page 173.   Joies du soir

1. Le 20 ou 21 juillet 1843, Hugo avait visité le charnier de Saint-Michel, avec une curiosité frémissante; la vision des cadavres le poursuit et, le 27 juillet, à Bayonne, il écrit le récit de sa descente chez les morts; mais, le 25, il était allé à Biarritz et n'y avait rencontré que des spectacles riants, comme celui d'une jolie baigneuse qui chantait... Voilà donc réunis en ce mois de juillet 1843 tous les éléments de notre poème; on s'explique que Hugo l'ait daté, bien qu'écrit en décembre 1854, de « Biarritz, juillet 1843 ».

Page 174.   « *J'aime l'araignée...* »

1. Le mal est à lui-même son propre châtiment et, à la fin du poème des *Malheureux*, Hugo affirmera bientôt :

Il n'est qu'un malheureux : c'est le méchant...

2. Tout malheur, selon Hugo, se résout dans la privation d'amour, idée qu'illustre, en 1874, le monologue du Roi, dans le fragment *Être aimé*, qui se trouve dans le *Théâtre en liberté*. C'est que l'amour est l'être même : celui qui est haï est exclu de l'être. De là aussi, l'extrême facilité de la conversion des méchants, dans le monde hugolien : la moindre lueur d'amour permet au méchant de réintégrer son être qui, par essence, est aimant, toute haine étant malentendu et le mal, aspect partiel et provisoire de la totalité, qui est l'amour divin.

Page 176.   La nature

1. Ce poème, daté dans le manuscrit du 12 janvier 1854, a été inspiré par la pendaison d'un habitant de Guernesey, coupable d'assassinat, nommé Tapner; Hugo était vainement intervenu en sa faveur.

Page 178.   Magnitudo parvi

1. « La grandeur du petit. » On peut schématiser ainsi les étapes de la composition :

1° Datent de 1846 les vers 1-73, 100-118, certaines corrections datant de l'exil.

2° Datent de janvier-février 1855 les vers 74-99, 112-118 (remaniés), 763, 782-813 (fin du poème).

3° Datent de 1840 environ les vers 764-781.

Page 181.

1. Hugo ne doute pas de la pluralité des mondes habités,

qui implique l'extrême diversité des formes de la vie. Mais cette hypothèse entraîne, chez lui, un effroi qui est la marque propre de la poésie astronomique de l'exil. La peur de cette « rencontre », de ce face-à-face soudain avec l'astre surgissant de l'ombre, est essentielle, en effet, à l'astronomie hugolienne, qui est vécue comme une aventure de l'imagination, un voyage mental dans les ténèbres en mouvement de l'infini. En 1854, cette peur s'était exprimée avec force dans le poème de *La Légende des siècles* intitulé *Inferi :*

> Oh! quel effroi sur terre, ...
> Quel frisson, si, parmi les foudres et les trombes,
>   Aux lueurs des astres fuyants,
> Nous voyions, dans la nuit où le sort nous écroue,
> Surgir subitement l'épouvantable proue
>   D'un de ces mondes effrayants!

Page 182.

1. « L'œil crevé », c'est l'absence ou la mort de Dieu. L'image de l'orbite vide au fond des cieux apparaît, dès 1834, dans le poème XX des *Chants du crépuscule* et vient sans doute du *Songe* de Jean-Paul Richter. On retrouve, en 1854, le Dieu à « la prunelle morte », dans le poème de *La Légende des siècles*, *Tout le passé et tout l'avenir*, puis dans deux fragments du *Reliquat de Dieu*, où le thème aboutit à l'image de Dieu, tête de mort.

Page 183.

1. Voilà bien la vision proprement hugolienne du ciel : des ténèbres traversées de rapides apparitions, monstruosité et fuite. Un passage de *Religions et Religion*, que nous rapportons à l'année 1856, montre encore

> Ces blêmes tourbillons, ces abîmes roulant
> Des apparitions de mondes dans leurs vagues...

Dans ces espaces, conclut Hugo,

> ... Tout est vain, fuyant, triste, inouï.
> Avant d'être apparu, tout est évanoui.

Cette vision de vertige revient, en 1860, dans la « *Préface philosophique* » des *Misérables :* « Quel à vau-l'eau formidable qu'une telle obscurité!... Des univers... apparaissent et disparaissent comme des simulacres... » Ainsi, à la vision traditionnelle de

« l'harmonie dans les cieux », Hugo substitue l'image d'un espace immense en proie à une sorte de folie tourbillonnante.

2. Il n'est pas question de Saturne dans l'*Apocalypse* et Jean de Patmos figure simplement ici le « visionnaire »; le char d'Adonaï est décrit par Ézéchiel.

Page 184.

1. Canidie est une sorcière attaquée par Horace dans la satire I, 8.

2. Zorobabel reconstruisit le temple de Jérusalem après la captivité à Babylone; Dédale a construit, pour le Minotaure, le labyrinthe de Crète.

Page 185.

1. Parmi ces prêtres qui figurent les diverses religions, romaine, indienne, les santons sont des religieux musulmans, et les mages, qui n'ont point, ici, leur valeur hugolienne de « voyants », représentent, avec les guèbres, la religion de Zoroastre.

Page 192.

1. Le thème de l'œil divin, dont l'image de l'œil crevé est l'avatar le plus tragique (voir la note 1 de la p. 182), est, chez Hugo, un thème véritablement obsédant : en dernière analyse, Dieu, pour lui, c'est l'œil fixe. La thématique de la vision est assez remarquable dans ces vers où l'*œil* fixe de Dieu est cherché par le *regard* humain qui a puisé sa lumière dans le *rayon* solaire.

Page 193.

1. Pour bien comprendre ces vers, il faut songer aux doctrines exposées dans les fragments du livre que Hugo projetait sur les *questions relatives à la forme sphérique*. La sphère est la manifestation même de la finitude et de la servitude; tout globe est une prison et appartient, à des degrés divers, aux univers du châtiment et de l'expiation; Hugo note, par exemple : « La terre, les planètes, le soleil, les étoiles, les astres, c'est la captivité; le ciel, c'est la liberté. » Ici, la terre, c'est « la cage », les globes sont ces « toits » où l'oiseau, mal habitué à la liberté, se hâte de se poser, « le bocage », ce serait le ciel, au-delà des sphères.

Page 195.

1. Le sombre cygne de la mort hivernale, les méduses vagues du crépuscule, ces chèvres bibliques qui, plus loin, « chèvres de l'esprit », paîtront le rocher doute, enfin ce coq matin dont l'aurore est la crête, sont des produits de l'imagination mytho-

logique de Hugo, qui allie une précision ingénieuse au sens du mystère.

Page 196.

1. Toutes ces expressions, assez frappantes, traduisent une expérience métaphysique authentique. La connaissance, chez Hugo, est dépassement continu, parce que qu'elle est participation à l'infini, qui est l'essence même de l'Être : connaître Dieu, c'est monter sans cesse au-delà de toutes les déterminations; aussi bien la connaissance implique-t-elle la mort, et, à la fin de l'épopée de *Dieu*, le voyant, dans un effort suprême, meurt; ici, l'élan de la connaissance crée de la mort, puisqu'il détruit la matière.

2. L'araignée est, chez Hugo, l'emblème du mal, comme on l'a déjà vu au poème VIII de ce livre, où elle est aussi comparée à l'étoile; puis, le poème XXVII proclame le devoir d'amour envers la « mauvaise bête », l'araignée, dont, en 1857, le poème de *La Légende des siècles*, *Puissance égale bonté*, racontera la transfiguration en soleil.

3. Cette image est une « chose vue »; dans *le Rhin*, Hugo écrit, de Bingen, contemplé du haut du Klopp : « Le soleil se couche, le soir vient, la nuit tombe, les toits de la ville ne font plus qu'un seul toit. »

Page 199.

1. On peut s'étonner de ce nom de « Légion », attribué à l'être, alors que tout le mouvement de la connaissance s'est appliqué à détruire les apparences et les manifestations multiples de l'être, pour n'en plus atteindre que l'essence. Mais si l'être est bien « Gouffre » dans lequel on peut s'enfoncer pour l'éternité, il est aussi « Légion », puisqu'il contient l'infinie multitude des apparences et réalités partielles que l'esprit laisse sans cesse derrière lui, dans sa plongée vers le fond inaccessible.

2. C'est l'apparente irrégularité de leurs mouvements, avec leurs orbites démesurément allongées, qui ont amené Hugo à faire des comètes un emblème de la liberté; dans *Napoléon-le-Petit*, il s'était déjà amusé à dénoncer « ces folles faiseuses de coups d'État célestes, qu'on appelle les comètes »; puis, dans le poème de *La Légende des siècles* intitulé *Là-Haut*, la comète aux folles allures deviendra la « fille publique » des astres!

Page 203.

1. C'est à Endor, près du mont Thabor, qu'habitait la pytho-

nisse qui prédit à Saül sa défaite et sa mort, dans la bataille qu'il allait engager à Gelboé, contre David.

AUJOURD'HUI
(1843-1855)

Livre quatrième

PAUCA MEÆ

Page 207.

1. « Quelques vers pour ma fille »; souvenir des vers 2-3 de la dixième *Bucolique* de Virgile :

> *Pauca meo Gallo, sed quæ legat ipsa Lycoris,*
> *Carmina sunt dicenda.*

(« Je dois chanter quelques vers pour mon cher Gallus, mais des vers qui soient lus de Lycoris elle-même. »)

Page 209.   15 février 1843

1. Le mariage de Léopoldine et Charles Vacquerie a été célébré, le 15 février 1843, dans l'église Saint-Paul, qui était celle de la paroisse de Victor Hugo.

Page 210.   Trois ans après

1. La mère de Victor Hugo est morte le 27 juin 1821.

Page 211.

1. Ces expressions très frappantes soulignent le sentiment qui domine ce poème et donne au quatrième livre tout son sens métaphysique : tenter de *voir* Dieu *qui se cache* est un sacrilège; du moins, une telle connaissance n'est pas permise à l'homme et l'être prédestiné qui y parvient, paie de son humanité la révélation effrayante ; le mage est châtié dans ses affections humaines. Ainsi, les *Pauca meæ* se rattachent très profondément à l'épopée de la connaissance et à cette idée, fondamentale dans *Les Contemplations* aussi bien que dans le poème *Dieu*, qu'il n'est point de connaissance sans la mort.

Page 219. « *A qui donc sommes-nous?...* »

1. Ce poème, contemporain de *Pleurs dans la nuit*, de même dessin strophique, de manuscrit semblable, et qui a peut-être été détaché du grand poème du livre VI, se rattache aux *Pauca meæ* par les deux derniers vers qui proclament le bonheur de ceux qui meurent subitement et Hugo l'aura daté du 4 septembre 1845 pour que cette année soit représentée dans la série des anniversaires du 4 septembre qui jalonnent le livre IV.

Page 220. « *O souvenirs! printemps! aurore!...* »

1. Montlignon et Saint-Leu se trouvent dans le canton de Montmorency, près de Saint-Prix où Hugo et sa famille avaient passé les étés de 1840 à 1842; le poème XIV de l'*Art d'être grand-père*, *A des âmes envolées*, évoquera encore, bien plus tard, les mêmes lieux et les mêmes joies :

> Nous avions sous les tonnelles
> Une maison près Saint-Leu.
> ....
> Je contais la Mère l'Oie;
> On était heureux, Dieu sait!...

Page 222. « *On vit, on parle, on a...* »

1. Voilà le couple poétique sous la double inspiration duquel Hugo avait placé sa poésie, dans le poème XXVII des *Voix intérieures* et dans la préface des *Rayons et les Ombres :* « Virgile et Dante sont ses divins maîtres. »

Page 223.

1. Le 19 mars de cette année 1846, Hugo avait prononcé son premier discours politique à la Chambre des pairs, sur la Pologne sans grand succès.

2. Il s'agit de l'inhumation définitive de Claire Pradier, d'abord enterrée, le 23 juin, au cimetière d'Auteuil.

A quoi songeaient
Les deux cavaliers dans la forêt

3. En 1841, date de composition du poème, nous sommes dans la période « germanique » de Hugo, qui vient de faire le voyage du Rhin, prépare l'édition des lettres écrites pendant ce voyage et va bientôt composer *Les Burgraves*. De là, le nom de Hermann et l'atmosphère de légende germanique qui entoure ce poème, inspiré sans doute de la très fameuse *Lénore* de Bürger.

Les idées, toutefois, n'ont rien à voir avec la célèbre ballade et renvoient à cette époque du doute que furent, dans la vie de Hugo, les années 1830-1840. Hermann, alors, serait le Hugo qui doute, le Hugo « byronien », sceptique, désespéré, qui s'était laissé deviner surtout dans *Les Chants du crépuscule* ; à ce Hugo-là, livré à « l'ironie amère », s'oppose le Hugo tendre, qui veut croire; ainsi, le poète avouait à Louise Bertin, en octobre 1835, qu'en lui existait

Près du besoin de croire un désir de nier.

Ici, à nouveau, « l'esprit qui ricane » dialogue avec « le cœur qui pleure », le débat portant sur la survie des âmes après la mort.

Page 224.

1. En 1841, Hugo désignait ainsi son premier-né, le petit Léopold, mort le 10 octobre 1823, à l'âge de trois mois.

Veni, vidi, vixi

2. « Je suis venu, j'ai vu, j'ai vécu »; parodie douloureuse du mot de César : *Veni, vidi, vici* : « Je suis venu, j'ai vu, j'ai vaincu ».

Page 226.   A Villequier

1. A la fin du manuscrit, on lit cette date : 24 octobre 1846 encadrée et surmontée de cette autre date : 4 septembre 1844, le dernier 4 surchargeant un 3. La première de ces dates, celle d'octobre 1846, serait la date de composition du poème, l'autre date étant un projet de datation fictive, comme en témoignerait l'hésitation sur le millésime : 1843, date de la mort de Léopoldine, ou 1844, le premier anniversaire (d'ailleurs, Hugo a songé à intituler ce poème *Un an après*).

Page 228.

1. Déjà dans un poème daté du 1er mars 1835, le poème XXVI des *Chants du crépuscule*, Hugo écrivait :

Cette terre est pleine de choses
Dont nous ne voyons qu'un côté.

Puis, dans une lettre du 26 juillet 1843, la visite du charnier de Saint-Michel de Bordeaux lui suggère cette formule : « Nous ne voyons qu'un côté des choses; Dieu voit l'autre ».

Page 233.   Charles Vacquerie

1. Ce poème, à la fois, referme le livre des *Pauca meœ* sur Léopol-

dine et son mari, dans leur tombeau liquide du 4 septembre,
à Villequier, et l'ouvre sur l'eschatologie des livres V et VI. La
révélation apportée par le doux rayonnement de l'ange, à la fin
de *Mors*, se confirme, ici, dans l'éblouissement de l'azur. Après
s'être enfoncés dans le gouffre liquide, après ce passage d'angoisse
et de mort, le couple surgit en plein ciel. En outre, la délivrance
apportée par la mort se confond, pour les deux époux, avec l'extase
d'amour la plus totale qu'on puisse rêver. Par là, enfin, cet éloge
de Charles Vacquerie, c'est-à-dire de l'amour et du dévouement,
rejoint le poème initial des *Pauca meæ*, qui signalait, dans l'innocence et la vertu, des clés de l'énigme aussi sûres que le génie
du voyant ; Hugo reconnaît, ici, que

> L'ange vole plus haut que l'aigle.

Charles et Léopoldine ont ouvert les cieux à ce vol du Mage qui
va se développer maintenant dans les deux derniers livres des
Contemplations.

Livre cinquième

EN MARCHE

Page 237.   **A Aug. V.**

1. Auguste Vacquerie (1819-1895) avait été, au collège Charlemagne, le condisciple de Charles Hugo, qui, dès 1836, l'avait
conduit chez son père ; Victor Hugo avait encouragé magnifi-
quement les espoirs que le jeune homme nourrissait de devenir
écrivain et poète. On sait que Mme Hugo et ses enfants allèrent
passer l'été de 1839 dans la propriété de campagne des Vacquerie,
à Villequier, et que le frère d'Auguste, Charles, s'y éprit de Léopoldine. En 1848, Auguste Vacquerie, l'auteur sifflé de *Tragaldabas*,
collabora activement au journal de Hugo, *L'Événement*, et fut,
en 1851, condamné, avec les frères Hugo et son ami Paul Meurice,
à six mois de prison. Libéré de prison, le 8 mai 1852, Vacquerie
débarquait à Jersey, avec Mme Hugo et Adèle, le 31 juillet de cette
année. Ce fut un écrivain abondant et varié, et aussi un journaliste ; en 1869, il fondait *Le Rappel*, dont il continua à assurer la
publication après la mort de Hugo et de ses fils.

2. Ce vers fait allusion aux deuils de la sœur d'Auguste Vacquerie, Mme Lefèvre, qui avait perdu son frère Charles, son mari
et deux enfants (voir le poème XV du livre III, *Épitaphe*).

Page 238. Au fils d'un poëte

1. Hugo avait rencontré à Bruxelles le poète belge André
Van Hasselt, qui était son admirateur, depuis 1830; il lui écri-
vit, de Jersey, des lettres affectueuses, mais rompit avec lui,
quand, en 1853, le poète reçut la croix de la Légion d'honneur;
toutefois, le nom de Van Hasselt a été rajouté sur une liste de
personnes à qui envoyer l'édition de Bruxelles des *Contemplations*.
Ce court poème campe, au seuil du cinquième livre, la figure
de l'exilé; le poème précédent indiquait la ressemblance de l'exil
avec la mort; celui-ci fait de l'exilé un fantôme, « une vision ».

Page 240. Écrit en 1846

1. Hugo entend expliquer ici son évolution politique qu'il fait
remonter à l'ode *A la colonne*, de 1827, et à l'année 1846; le post-
scriptum, *Écrit en 1855*, fera déboucher ce passé sur le présent,
l'exil, assimilé, à nouveau, au tombeau, comme si progrès et mort
allaient de pair. Le marquis de C. d'E. est très probablement Char-
les-Louis-Alexandre marquis de Coriolis d'Espinouse. Hugo
connut certainement le marquis à la Société des Bonnes-Lettres
et l'entendit prononcer, le 15 février 1821, le discours d'ouverture
des séances de cette association royaliste; mais Coriolis d'Espinouse fréquentait-il le « salon » de Mme Hugo? Il n'en était nulle-
ment « cousin » et on s'amuse de constater qu'en 1854 encore, le
proscrit a plaisir à laisser croire à des origines aristocratiques...
Pourquoi la date de 1846? Coriolis d'Espinouse était mort depuis
cinq ans. Le discours que Hugo avait prononcé, le 19 mars 1846,
devant les Pairs, sur les affaires de Pologne, au sujet de la Galicie,
n'avait pas rencontré grand succès, mais ne témoignait pas d'opi-
nions très avancées; c'était, cependant, son premier discours
devant une assemblée, le début de sa vie publique, et la défense
de la Pologne peut constituer un témoignage de libéralisme.

Page 241.

1. Le marquis était donc, comme Mme Hugo et comme Victor,
en 1819, « royaliste voltairien ».

2. Pigault-Lebrun (1753-1835) avait écrit des romans gais et
des vaudevilles; d'après la *Biographie Michaud*, le marquis
avait collaboré à des vaudevilles.

3. Dans ses lettres d'octobre 1675, Mme de Sévigné ne dit pas
qu'elle a vu des pendus; elle parle seulement des pendaisons que
le duc de Chaulnes ordonnait, en répression de la révolte de Bretagne.

Page 242.

1. Hugo commente lui-même ce vers

« (Vers de moi
au Mis d'E)
Vous portiez votre épée en quart de civadière
On disait aussi épée en verrou.

La civadière est la vergue dans le beaupré — les ducs, les pairs et les maréchaux portaient l'épée en civadière tout à fait horizontale. Les moindres gentilshommes portaient demi ou quart de civadière, selon la hauteur de leur talon. »

2. « Nous ne sommes pas de ces hommes dont le cœur n'a jamais battu au nom de liberté », déclarait Coriolis, en 1818; en 1834, il écrivait à son ami Lamennais : « J'ai idolâtré, puis exécré les peuples. » Il était, d'ailleurs, parent de Mirabeau.

3. Le marquis de Boufflers est un des meilleurs représentants de la poésie légère au xviiie siècle; il fut député aux Etats Généraux, et, à lui aussi, la Révolution « plut toute petite »; puis, comme Coriolis, il émigra.

Page 244.

1. Louis-François-Armand de Richelieu, duc de Fronsac (1696-1788), trois fois embastillé, maréchal de France, correspondant de Voltaire, brave, spirituel, léger, est un représentant typique de l'aristocratie du xviiie siècle.

2. Le prince de Lambesc, à la tête du Royal-Allemand, avait chargé la foule, sur la place Louis XV, le 12 juillet 1789, avec une extrême brutalité.

3. Ce fait n'est pas rapporté dans *Victor Hugo raconté par un témoin de sa vie*, mais on a retrouvé cette note de Hugo lui-même :

« Histoire d'une conscience (honnête) :

Ma mère, royaliste, n'aimait pas les prêtres. Cette forte et austère femme n'entrait jamais dans une église, non à cause de l'église, mais à cause du prêtre. Elle croyait à Dieu et à l'âme, rien de moins, rien de plus. Je ne crois pas l'avoir entendu [*sic*] plus de deux ou trois fois dans sa vie prononcer le mot : — les prêtres, elle les évitait, elle ne parlait jamais d'eux; elle avait pour eux une sorte de sévérité muette, ce qui n'empêche pas que, dans sa jeunesse, elle avait en une seule fois sauvé la vie à dix-sept curés vendéens. »

En fait, Sophie Trébuchet ne semble pas avoir été une « Vendéenne » militante et est devenue royaliste bien plus tard.

Page 245.

1. La Harpe et son *Lycée*, c'est l'Ancien Régime dans les lettres; le père Loriquet est ce jésuite qui, dans son *Histoire de France à l'usage de la jeunesse*, aurait nommé Napoléon « le marquis Bonaparte, lieutenant des armées de Louis XVIII ».

Page 247.

1. Tristan l'Hermite, déjà rencontré dans *Réponse à un acte d'accusation*, était le chef de la police et de la justice militaire de Louis XI; Lebel, valet de chambre de Louis XV, lui procurait les filles qu'il recevait dans l'hôtel du Parc-aux-Cerfs. Au vers suivant, le « harem » désigne Louis XV, avec Lebel, l' « échafaud », Louis XI et Tristan.

Page 249.

1. Le bouffon, Triboulet, est réhabilité dans *Le Roi s'amuse*, et la prostituée, Marion, dans *Marion Delorme;* le laquais, c'est Ruy Blas, et le forçat, Jean Tréjean, le héros des *Misères*, le futur Jean Valjean des *Misérables*.

2. Voir le poème III, 10, *Amour*, écrit en 1855, mais daté, dans l'édition, de 1843.

Page 250.

1. Dans le *Dernier jour d'un condamné* et *Claude Gueux*.

2. Le philosophe crétois Épiménide aurait dormi trente-sept ans, dans une caverne; de là, l'expression « sommeil d'Épiménide » pour désigner l'étonnement d'une personne qui rentre chez elle après une longue absence : le marquis, à son retour d'émigration, ne retrouve pas le pays qu'il avait quitté.

Page 251.

1. Napoléon est mort à Longwood, Charles X à Goritz et Louis-Philippe, en 1850, à Claremont.

Page 254.   A Mademoiselle Louise B.

1. Sur Louise Bertin, voir la note 1 de la page 164.

Page 257.

1. Armand Bertin, qui avait dirigé *Le Journal des Débats* à la mort de son père, en 1841, mourut lui-même en 1843.

Page 258. A vous qui êtes là...

1. L'ami est Auguste Vacquerie et « vous encore » désigne, discrètement, Juliette Drouet.

Page 260. A Jules J.

1. Les tomes III et IV de l'*Histoire de la littérature dramatique*, de Jules Janin, n'ont pu qu'émouvoir le poète, avec des pages comme celles auxquelles répond le poème et que voici : Janin y raconte sa rencontre avec Hugo, qui se trouvait alors à Bruxelles :

« L'avons-nous aimé, ce grand poëte de notre âge, l'avons-nous entouré de nos déférences, et maintenant que de larmes, que de regrets, quelle profonde et sympathique pitié, mêlée à tant de douleurs, à tant de respects! La dernière fois que je l'ai vu, ce démon poétique, dont le souvenir se mêle à toutes les fêtes de notre jeunesse, à toutes les douleurs de notre âge mûr, c'était dans une ville étrangère, une ville d'exilés, le matin, à cinq heures, le soleil montait dans le ciel, dissipant les dernières vapeurs de la nuit. Sur la place où d'Egmont et le comte de Horne sont tombés, pour satisfaire aux rancunes de l'inquisiteur, s'ouvrait, dans une boutique sombre, une porte étroite; on montait par une échelle, au réduit où se tenait ce pair de France, ce tribun, ce chevalier de la Toison-d'Or, et grand d'Espagne, qui a mis au monde *Hernani* et *Ruy Blas*.

La porte était ouverte, on entrait chez le proscrit, comme on entrait naguère chez le poëte. L'homme était étendu sur un tapis, à terre, et dormait. Il dormait, si profondément, qu'il ne m'entendit pas venir, et je pus admirer tout à l'aise ces membres solides, cette vaste poitrine où la vie et le souffle occupent tant d'espace, ce front découvert, ces mains dignes de tenir la baguette de la fée, en un mot, je le vis tout entier, ce vaillant capitaine des grandes journées... on eût dit le sommeil d'un enfant, tant le souffle était calme et régulier.

A la fin il se réveilla, comme autrefois, de ce réveil heureux que la pensée apporte avec elle; il me sourit, et comme je me jetais dans ses bras, retenant mes larmes, il m'embrassa à m'étouffer. »

Page 261.

1. On sait que le comte d'Egmont, qui lutta pour libérer sa patrie des Espagnols, fut décapité sur la Grand-Place de Bruxelles, en 1568.

Page 263. Aux Feuillantines

1. Le séjour des enfants Hugo aux Feuillantines, près du Val-de-Grâce, va de mai ou juin 1809 au début de mars 1811, puis d'avril 1812 à la fin de l'année 1813.

Page 265. Ponto

1. Dans son livre *Profils et Grimaces*, Auguste Vacquerie raconte l'histoire du chien Ponto, un épagneul noir, qui fréquentait chez Victor Hugo de façon intermittente; malgré ces infidélités de Ponto, Vacquerie conclut : « Il est certain que les chiens sont supérieurs à bien des hommes par le dévouement, le courage et l'intelligence. »

2. « Alexandre ivre et fou » tua son ami Clitus, mais César était sobre, encore que fort débauché; Didier, roi des Lombards, fut détrôné par Charlemagne, qui réprima cruellement les révoltes des Saxons, conduits par Vitikind (ou, mieux : Witikind). Ce n'est pas Caton qui faisait dévorer ses esclaves par ses murènes, mais, aux dires de Sénèque, le gastronome Vedius Pollion. Titus prit et détruisit Jérusalem en 69; Turenne, vainqueur à Nordlingue en 1645, ravagea le Palatinat en 1674. Si Jarnac coupa les jarrets de La Châtaigneraie, le coup était habile, mais parfaitement autorisé; Jean de Carrouges livra le dernier duel judiciaire autorisé par les Parlements. Louis IX renonça, sur représentations du pape Clément IV, à faire percer au fer rouge la langue des blasphémateurs, en cas de récidive, et remplaça cette peine par une amende. Cromwell n'a jamais, ce semble, trompé Milton, qui fut son secrétaire. Michel Servet fut brûlé vif à Genève, le 26 octobre 1553.

Page 266. Dolorosæ

1. « A la douloureuse »; emprunt à la prose du temps de la Passion : *Stabat mater dolorosa*.

Page 269. Claire P.

1. Hugo a consacré à Claire Pradier, la fille de Juliette Drouet et du sculpteur Pradier, quatre poèmes des *Contemplations* : celui-ci, le poème IX du livre III, les poèmes XI du livre IV et VIII du livre VI.

2. Claire Pradier a été inhumée définitivement au cimetière de Saint-Mandé, le 11 juillet 1846 (voir le poème IV, II).

Page 270.

1. Une tradition locale veut que la statue de l'Immortalité,

sculptée par Pradier, en 1852, pour le tombeau d'André **Ameulier,**
au cimetière protestant de Nîmes, représente Claire **Pradier.**

2. James Pradier est mort en 1852.

Page 271.   A Alexandre D.

1. Alexandre Dumas avait écrit cette dédicace à son drame
La Conscience, joué à l'Odéon le 6 novembre 1854 :

« C'est à vous, mon cher Hugo, que je dédie le drame de LA
CONSCIENCE.

Recevez-le comme le témoignage d'une amitié qui a survécu
à l'exil, et qui survivra, je l'espère, même à la mort.

Je crois à l'immortalité de l'âme ».

2. Dans une lettre à sa femme datée de Londres, 2 août 1852,
Hugo fait ce récit de son embarquement à Anvers :

« Au moment où je suis monté sur le *Ravensbourne*, à trois
heures, pour venir à Londres, une foule immense encombrait le
quai, les femmes agitaient des mouchoirs, les hommes criaient
Vive Victor Hugo. J'avais, et Charles aussi, les larmes aux yeux.
J'ai répondu *Vive la République !* ce qui a fait redoubler les accla-
mations.

Une pluie battante venue en ce moment-là n'a pas dispersé
la foule. Tous sont restés sur le quai tant que le paquebot a été en
vue. On distinguait au milieu d'eux le gilet blanc d'Alexandre
Dumas. Alexandre Dumas a été bon et charmant jusqu'à la dernière minute. Il a voulu m'embrasser le dernier. Je ne saurais te
dire combien toute cette effusion m'a ému. »

Page 274.   Mugitusque boum

1. « Et les mugissements des bœufs » (*Géorgiques*, chant II,
vers 470).

Page 276.   Au poëte qui m'envoie une plume d'aigle

1. Cette pièce, qui date vraisemblablement de 1841, répond
à une strophe écrite par Roger de Beauvoir, cette année-là,
où ce petit romantique, trop influencé par Hugo, dédiait à son
maître une plume d'aigle qu'il avait ramassée dans les Pyrénées,
au *Pic de la Vignemale*...

Page 277.   Cérigo

1. Ce poème a sans doute été inspiré par *Un voyage de Cythère*,
de Baudelaire, paru dans *La Revue des Deux Mondes* du 1er juin
1855 ; la seconde partie, qui affirme « l'idéal » contre « le spleen »,
semble vouloir corriger le pessimisme de la pièce des *Fleurs du*

mal. Baudelaire s'était lui-même inspiré d'un passage du *Voyage
en Orient* de Gérard de Nerval, dont il n'est pas impossible que
Hugo se soit, lui aussi, souvenu pour Cérigo; peut-être lui a-t-il
emprunté le thème de la mort des dieux et le recours à Vénus-
Uranie.

Page 278.

1. Assez souvent, Hugo semble croire, avec Fourier, que
les astres sont des êtres vivants, ayant une âme; d'autres fois,
il en doute. De toute manière, sa symbolique de la lumière et des
espaces ouverts l'incline à doter les astres d'une vie et d'une âme,
qui, dans sa poésie, atteignent un degré de réalité supérieur à
celui du symbole.

Page 279.   A Paul M.

1. *Paris* est un drame en cinq actes, avec un prologue et un
épilogue, résumant toute l'histoire de la capitale et de la France;
Paul Meurice l'a dédié A Victor Hugo, et celui-ci l'en a remercié
par une lettre datée du 3 septembre 1855.

2. Ce vers se rapporte au deuxième tableau de l'acte I, où le
gouverneur romain de Lutèce s'incline avec admiration devant
sainte Geneviève.

Page 280.   « *Je payai le pêcheur...* »

1. Le *Journal de l'exil* rapporte, à la date de juillet 1854,
une conversation entre Victor Hugo, Mme Hugo, leurs deux
fils et leur fille, et Auguste Vacquerie, où chacun raconte comment
il a sauvé une salamandre, un crabe, une araignée, un oiseau;
Victor Hugo conclut : « Eh bien, nous avons bien fait. La salamandre, le crabe, l'araignée, l'oiseau deviendront, par la reconnaissance, des âmes bonnes et viendront nous ouvrir la porte du
paradis. »

Page 281.   Pasteurs et troupeaux

1. Louise Colet aidait Hugo à faire parvenir ses lettres en
France; il était avec elle en correspondance assez suivie et lui a
sans doute dédié ce poème-ci, parce qu'elle venait de publier
les deux premières parties de son *Poème de la Femme : la Paysanne*
et *la Servante*, qui invitaient à lui adresser l'hommage de la petite
chevrière de *Pasteurs et Troupeaux*.

Page 282.

1. C'est parmi les récifs de la Corbière, à l'angle sud-ouest

de Jersey, à une dizaine de kilomètres de Marine-Terrace, que Hugo a pu voir le pâtre promontoire ; Grouville se situe à peu près à vingt minutes à l'est de la demeure du poète et c'est là qu'est le vallon.

« *J'ai cueilli cette fleur...* »

2. On a conservé de ce poème une copie dédicacée à Juliette Drouet, pour laquelle il a été écrit, et datée de « Boulay-bay, 28 août 1852 ». Boulay-bay est situé sur la côte nord de Jersey et Hugo y a fait plusieurs excursions en ce mois d'août 1852 ; il est allé dans l'île de Serk aussi, mais en juillet 1853 (voir le poème VI, 4) et en 1854.

Page 283. « *O strophe du poëte...* »

1. Ce poème est parent du poème des *Quatre Vents de l'Esprit*, intitulé *Duo*, écrit le même jour et qui s'organise autour de l'image du crâne du poète, « dôme effrayant » sous lequel planent des oiseaux, dont l'aigle de Dante, qui vole aussi bien au ciel qu'en enfer.

Page 287. Les malheureux

1. Le dominicain Campanella (1568-1639), accusé d'hérésie, passa vingt-sept ans dans les prisons de Naples et subit plusieurs fois la torture.

Page 288.

1. Henri VIII a fait décapiter Thomas Morus, en 1635, parce que celui-ci n'avait pas approuvé son mariage avec Anne de Boleyn. Le grand chimiste Lavoisier fut guillotiné, comme André Chénier, en 1794. Aved de Loizerolles, enfermé à Saint-Lazare avec son fils, sous la Révolution, se fit passer pour lui et guillotiner à sa place. Jane Grey, détrônée par sa sœur Marie Tudor, fut décapitée sur son ordre, en 1554. Dans le poème VII, 9 des *Châtiments*, Hugo avait déjà rapproché, comme ici, Charlotte Corday et Madame Roland :

> Quoi ! Charlotte Corday, quoi ! madame Roland,
> Sous cette grande hache ont posé leur cou blanc...

On sait que Jean-Baptiste fut décapité sur l'ordre d'Hérode obéissant à la demande d'Hérodiade. Malesherbes est mort sur l'échafaud en 1794, et Egmont fut décapité par le duc d'Albe sur la Grand-Place de Bruxelles, en 1568.

2. L'amiral de Coligny a été massacré lors de la Saint-Barthélemy, en 1572.

3. Le réformateur tchèque Jean Huss a été brûlé vif à Constance, en 1415. Thraséas est la plus noble des victimes de Néron.

4. Dans son discours du 15 janvier 1850, Hugo accuse semblablement le « parti clérical » : « De par saint Paul, il a emprisonné Christophe Colomb...; trouver un monde, c'était une hérésie. »

5. Phocion fut injustement condamné à boire la ciguë, en 317 av. J.-C.

6. Le dominicain Savonarole fut brûlé vif à Florence, en 1498.

Page 289.

1. Le diacre Étienne fut le premier martyr du christianisme.

2. Traduction de la prose célèbre : *Stabat mater dolorosa.*

Page 291.

1. C'est à Gaza que les Philistins enferment Samson et lui font tourner la meule (*Juges*, XVI, 21). Épictète était, à Rome, l'esclave d'Épaphrodite, qui le malmenait.

Page 292.

1. Au XIXᵉ siècle, on s'est plu à associer et à comparer Prométhée, le Christ grec, et Job, « le Titan hébreu », comme l'appelle Edgar Quinet; mais, alors qu'on oppose généralement l'esprit de révolte qui anime Prométhée à la résignation de Job, ou qu'on décèle chez celui-ci un « scepticisme » plus amer et plus « romantique » que chez Prométhée, Hugo a surtout exalté, chez Job, la grandeur suprême du malheureux; dans un fragment du reliquat de *Dieu*, il l'appelle le « titan du fumier » et, dans *William Shakespeare*, il le déclare « gigantesque » par son abaissement même.

Page 294.

1. Ces figures fœtales abondent chez Hugo; ici, s'associent le motif du caveau et celui de la culpabilité, l'image du nain difforme et celle du prisonnier accroupi sous une voûte. Cette figure est à rapprocher de celle de l'ange prisonnier sous le crâne, caveau muré, que l'on a rencontrée à la page 288. Si deux images de ce type se suivent ainsi dans le même poème, c'est que celui-ci mobilise les complexes de la culpabilité et du châtiment; c'est, en effet, le poème de la rédemption, laquelle consiste « à retourner les tendances sadiques ou destructrices contre soi-même », comme l'écrit Charles Baudouin, qui, dans sa *Psychanalyse de Victor Hugo*, a étudié ce poème, d'une façon remarquable.

2. Ésope était bossu et Scarron, difforme, lui aussi, fut, toute

sa vie, « noué dans les douleurs », comme Hugo l'écrit dans le poème des *Mages*.

3. Zénon de Citium est le fondateur du stoïcisme qui nie la réalité objective de la douleur; c'est de lui qu'il s'agit sans doute ici, plutôt que de Zénon d'Élée.

Livre sixième
AU BORD DE L'INFINI

Page 297. Le pont

1. L'idée du pont franchissant l'abîme vient peut-être des chants II et X du *Paradis perdu*, où Milton décrit le pont bâti par la Mort et le Péché pour unir la terre et l'enfer.

Page 298. Ibo

1. Toutes les images, ici, découlent de la thématique hugolienne de l'espace : s'ouvrant, l'espace, où rien n'est muré, où toutes les portes cèdent, n'est plus l'obstacle, mais l'élan même et comme le lieu de la connaissance.

Page 299.

1. On ne trouve pas chez Amos de description du lion ailé de saint Marc.

Page 302.

1. La baie de Rozel se situe au nord-est de Jersey; on y trouve vingt-trois blocs de granit, reste d'un monument mégalithique, le « dolmen de Rozel ». C'est près de ce dolmen qu'aura lieu l'apocalypse de la Bouche d'ombre.

Page 303. « *Écoutez. Je suis Jean...* »

1. Par le papier et l'écriture, ce poème appartient à l'année 1846, comme le poème VII de ce livre, qui évoque aussi le prophète de Patmos. La prédilection de Hugo pour l'inspiration apocalyptique s'est manifestée dès 1823, dans un certain nombre d'odes, comme celle où il déclare :

Mon esprit de Pathmos connut le saint délire.

En 1846, le renouveau d'intérêt pour les « choses de la Bible » amène une nouvelle poussée d'inspiration apocalyptique, dont témoigne ce poème. C'est, ensuite, avec *Les Châtiments* que l'Apocalypse prendra toute sa place dans l'univers poétique et moral de Hugo. Jean de Patmos est, pour lui, la figure même du Voyant.

2. *Apocalypse*, XXII, 8 : « C'est moi, Jean, qui ai entendu et vu ces choses... »

3. *Apocalypse*, XXII, 6 : « Et le Seigneur, le Dieu des esprits des prophètes, a envoyé son ange pour montrer à ses serviteurs ce qui doit arriver bientôt. »

Page 304.

1. *Apocalypse*, XXII, II : « Que celui qui commet l'injustice, la commette encore; que celui qui est souillé, se souille encore; que celui qui est juste, devienne plus juste encore... »

2. *Apocalypse*, XXII, 20 : « Celui qui rend témoignage de ces choses dit : Certes, je vais venir bientôt ».

3. Hugo est, en effet, allé dans l'île de Serk, en juillet 1853 (voir la note 2 de la p. 282).

Page 304.   Croire, mais pas en nous

4. Ce vers et le précédent combinent deux passages de l'Évangile : celui de saint Matthieu, XXV, 35-40, où Dieu s'assimile au pauvre, affamé, assoiffé, nu et malade, et celui de saint Luc, XVI, 21, où le mauvais riche ne laisse même pas le pauvre Lazare se rassasier des miettes qui tombent de sa table.

Page 306.   Pleurs dans la nuit

1. Prenant la suite d'*Horror-Dolor*, contemporaine du poème III du livre VI, n'ayant sans doute fait qu'un primitivement avec les pièces VIII du livre IV et IX du livre VI, *Pleurs dans la nuit* est la pièce maîtresse de cette série lugubre avec laquelle, huit ans après 1846, *Les Contemplation* sprennent leur second départ. Dans le recueil aussi, en quelque mesure, ce poème introduit à un monde nouveau, celui des spectres de Jersey. Avec *Pleurs dans la nuit*, le lecteur aborde pleinement l'exposé de la doctrine, de la religion hugolienne des métempsycoses. Composé par agglomération de fragments, ce poème, par sa longueur même, crée l'atmosphère particulière au livre VI : on passe dans un autre monde, de l'autre côté, chez les morts. Hugo développe à satiété le vieux thème de la mort universelle; il le renouvelle, à sa manière, par sa doctrine selon laquelle « tout est plein d'âmes », c'est-à-dire, dans cet univers puni, plein de spectres. Or cette doctrine, il la vit par l'imagination et c'est là, sans doute, le caractère spécifique de cette poésie étrange : l'exposé doctrinal s'est transformé en un long cauchemar obsédant, cauchemar de la pétrification, cauchemar du cadavre livré, immobile, aux forces des choses. La vie fantastique et lugubre du sépulcre occupe tout l'horizon.

Page 307.

1. Le mancenillier apporte la mort, soit par son suc vénéneux,
soit par son ombrage, funeste, selon la légende, pour ceux dont
il abrite le sommeil.

2. En opposition au thème de l'espace ouvert d'*Ibo*, nous
trouvons ici les motifs du thème de l'interdiction (ou de la punition
par claustration) : le mur, la porte et l'image du « filet de l'être »
qui sera reprise, à la fin du poème, par l'image des rameaux entre-
croisés de l'arbre Éternité.

Page 311.

1. Cambyse, roi de Perse, fils et successeur de Cyrus le Grand,
fut un despote cruel.

Page 312.

1. Au temps de *Pleurs dans la nuit*, Hugo est en train d'écrire,
pour *La Fin de Satan*, l'épopée du « chasseur Nemrod », fondateur
de l'empire babylonien, dont il a fait le type même des hommes
de guerre et de violence, des hommes du *Glaive*. Sforce le pâtre
est Muzzio Attendolo, le premier des Sforza; Moreri écrit, dans son
Grand dictionnaire historique, qui est la source principale de l'éru-
dition hugolienne, que « le surnom de Sforce lui fut donné parce
qu'il ne parlait que de ravages et saccagemens, et qu'il voulait,
par force, faire tout ce que bon lui semblait ». L'empereur Macrin
avait, dit-on, fait poignarder Caracalla, à qui il succéda; un autre
Macrin (ou Macrien) fut l'un des empereurs romains du IIIe siècle,
dits « les Trente tyrans ». Achab, roi d'Israël, époux de Jézabel
et père d'Athalie, favorisa le culte de Baal et tua Naboth pour
s'emparer de sa vigne. Phalaris, tyran d'Agrigente, faisait brûler
des victimes humaines dans un taureau de bronze. Charles IX
est le roi de la Saint-Barthélemy, l'empereur romain Constantin
commit diverses cruautés et *Notre-Dame de Paris* a décrit les cages
de fer où le vindicatif Louis XI faisait enfermer ses ennemis.
Vitellius est connu pour sa goinfrerie; Busiris, roi d'Égypte,
immolait à ses dieux tous les étrangers, selon la légende. Pourquoi
Cyrus figure-t-il parmi ces sanguinaires, historiques ou légendaires?
Peut-être à cause du mot de la reine des Scythes, Tomyris, qui,
ayant capturé Cyrus l'Ancien, le fit décapiter et plongea sa tête
dans du sang, en disant : « Abreuve-toi de ce sang dont tu étais si
avide. » Enfin, Égisthe, le meurtrier d'Agamemnon et l'amant
de Clytemnestre, fut tué par Oreste, à l'instigation d'Électre.

Page 314.

1. Cette échelle des douleurs et des bonheurs enviés sera com-
plétée dans le poème CIII de la *Dernière Gerbe :* Le caillou, « dur,
triste, envieux, dit : L'ortie est au ciel ! » Mais pour l'ortie,

> Liée au sol tandis qu'il va, vient, passe et broute,

l'âne, « battu, fouetté, maigre », est un « dieu ». Quant à l'homme,
« roi pour la brute », il est « forçat pour l'ange », l'ange, « gardien
des races planétaires », étant lui-même

> ... la nuit, l'inférieur, l'enfer,
> Pour l'immense archange ivre et ruisselant d'amour.

De l'autre côté aussi, l'échelle est sans fin :

> Descends ; tu trouveras des jaloux de la pierre...

Page 319.

1. Dans la poésie de l'exil, la racine est un monstre redoutable et, un mois après *Pleurs dans la nuit*, un poème des *Quatre
Vents de l'Esprit* intitulé *Sous terre* fait dialoguer le mort épouvanté avec la racine d'un rosier qui, pour nourrir sa fleur, vient,
dans le cercueil, boire son sang.

Page 321.

1. *Apocalypse*, XVIII : « Et elle périra par le feu... Alors les
rois de la terre qui se sont corrompus et ont vécu dans le luxe
avec elle pleureront sur elle et frapperont leur poitrine en voyant
la fumée de son embrasement. » Et, plus loin : « Quelle ville,
disaient-ils, a jamais égalé cette grande ville ? »

Page 322.

1. *Apocalypse*, XVIII, 2 : « Elle est tombée, elle est tombée,
cette grande Babylone. »

2. *Apocalypse*, XVIII, 22-23 : « Et la voix des joueurs de harpe
ne sera plus entendue chez toi, et nul artisan, de quelque mérite
que ce soit, ne s'y trouvera plus, et on n'y entendra plus le bruit
de la meule. La lumière des lampes ne luira plus chez toi. »

Page 326.

1. Cet arbre Éternité, tout en rappelant l'arbre du Progrès,
à la fin de *Lux*, dans *Les Châtiments*, ressemble surtout à l'arbre
de la création, son contemporain, dans *A la fenêtre pendant la
nuit*. En effet, le motif déterminant dans l'image de ces deux arbres

d'avril 1854 est celui du « réseau », du « filet » où l'être est pris, et, ainsi, cette image de l'arbre aux rameaux entremêlés reprend, à la fin du poème, l'image du « filet de l'être » qui, au début, retenait captifs ces « oiseaux » que sont les créatures humaines ; ici, semblablement, criminels et penseurs restent immobiles, liés par les rameaux obscurs et multiples de la branche Destin, et, comme au début du poème, un éclairage de clair-obscur, ombre et jour mariés, ailes sombres ou blanches, accompagne la vision du réseau infini.

2. Simon Deutz avait, pour 100 000 francs, livré à la police la duchesse de Berry, qui tentait de soulever la Vendée contre Louis-Philippe, en 1832. Jean Bückler, dit Schinderhannes, c'est-à-dire Jean l'Écorcheur, est un chef de brigands qui désola les provinces rhénanes avant d'être exécuté à Mayence, en 1805.

Page 327.

1. Zénon peut être le fondateur du stoïcisme, qui s'opposerait alors, par sa ferme conviction, au sceptique Pyrrhon, ou le chef des Éléates, dont l'analyse critique préparerait les voies au pyrrhonisme ; peut-être aussi Hugo a-t-il tout bonnement réuni deux philosophes grecs.

Page 328.

1. Henri Guillemin a publié, dans la *Revue de Paris* de septembre 1952, le compte rendu d'une séance spirite, tenue à Marine-Terrace, le 24 avril 1854, pendant la rédaction de ce poème, où la Table, expliquant que « les animaux sont des prisons d'âmes », en train d'expier, conclut : « Pardon est le seul mot de la langue humaine qui soit épelé par les bêtes. »

Page 329.   Claire

1. Claire Pradier ; voir les poèmes III, 9, IV, 11 et V, 14.

Page 330.

1. Le 1er mai 1859, le livre de *Ruth* inspirera à Hugo le célèbre poème de *Booz endormi*, dans *La Légende des siècles*.

Page 333.

1. Allusion directe aux séances de spiritisme : le 11 septembre 1853, Léopoldine est « revenue » et a parlé à ses parents, mais, d'après les comptes rendus conservés, ce fut la seule fois où un parent ou un ami disparus s'entretint avec les hôtes de Marine-Terrace, par le moyen des tables. Hugo, cependant, conserva désormais le sentiment physique de la présence prochaine des

morts : frôlements, frappements pendant la nuit, il note dans ses carnets ces manifestations fréquentes des proches invisibles.

Page 334.

1. Claire Pradier est morte le 21 juin 1846.

Page 335.   A la fenêtre pendant la nuit

1. Ce poème se rattache à celui de *Pleurs dans la nuit*, avec lequel il n'a peut-être fait qu'un, à l'origine.

Page 337.

1. Les astres sont vivants, lit-on dans *Cérigo* ; pourtant, comme nous l'avons indiqué alors (note 1 de la p. 278), Hugo reste incertain sur ce point.

2. *Job*, XXXVIII, 11 : Dieu dit à l'océan : « Tu viendras jusque-là et tu n'iras pas plus loin. »

Page 341.   Cadaver

1. En donnant à ce poème un titre latin, *Cadaver*, « le cadavre », Hugo a souligné qu'il complète, en effet, le poème *Mors*. Dans le premier, la mort est la moisson des âmes ; ici, elle est l'épanouissement du corps, rendu à l'univers. *Cadaver* reprend donc et développe un thème amorcé par la section x de *Pleurs dans la nuit*.

Page 343.   « *O gouffre, l'âme plonge...* »

1. Le manuscrit de ce poème est identique à celui d'*Horror*, dont il a pu, un moment, constituer le début.

Page 344.   A celle qui est voilée

1. « Celle qui est voilée », c'est la Dame Blanche, qui, ayant tué jadis son enfant, était, selon une légende de l'île, condamnée à errer aux abords de Marine-Terrace. Le 23 mars 1854, elle s'adressa aux proscrits par le moyen de la table et donna rendez-vous à l'un des assistants, dans la rue, à trois heures du matin ; Hugo, qui était allé se coucher, fut réveillé à cette heure-là par des signes qui pouvaient venir du fantôme. La Dame Blanche fit encore d'autres déclarations par la table ; elle avait dit : « Mon nom, c'est l'infanticide » ; le poème ne fait aucune allusion à ce crime et, au contraire, prête au spectre féminin une étrange séduction qui provoque, chez le poëte, une ardente nostalgie de l'au-delà.

Page 347.

1. En 1857, dans un poème de *L'Art d'être grand-père*, Hugo se dépeint comme un

> Être pour deux destins construit,
> Ayant dans la céleste sphère,
> Trop de l'homme pour la lumière,
> Et trop de l'ange pour la nuit.

Page 348.   Horror

1. Les deux poèmes d'*Horror* et de *Dolor* ont été composés ensemble; à la source même des *Contemplations* de 1854-1855, on constate la simultanéité des deux attitudes inséparables : optimisme final, grâce à une doctrine — celle de la rédemption par la souffrance —, pessimisme et panique, sentiment affolé de la noyade dans les ténèbres mouvantes. « Final », donc, l'optimisme l'est logiquement et apparaît tel dans la composition du livre : *Dolor* suit *Horror*. Mais chez le poète lui-même l'optimisme ne l'emporte jamais et reste contrebattu : dans le manuscrit, *Horror* est daté du 31, *Dolor*, du 30.

Page 353.   Dolor

1. La déesse égyptienne Isis représente chez Hugo la nature et son mystère, son énigme : « Nature, Isis voilée », lit-on dans le poème des *Châtiments* intitulé *Force des choses*.

Page 354.

1. L'image de Dieu au compas se trouve chez Milton, au chant VII du *Paradis perdu*, et, au chant III des *Martyrs*, Chateaubriand place aussi un compas dans la main du Père éternel.

Page 357.   « *Hélas! tout est sépulcre...* »

1. La pointe de la Corbière est au sud-ouest de Jersey.

Page 359.   Relligio

1. *Relligio* met en vers une page de prose écrite vers 1840 et recueillie dans *Post-Scriptum de ma vie* :

« Eh! dit Olympio, je crois, voilà tout. La foule a les yeux faibles. C'est son affaire. Les dogmes et les pratiques sont des lunettes qui font voir l'étoile aux vues courtes. Moi, je vois Dieu à l'œil nu. Distinctement. Je laisse le dogme, la pratique et le symbole aux intelligences basses. La lunette est précieuse, l'œil est plus précieux encore. La foi à travers le dogme est bonne; la foi immédiate est meilleure. J'aime et je respecte la messe du dimanche à ma paroisse. J'y vais rarement, dis-tu. C'est que j'assiste sans cesse, religieux, rêveur et attentif, à cette autre messe éternelle que Dieu célèbre nuit et jour pour l'homme, dans la nature, sa grande église.

En ce moment, ils arrivèrent au bout des arcades. C'était une nuit magnifique. La lune, ronde et pleine, montait dans un ciel presque bleu, pareille à une grande hostie resplendissante.

Tiens, dit Olympio, regarde. On en est à l'élévation. »

Hugo introduit à nouveau ici le personnage d'Hermann, apparu dans le poème *A quoi songeaient les deux cavaliers* (voir la note 3 de la p. 223).

Page 361.   Spes

1. Hugo a donné à ce poème de l'espoir la même date fictive qu'au poème des *Mages* et cette date est la plus récente de toutes celles dont il a affecté les diverses pièces des *Contemplations*.

Page 363.   Les Mages

1. C'est sur la montagne d'Horeb que Dieu a parlé au prophète Élie (*III Rois*, XIX, 8-18) et sur le Thabor qu'a eu lieu la Transfiguration.

Page 364.

1. Manès fonda, au IIIe siècle ap. J.-C., la religion manichéenne·

2. Hugo faisait grand cas du vertueux philosophe néopythagoricien Apollonius de Tyane, qu'un poème des *Années funestes*, daté du 6 avril 1854, représente à la fois méditant sur l'univers et révolté contre le tyran, l'empereur Domitien : un de ses yeux

... contemple Dieu dans l'ombre,
Mais l'autre est fixé sur César.

3. On sait que les chênes de Dodone rendaient des oracles ; Hugo veut souligner ainsi le caractère religieux d'Eschyle, qu'il apparente aux prophètes d'Israël, dans *William Shakespeare*. Cromwell, dont Milton était secrétaire du conseil, s'était installé dans le palais royal de Whitehall.

Page 365.

1. Les fulgores sont des insectes de l'Amérique méridionale ; au temps de Hugo, on croyait à tort qu'ils brillaient, la nuit, comme des vers luisants (voir aussi la note 1 de la p. 396).

Page 367.

1. Xanthus, qui était le maître d'Ésope, lui fit donner les étrivières, comme le raconte La Fontaine, dans sa *Vie d'Ésope le Phrygien*. Ésope et Scarron figurent parmi les souffrants sublimes du poème des *Malheureux*, à la fin du livre V. Cervantès, fait prisonnier par les pirates, demeura « aux fers » pendant cinq ans. A la vision « romantique » de Molière triste, s'associe la vision

également « romantique » de Rabelais énigmatique et abyssal.

2. Dans la pièce XIV du livre I, Hugo appelle Moschus le
... grillon bucolique
De la cheminée Etna.

Page 368.

1. Dans *Les Rayons et les Ombres*, le poème XIII évoquait, en
1839, les
Effrayantes Babels que rêvait Piranèse.

2. Par « la Vaticane », Hugo entend l'église de Saint-Pierre
de Rome, dont le plan primitif a été dressé par Bramante.

3. Lysippe, qui a remplacé Mnésiclès, l'architecte des Pro-
pylées, n'a guère fait que des statues de bronze ; il était de Corinthe,
qui se trouve au nord-est du Péloponnèse, l'Ithome, qui, d'ailleurs,
ne fournit pas de marbre, se situant au sud-ouest.

Page 370.

1. Les vers 383-387 du livre I des *Géorgiques* décrivent les
ébats des oiseaux aquatiques dans les eaux du Caystre, dont le
souvenir virgilien est déjà apparu dans le poème VI du livre II
(note 1 de la p. 93).

Page 371.

1. Dans le poème *A celle qui est voilée*, Hugo suggérera encore
cette origine surhumaine du grand homme, archange incarné,
en se l'attribuant à lui-même ; dans *William Shakespeare*, il
exposera cette doctrine amplement, encore que sous forme inter-
rogative. Dans *A celle qui est voilée*, Hugo déplore que cette situa-
tion d'archange incarné l'oblige à « traîner de la matière », à être
soumis à la loi de la « fange ». Dans le poème de *l'Art d'être grand-
père*, *l'Ame à la poursuite du Vrai*, où il souligne à nouveau sa
double nature, céleste et terrestre (voir la note 1 de la p. 347),
il se reconnaît « monstre » lui-même. Ainsi un certain malaise
accompagne les mages, êtres *prodigieux*, qui, ici, apparaissent
comme en proie à une étrange folie ; avec leur masque, leur gesti-
culation qui étonne ; la « comédie » qu'ils jouent est celle de l'agitation et des passions — passions jamais exemptes de la « fange »
dont le poète se plaint dans *A celle qui est voilée* ; enfin, leur existence humaine, suspendue entre une double éternité, avant la
naissance, après la mort, ne peut que sembler une « comédie
énorme ». Alors, ces « monstres » deviennent les « splendides
histrions ». Mais, au-delà de cette explication — trop rationnelle —
peut-être faudrait-il retenir qu'elle place ainsi *le théâtre* — drame,
comédie — au centre même de la personne du poète et de sa mis-

sion. « Lion », « aigle », « archange », « héros », Hugo n'aura pas ignoré qu'il fut et devait être aussi « histrion »...

Page 372.

1. Ce sont les accessoires du drame — tragédie et comédie, incendie et ivresse.

Page 375.

1. Les pylônes sont des « pyramides quadrangulaires tronquées que les Égyptiens plaçaient en avant de leurs temples »; les runes sont les caractères de l'ancien alphabet scandinave et désignent ici les inscriptions faites avec ces caractères.

Page 376.

1. Les cromlechs sont des monuments mégalithiques, comme il en existe beaucoup dans les îles anglo-normandes.

Page 377.

1. Dans la poésie astronomique, de Fontanes à Hugo, l'éloge de William Herschel (1738-1822), découvreur de mondes, revient constamment et, dans *Les Voix intérieures,* Hugo comparait à Christophe Colomb ce navigateur du ciel qui à l'œil humain avait ajouté

> L'œil du long télescope au regard effrayant.

2. L'année même des *Mages,* la Chauve-Souris du poème *Dieu* déclare :

> L'infiniment petit contient la grande horreur...

3. Dans une note de *Tas de pierres* Hugo écrit : « Dieu vie, Dieu lumière, Dieu chaleur, c'est-à-dire Dieu puissance, Dieu intelligence, Dieu amour »; il semble que cette doctrine vienne des leçons sur la Trinité, professées par Lamennais à Juilly, en 1830-1831, et reprises dans son *Esquisse d'une philosophie.*

Page 378.

1. Songeant à la France opprimée sous le second Empire, Hugo donne un sens moderne à la vision rapportée par Ézéchiel, au chapitre XXXVII. Il expliquera dans *William Shakespeare* qu'Ézéchiel a apporté au monde la notion de progrès; à l'appui de cette affirmation, il cite la vision, qu'il résume et commente ainsi :
« Il y avait une plaine et des os desséchés. Et je dis : " Ossements, levez-vous. " Et je regardai. Et il vint des nerfs sur ces os, et de la

chair sur ces nerfs, et une peau dessus; mais l'Esprit n'y était point. Et je criai : " Esprit, viens des quatre vents; souffle, et que ces morts revivent. " L'Esprit vint. Le souffle entra en eux, et ils se levèrent, et ce fut une armée, et ce fut un peuple. Alors la voix dit : " Vous serez une seule nation, vous n'aurez plus de juge et de roi que moi, et je serai le Dieu qui a un peuple, et vous serez le peuple qui a un Dieu ". Tout n'est-il pas là? Cherchez une plus haute formule, vous ne la trouverez pas. L'homme libre sous Dieu souverain. »

Page 380.

1. Quito n'est pas un volcan, mais la capitale de l'Équateur, entourée, il est vrai, de cratères. L'Hékla est un volcan de l'Islande.

2. Le Phlégéton est un fleuve de flammes qui entoure le séjour des méchants, aux enfers.

Page 381.

1. L'Américain Robert Fulton (1765-1815) mit au point et construisit le premier navire à vapeur, en 1803. L'Italien Volta (1745-1827) inventa, en 1800, la pile qui porte son nom. Aux mages qui domptent la matière, il joint ici ceux qui ont civilisé les hommes, et, en particulier, l'Italien Beccaria, l'auteur du *Traité des délits et des peines* (1764), qui exposait une conception nouvelle de la pénalité et dénonçait l'atrocité des supplices; Victor Hugo en fait un adversaire de la peine de mort, représentée par la Grève et Tyburn, lieux des exécutions capitales à Paris et à Londres, et par le gibet de Montfaucon.

2. Ces vers font allusion aux progrès de l'anesthésie.

Page 384.

1. Hugo a donné aux *Mages*, dans l'édition, la même date fictive qu'au poème *Spes*, cette date étant la plus tardive de toutes celles qui ont été imprimées au bas des poèmes des *Contemplations :* l'évanouissement *des* cieux ou *dans les* cieux est l'espoir suprême.

En frappant à une porte

2. Il s'agit du petit Léopold, mort le 10 octobre 1823, à l'âge de trois mois.

3. Eugène Hugo était mort le 20 février 1837, à Charenton; Abel mourut en janvier 1855 et cette strophe a été ajoutée en marge. (Dans le manuscrit, le poème est, en effet, daté du 29 décembre 1854.)

Page 385.   Nomen, numen, lumen

1. « Nom, divinité, lumière ». Dans le manuscrit, le titre est
remplacé par un dessin représentant la Grande Ourse.

Page 386.   Ce que dit la bouche d'ombre

1. Cette « apocalypse » résume la religion de Hugo telle qu'il a
achevé de l'élaborer avec les révélations ou confirmations des
Tables. On ne saurait mieux l'exposer qu'en citant un texte de
Hugo lui-même, trois pages de prose, au verso d'épreuves de l'appel
Au Peuple du 31 octobre 1852, qu'on peut dater de 1853-1854 :

> j'ajoute :
> le créateur c'est la perfection
> Maintenant qu'est-ce que la création ?
> la perfection étant nécessairement identique à elle-même, si la
> perfection avait créé la perfection, elle se serait créée elle-même ;
> en d'autres termes, ce qu'elle aurait créé se serait confondu avec
> elle-même, toutes ses créations seraient rentrées en elle ou pour
> mieux dire, n'en seraient jamais sorties, elle n'aurait point créé.
> pour créer quelque chose, il a fallu que la perfection créât ce
> qui n'était pas elle.
> Or, ce qui n'est pas la perfection, c'est l'imperfection.
> donc la création, c'est l'imperfection.

> Maintenant qu'est-ce qui distingue la création du créateur ?
> le créateur, étant l'absolu, est l'esprit, *pur esprit* comme on
> dit quelquefois sans se rendre bien compte de toute la portée
> de ce mot.
> Ce qui distingue la création du créateur, c'est qu'elle est mélangée
> de matière.
> Contenir une quantité de matière, c'est là l'attribut de la créa-
> tion, c'est là son signe.
> Or la création, c'est l'imperfection.
> donc la matière est le signe de l'imperfection

> A l'origine Dieu fit la création aussi peu distante de lui que
> possible. l'imperfection était imperceptible. il n'y avait presque
> pas de matière. tous les êtres étaient anges.
> Or l'être ne suffit pas à l'être.
> tout être a une loi, être, et une fonction, se mouvoir.
> la pierre elle-même se meut par la minéralisation.

Or, absolument, se mouvoir, c'est faire.
être et faire, c'est le double aspect de l'être.
il suffit d'être pour faire.
en d'autres termes, être, c'est faire.
Or, l'imperfection étant, a fait.
qu'a-t-elle fait?

———

La perfection, c'est l'absolu, c'est l'un. la perfection n'a pas de
degrés. elle est. étant absolument, elle est le seul être qui ne puisse
se reproduire lui-même. Nous venons de le démontrer.

l'imperfection, c'est le relatif. C'est le multiple. le relatif a des
degrés. donc l'imperfection, qui est le relatif, peut être à côté
de l'imperfection sans se confondre avec elle.

il y a une perfection et des imperfections.

l'imperfection est foule.

Maintenant revenons à la question :

l'imperfection étant, a dû faire. qu'a-t-elle fait?

a-t-elle pu faire la perfection? Non. le relatif ne crée pas l'absolu.
la création ne crée pas le créateur.

Qu'a-t-elle donc fait?

l'imperfection.

le pouvait-elle, sans que sa création se confondît avec elle-
même?

Oui, puisque le relatif a des degrés.

Donc l'imperfection a créé l'imperfection.

———

Qu'est-ce que l'imperfection faite?

C'est l'imperfection action.

Qu'est-ce que l'imperfection action?

C'est la faute.

C'est ce que nous nommons le mal.

première conclusion.

il y a deux imperfections dont la première engendre la seconde :

l'imperfection être, la création.

l'imperfection action, le mal.

———

donc le mal sort de la création.

l'imperfection sort de l'imperfection.

Or, l'imperfection ajoutée à la création première, ce sera plus
d'imperfection dans la création.

Nous venons de dire que la matière est le signe de l'imperfection.

donc ce sera plus de matière.
Ainsi que fait le mal?
il fait de la matière.

———

Il y a donc une première création : celle de Dieu.
et une deuxième création : celle du mal.
Dieu a fait la création aussi peu de distante [*sic*] de lui
que possible en y mêlant une imperceptible quantité de
matière.
le mal tend à éloigner la création de Dieu en augmentant la
matière. le poids de la matière grossissante fait tomber de plus en
plus la création dans l'ombre, dans la faute, dans le mal.

———

les premiers êtres étaient impondérables. leur matière était
feu, lumière, essence, parfum. ils flottaient dans la clarté. ils
habitaient ce que nous appelons l'azur. ils étaient ce que nous
nommons les anges.
la première faute a été le premier poids.
le pondérable, c'est le mal.
de faute en faute il a été produit des êtres de plus en plus
mélangés de pondérable.
il leur a fallu des supports.
le pondérable en se condensant leur en a donné.
de là les globes semés dans l'espace.
ces globes sont la création de la faute. la création de la créature
Dieu a fait le ciel.
le mal a fait la terre.

———

les mondes sont des êtres. Un monde est une âme.
il leur est donné de s'éloigner ou de se rapprocher de Dieu.
il y a des mondes anges : les paradis.
il y a les mondes démons : les enfers.
les mondes de récompense. — les mondes d'expiation.
dans les premiers presque tout est esprit et lumière. dans les
autres, presque tout est matière et nuit.

———

il y a les mondes intermédiaires; les mondes de purifica[tion]
ce qu'on pourrait appeler les mondes-hommes.
la terre en est un.

2. Voir la note 1 de la page 302.

Page 389.

1. Le mot « aromal » appartient au vocabulaire de Charles Fourier : les aromes sont les fluides impondérables qui président à la création des espèces.

2. Ce passage est très important : le spectre n'entame pas sa description du monde châtiment sans indiquer, préalablement, que ce monde lui-même n'est pas « hors de Dieu », l'être total. Le vers qui définit du mal comme le « dedans du masque » — ou, pour emprunter au Père Teilhard de Chardin une formule étonnamment parente de celle de Hugo, une « face retournée des choses » — dévoile déjà la véritable nature du mal : il n'est que l'envers de l'être, un manque provisoire, il n'existe pas en lui-même.

Page 394.

1. On sait qu'Anitus, accusateur de Socrate, le fit condamner à boire la ciguë.

2. Zoïle, le critique d'Homère, est, pour Hugo, le modèle du critique envieux, l'ancêtre de Gustave Planche et de Nisard.

3. Une sanglante rivalité opposa, au VIe siècle, Brunehaut, reine d'Austrasie, et Frédégonde, reine de Neustrie; après la mort de celle-ci, son fils fit attacher Brunehaut, âgée de quatre-vingts ans, à la croupe d'un cheval qui la mit en pièces.

4. Sous le règne de Philippe II d'Espagne, le duc d'Albe soumit les Pays-Bas à la terreur, faisant périr notamment Egmont, à Bruxelles. Farinacci (1554-1618) fut, sous les pontificats de Clément VIII et de Paul V, un magistrat fort sévère et de mœurs corrompues. Lord Jeffreys (et non Jeffryes) [1648-1689], chancelier d'Angleterre, sous Jacques II, est connu pour sa dureté et sa vénalité. Tristan est le grand-prévôt de Louis XI. Ezzelin, surnommé le Féroce, un des principaux chefs du parti gibelin, fit peser sa tyrannie sur l'Italie du Nord, au XIIIe siècle. Richard III, pendant la guerre des Deux Roses, en Angleterre, Carrier à Nantes, sous la Terreur, se sont, eux aussi, signalés par leurs cruautés, mais c'est injustement que figure à leurs côtés Ludovic Sforce, dit le More, duc de Milan.

5. Isabeau de Bavière, reine de France, de 1389 à 1425, est connue pour sa cupidité, son manque de scrupules et la légèreté de ses mœurs.

Page 395.

1. L'Évangile de saint Matthieu attribue à Hérode le Grand le massacre des Innocents.

2. Pour se rendre célèbre, Érostrate avait mis le feu au temple d'Éphèse, et l'on a accusé Néron d'avoir incendié Rome, pour exciter son inspiration poétique.

Page 396.

1. Nous avons rencontré le fulgore dans le poème des *Mages* (note 1 de la p. 365). Le vers de *Ce que dit la Bouche d'ombre* s'explique par cette phrase du *Dictionnaire universel* de Bouillet : « Le *Fulgore porte-lanterne* porte sur le devant de la tête un renflement vésiculeux plus long que la moitié du corps, et qui brille avec éclat dans l'obscurité » — « laideur » qui « devient une clarté »...

Page 402.

1. Typhon n'est sans doute pas ici le titan grec, nommé aussi Typhée, mais, plutôt, le dieu égyptien, frère malfaisant d'Osiris, personnification du mal.

Page 406.

1. On connaît les crimes fabuleux ou attestés d'Atrée, d'Henri VIII, qui fit périr Thomas Morus, en 1535, d'Alexandre Borgia; le vers sur Pilate et Caïphe, le Grand-Prêtre qui déclara Jésus blasphémateur devant le Sanhédrin, fait allusion à la couronne d'épines et au roseau que, par dérision, les soldats avaient donné comme sceptre à Jésus. Alaric, roi des Wisigoths, pilla Rome en 410, et le sultan Sélim Ier (1467-1520) a mérité le surnom de « Féroce ».

Page 409.

1. Nom de Satan dans la IIe Epître aux Corinthiens, de saint Paul.

2. Dans le manuscrit, Hugo a inscrit cette note : « 1er octobre-13 octobre. J'ai fini ce poème de la fatalité universelle et de l'espérance universelle le vendredi 13 octobre 1854. »

Page 414.   A celle qui est restée en France

1. La flèche de l'église d'Harfleur est haute de 83 mètres.

Page 418.

1. Solyme (mieux que Solime), c'est Jérusalem, la cité céleste; sur l'Horeb, Dieu a parlé à Élie; le Cédron est le torrent qui sépare Jérusalem du Mont des Oliviers; Balbeck est la cité où l'on adorait Baal.

Page 420.

1. Selon de vieilles traditions, c'est dans la grotte de Geth-sémani que Jésus a sué le sang et reçu le baiser de Judas. Chateau-briand l'avait décrite dans *L'Itinéraire de Paris à Jérusalem* et Lamartine a intitulé *Gethsémani* le beau poème qu'il a écrit sur la mort de sa fille.

Table 507

LIVRE TROISIÈME. LES LUTTES ET LES RÊVES.

Table 509

AUJOURD'HUI (1843-1855)

LIVRE QUATRIÈME. PAUCA MEÆ.

Table 511

DOSSIER

Ce volume,
le quatre-vingt-onzième de la collection Poésie
a été achevé d'imprimer sur les presses
de l'imprimerie Bussière à Saint-Amand (Cher)
le 5 février 1985.
Dépôt légal : février 1985.
1er dépôt légal dans la collection : juillet 1973.
Numéro d'imprimeur : 330.
ISBN 2-07-032050-2./Imprimé en France.

35071